L'HÉRITAGE DE SHANNARA **4**

Les talismans de Shannara

Du même auteur
aux Éditions J'ai lu

Royaume magique à vendre :
1 - Royaume magique à vendre !, *J'ai lu* 3667
2 - La licorne noire, *J'ai lu* 4096
3 - Le Sceptre et le Sort, *J'ai lu* 4277
4 - La boîte à malice, *J'ai lu* 4510
5 - Le brouet des sorcières, *J'ai lu* 6683

Shannara :
1 - L'épée de Shannara, *J'ai lu* 7556
2 - Les pierre elfiques de Shannara, *J'ai lu* 7714
3 - L'enchantement de Shannara, *J'ai lu* 7940

L'héritage de Shannara :
1 - Les descendants de Shannara, *J'ai lu* 8110
2 - Le druide de Shannara, *J'ai lu* 8335
3 - La reine des Elfes de Shannara, *J'ai lu* 8701

TERRY BROOKS

L'HÉRITAGE DE SHANNARA **4**

Les talismans de Shannara

Traduit de l'américain
par Rosalie Guillaume

J'AI LU

Titre original :
THE TALISMANS OF SHANNARA
The Ballantine Publishing Group, une division de Random House, Inc.

MONTS BRISURE
TERRITOIRE DE KERSHALT
TERRES DU NORD
PLAINES DE HOARE
DESERT DE KIERLAK
MONTS KENSROWE
Arborlon
SARANDANON
Innisbore
VALLÉE DE RHENN
PARANOR
Bois de Drey
FOURRÉS et ENCHEVETRÉS
TERRES DE L'OUEST
Pykon
ÉPERON ROCHEUX
Rivière Mermidon
Grimpen
Pont Hurleur
Kern
Col de Kennon
PAYS SAUVAGE
Aiguille d'Acier
Bord-du-Linceul
CHAUDRONS
CALLAHORN
Tyrsis
Varfleet
TIRFING
MONTS IRRIBIS
Lac Myrian
LIGNE DE PARTAGE BLEUE
TERRES DU SUD
Forêt de Duln
Nids d'Aigles
Leah
Valombre
Rivière Rappahalladran

Marécage de Maij
MONTS CHARNAL
ANAR SUPÉRIEUR
PLAINES DE RAAB
TERRES DE L'EST
Rivière Raab
Rivière Raab
LES ÉTENDUES SOMBRES
L'ANTIQUE LANDE
Storland
Les Flots de Chard
Col de Jade
Pierre d'Atre
Ligne Rooker
MONTS WOLFSKTAAG
Col du Noeud Coulant
Forêt de l'Anar
Rivière Argentée
Culhaven
Maelmord
Graymark
Monts Élevés
Dun Fee Aran
MONTS RAVENSHORN
Capaal
Cilhdelan
LE COIN
ANAR INFERIEUR
BASSES-TERRES DE TERTREBATAILLE

Chapitre 1

Le crépuscule tombait sur les Quatre Terres – une lente disparition de la lumière combinée à l'allongement graduel des ombres.

La chaleur de la journée de fin d'été commença à se dissiper quand la boule rouge du soleil plongea à l'ouest, entraînant un rafraîchissement de l'air chaud et lourd. À l'approche de la nuit, tout se taisait, les feuilles et les herbes frissonnant comme si elles attendaient impatiemment l'arrivée de l'obscurité.

À l'embouchure de la Mermidon, là où elle se jetait dans le lac Arc-en-ciel, s'élevait la sentinelle du Sud, noire, impénétrable et muette. Le vent effleurait les eaux du lac et de la rivière, mais il ne s'approchait pas de la tour, comme s'il avait hâte de filer vers un endroit plus accueillant. L'air frémissait près de la forteresse, et la chaleur qui irradiait de la pierre formait tout autour d'elle des images spectrales fugitives.

Au bord de l'eau, un chasseur solitaire leva un regard inquiet quand il dépassa la tour, puis continua rapidement son chemin. À l'intérieur, les Ombreurs encapuchonnés vaquaient à leurs occupations dans un silence fantomatique.

Debout devant une fenêtre qui donnait sur la campagne obscure, Rimmer Dall regardait les couleurs s'effacer de la terre sous les assauts insidieux de la nuit.

La nuit, notre mère, notre réconfort.

Les mains croisées dans le dos, vêtu de ses robes sombres, son capuchon encadrant son visage aux os saillants et à la barbe rousse, il aurait presque eu une expression satisfaite s'il n'avait pas jugé cela indigne de lui. Il y avait bien longtemps que son apparence n'importait plus au Premier Questeur, car il pouvait prendre celle de n'importe qui. L'essentiel était ce qui brûlait en lui. Ce qui lui donnait la vie...

Les yeux brillants, au-delà de ce qui était et de ce qui serait un jour, il voyait ce qui avait été promis !

Il se déplaçait d'un pas furtif, seul avec ses pensées dans le silence de la tour. Pour lui, les autres, tels des fantômes sans substance, n'existaient pas. Loin au-dessous de lui, il entendait les grondements de la magie au travail et tendait machinalement l'oreille – une habitude qui rassurait son esprit troublé. Ce pouvoir tiré de l'éther, mais qui prenait une forme tangible, était le don des Ombreurs, et il n'appartenait qu'à eux. N'en déplaise aux druides et à tous leurs alliés !

Le Premier Questeur tenta d'esquisser un sourire, mais sa bouche refusa de lui obéir et ses lèvres restèrent serrées, sa main gauche gantée tapotant les doigts nus de sa main droite. Pouvoir pour pouvoir, force pour force ! Sur sa poitrine scintillait l'emblème d'argent représentant une tête de loup...

Broum, broum, broum, continuait à dire la voix de la magie à l'ouvrage dans les entrailles de la tour.

Rimmer Dall se retourna vers la pièce plongée dans la pénombre qui avait été un temps la cellule de Coll Ohmsford. Depuis peu, le Valombrien était parti. Il croyait s'être évadé, mais, en réalité, il avait été relâché volontairement et restait prisonnier d'une autre manière. Bien entendu, il s'était lancé à la recherche de son frère, Par.

Celui qui possédait la magie véritable.

Celui dont Rimmer Dall s'emparerait.

Le Premier Questeur s'assit à la vieille table de bois. Le poids de son grand corps fit grincer la chaise bancale. Il croisa les bras et baissa la tête.

Tous les Ohmsford étaient de retour dans les Quatre Terres. Oui, tous les descendants de Shannara, enfin revenus de leur quête ! Rentré d'Eldwist malgré Pe Ell, Walker Boh avait récupéré la Pierre elfique noire et compris comment sa magie fonctionnait. Ayant ramené Paranor dans le monde des hommes, il était devenu le premier des nouveaux druides.

Wren Elessedil était revenue de Morrowindl avec Arborlon et les elfes. La magie des Pierres elfiques redécouverte, son identité et son héritage se révélaient enfin.

Deux missions d'Allanon sur trois avaient été remplies.

Deux pas de faits sur les trois requis !

Par serait le dernier, bien entendu. Sa mission était de trouver l'Épée de Shannara, qui révélerait la vérité.

Des jeux pratiqués par des vieillards et des ombres, pensa Rimmer Dall. Des missions, des quêtes, des recherches de la vérité... Mais il connaissait la vérité bien mieux que les Ohmsford : au bout du compte, rien de tout cela n'importait parce que la magie était tout, et qu'elle appartenait aux Ombreurs.

Malgré ses efforts, les elfes et Paranor étaient revenus, et ça l'exaspérait. Tous ceux qu'il avait envoyés pour empêcher les descendants de Shannara de réussir avaient échoué. Leur déroute leur avait coûté la vie, mais ça ne suffisait pas à l'apaiser. Il aurait sans doute dû être en colère, et peut-être même un peu inquiet. Mais Rimmer Dall avait confiance en ses pouvoirs. Certain de son contrôle sur les événements et sur le temps, il était sûr que l'avenir restait entre ses mains. Même si Teel et Pe Ell l'avaient déçu, d'autres sauraient mieux le servir.

Broum, broum, broum, tonnait la magie.

Rimmer Dall plissa les lèvres. Il fallait seulement un peu de temps – pour laisser les événements qu'il avait lancés suivre leur cours –, et il serait trop tard pour le druide mort et ses plans. L'essentiel était que l'Oncle Obscur et la jeune elfe restent séparés. Pour qu'ils ne partagent pas leurs connaissances et ne joignent pas leurs forces.

Et surtout, qu'ils ne trouvent pas le Valombrien !

Il devrait imaginer une diversion – quelque chose qui les garderait occupés ailleurs. Ou, mieux encore, un piège qui les détruirait. Il avait besoin d'armées pour éliminer les elfes et les « hommes libres ». Des soldats de la Fédération, des Grimpeurs, des Ombreurs, tout ce qu'il pourrait trouver pour faire disparaître ces gens de sa vie... Mais pour les enfants de Shannara, avec leur magie et leurs talismans druidiques, il faudrait plus encore.

Dall étudia la question un long moment alors que la lune se levait à l'est et que les étoiles devenaient de brillantes lucioles argentées. Pénétrant dans l'obscurité où le Premier Questeur était assis, leur lueur conférait à son visage l'aspect d'une tête de mort.

Oui, c'est cela, pensa-t-il finalement.

L'Oncle Obscur était obsédé par son héritage druidique. Il fallait lui opposer quelque chose qui jouerait sur cette faiblesse, le perturbant et le frustrant. Il lui enverrait les Quatre Cavaliers.

Et la jeune elfe... Wren Elessedil avait perdu son protecteur et son conseiller. Dall devait lui fournir quelqu'un pour combler ce vide. Un de ses agents qui la rassurerait, la réconforterait, la calmerait puis la trahirait et lui prendrait tout.

Les autres n'étaient pas des menaces sérieuses. Pas même le chef des hommes libres ou le montagnard, car ils ne pouvaient rien faire sans les Ohmsford. Si l'Oncle Obscur était emprisonné dans la forteresse, et si le règne de la nouvelle reine des elfes se terminait vite, les plans soigneusement élaborés de l'ombre d'Allanon s'écrouleraient comme un château de cartes. Le druide sombrerait dans le lac Hadeshorn pour retrouver les autres fantômes, emprisonné dans le passé où était sa place.

Les autres étaient insignifiants, mais Dall s'occuperait pourtant d'eux.

Même si tous ses efforts échouaient, et s'il ne pouvait rien faire de plus que les harceler un peu, ce serait suffisant, à condition que l'âme de Par Ohmsford, à la fin, tombe en son pouvoir. Pour mettre un terme aux espoirs de ses ennemis, il ne fallait rien de plus. Le chemin qui menait au précipice était court, et le Valombrien s'y était déjà engagé. Son frère jouerait le rôle de la chèvre attachée au poteau. Coll Ohmsford était pris dans l'enchantement du voile-miroir, esclave impuissant de sa magie. Il l'avait volé pour se déguiser, sans savoir que Dall avait depuis toujours l'intention qu'il s'en empare. Ne soupçonnant pas que c'était un moyen de le forcer à accomplir les volontés du Premier Questeur, Coll Ohmsford pourchasserait son frère et l'obligerait à l'affronter. Il le ferait, parce que le manteau ne lui laisserait pas le choix, instillant en lui une folie que seule la mort de son frère apaiserait. Par serait contraint de se battre. Et parce qu'il ne maîtrisait pas la magie de l'Épée de Shannara, parce que ses armes conventionnelles étaient insuffisantes pour arrêter la sorte d'Ombreur que son frère était devenu – mais surtout parce qu'il craindrait que ce soit encore une ruse –, il utiliserait la magie de l'Enchantement de Shannara.

Il tuerait Coll et découvrirait trop tard ce qu'il avait fait.

Mais peut-être pas... Et s'il laissait son frère s'échapper, cela le conduirait à sa perte.

Le Premier Questeur haussa les épaules. D'une manière ou d'une autre, le Valombrien serait fichu. L'utilisation de la magie et les chocs qu'il encaisserait le déséquilibreraient et le forceraient à devenir son outil.

Le Premier Questeur en était certain. Car, contrairement aux descendants de Shannara et à leur mentor, il comprenait le fonctionnement de la magie elfique – qui était sienne par le sang et par le droit – et il savait que ce n'était pas le cas de Par. En revanche, il ne comprenait pas ce qui était arrivé à l'Enchantement de Shannara. Pourquoi se comportait-il ainsi ? Comment avait-il échappé à sa laisse pour devenir une créature sauvage qui chassait à son gré ?

Par était proche. Tout proche...

Le danger, quand on se battait contre une bête, était d'en devenir une... Par était presque l'un des leurs. Et bientôt, ce serait fait...

Il restait la possibilité que le Valombrien découvre la vérité sur l'Épée de Shannara avant sa « conversion ». L'arme qu'il portait, celle que Dall l'avait laissé prendre si aisément, était-elle le talisman qu'il cherchait, ou un faux ? Par Ohmsford ne le savait toujours pas. C'était un risque calculé, et le Premier Questeur avait parié qu'il ne découvrirait pas la vérité. Et même s'il la découvrait, quel bien cela lui ferait-il ? Les épées avaient deux tranchants et coupaient dans les deux sens. La vérité ferait peut-être à Par plus de mal que de bien.

Rimmer Dall se leva et retourna près de la fenêtre, ombre se découpant contre les ténèbres de la nuit. Les druides ne comprenaient pas. Ils n'avaient jamais compris. Allanon était déjà un anachronisme avant même de devenir ce que Bremen voulait qu'il soit. Les druides... Ils utilisaient la magie comme des imbéciles jouent avec le feu, enthousiasmés par ses possibilités, mais terrifiés par ses risques. Pas étonnant qu'ils se soient si souvent brûlé les doigts. Mais ça ne les empêchait pas de se prendre pour des sages. Ils étaient si prompts à juger ceux qui essayaient de manipuler le pouvoir – surtout les Ombreurs –, à les considérer comme l'ennemi et à les détruire.

Comme ils s'étaient détruits eux-mêmes.

En revanche, il y avait de la symétrie et du sens dans la vision de la vie des Ombreurs. Pour eux, la magie n'était pas un jouet, mais le cœur même de ce qu'ils étaient. Pas de demi-mesures pour s'assurer qu'elle était inaccessible aux autres. Pas de précautions pour éviter que quelqu'un l'utilise aussi. Pas d'avertissements. Pas de petit jeu. Les Ombreurs étaient simplement ce que la magie faisait d'eux. Et le pouvoir, accepté de cette façon, ferait d'eux ce qu'ils voudraient.

Le haut des arbres et les pics des monts de Runne se reflétaient sur la surface du lac Arc-en-ciel. Rimmer Dall regardait le monde, et il voyait ce que les druides n'avaient jamais été capables de voir.

L'univers appartenait à ceux qui étaient assez forts pour s'emparer de lui, le garder et lui donner une forme. Il était conçu pour être utilisé.

Une lueur rouge sang brilla dans les yeux du Premier Questeur.

Il était ironique que les Ohmsford aient si longtemps servi les druides, exécuté leurs missions et accompli leurs quêtes au nom d'une vérité qui n'existait pas. Les récits étaient des légendes ! Shea et Flick. Wil, Brin et Jair, et maintenant Par. Tout ça pour rien. Mais ça se terminerait ici. Parce que Par servirait les Ombreurs, et mettrait un point final à l'antique lien entre les druides et les Ohmsford.

— Par, Par, Par...

Rimmer Dall murmura ce nom dans la nuit comme une litanie. Un chant qui emplissait son esprit d'un pouvoir à venir auquel rien ne pourrait s'opposer.

Il resta un long moment devant la fenêtre, rêvant du futur.

Puis il se détourna et descendit dans les profondeurs de la tour pour se nourrir.

Chapitre 2

La cave, sous le moulin, était plongée dans les ombres. Les quelques lueurs qui filtraient entre les planches disjointes du sol disparaissaient lentement dans le crépuscule. Chassé de sa cachette précédente pour courir dans les catacombes vides, puis coincé contre la trappe par laquelle il avait pensé s'enfuir, Par Ohmsford était tapi comme un animal aux abois. L'Épée de Shannara serrée dans ses mains levées, il regarda l'intrus qui l'avait poussé jusque-là s'arrêter et abaisser le capuchon qui lui cachait le visage.

— Mon garçon, murmura une voix familière, c'est moi...

Par plissa les yeux, mais les ombres étaient toujours trop épaisses.

La silhouette avança lentement, et la main qui tenait un long couteau s'abaissa.

— Par ?

Le visage de l'intrus entra soudain dans une flaque de lumière grisâtre, et Par exhala bruyamment.

— Padishar ! s'exclama-t-il, soulagé. C'est vraiment vous ?

Le long couteau disparut dans les plis du manteau, et un éclat de rire jaillit de la gorge de l'homme.

— En chair et en os. Par l'enfer ! j'ai cru que je ne vous trouverais jamais ! Je fouille Tyrsis depuis des jours, passant d'une cachette à l'autre, et chaque fois, j'ai seulement vu des troupes de la Fédération et des Ombreurs !

Padishar avança vers le pied de l'escalier, sourit et tendit les bras.

— Approchez, mon garçon. Laissez-moi vous regarder...

Par baissa l'Épée de Shannara et descendit quelques marches, soulagé mais terriblement fatigué.

— Je pensais que vous étiez... J'avais peur que...

Padishar le prit dans ses bras, le serra contre lui et lui tapota le dos. Puis il le souleva de terre comme s'il était un sac de patates.

— Par Ohmsford ! dit-il, ravi, avant de reposer le Valombrien sur le sol.

Il saisit le jeune homme par les épaules, le tint à bout de bras pour mieux le voir et éclata de rire.

— Vous avez l'air d'une loque !

Par grimaça.

— Vous n'avez pas l'air si bien que ça non plus...

Le hors-la-loi portait sur le visage et le cou des plaies qu'il n'avait pas quand ils s'étaient séparés.

— Je savais que vous étiez sorti de la Fosse, dit Par, mais je suis content d'en voir la preuve !

— Beaucoup de choses sont arrivées depuis, Valombrien, je peux vous le dire !

Les cheveux ébouriffés, Padishar avait les yeux cernés à cause du manque de sommeil. Il regarda autour de lui.

— Vous êtes seul ? Je ne m'attendais pas à ça. Où est votre frère ? Où est Damson ?

Le sourire de Par s'effaça.

— Coll...

Il fut incapable de continuer.

— Padishar, Coll est... Damson est sortie ce matin. Elle n'est pas encore revenue.

— Sortie ? Sortie pour quoi faire, mon garçon ?

— Chercher un moyen de quitter la cité. Ou, si elle n'en trouve pas, une autre cachette. La Fédération nous a débusqués partout. Mais vous le savez. Vous l'avez vu. Padishar, depuis combien de temps nous cherchez-vous ? Comment avez-vous fait pour trouver cet endroit ?

Creel lâcha le jeune homme.

— Un coup de chance... J'ai essayé tous les endroits probables – les plus récents, ceux que Damson avait préparés pour nous au cours de l'année écoulée. Cette cachette-là est ancienne. Elle a été installée il y a cinq ans, et n'a pas été utilisée depuis trois. Je m'en suis souvenu après avoir épuisé les autres possibilités. (Les yeux de Padishar tombèrent sur l'Épée de Shannara.) Mon garçon ! C'est bien elle ? L'Épée de Shannara ? Vous l'avez trouvée ? Comment l'avez-vous sortie de la Fosse ? Où... ?

Soudain, des bruits de bottes retentirent sur les marches en bois, derrière eux, suivis par des cliquetis d'armes et des échos de voix. Padishar se retourna vivement. Les bruits étaient aisés à identifier. Des hommes armés descendaient les escaliers de la salle que Par venait de quitter, passant par la même porte que Padishar. Ils s'enfonçaient dans les tunnels, éclairés par des torches qui fumaient et crachotaient dans les ténèbres.

Padishar prit le Valombrien par le bras et l'entraîna vers la trappe.

— La Fédération ! J'ai dû être suivi, ou ces chiens surveillaient le moulin...

Par tituba et essaya de reculer.

— La trappe...

— Patience, mon garçon, coupa Padishar en tirant son compagnon en haut de l'escalier. Nous serons sortis d'ici avant qu'ils nous rejoignent.

Il se jeta contre la trappe et recula, l'air incrédule.

— J'ai essayé de vous prévenir, souffla Par. (Il se dégagea et regarda derrière lui.) Y a-t-il une autre sortie ?

En guise de réponse, Padishar se jeta contre la trappe pour essayer de l'ouvrir. Le battant refusa de bouger, même si des planches se fendirent.

— Par l'enfer ! cracha le hors-la-loi.

Des soldats de la Fédération surgirent dans la pièce, virent Padishar et Par immobiles sur les marches et bondirent sur eux. Sa grande épée dans une main et son long couteau dans l'autre, Padishar redescendit les marches pour venir à leur rencontre. Les premiers soldats furent aussitôt abattus. Les autres reculèrent, devenus très prudents. Puis ils feintèrent, essayant de déborder leur adversaire par les flancs. Mais Par était debout derrière Padishar et frappait tous ceux qui approchaient. Lentement, les deux compagnons remontèrent les marches pour obliger leurs assaillants à les attaquer de front.

Une bataille perdue d'avance, car il y avait au moins vingt hommes.

La tête de Par cogna contre la trappe. Il se retourna et la poussa une dernière fois. Elle était toujours bloquée.

Ils étaient coincés !

Il comprit qu'il allait devoir utiliser l'Enchantement de Shannara.

Padishar se jeta sur leurs assaillants et les fit reculer de dix pas.

Par invoqua la magie et sentit la musique monter à ses lèvres, étrange-ment sombre et amère. Elle n'était plus la même depuis sa fuite de la Fosse. À vrai dire, plus rien ne l'était...

Les soldats de la Fédération se lancèrent dans une contre-attaque qui força Padishar à battre en retraite dans l'escalier.

À cet instant, la trappe s'ouvrit à la volée. Par appela Padishar. Sans un regard en arrière, les deux hommes se ruèrent en haut des marches, franchirent l'ouverture et entrèrent dans le moulin.

Ses cheveux roux flottant derrière elle, Damson Rhee sortit d'un trou, dans le mur du moulin, et leur cria de la suivre. Des silhouettes sombres se dressèrent sur son chemin et en appelèrent d'autres. Damson pivota vers elles, rapide comme un félin. Du feu jaillit de ses mains, se transformant en étincelles qui volèrent vers le visage de ses adversaires. Elle passa au milieu d'eux, sa magie des rues lui frayant un chemin. Par et Padishar se hâtèrent de la suivre en hurlant comme des possédés. Les soldats essayèrent de se regrouper, mais aucun n'arriva à côté de Par, car Padishar les abattit tous.

Les fugitifs sortirent dans la rue obscure, le visage couvert de sueur et le souffle rauque. Des passants détalèrent en hurlant quand des soldats de la Fédération arrivèrent de partout, criant, jurant et bousculant tous ceux qui se dressaient encore sur leur chemin.

Sans un mot, Damson fonça le long d'une allée et entraîna Par et Padishar dans un passage obscur qui empestait les ordures et les excréments. Ils furent poursuivis, mais très maladroitement. Damson leur fit emprunter une allée latérale, puis franchir la porte dérobée d'une auberge. Ils traversèrent la salle faiblement éclairée et pleine d'hommes assis autour des tables ou affalés sur des chaises, dépassèrent le comptoir, sortirent par la porte principale et débouchèrent dans une rue déserte.

— Damson, qu'est-ce qui t'a retardée ? lança Par pendant qu'ils couraient. La trappe...

— C'est ma faute, Valombrien ! cracha Damson. Je l'ai dissimulée avec des caisses. Je pensais que ce serait plus sûr pour toi. Je me trompais. Mais je n'ai pas amené les soldats. Ils doivent avoir trouvé la cachette tout seuls. Ou avoir suivi Padishar.

Le colosse ouvrit la bouche pour parler, mais la jeune femme l'interrompit.

— Dépêchez-vous ! Ils arrivent !

Des soldats de la Fédération jaillirent des ombres, devant et derrière les fugitifs. Damson pivota, revint vers la rangée de bâtiments la plus lointaine et les fit passer par une allée si étroite qu'ils durent avancer en file indienne. Des cris de rage retentirent derrière eux.

— Nous devons revenir sur la voie Tyrsienne ! lança Damson.

Ils arrivèrent devant l'entrée d'un marché, glissèrent sur des restes de nourriture et renversèrent des poubelles. Une porte leur barrant le chemin, Damson essaya en vain de dégager la barre de fermeture. Plus radical, Padishar la fracassa d'un puissant coup de pied.

Des soldats les attendaient quand ils sortirent. Padishar se jeta sur eux et les envoya rouler au loin. Deux hommes tombèrent et ne bougèrent plus. Les autres s'éparpillèrent.

Un mouvement soudain, sur sa gauche, alarma Par. Un Questeur sortit de la nuit, la tête de loup brillant sur son manteau sombre. Lui donnant la forme d'un serpent de brume, Par propulsa la magie de l'Enchantement de Shannara vers le Questeur, qui recula en hurlant.

Les trois fugitifs continuèrent à courir, coupèrent par une deuxième rue, puis s'engagèrent dans une troisième. Par était à la limite de ses forces, le souffle si court qu'il menaçait d'étouffer, et la gorge desséchée par la peur et la poussière. Encore faible après sa bataille dans la Fosse, il n'avait pas entièrement récupéré des dégâts provoqués par l'utilisation de la magie. Il serra contre lui l'Épée de Shannara, son poids lui semblant augmenter à chaque pas.

Ils s'arrêtèrent un instant sous l'entrée d'une écurie, écoutant le tumulte augmenter autour d'eux.

— Ils n'ont pas pu me suivre ! déclara soudain Padishar, crachant du sang à travers ses lèvres craquelées.

— Je ne comprends pas, souffla Damson. Ils connaissaient toutes les cachettes ! Même la dernière...

— J'aurais dû comprendre plus tôt ! s'exclama Padishar. C'était cet Ombreur, celui qui a tué Hirehone. Oui, celui qui s'est fait passer pour la naine. (Par leva la tête.) Il a découvert toutes nos cachettes. Comme pour la Saillie...

— De quelle naine parlez-vous ? demanda Par.

Mais Damson était déjà repartie, obligeant ses deux compagnons à lui emboîter le pas. Ils traversèrent une passerelle et entrèrent sur une place où débouchaient une demi-douzaine de rues. Ils continuèrent, épuisés, se rapprochant de la voie Tyrsienne, la rue principale de la cité. L'esprit de Par débordait de questions pendant qu'il avançait. Une naine les avait dénoncés ? Teel, ou quelqu'un d'autre ? Qu'était-il arrivé à la Saillie ? Et où était passé Morgan Leah ?

Une rangée de soldats apparut devant eux, bloquant le chemin. Damson poussa Par et Padishar dans l'ombre d'un bâtiment.

— J'ai trouvé la Taupe, murmura-t-elle. Il nous attend chez le marchand de cuir de la voie Tyrsienne pour nous conduire dans les tunnels et nous faire quitter la ville.

— Il s'est échappé ? souffla Par.

— Je t'avais dit qu'il était plein de ressources, répondit Damson. Nous devons le rejoindre ! Il faut traverser la voie Tyrsienne et parcourir une petite distance à découvert. Mais il y a les soldats... Si nous sommes séparés, ne vous arrêtez pas !

Avant que les deux hommes aient le temps de protester, elle repartit, fonçant dans une allée, entre deux rangées de magasins aux volets fermés. Padishar lança une objection inutile, puis il la suivit. Par l'imitant, ils sortirent de l'allée et s'engouffrèrent dans la rue qui menait à la voie Tyrsienne. Padishar se jeta sur les soldats qui s'y trouvaient, son épée jetant des éclairs argentés maléfiques. Damson tira Par vers la gauche, au-delà des combattants. Mais d'autres soldats arrivèrent. Soudain, il y en eut partout.

La lune étant cachée par les nuages, il faisait si sombre, avec les lampadaires éteints, qu'il était impossible de distinguer les amis des ennemis. Damson et Par luttèrent pour traverser la mêlée et échapper aux mains qui cherchaient à les retenir. Ils entendirent le cri de guerre de Padishar, puis un bruit d'épées qui s'entrechoquent.

Devant eux, au centre de la voie, une colonne de flammes jaillit dans une explosion aveuglante.

— Taupe ! cria Damson.

Ils foncèrent vers le feu qui rugissait dans les ténèbres. Partout, des gens les dépassaient, courant dans toutes les directions.

Comme c'était prévisible, Par fut très vite séparé de Damson. Il se retourna pour la chercher et s'étala de tout son long quand un soldat le percuta. Le Valombrien se releva à moitié, appela frénétiquement la jeune femme, l'Épée de Shannara reflétant le feu orange quand il chercha désespérément autour de lui.

Padishar surgit de nulle part, remit le jeune homme sur ses pieds, le hissa sur son épaule et courut vers des bâtiments obscurs. Des lames s'abattirent, mais Padishar était rapide et fort, et personne ne se montrerait à sa hauteur, cette nuit ! Le chef des hommes libres se jeta entre les derniers soldats, sauta par-dessus des poubelles et des caisses, renversa des bancs et courut le long des poteaux de soutien des auvents.

Devant eux, l'échoppe du marchand de cuir était silencieuse et apparemment vide. Padishar arriva au pas de course et traversa la porte comme si elle n'existait pas, l'arrachant à ses gonds d'un coup d'épaule.

À l'intérieur, il posa Par sur le sol et se retourna.

Il n'y avait aucun signe de Damson.

— Damson ! hurla-t-il.

Des soldats de la Fédération approchaient déjà.

— Taupe ! cria Padishar en désespoir de cause.

Un visage couvert de fourrure apparut dans les ombres, au fond de la boutique.

— Par ici, dit la voix calme de la Taupe. Vite, je vous prie...

Par hésita, cherchant toujours Damson du regard, mais Padishar le saisit par sa tunique et l'entraîna avec lui.

— Nous n'avons pas le temps, mon garçon.

Les yeux brillants de la Taupe étincelèrent quand les deux hommes arrivèrent près de lui.

— L'adorable Damson... ? commença-t-il.

Padishar secoua la tête. La Taupe baissa la sienne et se détourna. Sans un mot, il leur fit franchir une porte qui donnait sur une série de pièces de stockage, puis s'engagea dans un escalier qui menait à une cave. Le long d'un mur apparemment plein, il localisa un panneau qui s'ouvrait quand on l'effleurait et les fit traverser sans un regard en arrière.

Ils débouchèrent sur le palier d'un escalier qui donnait sur les égouts de la ville. Revenu dans son domaine, la Taupe descendit vers les catacombes humides et fraîches. Au pied des marches, il tendit une torche au hors-la-loi, qui s'agenouilla pour l'allumer.

— Nous aurions dû retourner chercher Damson ! siffla Par, furieux.

Padishar se tourna vers lui, impassible.

— Taisez-vous, Valombrien, avant que j'oublie qui vous êtes ! dit-il, une lueur de rage dans les yeux.

Il alluma la torche, puis les trois compagnons avancèrent dans les tunnels. La Taupe marcha avec assurance dans l'obscurité, les emmenant de plus en plus profondément sous la cité et loin de ses murs d'enceinte. Les cris des poursuivants avaient cessé. Par pensa que les soldats, en supposant qu'ils trouvent l'entrée secrète, se perdraient rapidement dans les tunnels. Il s'aperçut qu'il tenait toujours l'Épée de Shannara et, après un instant de réflexion, la remit au fourreau.

Les minutes passèrent. À chaque pas qu'ils faisaient, Par sentait mourir son espoir de revoir un jour Damson Rhee. Il aurait voulu l'aider, mais le regard de Padishar l'avait convaincu qu'il valait mieux tenir sa langue. Pourtant, le hors-la-loi devait être aussi inquiet que lui sur le sort de Damson.

Ils traversèrent une passerelle en pierre qui enjambait un cours d'eau paresseux, puis passèrent par un tunnel si bas qu'ils durent presque se mettre à quatre pattes. Au bout du passage, le plafond redevenait plus haut, et ils arrivèrent bientôt devant une porte.

La Taupe toucha une pierre qui libéra un verrou, et le battant s'ouvrit devant eux. Dans la pièce, ils découvrirent des meubles et des vieilleries – les « trésors » que la Taupe avait failli perdre en fuyant la Fédération, une semaine plus tôt. Les animaux en peluche étaient assis en bon ordre sur un vieux canapé en cuir, leurs yeux en verre regardant fixement les trois compagnons quand ils entrèrent.

La Taupe alla s'agenouiller près de ses reliques.

— Mon courageux Chalt, ma douce Everlind, ma Westra, et la petite Lida, dit-il. (Il murmura d'autres noms, trop bas pour que ses compagnons entendent.) Bonjour, mes enfants. Non, non, les créatures noires ne vous trouveront pas ici, je vous le jure.

Il embrassa ses peluches et les réarrangea soigneusement.

Padishar donna à Par la torche qu'il portait, s'approcha d'une bassine et lava son visage maculé de sang et de poussière. Puis il resta debout, les bras appuyés sur la table et la tête baissée.

— Taupe, nous devons découvrir ce qui est arrivé à Damson.

La Taupe se retourna.

— L'adorable Damson ?

— Elle était juste à côté de moi, expliqua Par. Puis les soldats se sont mis entre nous...

— Je sais, dit Padishar. Ça n'était pas votre faute. Ce n'était la faute de personne ! Elle s'est peut-être échappée, mais il y avait tant de soldats... Taupe, il faut que nous sachions s'ils l'ont capturée.

— Ces tunnels passent sous les prisons de la Fédération. Je peux regarder et écouter.

Padishar dévisagea le petit être.

— Vérifiez aussi à l'entrée de la Fosse...

Il y eut un long silence.

Pas Damson ! Pas là ! pensa Par, terrorisé.

— Je veux aller avec lui, dit-il doucement.

— Non ! Seul, il avancera plus vite et plus discrètement. Je voudrais y aller autant que vous, mon garçon. Damson est...

Il hésita. Par hocha la tête.

— Elle me l'a dit.

Les deux hommes se regardèrent en silence.

La Taupe traversa la pièce, clignant des yeux à la lueur de la torche que Par tenait toujours.

— Ne bougez pas d'ici jusqu'à ce que je revienne ! ordonna-t-il.

Puis il partit.

Chapitre 3

Par Ohmsford était arrivé à cet endroit en suivant un chemin long et tortueux. Et tout avait commencé par sa rencontre avec l'ombre d'Allanon, au lac Hadeshorn... Il regarda autour de lui, dans la tanière souterraine de la Taupe, pleine d'objets mis au rebut, et se demanda jusqu'à quel point ce décor était à l'image de sa propre vie.

Damson...

Par ferma les yeux pour bloquer les larmes qu'il sentait monter à ses paupières, incapable d'imaginer ce qu'il éprouverait s'il la perdait. Il commençait à peine à comprendre ce qu'elle signifiait pour lui...

— Par, dit Padishar, venez vous laver, mon garçon. Vous êtes épuisé.

Par ne protesta pas. Physiquement, mentalement, spirituellement... Il était fatigué à tous les points de vue. Ses forces l'avaient quitté, et ses derniers espoirs semblaient prêts à en faire autant.

Avisant des chandelles, il les alluma avec la torche, qu'il éteignit ensuite. Puis il se lava le visage, se débarrassant de la saleté et de la sueur comme s'il effaçait toutes les mauvaises choses qui lui étaient arrivées depuis le début de sa quête de l'Épée de Shannara.

Il s'interrompit, retira l'arme toujours attachée dans son dos, la posa contre une vieille commode au miroir craquelé et la regarda comme si elle était un ennemi. L'Épée de Shannara... Était-ce bien elle ? Il l'ignorait toujours. Allanon l'avait chargé de trouver cette lame. Il avait cru avoir rempli sa mission, mais à présent, il devait se reposer la question. Sa quête était passée au second plan après la mort de Coll et sa lutte pour survivre dans les catacombes de Tyrsis. Il se demanda combien d'autres missions d'Allanon avaient été oubliées ou ignorées. Walker Boh ou Wren avaient-ils changé d'avis ?

Par finit de se laver et se sécha. Puis il se retourna et vit que Padishar s'était assis à une table dont le quatrième pied avait été remplacé par une caisse retournée. Le chef des hommes libres mangeait du pain et du fromage qu'il faisait descendre avec de la bière. Il invita Par à le rejoindre. Une assiette l'attendait. Le Valombrien alla s'asseoir et commença à manger.

Plus affamé qu'il l'aurait cru, il termina son repas en quelques minutes. Autour de lui, les chandelles crachotaient et vacillaient dans la pénombre, comme des lucioles par une nuit sans lune. Le silence était seulement troublé par un bruit d'écoulement lointain.

— Depuis combien de temps connaissez-vous la Taupe ? demanda Par, troublé par le sentiment de vide que ce calme faisait naître en lui.

Padishar fit la moue, le visage si égratigné qu'il ressemblait à un puzzle mal assemblé.

— Environ un an. Damson me l'a présenté une nuit dans le parc. J'ignore comment elle l'a connu. (Il regarda les animaux en peluche.) C'est un gaillard très particulier, mais il lui est tout dévoué, c'est sûr...

Par hocha la tête.

Padishar s'adossa à sa chaise.

— Parlez-moi de l'Épée, mon garçon. C'est la vraie ?

Par sourit malgré lui.

— Une bonne question, Padishar ! J'aimerais avoir la réponse.

Puis il expliqua au chef des hommes libres ce qui lui était arrivé depuis qu'eux deux avaient lutté ensemble pour s'évader de la Fosse. Il raconta que Damson les avait trouvés, Coll et lui, dans le parc du Peuple, qu'ils avaient rencontré la Taupe, qu'ils avaient décidé de revenir une dernière fois dans la Fosse pour récupérer l'Épée et qu'il avait trouvé Rimmer Dall dans la salle. Le Premier Questeur lui avait remis sans lutter une lame censée être l'antique talisman. Après, Coll était mort, et depuis, Damson et lui se cachaient dans Tyrsis.

Par ne mentionna pas que Rimmer Dall lui avait dit qu'il était en réalité un Ombreur. Parce que si c'était vrai...

— Je porte l'Épée, Padishar, conclut-il, refusant de penser plus longtemps à cette horrible possibilité, parce que je me dis que je serai tôt ou tard capable de déterminer si elle est authentique ou non.

Padishar fronça les sourcils.

— Il y a une astuce quelque part ! Rimmer Dall n'est l'ami de personne... Soit la lame est fausse, soit il a de bonnes raisons de penser que vous ne pourrez pas vous en servir.

Sauf si je suis un Ombreur, pensa Par.

Il déglutit pour oublier sa peur.

— Je sais. Et pour le moment, je ne peux pas. J'essaie d'invoquer sa magie, mais il ne se passe rien. Une seule fois, quand j'étais dans la Fosse, après que Coll... J'ai ramassé l'Épée, et elle m'a brûlé comme des charbons ardents. Pendant une minute à peine... La magie de l'Enchantement de Shannara était toujours active, et je serrais toujours une épée de feu. Puis la magie a disparu, et l'Épée est redevenue froide.

Le colosse hocha la tête.

— Alors, c'est ça, mon garçon ! L'Enchantement interdit l'utilisation de l'Épée de Shannara. Ça ne paraît pas idiot, non ? Pourquoi pas une opposition entre les magies ? Si c'est ça, Rimmer Dall pouvait vous donner l'Épée sans se faire de souci.

— Mais comment aurait-il su que ça marcherait comme ça ?

Par pensait plutôt que le Premier Questeur savait que l'Épée serait inutile à un Ombreur.

— Et Allanon ? continua-t-il. Ne l'aurait-il pas su aussi ? Pourquoi m'envoyer à la recherche de l'Épée si je ne peux pas m'en servir ?

Padishar n'ayant aucune réponse à ces questions, les deux hommes se regardèrent un moment en silence. Puis le colosse souffla :

— Je suis désolé pour votre frère.

Par détourna le regard.

— C'est Damson qui m'a empêché de... (Il se reprit.) Qui m'a aidé à surmonter la douleur quand je pensais qu'elle serait trop difficile à supporter. (Il eut un sourire triste.) Je suis amoureux d'elle, Padishar. Nous devons la retrouver.

— En supposant qu'elle soit perdue, mon garçon. Pour le moment, nous n'en savons rien.

Mais le hors-la-loi avait l'air inquiet.

— Je ne supporterais pas de la perdre comme j'ai perdu Coll, dit Par.

— Je sais. Nous la récupérerons saine et sauve, je vous le promets.

Padishar saisit le pichet de bière, en versa une bonne rasade dans sa chope, en ajouta un peu dans celle de Par, but à longs traits et reposa sa chope.

Le Valombrien comprit que son compagnon avait dit tout ce qu'il avait à exprimer sur ce sujet.

— Parlez-moi de Morgan, demanda-t-il.

— Ah ! le montagnard ! lança Padishar, s'animant soudain. Il m'a sauvé la vie dans la Fosse, quand votre frère et vous avez réussi à fuir. Et il me l'a encore sauvée – avec celle de tous les autres – à la Saillie. Une sale affaire, ça...

Il raconta tout à Par : l'Épée de Leah avait été brisée au moment où ils avaient fui la Fosse et ses Ombreurs, la Fédération les avait pistés jusqu'à la Saillie et les avait assiégés, puis les Grimpeurs étaient arrivés. Mais Morgan avait deviné que Teel était une Ombreuse. Padishar, Steff et lui l'avaient traquée dans les cavernes, derrière la Saillie, où Morgan l'avait affrontée seul, trouvant juste assez de magie dans son épée brisée pour la détruire. Ensuite, les hommes libres s'étaient dégagés du piège tendu par la Fédération, mais Morgan les avait laissés pour retourner à Culhaven, vers les nains, afin de tenir la promesse faite à son ami Steff agonisant.

— Je lui ai juré de me lancer à votre recherche, termina Padishar. Mais j'ai été obligé de rester tranquille dans les étendues Enflammées pendant que mon bras cassé guérissait. Six semaines... Il me fait toujours mal, même si je ne le montre pas. Nous devions rencontrer Axhind et ses trolls des Rochers au col de Jannisson, il y a deux semaines, mais je leur ai fait dire d'attendre quinze jours de plus. (Il soupira.) Tant de temps perdu, et si peu de choses à perdre, au bout du compte ! Un pas en avant et deux en arrière. Bref, j'ai fini par guérir suffisamment pour tenir ma promesse et partir à votre recherche. (Il lâcha un petit rire.) Ça n'a pas été facile. Partout où je passais, la Fédération attendait.

— C'était l'œuvre de Teel ? demanda Par.

— Forcément. Elle a tué Hirehone après avoir volé son identité et ses secrets. Nous avions confiance en Hirehone. Il connaissait toutes les cachettes. L'Ombreuse a dû obtenir ces informations en les aspirant dans son esprit. Saletés d'Ombreurs ! Et Rimmer Dall qui prétend être votre ami ! Quels mensonges !

Ce serait encore pis si c'était vrai, pensa Par.

Il craignait que ses « affinités » avec le Premier Questeur, quelle que soit leur nature, ne permette à Dall de découvrir des secrets qui mettraient en danger ses amis et ses compagnons.

Une pensée alarmante, bien que trop improbable pour qu'il y croie. Mais en matière de vérités improbables, il avait été servi, ces derniers temps...

Mieux valait penser que les trahisons venaient toutes de Teel.

— Bref, dit Padishar, j'ai posté des gardes pour surveiller les étendues Enflammées depuis que nous y sommes installés, parce que Hirehone les connaissait et que les Ombreurs les connaissent peut-être aussi. Jusque-là, tout a été tranquille. Dans une semaine, nous tiendrons une réunion avec les trolls, et s'ils acceptent de se joindre à nous, nous aurons une armée convenable. Le début d'une véritable résistance, la première étincelle d'un feu qui brûlera à travers toute la Fédération et nous libérera !

— Au col de Jannisson ? demanda Par, distrait.

— Nous partirons dès que je serai revenu avec vous. Et Damson ! Une semaine suffira pour faire tout ça.

Une belle assurance, mais qui sonnait faux, ne manqua pas de remarquer Par.

— Morgan n'est pas encore revenu ?

— Ne vous en faites pas pour votre ami ! Il est dur comme le fer, aussi rapide que l'éclair et sacrément déterminé. Où qu'il soit et quoi qu'il fasse, il s'en tire bien. Nous le reverrons bientôt.

Par n'eut rien à objecter sur ce point. Morgan Leah pouvait se tirer de n'importe quel mauvais pas. Il repensa aux yeux intelligents de son ami, à son sourire, à sa voix souvent ironique, et s'aperçut qu'il lui manquait beaucoup. Encore quelqu'un de perdu au cours de son voyage, comme un bagage excédentaire... Au détail près que ses amis et son frère avaient donné leur vie pour le garder en sécurité. Aucun n'avait hésité. Et que leur avait-il offert en retour ? Qu'avait-il fait pour justifier de tels sacrifices ?

Quel bien avait-il accompli ?

Son regard tomba sur l'Épée de Shannara, dont la garde représentait une main dressée tenant une torche enflammée. La vérité. L'Épée de Shannara était un talisman de vérité. Et celle qu'il souhaitait le plus découvrir, désormais, concernait justement cette arme pour laquelle tant de choses avaient été sacrifiées.

Mais comment faire pour savoir si elle était authentique ?

Padishar s'étira et bâilla.

— Il est temps de prendre un peu de repos, Par Ohmsford, dit-il en se levant. Pour ce qui nous attend, nous aurons besoin de toutes nos forces...

Il gagna le canapé où les animaux en peluche étaient installés, les ramassa négligemment et les posa sur une chaise. Puis il s'installa confortablement sur les coussins de cuir fatigué, la tête posée sur un bras. Quelques instants après, il commença à ronfler.

Par le regarda et tenta de chasser ses sombres pensées pour les empêcher de miner sa résolution. Il avait peur, mais ça n'avait rien de nouveau. L'effritement de l'espoir le perturbait beaucoup plus. Sans parler de la certitude d'être à la hauteur de la tâche, qui le quittait peu à peu...

Il se leva, approcha de la chaise où Padishar avait posé les animaux en peluche, les prit – Chalt, Lida, Westra, Everlind et tous les autres – et les porta jusqu'à la commode où était appuyée l'Épée de Shannara. Un par un, il les disposa autour de l'arme, comme une garde d'honneur qui l'aiderait à empêcher les démons de troubler son sommeil.

Quand il eut terminé, il trouva quelques coussins et des couvertures mitées et se fit un lit de fortune dans un coin de la pièce, sous une rangée de vieux tableaux.

Écoutant le bruit de l'eau qui tombait goutte à goutte, il finit par s'endormir.

Quand Par s'éveilla, le canapé où Padishar avait dormi était vide, et une seule chandelle brûlait encore. Le Valombrien plissa les yeux, se demandant où était parti le hors-la-loi. Il se leva, se servit de la chandelle pour rallumer les autres et regarder l'obscurité se transformer en pénombre.

Il ignorait combien d'heures il avait dormi. Dans ces catacombes, le temps n'existait plus. De nouveau affamé, il fit un repas composé de pain, de fromage et de fruits arrosés de bière, qu'il dévora sur la table à trois pieds. En se restaurant, il regarda fixement l'Épée de Shannara, entourée par les enfants de la Taupe.

Parle-moi, pensa-t-il. *Pourquoi ne me dis-tu rien ?*

Il finit de manger sans sentir le goût des aliments, les yeux et l'esprit concentrés sur l'arme. Puis il se leva, la prit, la ramena jusqu'à sa chaise et la posa un moment sur ses genoux. Enfin, il la sortit du fourreau et la fit tourner de tous les côtés, la lumière des chandelles se reflétant sur le métal poli.

Les yeux du Valombrien brillaient de frustration.

Un talisman ou un faux – lequel es-tu ?

Si c'était la véritable Épée, il y avait un problème entre eux. Il était le descendant de Shea Ohmsford, son sang elfique aussi réel que celui de son légendaire ancêtre. Il aurait dû être capable d'invoquer sans effort le pouvoir de l'Épée. Si c'était bien le véritable artefact... Sinon... Il secoua la tête, frustré. C'était bien l'Épée de Shannara ! Il le sentait dans ses os. Tout ce qu'il avait appris sur l'arme et les mélodies qu'il avait chantées à son sujet au fil des ans lui disaient que c'était bien elle. Rimmer Dall ne lui aurait pas donné une imitation. Le Premier Questeur désirait trop qu'il accepte d'être son disciple en magie pour risquer de se l'aliéner avec un mensonge qui serait tôt ou tard découvert. Rimmer Dall était bien trop intelligent pour prendre le risque d'une tromperie si évidente.

Par n'était pas sûr d'avoir raison, même si son raisonnement paraissait logique. Rimmer Dall voulait le convaincre qu'il était un Ombreur incapable d'utiliser la magie elfique de la lame parce que...

Parce que quoi ?

Parce que la vérité le détruirait et que sa propre magie ne le lui permettrait pas ?

Mais quand l'Épée de Shannara l'avait brûlé, dans la Fosse, lorsqu'il avait détruit Coll et l'Ombreur tapi en lui, n'était-ce pas la magie de la lame qui avait réagi à la sienne, et pas l'inverse ? Bref, quelle magie résistait, et à quoi ?

Par serra plus fort la garde sculptée de l'Épée. Quel était le problème ? Pourquoi ne parvenait-il pas à trouver la réponse ?

Il remit la lame au fourreau et resta assis, immobile et plongé dans ses pensées. Allanon l'avait chargé de trouver l'Épée de Shannara. Lui, pas Wren ni Walker. Et pourtant, ils avaient aussi dans les veines du sang elfique de Shannara. Mais Allanon l'avait envoyé, *lui*. Si cette mission avait été inutile, le druide n'en aurait-il pas été informé ? Même sous sa forme d'ombre, n'aurait-il pas perçu que la magie de Par était un danger ? Et que Par lui-même était l'ennemi ?

À moins que Rimmer Dall ait raison... Et si les Ombreurs n'étaient pas les ennemis, mais que ce soient en réalité les druides ? Ou étaient-ils *tous* des ennemis ? Les druides et les Ombreurs, combattant pour contrôler le pouvoir et combler le vide laissé par la mort d'Allanon et l'effacement de la dernière magie véritable.

Était-ce possible ?

Par fronça les sourcils et laissa courir ses doigts le long du pommeau de l'Épée et sur les motifs de son fourreau.

Pourquoi la vérité était-elle si difficile à découvrir ?

Il se demanda ce qui était arrivé à tous ses compagnons qui avaient répondu « présent » au rendez-vous du lac Hadeshorn. Steff et Teel étaient morts. Morgan avait disparu. Où était Cogline ? Que lui était-il arrivé après la rencontre avec Allanon ? Par aurait voulu pouvoir parler de l'Épée avec le vieil homme, qui aurait sûrement réussi à débrouiller tout ça. Et qu'en était-il de Wren et du vagabond géant ? Et de Walker Boh ? Avaient-ils changé d'avis et étaient-ils allés remplir leur mission, comme lui ?

Comme il *supposait* l'avoir fait...

Par baissa de nouveau les yeux sur l'Épée. Il y avait autre chose. Maintenant qu'il était – peut-être – en possession de l'arme, qu'était-il censé en faire ? En accordant à Allanon le bénéfice du doute sur qui était bon ou non, et si Par avait fait ce qu'il fallait, à quoi était supposée servir l'Épée de Shannara ?

Quelle vérité devait-elle révéler ?

Le Valombrien en avait assez de toutes ces questions sans réponses, des secrets qu'on lui cachait, des mensonges et des demi-vérités qui tournaient autour de lui comme des vautours attendant de se repaître. S'il avait pu rompre un seul maillon de la chaîne d'incertitudes qui lui liait les mains...

Soudain, la porte s'ouvrit, et Padishar entra.

— Bonjour, dit-il d'un ton enjoué. Vous êtes reposé, j'espère ?

Par hocha la tête, l'Épée toujours sur ses genoux.

Padishar la regarda bizarrement en traversant la salle.

— Quelle heure est-il ? demanda Par.

— Midi. La Taupe n'est pas revenu. Je suis sorti parce que je pensais pouvoir apprendre quelque chose sur Damson. Poser quelques questions... Fourrer mon nez dans certains trous... Mais j'ai perdu mon temps. Si la Fédération l'a capturée, elle ne l'a pas ébruité.

Découragé, le hors-la-loi se laissa tomber sur le canapé.

— S'il n'est pas revenu à la tombée de la nuit, je ressortirai...

— Pas sans moi !

— Voilà qui ne me surprend pas... En tout cas, Valombrien, nous pourrons nous épargner une autre excursion dans la Fosse...

Padishar s'interrompit, conscient de ce que ça impliquait, puis il détourna le regard. Par prit l'Épée de Shannara et la posa sur le sol, à côté de lui.

— Elle m'a dit que vous étiez son père, Padishar.

Le colosse regarda un long moment le jeune homme, puis il eut un petit sourire.

— L'amour semble pousser à beaucoup de bavardages idiots...

Padishar se leva et approcha de la table.

— Je crois que je vais manger quelque chose, maintenant...

Puis il se retourna, la voix soudain très dure.

— Ne répétez jamais ce que vous venez de dire ! À personne. Jamais !

Par hocha simplement la tête.

Le hors-la-loi mangea les mêmes restes de nourriture que le Valombrien en ajoutant un peu de viande séchée qu'il sortit d'un garde-manger. Par le regarda en se demandant depuis combien de temps le père et la fille préservaient leur secret. Ce devait être très difficile pour tous les deux, pensa-t-il.

Quand Padishar eut fini de manger, il se tourna vers Par.

— Elle avait promis de ne jamais le dire...

Par baissa les yeux sur ses mains.

— Elle me l'a confié parce que nous avions tous les deux besoin d'une raison de nous fier l'un à l'autre. C'était juste avant que nous retournions une dernière fois dans la Fosse...

Padishar soupira.

— Si la Fédération découvre qui elle est...

— Non ! Nous la récupérerons avant que ça en arrive là. Oui, nous y arriverons, Padishar !

— Vous avez raison, Par Ohmsford, nous y arriverons !

Des heures plus tard, la Taupe émergea des ténèbres comme s'il était une ombre et cligna des yeux à cause de la lumière des chandelles. Sa fourrure hérissée lui donnant l'air d'un buisson d'épineux, il éteignit plusieurs bougies pour rétablir la pénombre, où il se sentait beaucoup plus à l'aise. Puis il s'approcha de l'endroit où ses enfants étaient posés sur le sol, leur parla doucement pendant un moment, et les ramena sur le canapé.

Il était toujours en train de les cajoler quand la patience de Padishar fut épuisée.

— Qu'avez-vous découvert ? demanda-t-il. Dites-le-nous, si vous pensez pouvoir nous accorder un peu de temps...

La Taupe ne se retourna pas.

— Elle est prisonnière.

Par sentit qu'il blêmissait. Il regarda Padishar et vit que le colosse s'était levé, les poings serrés.

— Où ? murmura-t-il.

La Taupe prit le temps d'installer Chalt contre un coussin, puis il se retourna.

— Dans les anciens baraquements de la Légion, derrière le mur intérieur. L'adorable Damson est enfermée dans la tour de garde du sud, toute seule. Il m'a fallu longtemps pour la trouver...

Padishar avança et s'agenouilla pour que ses yeux soient au niveau de ceux de la Taupe. Les égratignures, sur son visage, rougeoyaient comme un incendie.

— Ont-ils... ? Elle va bien ?

— Je n'ai pas pu arriver jusqu'à elle...

— Vous ne l'avez pas vue ? demanda Par.

— Non. Mais elle est là... J'ai grimpé le long de la façade de la tour. Elle était de l'autre côté, et je l'ai entendue respirer. Elle dormait...

Le Valombrien et le chef des hommes libres échangèrent un bref regard.

— Comment est-elle surveillée ? demanda Padishar.

La Taupe se frotta les yeux.

— Des soldats montent la garde devant sa porte, au pied de l'escalier qui conduit à sa cellule et devant le portail d'accès. Ils patrouillent aussi dans les couloirs et sur les passerelles. Ils sont très nombreux, et il y a des Ombreurs.

— Ils savent..., murmura Padishar, accablé.

— Non, dit Par. Pas encore. S'ils savaient, ils ne la laisseraient pas dormir. Ils ne sont pas sûrs. Ils attendront Rimmer Dall, comme d'habitude.

Padishar regarda un moment le jeune homme sans rien dire, une lueur d'espoir dans les yeux.

— Vous avez peut-être raison. Nous devons donc la faire sortir de là avant...

— Vous et moi, dit Par. Nous irons tous les deux.

Creel hocha la tête. Une compréhension plus profonde que celle que les mots auraient pu exprimer passa entre les deux hommes.

Padishar se levant, ils se regardèrent à travers la pénombre de la tanière miteuse de la Taupe, leur résolution plus forte que jamais. Par chassa de son esprit les questions sans réponses sur l'Épée de Shannara et ses doutes sur l'utilisation de sa propre magie. Pour libérer Damson, il était prêt à tout. Rien d'autre ne comptait.

— Il faudra nous approcher d'elle le plus possible, dit Padishar. Sans être vus.

— Je connais un chemin, annonça la Taupe d'une voix solennelle.

Le colosse lui effleura l'épaule.

— Dans ce cas, vous devrez nous accompagner.

— L'adorable Damson est ma meilleure amie, dit la Taupe.

Padishar retira sa main et se tourna vers Par.

— Nous partons à sa recherche immédiatement.

Chapitre 4

L'homme se nommait Walker Boh, et il arpentait les parapets, les créneaux, les tours, les couloirs et les passerelles comme le fantôme qu'il avait été et le banni qu'il était devenu. Paranor, la forteresse des druides, était de retour dans le monde des hommes, rendue à la vie par Walker et la magie de la Pierre elfique noire.

Désormais, Paranor se dressait au milieu de la forêt obscure où rodaient des loups. Protégée par des épines de la taille de pointes de lance, comme trois cents ans auparavant, elle jaillissait de la terre sur un promontoire visible de tous les points de la vallée qu'elle dominait, du col de Kennon à celui de Jannisson, d'une crête des dents du Dragon à l'autre. Aussi solide que le jour où elle avait été construite, plus de mille ans auparavant, la forteresse de la légende et des récits n'avait pas changé.

Par l'enfer, pensa Walker Boh, désespéré, *ça m'a coûté rudement cher !*

— Elle m'attendait dans le puits de la tour : l'essence de la magie des druides qu'Allanon avait laissée comme chien de garde, avait expliqué Walker à Cogline, la première nuit. (Celle où il avait senti la présence d'Allanon le hanter de l'intérieur.) Depuis, le druide attendait, son esprit, ou une partie de son esprit, caché dans la brume qui a jadis détruit les spectres Mords et leurs alliés, puis envoyé Paranor hors du monde des hommes, où elle devait attendre d'être rappelée sur nos terres. L'ombre d'Allanon attendait aussi dans les eaux du lac Hadeshorn, certaine que les hommes auraient un jour besoin de la forteresse. Allanon savait que la magie et les connaissances des druides devaient être gardées en réserve au cas où l'histoire prendrait un chemin différent de celui qu'il avait prévu...

Cogline avait écouté en silence, toujours impressionné par ce qui était arrivé et par l'homme que Walker Boh était devenu. Et terrorisé, aussi. Parce que Walker était toujours Walker, mais avec... quelque chose de plus. Allanon vivait en lui, impliqué dans le processus qui transforme un homme en druide. Cela s'était produit lors du rite de passage qui s'était déroulé dans les profondeurs de la forteresse. Sous sa forme spirituelle, Cogline était arrivé à temps pour empêcher Walker de sombrer dans la folie. Durant ces quelques secondes, le vieil homme avait senti le début de ces modifications, et il s'était enfui, horrifié.

— La Pierre elfique noire a absorbé la brume puis elle l'a transférée en moi, murmura Walker.

Les mots étaient désormais familiers, mais il pensait que les répéter l'aiderait à se faire comprendre. Il baissa les yeux, son visage devenu un masque perpétuellement changeant.

— Elle a amené Allanon en moi. Tous les druides, en réalité, avec leur histoire, leurs connaissances, leur magie et leurs secrets... Tout ce qu'ils étaient ! Elle les a tissés en moi comme sur un canevas, fabriquant une nouvelle étoffe. Je me suis senti envahi et impuissant.

Le visage à demi caché par son capuchon, Walker se tourna vers le vieil homme.

— Ils sont tous à l'intérieur de moi, Cogline ! Installés en moi, ils sont décidés à me transmettre leurs connaissances et leurs pouvoirs, et ils exigent que je les utilise comme eux. C'était le plan d'Allanon depuis le début : un descendant de Brin pour continuer la lignée des druides ! Quelqu'un qui servirait et obéirait...

Des doigts de fer se refermèrent soudain sur l'épaule de Cogline, le faisant sursauter.

— L'obéissance, vieil homme ! Voilà ce qu'ils attendent de moi, mais ils ne l'auront pas ! Je les sens me travailler de l'intérieur. Je capte leur présence pendant qu'ils murmurent et essaient de me forcer à les écouter. Mais je suis plus fort qu'eux grâce au processus même qu'ils ont employé pour me modifier. J'ai survécu à l'épreuve et je serai ce que je choisirai d'être, même s'ils vivent en moi, qu'ils soient des ombres, des souvenirs du passé ou tout ce qu'ils veulent d'autre ! Si je dois devenir ce qu'ils ont fait de moi, je donnerai au moins ma voix et mon cœur à cette créature !

Ils marchèrent ensemble, Cogline, aussi glacé que la mort, écoutant un Walker Boh plus brûlant et enragé que les feux qui avaient recommencé à brûler dans la fournaise, sous Paranor.

Car le changement continuait pendant que le vieil homme et le futur druide arpentaient les couloirs, escortés par Rumeur, le félin des landes, qui semblait aussi soucieux que ses maîtres. Les modifications tourbillonnaient en Walker comme de la fumée dans le vent, et les esprits des anciens druides vivaient dans le corps de l'homme qui rendrait la vie à la magie. Ils lui communiquaient des connaissances acquises au fil des siècles : tout ce que les druides avaient découvert, tout ce qui les avait soutenus pendant leurs années de lutte contre le Roi-Sorcier, les porteurs du Crâne, les démons sortis de la Barrière et les spectres Mords... Bref, toutes les épreuves imaginées par les forces du mal pour défier l'humanité. La magie se révélait peu à peu, se dévoilant parfois au milieu des murmures qui résonnaient dans l'esprit de Walker Boh et ne le laissaient jamais en paix.

Pendant trois jours, il n'avait pas dormi du tout. Épuisé au point d'être désespéré, il avait essayé, mais quand il se laissait glisser dans le sommeil, une nouvelle facette du changement le forçait à se lever comme s'il était une marionnette tirée par un fil, le contraignant à se soucier de sa présence, de ses besoins et de sa détermination à être reconnue. Chaque fois, Walker combattait. Pas pour empêcher le changement, ce qui aurait été absurde, mais pour lui faire savoir qu'il n'était pas accepté sans conditions. Les connaissances seraient examinées et étudiées, et il n'était pas question de les utiliser à l'aveuglette.

Selon Walker, les druides ne lui avaient pas donné la vie, et ils ne devaient donc pas être autorisés à dicter sa destinée. Magie ou pas, il déciderait du cours de son existence et n'aurait de comptes à rendre qu'à lui-même.

Cogline et Rumeur, pourtant aussi fatigués que lui, ne le quittèrent pas d'un pouce. Inquiets, ils ne voulaient pas le laisser seul face à ce qui l'attendait. La voix de Cogline était tout ce que Walker avait besoin d'entendre de temps en temps. Prudent et rassurant, le vieil homme apaisait un peu la rage et le dégoût de son compagnon. Rumeur incarnait la certitude que certaines choses ne changeaient jamais – une présence aussi solide et sûre que la venue du jour après la nuit et la promesse qu'on se réveillerait même après le pire cauchemar. À eux deux, ils soutenaient Walker d'une manière qu'il aurait eu du mal à décrire et qu'eux-mêmes ne comprenaient pas.

Trois jours passèrent avant que le changement soit complet. D'un seul coup, les murmures s'effacèrent. En Walker, tout devint paisible. Il dormit d'un sommeil sans rêves et, quand il s'éveilla, vit les choses sous un nouvel angle. Même s'il avait été modifié d'une manière qu'il commençait seulement à découvrir, il restait l'homme qu'il avait toujours été. Il avait préservé en lui le sceptique qui se méfiait de la magie des druides. Et même si ceux-ci vivaient désormais en lui, et auraient donc leur mot à dire sur la façon dont il mènerait sa vie, ils seraient dominés par des convictions qui avaient précédé leur apparition et y avaient survécu.

Walker se leva dans sa petite chambre, seul dans l'obscurité de cette pièce sans fenêtres, et se sentit en paix avec lui-même pour la première fois depuis le début du terrible voyage qu'il avait entrepris pour remplir la mission d'Allanon. Sa transformation achevée, il avait perdu beaucoup de choses, mais l'essentiel était d'avoir survécu.

Il alla rejoindre Cogline. Assis tout près de la chambre, le félin couché à ses pieds, le vieillard avait l'air inquiet et semblait rongé par l'incertitude.

Walker s'approcha de son compagnon et le remit debout comme s'il était un enfant, car le changement l'avait rendu extraordinairement fort. Recréé par les voix et les mains qui l'avaient hanté, il était devenu aussi puissant que dix hommes. Passant son bras unique autour du corps frêle de son mentor, il le serra contre lui.

— Je suis de nouveau en forme, dit-il. C'est terminé, et tout va bien.

Le vieil homme le serra dans ses bras et pleura contre son épaule.

Plus tard, ils parlèrent comme ils aimaient le faire autrefois, conscients d'être liés par la magie druidique et le destin qui les avaient conduits en ce lieu. Ils évoquèrent le changement de Walker, les sentiments qu'il avait générés en lui, les connaissances qu'il lui avait apportées et les services qu'il pourrait lui rendre. Maintenant qu'ils étaient tous les deux redevenus des hommes de chair et de sang, Paranor de retour dans le monde, une nouvelle ère commençait pour les Quatre Terres, et le futur dépendait en grande partie d'eux.

Walker Boh ignorait encore comment il utiliserait la magie druidique – et même s'il le ferait. La menace que représentaient les Ombreurs restait bien entendu à considérer, mais sa nature et son étendue demeuraient mystérieuses.

Walker avait reçu en héritage les connaissances des druides, mais il ignorait tout sur ce qu'il était censé en faire – particulièrement vis-à-vis des Ombreurs.

— Ma transformation me laisse avec des connaissances que je ne détenais pas avant, confia-t-il à Cogline. L'une d'elles m'apprend que l'utilisation de la magie druidique sera nécessaire pour que les Ombreurs soient éliminés. Mais j'ignore à qui appartiennent ces connaissances... Sont-elles à moi, ou à Allanon ? Puis-je leur faire confiance ? Sont-elles une réalité ou une fiction ?

— Selon moi, tu devras le découvrir par toi-même. Allanon veut que ça se passe ainsi. Il a toujours laissé les Ohmsford découvrir seuls la vérité. Tu disais qu'il les manipulait, mais c'était autre chose. La nature même de la vie... Nous apprenons en agissant, pas à cause de ce qu'on nous dit. Ce ne sont pas les machinations des druides qui nous forcent à avancer, mais notre besoin de savoir. C'est la seule façon d'apprendre. Et tu dois faire pareil, Walker.

Avant tout, décidèrent les deux hommes, il convenait de découvrir ce qui était arrivé aux autres descendants de Shannara, Par, Coll et Wren. Avaient-ils rempli leur mission ? Où étaient-ils, et quels secrets avaient-ils découverts ?

— Par doit avoir trouvé l'Épée de Shannara, dit Walker. Sinon, il la cherche sûrement toujours...

Assis dans le bureau des druides, où étaient conservées les archives, les deux hommes consultaient des textes que Walker avait déjà lus, mais qu'il comprenait différemment depuis son changement.

— Par était décidé à la trouver. Il avait une détermination de fer. Il n'aurait jamais abandonné.

— Wren non plus, je crois, dit le vieil homme. Sa résolution était également très forte, mais un peu moins apparente que celle de Par. L'ombre d'Allanon savait comment vous convaincre. Vous n'aviez aucune chance de ne pas faire ce qu'elle vous demandait...

— Depuis l'époque de Shea Ohmsford, les druides nous traitent comme des marionnettes, n'est-ce pas ? Ils ont trouvé en nous quelque chose qu'ils pouvaient emprisonner, et ils nous gardent à leur merci depuis. Nous sommes leurs humbles serviteurs – et les paladins des races.

Cogline sentit l'air s'agiter dans la pièce, comme en réponse au flot de magie que charriait la voix de Walker. Il avait déjà perçu ce phénomène plus d'une fois depuis que son ami avait émergé de la forteresse. Plus druide qu'homme, il était devenu une manifestation des arts obscurs que le vieillard avait autrefois étudiés et rejetés en faveur de la science de l'ancien monde. Une belle occasion perdue, à vrai dire... Mais en échange de la tranquillité d'esprit. Et il se demandait si Walker trouverait la paix lors de sa propre évolution...

— Nous sommes seulement des hommes, dit Cogline.

— Et surtout des imbéciles, répondit Walker avec un petit sourire.

Ils parlèrent jusque très tard dans la nuit, mais Boh ne parvint pas à décider que faire. Trouver les autres membres de sa famille, certes, mais par où commencer, et comment s'y prendre ? Utiliser sa magie semblait une solution évidente, mais ne risquerait-elle pas de renseigner les Ombreurs ? Ses ennemis savaient-ils déjà qu'il était devenu un druide et que Paranor était de retour ? Quelle était la force de la magie des Ombreurs ? Et sa portée ? Il ne fallait pas prendre de décision hâtive...

Le débat continua, et Walker s'avisa soudain que quelque chose était différent entre Cogline et lui. Il avait d'abord pensé que ses difficultés à arrêter un plan d'action étaient simplement de l'indécision. Mais ça ne lui ressemblait pas, et il comprit bientôt qu'il s'agissait d'autre chose. Alors que Cogline et lui parlaient, il sentait entre eux une distance qui n'avait jamais existé avant, même quand il était en colère contre le vieil homme. Leur relation avait changé. Walker n'était plus l'étudiant et Cogline, le professeur. Sa transformation l'avait doté de connaissances et de pouvoirs bien supérieurs à ceux du vieillard. Boh n'était plus l'Oncle Obscur qui se cachait dans les étendues Sombres. Ces temps-là étaient révolus à jamais. Il ne pouvait plus échapper à son héritage. Walker était devenu un druide, le seul au monde, et peut-être l'être le plus puissant qui l'habitait. Ce qu'il ferait affecterait le destin de tous les êtres vivants. En conséquence, ses décisions ne regardaient plus que lui, et il ne pouvait plus en partager le poids avec personne, même Cogline. C'était une trop lourde responsabilité...

Quand ils se séparèrent finalement pour dormir, épuisés par leurs cogitations, Walker fut assailli par des sentiments divers. Conscient que sa transformation le rendait très différent de l'homme qu'il avait été, il sentait que Cogline et lui s'éloignaient irrémédiablement l'un de l'autre.

Cogline. Le druide raté devenu le compagnon du druide en devenir... Que pouvait-il ressentir ?

Walker l'ignorait. Mais il se résignait à l'idée que rien ne serait plus jamais pareil entre eux.

Walker dormit, ses rêves hantés par des voix et des visages qu'il ne reconnaissait pas.

Il s'éveilla un peu avant l'aube, poussé par un sentiment d'urgence qui le tira d'un coup de son sommeil. Il resta un moment paralysé par la brusquerie de son réveil, le cœur affolé, essayant de trouver un sens à l'obscurité autour de lui. Puis il parvint à se redresser. Rassuré par le contact de la pierre sous ses pieds, il se leva, toujours vêtu des robes noires dans lesquelles il s'était endormi, trop fatigué pour se déshabiller.

Il entendit des bruits de pas étouffés devant sa porte puis un frottement contre le bois.

Rumeur.

Walker ouvrit la porte. Le grand félin leva la tête vers lui, s'éloigna, fit demi-tour puis revint sur ses pas.

Il veut que je le suive, pensa Walker. *Il y a un problème...*

Boh passa un épais manteau et sortit de sa chambre. Dans la forteresse silencieuse comme une tombe, les murs de pierre étouffèrent le bruit de ses pas. Rumeur le précédait, silencieux comme une ombre. Ils dépassèrent la chambre de Cogline sans s'arrêter. Le problème n'était donc pas là.

À l'est, le jour se levait dans un scintillement argenté. Walker le remarqua à peine, car il ne quittait pas des yeux le félin des landes. Il écoutait attentivement, mais rien ne troublait le silence...

L'homme et l'animal sortirent sur le chemin de ronde, dans l'air glacial de l'aube. La brume couvrait la vallée, des dents du Dragon, à l'est, jusqu'à la Streleheim, à l'ouest. Paranor était enveloppée dans la couche supérieure de brouillard, mais ses hautes tours en jaillissaient. À la faible lumière de l'aube naissante, des formes étranges se dessinaient un peu partout.

Rumeur avança, sa queue battant nerveusement. Walker le suivant, ils longèrent très vite le parapet sud, puis passèrent devant des escaliers et des entrées de tour, furtifs comme deux fantômes.

Sur la partie ouest du chemin de ronde, Rumeur ralentit brusquement, les poils hérissés et la gueule plissée. Walker avança et posa une main rassurante sur le dos de l'animal.

Rumeur regardait vers l'extérieur, et ils étaient au-dessus de la porte ouest de la forteresse.

Walker sonda la brume.

Il y avait quelque chose dehors.

Boh attendit, mais il perdit vite patience. Il devait peut-être aller voir...

Soudain la brume se dissipa, révélant quatre cavaliers hâves et spectraux qui avançaient lentement, aussi gris que les ténèbres qui avaient dissimulé leur arrivée. Quatre cavaliers dont aucun n'était humain, avec en guise de montures des créatures griffues couvertes d'écailles.

Quatre cavaliers, chacun différent de son voisin et doté d'une monture qui reflétait sa nature.

Walker Boh comprit immédiatement qu'il s'agissait d'Ombreurs. Et qu'ils étaient là pour lui.

Il les étudia calmement.

Le premier était grand et maigre. En guise de tête, il arborait un crâne à la mâchoire pendante et aux yeux vides. Il ne portait pas de vêtements, et son corps n'était pas celui d'un homme ou d'une femme, mais d'un androgyne. Enfin, son souffle formait un petit nuage de vapeur verte devant lui.

Le deuxième ne ressemblait à rien de reconnaissable. Vaguement humanoïde, mais sans peau ni os, il évoquait un nuage d'obscurité tourbillonnante et bourdonnante. Ou plutôt un essaim de mouches ou de moustiques prisonnier derrière une vitre. Les sons effrayants que produisait ce cavalier indiquaient que sa silhouette spectrale cachait quelque chose de terriblement maléfique.

Le troisième, plus facilement identifiable, portait une armure complète et était armé jusqu'aux dents : des massues, des couteaux, des épées et des haches. De plus, il brandissait une longue pique d'où pendaient des crânes et des doigts squelettiques entrelacés comme les maillons d'une chaîne. Un heaume cachait son visage, mais on voyait à travers les fentes de la visière que ses yeux étaient rouges comme des flammes.

Le dernier cavalier, vêtu d'un long manteau, était aussi invisible que la nuit, et on ne distinguait pas de visage sous son capuchon. Pareillement, aucune main ne tenait les rênes de sa monture. Il chevauchait penché en avant comme un très vieil homme écrasé par le poids de l'âge. Mais il n'émanait de lui aucune impression de faiblesse, car le poids qui l'accablait n'était pas celui de l'âge, mais celui des vies qu'il avait prises.

En travers de son dos était accrochée une grande faux.

Walker Boh frissonna quand il reconnut les « visiteurs ». Dans les archives des druides, on mentionnait ces cavaliers – une légende de l'ancien monde des hommes. Les Ombreurs avaient pris la forme et adopté l'identité d'obscures créatures venues du lointain passé de la Terre.

Les Quatre Cavaliers qui venaient massacrer les hommes, issus d'une époque si lointaine qu'elle en était oubliée. Mais Walker avait lu les récits et il savait qui étaient ces anges exterminateurs.

La Famine. La Pestilence. La Guerre. La Mort.

Boh leva la main, et Rumeur grogna.

Des Ombreurs, pensa Walker, stupéfait et terrifié, *créés pour incarner quelque chose qui n'a jamais existé. L'incarnation d'une allégorie, qui vient pour me détruire.*

Il se demanda de nouveau ce qu'étaient les Ombreurs et d'où ils tenaient le pouvoir qui leur permettait de prendre la forme qu'ils voulaient. Sur ce point, sa transformation ne lui avait apporté aucun éclaircissement. Comme l'avait dit Allanon, les Ombreurs étaient maléfiques et ils se servaient de la magie pour détruire leurs ennemis. Mais qui étaient-ils ? D'où venaient-ils ? Comment pouvait-on les tuer ?

Où trouver les réponses à ces questions ?

Walker regarda les Quatre Cavaliers talonner leurs montures, des créatures vaguement semblables à des chevaux, mais qui étaient bien plus que ça. Leur souffle fumant dans l'air matinal comme de la vapeur empoisonnée, leurs griffes claquant sur la roche, les monstres levèrent la tête et leurs gueules s'ouvrirent pour révéler des crocs jaunâtres.

Les Cavaliers avancèrent, s'arrêtèrent devant les portes de la forteresse et n'essayèrent pas d'entrer.

Walker attendit.

Quand le soleil se montra enfin au-dessus des montagnes de l'est, la Famine avança, leva une main squelettique et frappa à la porte. Un son sinistre et creux, comme le frisson de la vie quittant un corps...

Walker sursauta, révolté par ce bruit et les sentiments qu'il éveillait en lui.

Puis la Famine recula, et les Quatre Cavaliers firent plusieurs fois le tour de la forteresse, passant devant Boh un par un, car ils restaient assez loin les uns des autres pour contrôler en permanence les quatre flancs du bâtiment.

Un siège, comprit Walker. Ils l'avaient défié en frappant à la porte, et s'il ne sortait pas pour les affronter, ils le garderaient prisonnier dans son fief. Rimmer Dall et les Ombreurs avaient découvert que Paranor était de retour et que Walker Boh avait accepté d'endosser le manteau d'Allanon. Les Cavaliers étaient leur réponse à ces nouvelles...

Walker croisa les bras sous son manteau.

Nous verrons bien qui piégera qui, pensa-t-il.

Il regarda un moment les ignobles apparitions, puis alla réveiller Cogline.

Chapitre 5

Les égouts de Tyrsis étaient humides, glacés et plongés dans une pénombre perpétuelle. Dehors, le jour tirait à sa fin, et l'approche de la nuit allongeait les ombres des bâtiments. Les promeneurs rentraient chez eux, la fatigue de la journée semblant trouver un écho dans le vent chaud de l'été qui formait des poches d'air étouffantes le long des ruelles et des passages de la cité.

Padishar Creel, Par Ohmsford et la Taupe se frayaient lentement un chemin dans les catacombes, trois ombres aussi silencieuses que la poussière soulevée par les bottes des passants, dans les rues. Ils respiraient par la bouche, car l'air empestait dans les conduits sinueux. Les eaux usées coulaient lentement à leurs pieds, ajoutant à la puanteur. Parfois, ils gravissaient une échelle en fer ou un escalier en pierre. À d'autres moments, ils rampaient à travers un tunnel étroit, en route vers les murs extérieurs, le promontoire et la tour de garde où Damson Rhee était prisonnière.

— Nous ne reviendrons pas sans elle, avait déclaré Padishar. Nous ferons ce qu'il faut pour la libérer. Et quand nous l'aurons, nous ne les laisserons pas la reprendre.

» Taupe, avait-il ajouté en s'agenouillant devant l'étrange petit bonhomme, vous nous guiderez pour entrer et, si possible, pour sortir. Mais vous ne combattrez pas, c'est compris ? Restez à l'écart. Parce qu'une fois que nous aurons libéré Damson vous seul connaîtrez le chemin qui la conduira en sécurité. C'est d'accord ?

La Taupe avait hoché la tête avec une touchante gravité.

— Par, votre tâche sera encore plus difficile, avait continué le chef des hommes libres en se tournant vers le Valombrien. Si nous rencontrons des Ombreurs, vous devrez utiliser votre magie pour nous protéger. Le montagnard a réussi à le faire avec son épée, quand nous étions piégés dans la Fosse. Cette fois, ce sera votre tour. Si nous les rencontrons, mon garçon, n'hésitez pas !

Par avait déjà compris qu'il serait obligé d'utiliser l'Enchantement de Shannara. Mais il ne pouvait pas promettre – et ne le dit pas à son compagnon – d'avoir encore le contrôle de la magie. Cette force avait prouvé qu'elle n'était pas fiable, capable de libérer sans avertissement un tel pouvoir qu'il en serait peut-être consumé. Mais ses craintes à ce sujet n'étaient rien à côté des sentiments qu'il éprouvait pour Damson. Tant qu'elle était avec lui, la lutte pour la survie occupant toutes leurs pensées, son amour était resté enfoui au fond de lui. Mais depuis qu'elle avait été capturée, il remontait à la surface et se déchaînait. Oui, il l'aimait ! Peut-être cela était-il arrivé dès le premier jour, mais ça ne faisait plus de doute depuis qu'elle l'avait aidé à tenir le coup après la mort de Coll. Damson faisait désormais partie de lui, et il ne supportait pas l'idée de la perdre. Il aurait donné n'importe quoi pour la revoir saine et sauve. N'importe quoi ! Si ça impliquait d'affronter les débordements d'une magie qui risquait de le transformer à tout jamais, voire de le détruire, eh bien, tant pis ! Il ne reculerait pas devant le danger alors que la sécurité de Damson était en jeu.

Les trois compagnons étaient partis sans hésiter, convaincus que Damson valait les risques qu'ils prendraient pour elle, même s'ils finissaient par tout perdre.

Avec la nuit, ils seraient vite obligés d'allumer des torches, et ce serait de plus en plus dangereux à mesure qu'ils approcheraient des murs de la cité. Car des créatures obscures montaient probablement la garde au-dessous du sol aussi bien qu'au-dessus, et la lueur des torches se verrait de loin.

Ils se hâtèrent, guidés par la Taupe, qui choisissait leur chemin avec une grande précision, évitant les tunnels qui n'étaient pas sûrs ou qui risquaient de les retarder.

Au-dessus d'eux, les trois amis entendaient vaguement les bruits de la cité – les échos d'une vie déconnectée de la leur, comme s'ils étaient enterrés vivants dans le promontoire où se dressait Tyrsis. En y réfléchissant, le Valombrien trouva qu'il était plus un fantôme qu'un être vivant. Pendant sa longue fuite, il avait été transformé d'une manière qu'il ne comprenait pas vraiment, mais il se sentait vidé de sa substance et condamné à une existence d'ombre. Privé d'amis et de famille, prisonnier d'une magie qui le désintégrait lentement, il courait à sa perte. Il devait bien y avoir un moyen de s'en tirer, mais il semblait incapable de le découvrir !

Ils arrivèrent devant un grand croisement et ralentirent quand la Taupe leur fit signe. Blottis au pied d'un escalier en pierre, ils tinrent un dernier conciliabule.

— L'escalier conduit à une cave située dans le mur intérieur, murmura la Taupe. De là, nous devrons monter jusqu'à un couloir, le suivre jusqu'à une sortie, atteindre une autre porte, entrer, longer un deuxième couloir et gagner un passage secret qui donne sur la tour de garde où Damson nous attend.

Il regarda Padishar, puis Par.

— Il y a des gardes de la Fédération ? demanda le colosse.

— Partout.

— Des Ombreurs ?

— Quelque part dans la tour...

Padishar fit un sourire ironique à Par.

— Quelque part... Voilà qui est très précis ! Bon... Souvenez-vous de ce que je vous ai dit, de ce que vous devez faire – et ne pas faire. (Il regarda Par.) Si je tombe, continuez si vous le pouvez. Si c'est impossible, gagnez les étendues Enflammées et trouvez-y de l'aide. Jurez-le-moi !

Par hocha la tête, mais il savait que cette promesse était un mensonge. Il ne partirait pas tant que Damson ne serait pas en sécurité.

Padishar resserra les lanières qui tenaient son épée longue en travers de son dos, puis il vérifia l'épée courte et les couteaux accrochés à son ceinturon. Le manche d'un long couteau sortait d'une de ses bottes. Toutes les gardes de ses lames étaient enveloppées de tissu pour ne pas faire de bruit ni refléter la lumière. Par portait seulement l'Épée de Shannara, et la Taupe n'était pas armé.

Padishar regarda le haut de l'escalier.

— D'accord. Allons-y !

Ils grimpèrent en file indienne, guidés par la faible lumière qu'on apercevait au sommet des marches.

Arrivé devant une grille, la Taupe s'arrêta pour écouter, la tête penchée, comme s'il était un animal sur la piste d'une proie. Il tendit les bras et, avec une force surprenante, souleva la grille. Après l'avoir franchie, il la tint à bout de bras pendant que ses compagnons sortaient, puis il la remit en place.

Ils étaient arrivés dans la première d'une série de caves, pleines de caisses d'armes, d'outils et de vêtements, soigneusement étiquetées et empilées sur des palettes en bois. En haut des murs, un soupirail laissait filtrer une lumière crépusculaire.

La Taupe traversa le labyrinthe de caves jusqu'à un endroit où un deuxième escalier montait vers une lourde porte en bois.

Par frissonna comme si des yeux invisibles les épiaient. Il regarda autour de lui, mais ne vit rien.

Ils s'arrêtèrent devant une nouvelle porte et attendirent que la Taupe ait fait sauter le verrou avec un petit outil. Puis ils entrèrent dans le deuxième couloir. Ils étaient maintenant derrière le mur intérieur de la citadelle, la deuxième ligne de défense de la cité, où se trouvaient les baraquements qui abritaient le gros de la garnison de la Fédération. Le couloir était très étroit, et il y avait des portes et des fenêtres partout, mais personne ne se montra pendant qu'ils le traversaient, et ils atteignirent sans encombre l'entrée que la Taupe voulait emprunter.

Ils franchirent une autre porte qui donnait sur une alcôve, puis sur une cour située entre le mur intérieur et le mur extérieur de la cité. Des soldats de la Fédération montaient la garde devant les portes et sur les remparts. Partout, des lumières vacillaient derrière les fenêtres des baraquements ou des postes de garde et sur le chemin de ronde.

Par sentit son estomac se nouer. À en juger par les bruits de bottes et les échos de voix étouffées, il y avait de l'activité partout autour d'eux.

Ils restèrent un long moment dans les ombres de l'alcôve, écoutant, regardant et... attendant. Par entendait Padishar respirer, et son propre cœur battait la chamade. L'Enchantement de Shannara frémissant au fond de lui, il dut lutter pour garder la magie sous son contrôle. De nouveau, il pensa à ce qui arriverait quand il l'utiliserait. Elle était bien présente, et il s'en servirait, cela ne faisait pas de doute. Mais il ignorait si elle lui obéirait...

Si la magie le submergeait et qu'il devienne la créature perverse dont Rimmer Dall avait parlé, qui l'empêcherait de se retourner contre ses amis ?

Damson, décida-t-il. Penser à elle l'aiderait à garder la magie sous son contrôle.

Quand la Taupe recommença à avancer, Padishar le suivit aussitôt, et Par dut se hâter pour les rattraper.

Les trois intrus se glissèrent dans l'obscurité, s'écartèrent le plus possible de la lumière des torches et essayèrent de se fondre à la pierre – en somme, de se croire invisibles avec l'espoir de le devenir. Les soldats de la Fédération se déplaçaient autour d'eux, et Par aurait juré qu'ils seraient bientôt découverts.

Mais ils atteignirent en quelques secondes une autre porte, qui n'était pas fermée, la franchirent et déboulèrent dans une flaque de lumière...

Un soldat de la Fédération les regarda, bouche bée. Tenant négligemment sa pique alors qu'il se préparait à prendre son tour de garde, il resta pétrifié un instant, et cette hésitation lui coûta la vie.

Padishar se jeta sur l'homme et lui couvrit la bouche de la main gauche. Un long couteau étincela dans la droite...

Par vit le soldat écarquiller des yeux pleins de surprise et de douleur. Puis il s'écroula entre les bras de Padishar et lâcha sa pique, rattrapée au vol par la Taupe avant qu'elle touche le sol.

Les trois compagnons venaient d'entrer dans un hall de pierre et de bois éclairé par des torches fixées aux murs.

Ils restèrent un instant immobiles, le soldat mort coincé entre eux. Puis Padishar le souleva et le transporta dans les ombres d'une niche, où il serait hors de vue.

Par regarda cette scène comme s'il en était très loin, aussi glacé que la pierre qui l'entourait. Il essaya de détourner le regard, mais l'image des yeux du soldat mort resterait longtemps gravée dans son esprit.

Ils traversèrent très vite le hall, tous les sens aux aguets. Par bonheur, ils ne rencontrèrent personne. Avant que Par ait compris où ils étaient, ils franchirent une petite porte bardée de fer à peine visible dans la niche obscure où elle était placée.

La porte refermée derrière eux, ils se retrouvèrent dans les ténèbres absolues. Par reconnut l'odeur du bois et de la poussière, et des planches craquèrent sous ses pieds. Il y eut une courte pause pendant que la Taupe farfouillait autour de lui. Puis la flamme d'une chandelle déchira les ténèbres. Ils étaient dans un grand placard bourré de vieilleries et de débris. La Taupe déplaça soigneusement des objets pour libérer un espace au fond du réduit, puis il plaqua les paumes contre le mur et ouvrit une petite trappe.

Ils entrèrent dans un espace étroit, entre des murs de pierre, avec un plafond si bas que Padishar dut se baisser pour ne pas se cogner la tête. Il leva une main, et Par vit du sang dessus. Soudain, il sentit la proximité de sa propre mort, comme si les yeux du soldat mourant l'avaient condamné.

La Taupe les guida dans le passage, évitant habilement des saillies de pierre, des clous en fer et des échardes de bois. Des toiles d'araignée les frôlaient, et des rongeurs couinaient dans l'obscurité.

Ils gravirent des échelons et des marches – un mélange d'échelle et d'escalier qui serpentait à travers les murs. Parvenus dans la tour, ils se frayèrent un chemin vers le sommet et la cellule de Damson. De temps en temps, ils entendaient des voix étouffées. L'air devenant très chaud, Par commença à transpirer. Dans le passage de plus en plus difficile à négocier, Padishar avait un mal de chien à avancer.

Quand la Taupe s'arrêta abruptement, le chef des hommes libres et le Valombrien l'imitèrent et tendirent l'oreille. Tout était silencieux, mais Par capta quand même une présence – une créature vivante et qui se déplaçait de l'autre côté du mur. Alors que la magie de l'Enchantement de Shannara s'apprêtait à bondir comme un félin affamé, il ferma les yeux et se concentra.

De l'autre côté du mur se tenait un Ombreur.

Par retint son souffle quand une image créée par sa magie se forma dans son esprit. Il vit le monstre vêtu d'un manteau à capuche se déplacer dans un couloir de la tour, ses doigts sondant l'air comme des tentacules à la recherche d'une proie.

Pouvait-il les détecter ? Savait-il qu'ils étaient là ? La magie ondulait comme un serpent à l'intérieur de Par, mais il l'empêcha de se libérer. C'était bien trop tôt !

Il serra les dents et tint bon.

L'Ombreur disparut, s'effaçant comme une pensée fugitive mais vibrante de haine. Aussitôt, l'Enchantement se calma. Par sentit ses muscles se relaxer.

Padishar tendit une main et lui serra l'épaule. Le Valombrien puisa de la force dans ce contact et fit un petit signe rassurant au père de Damson.

Ils continuèrent à grimper dans les ténèbres. Tout était calme, désormais, et l'univers entier semblait dormir. Mais c'était trompeur, pensa Par, et terriblement dangereux.

Après quelques minutes, ils s'arrêtèrent de nouveau devant un mur d'où partaient les poutres épaisses qui soutenaient le plafond. La Taupe confia la chandelle à Padishar et explora la pierre du bout des doigts. Quelque chose cliqueta, et une partie du mur céda. Un chiche rayon de lumière apparut.

La Taupe se tourna vers Padishar.

— Ils la gardent à une volée de marches d'ici, après la deuxième porte, murmura-t-il. Je pourrais vous montrer...

— Non, dit Padishar. Attendez-nous ici !

La Taupe sembla hésiter, puis capitula.

— La deuxième porte, répéta-t-il.

Il ouvrit le battant. Padishar et Par continuèrent seuls.

Ils se tenaient sur un palier. Devant eux se dressait une porte fermée et barrée avec du métal rouillé, et des torches reposaient dans des supports fixés à la pierre. Leur lueur éclairait faiblement les marches usées, et l'odeur âcre de la fumée flottait dans la pénombre.

Tout était silencieux.

Derrière eux, la porte secrète se referma.

Par regarda Padishar, qui avait l'air très mal à l'aise.

Ils descendirent, dos contre le mur et attentifs au moindre bruit. De temps en temps, ils apercevaient le ciel nocturne à travers des fentes placées très haut dans les murs.

L'estomac retourné, Par crut entendre un bruit sur les marches au-dessus d'eux – un bruissement de tissu.

Il essuya la sueur, sur son visage, écouta de nouveau et n'entendit plus rien.

Sur le palier suivant, la porte n'était pas gardée non plus. Ils l'ouvrirent et la franchirent.

Par s'inquiéta de plus en plus. Si Damson était prisonnière ici, il aurait dû y avoir des gardes ! Il regarda Padishar, mais son compagnon avait les yeux rivés devant lui, en quête de la deuxième porte.

Quand ils l'atteignirent, Par sentit la magie de l'Enchantement de Shannara s'agiter de nouveau en lui.

Il y avait un problème !

Il prit le bras de Padishar, qui se retourna, surpris. Par le tira en arrière, car il captait une présence... Les Ombreurs ! Ils étaient...

La porte s'ouvrit à la volée. Trois Questeurs vêtus de noir en jaillirent, leur silhouette tordue dissimulée par leur manteau et leurs armes scintillant sous la lumière des torches. Padishar dégaina sa grande épée.

Par tendit la main vers l'Épée de Shannara, puis la retira, sachant qu'elle le brûlerait s'il la touchait.

— Padishar ! haleta-t-il.

Le colosse fonça vers la première porte, derrière eux, mais elle s'ouvrit aussi, et deux autres monstres en sortirent. Les deux extrémités du couloir bloquées, Par et Padishar étaient pris au piège.

— Taupe ! cracha Padishar, certain que le petit être les avait trahis.

Par ne l'entendit pas. Alors que les Questeurs se jetaient sur lui, la magie de l'Enchantement se déchaîna. Le pouvoir l'enveloppa comme un tourbillon et le poussa contre Padishar. Puis la magie se transforma en étincelles de feu blanc qui volèrent vers les Ombreurs. Les silhouettes noires levèrent les bras, mais les flammes les incinérèrent en une fraction de seconde. Puis l'Enchantement se jeta contre les murs, brisa les pierres et le mortier et y creusa de grands trous.

Padishar recula, saisit Par et l'entraîna à travers la deuxième porte, qu'il referma derrière eux.

Le Valombrien tomba à genoux. L'Enchantement de Shannara était redevenu silencieux...

— Je... Je n'arrive plus à respirer, gémit Par.

Padishar le remit debout.

— Mon garçon, par l'enfer, que vous arrive-t-il ? Qu'est-ce qui ne va pas ?

Par secoua la tête, incapable de parler. L'évolution de la magie continuait. Elle était devenue réelle, n'appartenant plus au domaine de l'imaginaire. C'était la magie de Brin, pas celle de Jair. Un feu incontrôlable qui couvait et attendait...

— Trouvez Damson ! siffla Par. Elle est peut-être ici. Trouvez-la !

Autour d'eux, des soldats de la Fédération couraient en hurlant le long des remparts et dans la tour de garde. Padishar saisit le Valombrien par sa tunique et l'entraîna derrière lui dans un couloir où s'alignaient des portes en bois fermées et cadenassées.

— Damson ! appela le colosse.

Derrière eux, Par crut entendre le froissement des robes des Ombreurs.

— Ils arrivent ! cria-t-il alors que la chaleur de l'Enchantement de Shannara montait en lui.

— Damson ! hurla Padishar.

Une réponse étouffée monta de derrière une porte. Lâchant Par, le chef des hommes libres se précipita en criant le nom de sa fille. Il entendit de nouveau la réponse, s'arrêta devant une cellule, se jeta contre la porte, la défonça et bascula en avant, emporté par son élan.

Par se précipita puis s'arrêta sur le seuil de la cellule. Ensanglanté et un peu étourdi, Padishar s'était déjà relevé, et Damson Rhee le serrait dans ses bras. Puis elle leva les yeux et vit le Valombrien.

— Par, souffla-t-elle.

Avant de courir vers lui pour le serrer également dans ses bras.

Derrière eux, des bruits de bottes résonnaient dans le couloir. Par se retourna pour repousser l'attaque, mais Padishar Creel fut plus rapide.

— Par ! cria-t-il en affrontant ses premiers adversaires. Prenez-la avec vous et fuyez !

D'instinct, Par saisit Damson par le bras et l'entraîna avec lui. Padishar affrontait une bande de soldats de la Fédération, et d'autres arrivaient par l'escalier. Le chef des hommes libres repoussa ceux qui étaient le plus près de lui et se tourna vers Par.

— Fuyez, bon sang ! Souvenez-vous de notre accord !

Les soldats se jetant de nouveau sur lui, il dut reprendre le combat. Deux hommes tombèrent, mais il en restait beaucoup d'autres pour prendre leur place.

Ils sont trop nombreux, pensa Par.

Il lui fallait aider son ami ! Mais pour ça, il devrait utiliser l'Enchantement, une magie qu'il ne contrôlait pas.

De plus, il avait fait une promesse à Creel.

— Padishar, murmura Damson.

Elle fit mine de courir vers son père.

Par l'entraîna en arrière, l'éloignant du combat. Il avait fait son choix.

— Par ! s'indigna la jeune femme.

Ils arrivèrent devant la porte fermée. Y avait-il des Ombreurs derrière ? Par n'en sentait pas, mais il n'entendait rien, à part les bruits du combat, derrière eux.

— Nous ne pouvons pas l'abandonner ! cria Damson.

— Nous y sommes forcés !

Par invoqua la magie de l'Enchantement – cette fois, il n'avait pas le choix.

Je vous en prie, implora-t-il, *faites que j'en garde le contrôle au moins cette fois.*

Il ouvrit la porte à la volée, prêt à déchaîner le pouvoir, mais un silence de mort l'accueillit.

Le passage était vide.

Par jeta un dernier coup d'œil à Padishar, qui se battait comme un forcené, empêchant les soldats de la Fédération de passer. Il n'y avait aucun espoir pour le colosse. Cette affaire était depuis le début un piège qui se refermerait bientôt sur Creel.

Mais il lui restait encore la possibilité de sauver Damson.

Comme c'était prévu, et quel qu'en soit le prix.

Damson toujours accrochée à son bras, Par fonça dans le couloir, abandonnant derrière lui un ami nommé Padishar Creel.

Chapitre 6

Damson et Par franchirent la deuxième porte et se retrouvèrent sur le palier. Dans le couloir, derrière eux, Padishar Creel tenait toujours en respect les soldats de la Fédération. Le Valombrien se retourna et ferma la porte d'un grand coup de pied.

Quel chemin prendre ?

Au-dessous d'eux, Par entendait des bruits de bottes et des cris d'hommes. Donc, ils ne pouvaient pas descendre.

— Lâche-moi ! hurla Damson, une rage meurtrière dans le regard. Tu l'as abandonné !

Par la laissa se dégager, écoutant à peine ce qu'elle disait. Ils devaient remonter, puis retrouver l'endroit où la Taupe les attendait. Mais si Padishar avait raison, et que le petit être les ait vraiment trahis ?

C'était possible. La Taupe avait pu être capturé des jours plus tôt, quand la Fédération les avait dénichés dans sa tanière. Mais dans ce cas, il ne les aurait pas aidés à s'enfuir quand ils avaient dû quitter le moulin, et tout aurait été terminé. Mais s'il avait été pris quand il était parti à la recherche de Damson, et transformé en Ombreur...

— Nous devons retourner sur nos pas ! cria Damson. Padishar a besoin de nous ! C'est mon père ! Il est revenu pour t'aider !

Par prit la jeune femme par les bras et l'attira si près de lui qu'il sentit son souffle sur son visage.

— Je te le dirai une seule fois : je lui ai donné ma parole ! Quoi qu'il arrive, nous devions te tirer de là. Il s'est laissé capturer pour toi, Damson, et il ne faut pas que son sacrifice soit vain. Maintenant, cours !

Le Valombrien poussa sa compagne dans l'escalier. Ils montèrent les marches à toute vitesse, effrayés par les bruits de bottes de leurs poursuivants.

Si la Taupe les avait trahis, ils étaient perdus, quel que soit le chemin qu'ils choisiraient. Sinon, leur seule chance était de le retrouver.

Quand ils furent sur le palier suivant, Par regarda autour de lui, à la recherche de la porte secrète. En vain. Il ne se souvenait pas de son emplacement !

— Taupe ! cria-t-il, désespéré.

Immédiatement, le mur s'ouvrit, sur sa gauche, et un visage couvert de fourrure émergea du trou.

— Par ici ! Par ici, adorable Damson !

Dès qu'ils furent entrés, la Taupe referma le passage secret.

— Et Padishar ?

Pour des raisons qu'il ne serait jamais capable de s'expliquer, le ton et le regard du petit être convainquirent Par qu'il ne les avait pas trahis.

— Ils l'ont pris, répondit le Valombrien en se forçant à regarder Damson en face.

Mais la jeune femme se détourna.

— Dans ce cas, suivez-moi ! Et dépêchez-vous !

Ils refirent le chemin dans l'autre sens, entrèrent dans le placard puis s'engouffrèrent dans le passage sur lequel il débouchait. Dehors, des soldats couraient en direction de la tour de garde et des portes, que d'autres hommes barricadaient déjà. Caché dans l'ombre, contre un mur, la Taupe attendit un peu avant de faire signe à ses compagnons de repartir.

Puis ils traversèrent au pas de course le couloir vide, passèrent la porte qu'ils avaient franchie à l'aller et se retrouvèrent dans la cour.

La lune et les étoiles étaient cachées par des nuages bas, mais des feux crépitaient un peu partout, éclairant les soldats et leurs lames dégainées.

— Par là ! murmura la Taupe.

Ils filèrent vers la gauche, courant comme tout le monde, et passèrent inaperçus dans la confusion.

Ils avaient presque atteint la porte qui menait aux souterrains quand quelqu'un les interpella.

Une silhouette sombre sortit des ténèbres. Un instant, Par crut que c'était Padishar, puis il vit l'insigne d'un capitaine de la Fédération sur l'uniforme sombre.

Le militaire approcha, son visage barbu éclairé par la chiche lumière.

Damson avança et lui sourit, le déconcertant un instant. Puis elle le frappa au visage du tranchant de la main – si rapidement que Par eut à peine le temps de la voir faire.

L'homme s'écroula, gémit, puis essaya de crier, mais un dernier coup à la gorge le rendit muet pour l'éternité.

Damson se releva, dépassa Par et suivit la Taupe, qui franchissait déjà la porte. Par se rappela à cet instant comment la jeune femme l'avait facilement maîtrisé, cette fameuse nuit, dans le parc du Peuple, quand il l'avait crue responsable du piège de la Fédération où étaient tombés Padishar et les autres. Elle aurait pu faire la même chose dans la tour de garde et l'obliger à retourner en arrière...

Pourquoi ne l'avait-elle pas fait ?

Les trois fugitifs coururent vers les caves qui les avaient amenés jusque-là. Les bruits de l'extérieur s'effacèrent, étouffés par les épaisses couches de pierre.

La trappe passée, ils dévalèrent les marches pour rejoindre les tunnels où ils avancèrent dans les ténèbres, s'éloignant des murs pour revenir vers le centre de la cité.

Dès qu'ils entrèrent dans les égouts, tout redevint silencieux.

— Reposons-nous un moment ! proposa Par, hors d'haleine.

Il voulait également réfléchir à ce qu'ils feraient ensuite.

— Ici, proposa la Taupe en désignant une plate-forme qui servait de base à une échelle de fer.

Une pâle lumière filtrait de la grille, au-dessus d'eux. Pour l'instant, les rues étaient parfaitement calmes.

— Je vais retourner sur nos pas et m'assurer que nous n'avons pas été suivis...

La Taupe disparut dans l'ombre, laissant la chandelle à ses compagnons.

Le Valombrien et la jeune femme le regardèrent partir, puis ils s'assirent côte à côte au pied du mur et posèrent la chandelle entre eux. Par sonda les ténèbres, au-delà du petit cercle de lumière et ne vit rien d'inquiétant.

Mais il entendait Damson respirer et sentait la chaleur de son corps...

— Tu sais ce qu'ils vont lui faire, dit enfin la jeune femme. Il deviendra l'un d'entre eux, et ils se serviront de lui.

S'ils arrivent à le prendre vivant, pensa Par. *Et à condition que Rimmer Dall n'ait pas d'autres plans...*

— Pourquoi ne m'as-tu pas obligé à retourner le chercher ? demanda-t-il.

— Parce que je ne te ferais jamais une chose pareille !

Par resta silencieux un long moment.

— Je suis désolé au sujet de Padishar, dit-il enfin. Je ne voulais pas non plus l'abandonner...

— Je sais...

Stupéfait, Par regarda Damson pour être sûr qu'il avait bien entendu.

— Oui, je sais ! Padishar t'a fait promettre de me sauver. Il m'aurait fait jurer la même chose si nos positions avaient été inversées. (Elle détourna le regard.) J'étais seulement en colère quand j'ai vu...

— Nos ennemis savent-ils qui tu es ?

— Non. Comment le sauraient-ils ?

— La Taupe ! C'était un piège, Damson. Ils nous attendaient, donc ils avaient des raisons de penser que nous viendrions te délivrer. Et savoir que tu es la fille de Padishar Creel est une *excellente* raison... Padishar pense que la Taupe nous a dénoncés.

— Par, il nous a sauvés ! Il vous a tirés d'affaire, Padishar et toi, le jour où j'ai été si malchanceuse. Les gens de la Fédération savent que je t'ai aidé à fuir du moulin. Qui était d'ailleurs un piège lui aussi...

— Cela n'innocente pas la Taupe, insista Par. Il aurait pu être capturé quand il est parti à ta recherche. Ou même avant.

— Et il nous aurait aidés à fuir ? Pourquoi donc ? La Fédération nous tiendrait déjà s'il ne nous avait pas permis de quitter la tour.

— J'y ai pensé... Mais nos ennemis ne cessent de nous retrouver. Comment font-ils ? Les Ombreurs semblent avoir des oreilles partout. J'ai l'impression que nous ne pouvons plus faire confiance à personne.

— C'est vrai... Et maintenant, il n'y a plus que toi et moi. Pouvons-nous réellement nous faire confiance ?

Par sursauta, mais Damson le prit dans ses bras et l'attira vers elle.

— Je suis désolée, souffla-t-elle.

Le Valombrien sentit qu'elle pleurait.

— Je pensais t'avoir perdue pour toujours, murmura-t-il. Je suis si fatigué... Je voudrais tant que ça se termine.

Ils s'étreignirent en silence, et Par s'abandonna à la douceur de cette intimité. Comme il aurait voulu être revenu chez lui, à Valombre, au milieu de sa famille, dans son ancienne vie, au temps où Coll était là, quand rien de tout ça n'était arrivé !

Si c'était à refaire, pensa-t-il, *j'y réfléchirais à deux fois avant de me mettre en quête d'Allanon, puis de l'Épée de Shannara.*

Et personne ne lui ferait jamais plus croire que sa magie était un don !

Il réfléchit à l'Enchantement de Shannara, autrefois une partie de lui-même et qui lui semblait maintenant si étranger. La magie avait échappé à son contrôle quand il l'avait utilisée dans la tour de garde. L'avait-il seulement vraiment invoquée – ou s'était-elle imposée à lui quand il avait senti les Ombreurs ? En tout cas, elle avait agi à sa guise à partir de cet instant.

Par frémit au souvenir de ce que l'Enchantement avait fait. La magie avait impitoyablement détruit les Ombreurs. Il fronça les sourcils. Non, pas la magie. Lui ! Il les avait détruits, peut-être sans le vouloir, mais le résultat était le même, et il n'aimait pas cette idée. Les Ombreurs n'hésiteraient sans doute pas à le tuer, mais il était différent. Il voyait toujours les yeux du soldat que Padishar avait tué, et cette image lui donnait envie de pleurer.

Être impliqué dans tout ça le rendait malade, et comprendre les raisons d'un meurtre ne le rendait pas plus acceptable. Pourtant, quel sale hypocrite il faisait ! S'attarder sur la perte d'une vie à un moment et en prendre une demi-douzaine l'instant d'après !

Par refusa de s'appesantir sur ce sujet. Mais il était conscient que la magie de l'Enchantement avait changé et qu'elle l'avait modifié par la même occasion. Une constatation qui l'obligeait à repenser à l'affirmation de Rimmer Dall. Était-il un Ombreur ? Après tout, quelle différence y avait-il entre ces monstres et lui ?

— Damson ?

La voix de la Taupe força les deux jeunes gens à se séparer.

C'est curieux, pensa Par, *il ne parle jamais qu'à elle.*

— Ils ne nous ont pas suivis, adorable Damson. Les tunnels sont déserts.

La jeune femme regarda Par.

— Que faisons-nous maintenant, jeune elfe ? murmura-t-elle. Où allons-nous ?

Le Valombrien sourit et prit la main de sa bien-aimée.

— Je t'aime, Damson Rhee, dit-il simplement.

Puis il se leva.

— Nous quittons la cité. Ensuite, nous essayons de trouver de l'aide auprès de Morgan ou des hommes libres. Nous ne pouvons pas continuer tout seuls. Taupe, vous pouvez nous faire sortir de Tyrsis ?

— Certains tunnels vous conduiront dans la plaine. Et je peux vous les montrer...

Par se tourna vers Damson. Un long moment, la jeune femme ne dit rien.

— D'accord, Par, je viens... Je sais que nous ne pouvons pas rester à Tyrsis. Mais tu dois me jurer – comme tu l'as promis à Padishar – que nous reviendrons chercher mon père. Nous ne le laisserons pas mourir ici !

Elle n'imagine pas un instant qu'il est peut-être déjà mort. Parce qu'elle le juge trop fort pour ça. Et moi aussi, je pense...

— Je te le promets...

Damson se pencha vers Par et l'embrassa sur la bouche.

— Je t'aime aussi, Par Ohmsford, dit-elle. Aujourd'hui et à jamais !

Il leur fallut le reste de la nuit pour parcourir le labyrinthe de tunnels qui serpentait sous la cité de Tyrsis, ces antiques passages qui servaient autrefois de cachettes en cas de siège et leur permettaient maintenant de fuir. Les tunnels se croisaient dans tous les sens. Parfois assez larges pour que des chariots les traversent, ils devenaient soudain à peine suffisants pour laisser passer la Taupe et ses compagnons. Pareillement, le roc, souvent sec et poussiéreux, devenait brusquement humide, glacial et puait les égouts. Des rats couinaient sur le passage des trois compagnons et filaient se cacher dans les murs tandis que des insectes s'égaillaient devant eux.

Le bruit de leurs bottes et de leur respiration résonnant contre la pierre, il leur sembla impossible qu'on ne les détecte pas. Mais la Taupe choisissait prudemment le chemin, leur faisant toujours éviter les voies les plus directes. Il ne leur parla pas, les guidant dans ce monde, silencieux comme un spectre. De temps en temps, il s'arrêtait pour les regarder, ou pour étudier quelque chose qu'il avait vu sur le sol ou les murs. Par et Damson s'arrêtaient en même temps que lui, attendaient, et se demandaient à quoi il pensait. Ils ne lui posèrent jamais de questions. Par aurait bien voulu, mais puisque Damson estimait sage de s'en abstenir, il préféra l'imiter.

Ils atteignirent enfin un endroit où l'obscurité était percée par une lueur argentée brumeuse. Avançant à travers un rideau de vieilles toiles d'araignée, ils gravirent une pente rocheuse qui devint vite si étroite et basse qu'ils durent se courber pour continuer à progresser. Des buissons bloquaient le chemin, si épais que la Taupe dut dégager le terrain avec le long couteau dissimulé quelque part dans sa fourrure. Écartant les branches coupées, les trois compagnons rampèrent à travers le feuillage et émergèrent dans la lumière.

Ils se relevèrent et regardèrent autour d'eux. À la lueur de l'aube, la montagne qui abritait le promontoire de Tyrsis se dressait derrière eux tel un mur déchiqueté, l'ombre de ses pics s'étendant vers le nord et l'ouest à travers la plaine. L'air tiède embaumait l'herbe séchée par le soleil estival. On entendait des chants d'oiseaux, et des libellules volaient au-dessus de petites mares que formait çà et là le ruisseau venu de la montagne.

Par regarda Damson et sourit.

— Nous nous en sommes sortis, dit-il.

La jeune femme lui sourit aussi.

Le Valombrien se tourna vers la Taupe, qui clignait des yeux à cause de la lumière très inhabituelle pour lui.

— Merci pour tout...

Le visage plissé, le petit être tendit la main à Par.

— De rien, dit-il.

Damson s'agenouilla devant son vieil ami et le prit dans ses bras.

— Au revoir, murmura-t-elle. Tenez-vous loin des créatures obscures et restez caché jusqu'à notre retour.

Les mains ridées de la Taupe caressèrent les fines épaules de la jeune femme.

— J'obéirai, adorable Damson. Pour vous.

Quand elle le lâcha, la Taupe effleura gentiment le visage de son amie. Un instant, Par crut voir briller des larmes au coin des yeux du petit être. Puis il se détourna et disparut dans les ténèbres.

Les deux jeunes gens se regardèrent.

— Quel est le chemin ? demanda Par.

Damson éclata de rire.

— C'est vrai ! Tu ignores où se trouvent les étendues Enflammées... J'oublie parfois que tu es un étranger, tant tu sembles faire partie de ma vie depuis toujours...

— Tu as du mal à te souvenir de l'époque où je n'étais pas à ta charge ?

— Je ne me plains pas... Et toi ?

Par prit Damson dans ses bras. Il ne dit rien, simplement heureux de la serrer contre lui, sa joue pressée contre ses cheveux roux.

Il pensa à tout ce qu'ils avaient traversé, au nombre de fois où ils avaient risqué leur vie et au périlleux voyage qu'ils avaient entrepris.

Si peu de distance pour arriver si loin, pensa-t-il. *Et si peu de temps pour avoir découvert tant de choses...*

— Je vais t'avouer quelque chose, souffla-t-il. Ces dernières semaines, j'ai l'impression d'être effrayé en permanence. Depuis que Coll et moi avons quitté Varfleet, je meurs de peur. Tout ce qui arrive a un prix, je ne sais jamais ce que je perdrai la prochaine fois, et je déteste ça. Mais ce qui m'effraie le plus, Damson Rhee, c'est la possibilité de te perdre...

Il serra plus fort sa compagne.

— Que penses-tu de ça ?

Damson lui rendit son étreinte.

Ensuite, ils marchèrent en silence vers les contreforts boisés des dents du Dragon, pas du tout mécontents de laisser derrière eux la sinistre cité de Tyrsis.

La journée se réchauffa très vite, car la rosée matinale s'évapora avec le lever du soleil. Pendant longtemps, ils ne rencontrèrent personne, et croisèrent ensuite quelques colporteurs et des familles de fermiers en route pour le marché de Tyrsis.

Par repensa à son foyer, à ses parents et à Coll, mais tout cela lui semblait désormais appartenir à un passé très lointain. Bien entendu, il aurait souhaité que rien ne soit arrivé, mais autant désirer que le matin devienne instantanément le soir...

Il regarda Damson, qui marchait à côté de lui, et oublia aussitôt tout ce qui aurait dû ou pu être si sa vie avait pris un autre cours.

À midi, ils traversèrent la Mermidon et entrèrent dans la forêt, où ils s'arrêtèrent pour manger. Après avoir trouvé de l'eau fraîche, ils cueillirent des baies, des racines et des légumes et s'en contentèrent.

Alors que le soleil tapait très dur, ils décidèrent de dormir un peu à l'abri des arbres.

Selon Damson, le col de Kennon n'était qu'à quelques heures de marche. Ensuite, ils traverseraient les dents du Dragon pour entrer dans la vallée qui avait autrefois été le site de Paranor. De là, ils iraient vers le nord-est, en direction du col de Jannisson et des étendues Enflammées. Dans deux jours, si tout allait bien, ils auraient rejoint les hommes libres.

Mais ils dormirent plus longtemps que prévu, et le crépuscule approchait quand ils se réveillèrent. Ils se levèrent et partirent aussitôt, désireux de faire autant de chemin que possible. Si la lune n'était pas voilée par des nuages, ils pourraient passer le col de nuit. Sinon, il leur faudrait attendre le matin. Quoi qu'il en soit, ils comptaient bien arriver au col de Kennon à la tombée de la nuit.

En pleine forme après avoir dormi, ils avancèrent rapidement à travers les bois. Le soleil dériva vers l'ouest, descendant entre les arbres jusqu'à ne plus être qu'une lueur pourpre et or entre les feuillages.

Quand la lune apparut dans un ciel clair et bleu, les oiseaux diurnes cessèrent de chanter.

Pour la première fois depuis des jours, Par se sentit en paix avec lui-même. Soulagé d'être sorti de Tyrsis, de ses égouts et de ses caves, il regardait souvent Damson en souriant. Mais il pensait aussi à Padishar et essayait de ne pas se sentir trop triste...

Il ne lui vint jamais à l'esprit qu'il aurait peut-être été avisé de dissimuler leurs traces.

Au crépuscule, les ombres s'allongèrent et prirent des formes étranges. Mais l'une d'elles avançait avec une détermination inquiétante dans les plaines désertes qui longeaient le nord de la Mermidon. À mesure que la lumière déclinait, elle se faisait plus hardie, se relevant de temps en temps pour renifler l'air avant de se remettre au ras du sol pour ne pas perdre la piste qu'elle suivait.

L'ombre mangeait en chemin, avalant tout ce qu'elle trouvait : des racines, des baies, des insectes et de petits animaux, bref, tout ce qui ne parvenait pas à lui échapper. Mais son attention était rivée sur la piste – et surtout sur l'odeur de celui qu'elle pourchassait avec tant de zèle, car il était à l'origine de sa folie.

Près de la Mermidon, l'ombre se révéla être une silhouette voûtée et tordue enveloppée d'un manteau noir brillant qui résistait à la poussière et à la saleté dont son porteur était couvert. Quand la créature traversa la rivière à gué, ses mains écorchées au point de saigner tinrent les pans du manteau pour l'empêcher d'être emporté par les eaux.

Ce vêtement ne la quittait jamais. Il la nourrissait, elle le savait, et il était tout ce qui la protégeait.

Pourtant, il semblait également être la source de sa folie. Une partie de l'esprit de la créature murmurait qu'il en était ainsi. Elle le répétait sans cesse, comme un avertissement.

Mais la plus grande partie de son esprit affirmait que le manteau était nécessaire à sa survie, la folie étant provoquée par celui qu'elle suivait.

Mon frère ?

Son nom ne revenait pas à l'esprit de l'ombre. Seulement son visage... La folie bourdonnait dans sa tête, consumant sa raison jusqu'à ce qu'il lui soit impossible de penser à autre chose.

Plus tôt, dans la journée, alors que l'être avait affronté la lumière qu'il haïssait – parce que la folie le poussait de plus en plus souvent hors de sa tanière – il avait enfin trouvé l'odeur de celui qu'il traquait. (*Son nom ? Quel était son nom ?*)

L'ombre rôdait autour du promontoire depuis plus d'une semaine, anxieuse de trouver sa proie pour être libérée de la folie.

Mais comment s'en libérerait-elle ?

L'ombre l'ignorait, sachant seulement que cela arriverait. Quand elle aurait trouvé le responsable de tous ses malheurs. Et lorsqu'elle pourrait lui faire du mal pour se venger.

Cette idée n'était pas très claire, mais elle lui promettait du plaisir. Beaucoup de plaisir !

Sous la lumière de la lune, les yeux et les dents de la créature scintillèrent.

Parvenue de l'autre côté de la rivière, l'ombre retrouva facilement la piste et se remit en chasse. Les traces étaient fraîches, et l'odeur aussi forte que celle d'une charogne laissée à pourrir en plein soleil. La proie n'était pas loin. Quelques heures, peut-être...

La créature frissonna. En elle, les graines de la folie bourgeonnaient...

Coll Ohmsford plaqua son nez contre le sol, comme l'animal qu'il était devenu, puis se releva et disparut entre les arbres.

Chapitre 7

La nuit tombait quand Par et Damson atteignirent le pied des dents du Dragon et découvrirent la piste qui montait vers le col de Kennon. Dans le ciel, la lune brillait, et une bise soufflait des montagnes.

Une chouette ulula un court moment puis se tut.

La lumière étant suffisante pour éclairer le chemin, le Valombrien et la jeune femme décidèrent de continuer. Dans des conditions très agréables, ils avancèrent d'un bon pas et gagnèrent rapidement le col. Pendant qu'ils marchaient, l'obscurité et le silence devinrent plus profonds. À part le bruit de leurs bottes et de leur respiration, le monde entier semblait plongé dans un mutisme très reposant.

Vers minuit, ils aperçurent le point le plus élevé du col, où la piste recommencerait à descendre vers la vallée. Bizarrement, la lumière, devant eux, semblait plus vive que lorsqu'ils se retournaient. Au début, aucun des deux jeunes gens ne put expliquer ce phénomène. Au sommet du col, ils comprirent que la lumière qui les intriguait n'était pas celle de la lune ou des étoiles, mais des feux de garde qui brûlaient devant eux.

Ils échangèrent un regard inquiet. Pourquoi y avait-il des feux, et qui les avait allumés ?

Ils avancèrent prudemment, du côté obscur du col, puis regardèrent et écoutèrent. Malgré ces précautions, ils faillirent ne pas voir les gardes de la Fédération postés sur une butte, de manière à repérer quiconque essaierait de passer.

Par et Damson se dissimulèrent dans les ténèbres.

— Que font-ils ici ? murmura la jeune femme.

Le Valombrien ne répondit pas, car il ne voyait aucune raison plausible à la présence des soldats. Les hommes libres ne venaient pas dans ce secteur, et les étendues Enflammées étaient très loin à l'est. Au-dessous d'eux s'étendait la vallée, et il n'y avait rien qui puisse intéresser quiconque depuis...

... Depuis que Paranor avait disparu.

Par se souvint de la mission confiée à Walker Boh par Allanon. Se pouvait-il que l'Oncle Obscur... ?

Le Valombrien essaya de se rassurer en se rappelant que la présence des soldats dans le col pouvait avoir une tout autre raison. Mais quelque chose en lui murmurait qu'il ne se trompait pas. Les hommes de la Fédération étaient là à cause du retour de Paranor.

Il se pencha vers Damson, qui s'étonna de le voir si surexcité.

— Nous devons contourner ces soldats. Ou au moins gagner un endroit d'où nous pourrons voir ce qu'il y a dans la vallée. Tu crois que c'est possible ?

Par avait presque oublié Walker Boh, depuis leur séparation au lac Hadeshorn. Mais l'Oncle Obscur était imprévisible. Et Allanon croyait suffisamment en lui pour le charger de retrouver Paranor.

Par l'enfer ! pensa le Valombrien, le cœur battant la chamade. *Et si... ?*

— Suis-moi, souffla Damson.

Ils rebroussèrent chemin jusqu'à une ouverture dans la roche d'où partait une piste étroite. Le chemin ne fut pas facile, car la piste sinueuse était très raide par endroits. Obligés de s'accrocher aux buissons, les deux jeunes gens furent vite couverts de sueur, et leurs muscles commencèrent à les torturer. Par ne demanda pas où Damson l'emmenait. Ces montagnes étaient le fief des hommes libres depuis des années. Personne ne les connaissait mieux qu'eux, et la jeune femme savait ce qu'elle faisait.

La piste enfin redevenue plate serpentait maintenant vers la lumière des feux de garde. À une telle altitude, il faisait très froid, et les sons étaient étouffés. S'immobilisant sur un étroit promontoire battu par le vent, Par et Damson observèrent un moment la lointaine lueur des feux de garde.

La piste se terminait sur un précipice de plusieurs centaines de pieds. En bas, on distinguait l'entrée nord du col de Kennon. C'était là que brûlaient des dizaines de feux. Autour, des hommes dormaient, enroulés dans des couvertures. Bien entendu, des sentinelles patrouillaient un peu partout.

La Fédération avait complètement bloqué le col !

Effrayé par ce qu'il découvrirait – ou ne découvrirait pas –, le Valombrien sonda la vallée. D'abord, il ne vit rien, puis ses yeux s'habituèrent à l'obscurité.

Sous la douce lumière de la lune et des étoiles, il aperçut la ligne de crête des montagnes environnantes, vit des lacs et des rivières scintiller et repéra les contours des champs, des prés et des collines luxuriantes.

— Par ! lança soudain Damson.

Elle se pencha et désigna du doigt une silhouette massive.

Paranor !

Elle l'avait vue la première – loin dans la vallée, sur un grand promontoire. Par retint son souffle et se pencha autant que possible pour s'assurer qu'il n'avait pas la berlue.

Non. C'était bien la forteresse des druides, revenue du fond des âges et rendue au monde des hommes dans toute sa splendeur.

Par ne parvenait toujours pas à y croire. Personne de vivant n'avait jamais vu Paranor ! Il avait chanté des histoires à son sujet et se la représentait grâce aux récits qu'il avait entendus – les souvenirs de générations d'Ohmsford morts depuis des lustres. La forteresse avait disparu depuis si longtemps qu'elle était devenue une légende, et voilà qu'elle se dressait devant ses yeux, de retour dans les Quatre Terres avec ses hautes murailles, ses remparts, ses tours et ses parapets.

Paranor. Walker Boh avait trouvé un moyen de la ramener...

Par sourit et serra Damson contre lui si fort qu'il eut peur de lui avoir fait mal. Elle lui rendit son étreinte en riant, puis ils se séparèrent, regardèrent une dernière fois l'incroyable édifice et retournèrent à l'abri des rochers.

— Tu as vu ça ! s'écria Par quand ils se furent suffisamment éloignés. Walker a réussi ! Il a ramené Paranor ! Damson, c'est en train d'arriver ! Les missions qu'Allanon nous a confiées sont remplies ! Si j'ai vraiment l'Épée de Shannara et si Wren a trouvé les elfes... (Il s'interrompit.) Je me demande ce qui lui est arrivé. Bon sang, j'aimerais en savoir plus ! Et où est Walker ? Tu crois qu'il réside dans la forteresse ? Ce serait pour ça que la Fédération a bloqué le col ? Et les druides ? Qu'en penses-tu, Damson ? Les a-t-il trouvés ?

— Nous ne le saurons pas avant un moment, je le crains... Par, nous sommes toujours coincés du mauvais côté du col, et il n'y a aucun moyen de contourner ces soldats. À moins que tu utilises ta magie pour nous déguiser. Qu'en penses-tu ? Tu crois pouvoir le faire ?

Le Valombrien frissonna. L'Enchantement de Shannara, de nouveau... Il ne pourrait jamais y échapper ! Sa magie s'agitait en lui, comme si elle guettait l'occasion de se déchaîner.

Damson comprit que quelque chose n'allait pas. Et elle devina sans peine de quoi il s'agissait.

— Non, tu n'utiliseras pas la magie ! Pas si nous pouvons faire autrement – et nous ferons autrement ! Nous prendrons un autre chemin, à l'est, sous les montagnes, puis au nord, à travers les plaines de Rabb. C'est un chemin un peu plus long, mais très sûr...

Par accepta avec un profond soulagement. L'instinct de Damson ne la trompait pas. Il avait peur d'utiliser la magie, car il ne lui faisait plus confiance.

— D'accord, dit-il avec un sourire forcé.

— Maintenant, retournons sur nos pas... N'oublie pas, Par : Paranor est de retour !

Ils redescendirent la piste sinueuse, revinrent sur le chemin principal et partirent en direction du sud.

Ils marchèrent très vite, excités par ce qu'ils avaient découvert et pressés d'annoncer la nouvelle aux autres. Le premier élan de joie passé, Par se posa des questions troublantes. En réalité, se dit-il, il était peut-être prématuré de célébrer le retour de Paranor. L'ombre d'Allanon n'avait jamais précisé l'objectif final de ses diverses missions. Paranor était revenue, certes, mais quelle différence cela faisait-il ? Les druides étaient-ils aussi de retour ? Si c'était le cas, participeraient-ils à la bataille contre les Ombreurs ?

Ou, comme Rimmer Dall l'affirmait, étaient-ils les véritables ennemis des races ?

Pendant qu'ils descendaient vers la forêt, l'humeur de Par s'assombrit. Walker s'était méfié des motivations d'Allanon. Il avait même été le premier à parler contre les druides. Qu'était-il arrivé pour qu'il change d'avis ? Par aurait aimé pouvoir en parler avec lui. En fait, il aurait voulu s'entretenir avec tous les membres du groupe présents au lac Hadeshorn. Fatigué des questions sans réponses, il en avait assez de se sentir seul et abandonné.

Ils atteignirent le pied des dents du Dragon deux heures plus tard et se réfugièrent de nouveau parmi les arbres. Derrière eux, les lueurs des feux de la Fédération avaient depuis longtemps disparu, et l'excitation initiale de Par s'était évaporée. Il garda ses pensées pour lui, mais les regards que lui jetait Damson indiquaient qu'elle n'était pas abusée par son silence. Ils se connaissaient maintenant si bien que les mots n'étaient plus toujours nécessaires pour qu'ils se comprennent. Damson lisait dans ses pensées. Elle savait ce qu'il ruminait...

La jeune femme prit la tête quand ils entrèrent dans la forêt. Elle partit en direction de l'est, le long des montagnes, et les fit entrer dans un sous-bois moins dense où ils pourraient dresser un camp.

Damson décida qu'ils se reposeraient dans un bosquet, près d'un petit ruisseau. Après quelques heures de repos, annonça-t-elle, ils repartiraient avant le lever du jour.

Les deux jeunes gens s'enveloppèrent dans les couvertures que leur avait données la Taupe, puis ils s'allongèrent côte à côte. L'Épée de Shannara dans le creux d'un bras, Par se demanda à quoi elle était censée servir – et surtout comment il le découvrirait.

— Je pense que c'est une bonne chose, murmura Damson avant qu'il s'endorme. Et je crois que tu ne devrais pas t'inquiéter...

Le Valombrien aurait voulu savoir de quoi elle parlait, mais il décida finalement de ne pas lui poser la question.

Quand il se réveilla, l'aube pointait à l'horizon, sa lueur à peine visible au-dessus des arbres. Les insectes et les oiseaux s'étaient tus, et le monde, autour de lui, semblait pétrifié.

Le jeune homme s'assit d'un bond, comme s'il se réveillait d'un cauchemar. Mais ce silence était plus terrifiant que le pire des mauvais rêves.

Dans le bosquet encore obscur, un peu de brume tourbillonnait entre les arbres. Comme pour exorciser sa peur, Par posa une main sur l'Épée de Shannara. Puis il regarda autour de lui, ne vit rien et se leva lentement. Réveillée aussi, Damson étouffa un bâillement.

Un calme de mort, pensa Par.

Qu'y avait-il d'anormal ? Pourquoi tout était-il si silencieux ?

Soudain, quelque chose bougea au plus profond du bosquet.

Damson se leva d'un bond.

— Par ? murmura-t-elle.

Une silhouette noire et voûtée sortit des ombres, son visage invisible sous le capuchon qui le couvrait.

Par eut le sentiment d'avoir déjà vu cet intrus. Et même de très bien le connaître. Il y avait quelque chose de familier dans sa manière de bouger, de se tenir ou de respirer. Mais comment était-ce possible ?

La silhouette ne marchait ni comme un humain ni comme un animal, à croire qu'elle était un peu des deux. À mesure qu'elle avançait, le bruit de sa respiration devint audible, évoquant une toux râpeuse ou un sifflement.

Puis elle leva la tête, et la lumière des étoiles fit scintiller ses yeux écarlates.

C'était un Ombreur !

Le Valombrien comprit qu'il allait devoir se battre et faire appel à l'Enchantement de Shannara. Cela n'aurait pas de fin, pensa-t-il. Où qu'il aille, ses ennemis le trouvaient. Et dès qu'il croyait avoir utilisé la magie pour la dernière fois, les événements s'empressaient de le détromper.

L'Ombreur avançait en traînant les jambes. Il semblait être à peine capable de bouger et serrait son manteau contre lui comme s'il avait peur de s'en séparer. Ce vêtement était bizarre... D'un noir brillant, il semblait aussi propre que s'il était neuf, alors que son porteur était couvert de crasse.

Par sentit la magie de l'Enchantement s'éveiller d'elle-même. Il la laissa faire, certain qu'il serait inutile d'essayer de l'arrêter. Résigné, il ne chercha même pas un moyen de fuir le bosquet. Car s'il choisissait cette option, l'Ombreur se lancerait à leur poursuite et les traquerait jusqu'à ce qu'il soit contraint de l'arrêter.

Jusqu'à ce qu'il le tue !

Il frissonna à cette idée. Non, pas un meurtre de plus !

Il revit le visage du soldat de la tour de garde et celui de tous les malheureux morts depuis le début de cette aventure...

La créature s'arrêta et secoua violemment la tête sous son capuchon, comme si elle était suivie par des démons qu'elle seule pouvait voir. Puis elle émit un son qui aurait pu être un sanglot.

Quand l'Ombreur leva la tête, Par Ohmsford crut que le monde s'écroulait.

Coll se tenait devant lui !

Un moment, le Valombrien pensa qu'il devenait fou. Entendant le cri de surprise de Damson, il recula d'un pas et vit les lèvres de son frère bouger péniblement.

— Par ? gémit Coll.

Le Valombrien manqua courir vers son frère, mais il se reprit à temps. Non, ce n'était pas Coll, mais un Ombreur qui tentait de le piéger.

Pourquoi avait-il choisi cette apparence ? Pour le rendre fou, bien entendu. Et le forcer à...

Par serra les dents. Coll n'existait plus. Il l'avait vu mourir, détruit par le feu de l'Enchantement de Shannara – après qu'il fut devenu un Ombreur, comme celui-là...

Au fond de son esprit retentit un avertissement étouffé mais pourtant très clair.

Prudence, Valombrien. Méfie-toi !

Par tenait toujours l'Épée de Shannara. Sans réfléchir, il leva comme un bouclier la lame encore glissée dans son fourreau.

L'Ombreur se jeta sur lui avec une vivacité étonnante. Le visage de Coll se rapprocha de celui de Par, qui eut l'estomac retourné par une ignoble puanteur.

Des mains noueuses se refermèrent sur la garde de l'Épée de Shannara et essayèrent de l'arracher à son propriétaire.

Le Valombrien et l'Ombreur tombèrent sur le sol, où ils luttèrent férocement. Par entendit Damson crier, mais il continua à se battre pour la possession de l'Épée. Sa main passa du fourreau à la garde, essayant de libérer la lame.

Face à face avec son adversaire, il regardait au fond des yeux de son frère...

Non, non, c'était impossible !

Ils roulèrent entre les arbres, dans des orties qui leur écorchèrent les mains et le visage. La lame enfin dégainée, il n'y eut plus entre eux que du métal mortellement dangereux. Par s'empêtra dans les plis de l'étrange manteau scintillant et éprouva une insurmontable répulsion, comme s'il s'agissait d'une créature vivante. Se débattant violemment, il décocha un coup de pied, et l'Ombreur grogna de douleur.

Il ne lâcha pas prise pour autant, les mains toujours refermées sur l'Épée.

L'Ombreur semblait ne pas avoir d'autre but que de s'approprier l'arme. Les yeux rivés sur la lame, le visage vide de toute expression, il paraissait prêt à lutter jusqu'à la fin des temps.

Par tenta de saisir la partie libre de la garde et toucha les mains de son adversaire – un contact plus répugnant que tout. Leurs doigts s'emmêlèrent, chacun essayant de forcer l'autre à lâcher prise.

Par eut soudain le souffle court. Une sensation étrange courut le long de ses doigts puis se diffusa dans ses mains et ses bras. Il sursauta et sentit l'Ombreur faire de même. Partie du centre de ses paumes, une bouffée de chaleur se répandit dans tout son corps.

La lame de l'Épée de Shannara émettait une faible lueur bleue.

Que se passait-il ? Était-ce la magie de l'Épée qui...

La lueur bleue se transforma en un feu blanc éblouissant. À sa terrifiante lumière, Par vit le visage de l'Ombreur se transformer.

Affolé, il essaya de lui arracher la lame, mais le monstre tint bon.

Le Valombrien entendit Damson l'appeler, comme si elle était très loin.

Puis la lumière de l'Épée entra en lui, et le feu blanc coula comme du sang dans ses veines. L'envahissant, cet incendie l'arracha à son corps, l'attira au cœur de l'arme puis dans le corps de l'Ombreur.

Par essaya en vain de résister. Aspiré par la silhouette au manteau noir, il la sentit frémir à cause de cette intrusion.

Le jeune homme tenta de crier, n'y parvint pas, continua d'entrer dans l'Ombreur et, en même temps, assista à son inéluctable métamorphose.

Coll ! Oui, c'était Coll !

Par ne sut jamais s'il avait murmuré ces mots ou s'il les avait hurlés. Au centre de l'âme de son adversaire, les mensonges s'effacèrent devant le pouvoir de l'Épée vouée à la vérité. Par ne combattait pas un démon qui avait pris l'apparence de son frère, mais son frère lui-même. Coll, revenu d'entre les morts et aussi réel que le talisman qu'ils se disputaient.

Le Valombrien sentit son adversaire frémir comme s'il reconnaissait quelque chose. Un instant plus tard, il comprit que le malheureux avait pris conscience de ce qu'il était devenu.

Par vit les larmes de son frère, il entendit son gémissement de désespoir et le sentit se convulser comme s'il avait été empoisonné. Puis l'esprit de Coll se ferma, trop horrifié par la révélation pour en supporter davantage.

Mais Par découvrit tout ce que son frère ne pouvait pas regarder en face. Il apprit la vérité au sujet du manteau, un artefact fabriqué par les Ombreurs et volé par Coll afin de pouvoir s'enfuir de la sentinelle du Sud. Il vit aussi Rimmer Dall sourire sinistrement. Mais pis que tout, il partagea la folie qui poussait Coll à traquer sans pitié le frère qu'il croyait responsable de tous ses malheurs...

Aussitôt que l'Ombreur lâcha l'Épée, les images disparurent, et le feu blanc mourut. Par tituba en arrière puis tomba, sa tête heurtant violemment le tronc d'un arbre. Étourdi, il regarda son frère, toujours drapé du détestable manteau, se lever comme un spectre.

Un moment, Coll ne bougea pas, les mains pressées sur sa tête encapuchonnée, comme s'il voulait écraser les images enfermées dedans.

Puis il se détourna et s'enfuit en hurlant.

Damson aida Par à se relever et le soutint jusqu'à ce qu'elle soit sûre qu'il tiendrait debout. Tendus à craquer, les deux jeunes gens sondèrent les ombres de la forêt comme s'ils pouvaient encore apercevoir la créature en fuite.

— C'était Coll, murmura Par. Damson, c'était Coll !

La jeune femme le regarda, incrédule.

— Et ça ! (Il brandit l'Épée de Shannara.) C'est bien l'Épée !

— Je sais. J'ai vu la lumière bleue...

— J'ignore ce qui est arrivé. Quelque chose a activé la magie, mais j'ignore quoi. Elle a toujours été là, dans l'Épée... Je n'ai jamais pu l'invoquer seul, mais quand nous avons tenu l'arme tous les deux, pendant que nous nous battions... Je l'ai vu, Damson, aussi clairement que je te vois. C'était Coll.

— Par, Coll est mort !

— Non. C'est ce qu'on voulait que je pense. Ce n'est pas lui que j'ai tué dans la Fosse, mais quelqu'un d'autre. C'était Coll ! L'Épée me l'a montré, Damson. Elle m'a révélé la vérité. Mon frère était prisonnier dans la sentinelle du Sud et il s'est enfui. Mais il a été métamorphosé par son manteau magique. C'était bien Coll, et il est en train de devenir un Ombreur...

— Par, j'ai vu son visage. Il ressemblait un peu à Coll, mais pas assez pour que...

— Tu n'as pas tout vu ! Moi, si, parce que l'Épée de Shannara montre la vérité. Tu te souviens des légendes ? Damson, c'est bien l'Épée de Shannara ! Et c'était Coll !

— D'accord, d'accord... C'était Coll. Mais pourquoi nous pourchasse-t-il ? Et pourquoi t'a-t-il attaqué ?

— Je n'ai pas eu le temps de le découvrir. Et Coll ne sait pas non plus ce qui se passe. J'ai pu partager un moment ses pensées, comme si j'étais dans son esprit. Il comprend ce qu'on lui a fait, mais il ignore comment se libérer. C'est pour ça qu'il s'est enfui, Damson. Il était horrifié par ce qu'il est devenu.

— Savait-il qui tu étais ?

— Je l'ignore...

— En sait-il assez pour enlever ce maudit manteau ?

— Je ne crois pas. Et je ne suis même pas sûr qu'il le puisse. Il avait l'air tellement perdu !

Damson prit dans ses bras le jeune homme qui s'accrocha à elle comme si elle était un rocher au milieu d'une mer d'incertitude. Autour d'eux, l'obscurité se dissipait, les oiseaux commençaient à chanter et l'herbe brillait à cause de la rosée.

— Je dois le suivre, dit Par, toujours blotti contre l'épaule de Damson. (Il la sentit se raidir.) Je dois essayer de l'aider. En agissant ainsi, je romps ma promesse de retourner délivrer Padishar. Mais Coll est mon frère...

Damson se dégagea mais ne détourna pas le regard.

— Tu es décidé, n'est-ce pas ? (Elle avait l'air terrifié.) C'est probablement un piège, tu le sais ?

— Bien entendu...

— Et je ne peux pas venir avec toi.

— Je le sais aussi. Tu dois continuer jusqu'aux étendues Enflammées et trouver de l'aide pour ton père. Je comprends.

Par vit des larmes perler aux paupières de la jeune femme.

— Je ne veux pas te quitter.

— Moi non plus !

— Es-tu sûr que c'était Coll ? Absolument sûr ?

— Aussi sûr que je suis certain de t'aimer.

Damson prit de nouveau le Valombrien dans ses bras. Sentant qu'elle pleurait, il eut l'impression que son cœur se brisait. L'euphorie qu'il avait éprouvée en voyant Paranor avait disparu. À vrai dire, il n'y pensait même plus. Et le sentiment de paix qu'il avait connu après être sorti de Tyrsis n'était plus qu'un lointain souvenir.

Par se dégagea.

— Je reviendrai vers toi, dit-il. Où que tu sois, je te trouverai...

Damson fouilla dans sa tunique et en sortit un disque de métal plat percé d'un trou où passait le cordon de cuir tressé qu'elle portait autour du cou. Elle regarda le disque un moment, puis leva les yeux vers lui.

— Ça s'appelle un « Skree », dit-elle. C'est un objet magique – de la magie des rues. On me l'a donné il y a longtemps. Et on peut s'en servir une seule fois...

Elle prit le disque à deux mains, le brisa en deux et tendit à Par la partie qui ne tenait plus au cordon.

— Prends-le et porte-le en permanence autour du cou. Les deux moitiés se chercheront. Quand le métal scintillera, ça nous apprendra que nous sommes à proximité l'un de l'autre. Plus il deviendra brillant, plus nous serons proches... C'est comme ça que je te retrouverai. Et je ne cesserai jamais de chercher...

Par prit sa moitié de disque avec le sentiment de tomber dans le puits sans fond qui venait de s'ouvrir sous ses pieds.

— Je suis désolé, Damson, murmura-t-il. Je ne voulais pas faire ça. J'aurais tenu ma promesse si je l'avais pu. Mais Coll est vivant, et je dois...

La jeune femme lui posa un doigt sur les lèvres.

— N'en dis pas plus. Je comprends. Et je t'aime.

Par embrassa la jeune femme et l'étreignit un long moment. Puis il la lâcha, ramassa le fourreau de l'Épée et récupéra sa couverture.

— Je reviendrai vers toi, répéta-t-il. Je te le promets.

Damson hocha simplement la tête.

Par se détourna et s'enfonça à grandes enjambées entre les arbres.

Chapitre 8

Le lendemain de la séparation de Par et Damson, midi approchait quand Morgan Leah arriva enfin en vue de la cité frontalière de Varfleet. Même si l'automne approchait, les jours étaient encore longs et chauds. Debout sur une butte, au nord de la ville, le montagnard regarda de loin les bâtiments et les rues et pensa que rien ne serait plus jamais pareil pour lui.

Plus de deux semaines avaient passé depuis qu'il s'était séparé de Walker Boh. L'Oncle Obscur était parti à la recherche de Paranor, avec la Pierre elfique noire en guise de clé pour ouvrir les portes du temps et de la distance.

Morgan s'était mis en route pour retrouver Padishar Creel et les frères Ohmsford.

Deux semaines... Morgan soupira. Il aurait pu atteindre Varfleet en deux jours, même à pied. Mais rien ne marchait comme il l'attendait, ces temps-ci...

Ses derniers déboires étaient un rien ironiques, considérant ce qu'il avait subi les semaines précédentes. Après avoir quitté Walker, il avait suivi les dents du Dragon vers le sud, le long de la partie ouest des plaines de Rabb. Le deuxième jour, au coucher du soleil, il avait atteint la rivière du même nom et dressé son camp sur sa berge, décidé à traverser le lendemain et à terminer son voyage le jour suivant.

La plaine chaude et poussiéreuse était marquée par la maladie qui dévastait la terre. Il avait cru avoir évité les zones où tout était empoisonné. Mais quand il s'éveilla, il avait de la fièvre et de tels vertiges qu'il pouvait à peine tenir debout. Il but un peu d'eau et se recoucha, espérant que son malaise passerait. Mais à midi, il n'allait pas mieux. Conscient qu'il était gravement malade, il se força à se lever, car il devait trouver de l'aide sans tarder. Des crampes intestinales l'empêchaient de se redresser complètement, et sa gorge était en feu. Ne se sentant pas assez fort pour traverser la rivière, il longea la berge. Proche du délire au moment où il arriva devant une ferme nichée dans un bosquet d'ormes, il tituba jusqu'à la porte et s'évanouit au moment où elle s'ouvrait.

Il dormit sept jours de suite, se réveillant – à demi – le temps d'avaler les petites quantités de nourriture et d'eau qu'on lui apportait. Il ne vit aucun visage, et les voix qu'il entendit étaient indistinctes. Par moments, il hurlait comme un possédé parce qu'il revivait les horreurs d'Eldwist et revoyait sans cesse le visage de Force Vitale en train de mourir. D'autres fois, il croyait apercevoir Par et Coll Ohmsford, qui l'appelaient, mais il ne parvenait jamais à les rejoindre. Il y avait aussi dans ses rêves des créatures obscures qu'il reconnaissait, même s'il avait oublié leur nom, et qu'il essayait vainement de fuir.

Sa fièvre tomba à la fin de la première semaine. Quand il se réveilla et ouvrit les yeux sur le jeune couple qui s'était occupé de lui, il lut un soulagement évident dans les yeux de ses sauveurs et comprit qu'il n'était pas passé loin de la mort. Sa maladie l'ayant laissé faible comme un bébé, ses hôtes durent le nourrir à la cuillère pendant des jours. Somnolant la plupart du temps, il réussissait à rester éveillé et à parler au moment des repas.

La jeune femme blonde qui s'occupait de lui quand son mari travaillait aux champs lui dit qu'il avait sûrement fait de très mauvais rêves pendant sa maladie.

Morgan la remercia profusément d'avoir pris soin de lui.

Parfois, son mari revenait et faisait au convalescent un grand sourire amical. L'épée de Morgan, dit-il, avait été mise à l'abri, et elle n'était pas perdue. Apparemment, le jeune homme en avait parlé dans ses cauchemars.

Puis Morgan put prendre ses repas avec les deux paysans, et ses forces lui revinrent assez vite. Mais les souvenirs de sa maladie le hantèrent comme de mauvais présages, car il était trop souvent passé près de la mort, ces derniers temps, pour pouvoir surmonter aisément une telle épreuve. Le fermier et sa femme virent dans ses yeux le reflet de tout ce qu'il avait enduré, mais ils ne lui demandèrent jamais d'explications.

Il offrit de les payer et les entendit répondre qu'il n'en était pas question.

Quand il leur dit adieu, dix-sept jours après s'être écroulé devant leur porte, il glissa discrètement la moitié de l'argent qu'il lui restait dans la poche du tablier de la jeune femme.

À son insu, les deux paysans le regardèrent s'éloigner jusqu'à ce qu'il soit hors de vue.

Morgan arriva à Varfleet avec deux semaines de retard... et un sentiment bien plus aigu de son propre état de mortel.

La fin de Force Vitale continuait à le hanter. Quelle force de caractère lui avait-il fallu pour accepter d'accomplir la volonté de son père ! Donner sa vie pour que la terre soit restaurée... Une élémentale devenue plus humaine que son créateur s'était sacrifiée pour l'humanité, et elle restait aux yeux de Morgan une énigme à jamais sans réponse.

Avoir aidé à vaincre Uhl Belk et à récupérer la magie de l'Épée de Leah lui inspirait une fierté légitime. Quand l'arme était redevenue entière, il s'était senti comme... restauré.

Force Vitale lui avait fait ce cadeau. En la perdant, il s'était en quelque sorte trouvé lui-même. Pendant qu'il voyageait vers le sud avec Walker et Horner Dees, il avait compris que ce drame déroutant dans lequel il avait à la fois perdu et gagné le laisserait en proie à un conflit intérieur qui ne cesserait jamais. Puis tomber malade l'avait forcé à se concentrer sur la lutte pour la survie.

Maintenant, alors qu'il regardait la cité, après avoir surmonté tant d'épreuves, il se sentait à l'aube d'une nouvelle vie et se demandait si ceux qui l'avaient connu dans l'ancienne le reconnaîtraient...

Il entra dans Varfleet alors qu'un homme du Sud au visage raviné en sortait. Les habitants de la cité, occupés par leurs propres affaires, ne lui accordèrent pas une grande attention.

Morgan traversa les quartiers les plus pauvres où les familles vivaient dans des abris de fortune et où les enfants mendiaient au coin des rues, une preuve de plus que le Protectorat de la Fédération n'avait pas fait grand-chose de positif pour Callahorn. Puis il arriva dans la cité proprement dite, où les odeurs de cuisine et d'égouts se mêlaient désagréablement. Des soldats de la Fédération rôdaient partout, l'air aussi mal à l'aise que les habitants qu'ils étaient chargés de surveiller.

Le montagnard trouva une boutique de vêtements et dépensa presque tout son argent pour s'acheter un pantalon, une tunique, un manteau de forestier et des bottes neuves. Ses anciens vêtements étaient tellement usés et défraîchis qu'il les abandonna dans le magasin, emportant seulement ses armes.

Bien qu'il ignorât de quoi il s'agissait, il demanda où était le *Duvet de Chardon*. Le boutiquier lui apprit que c'était une taverne sise au milieu de la cité, sur la voie Wyvern.

En se frayant un chemin à travers la foule, Morgan se remémora les instructions que lui avait données Padishar Creel. Il devait aller au *Duvet de Chardon* et montrer la bague au faucon à une femme appelée Matty Roh. Elle saurait où trouver Padishar.

Morgan saisit la bague rangée dans sa poche et sentit les arêtes de l'emblème du faucon entrer dans sa chair. Se souvenant de Padishar Creel, il se demanda s'il avait échappé à la mort aussi souvent que lui, ces dernières semaines, et cette éventualité lui arracha un sourire amer.

La voie Wyvern était une rue bordée de tavernes, d'auberges et de maisons closes, qui traversait un quartier pas très agréable de la cité, mais bourdonnant d'activité.

Morgan rajusta l'Épée de Leah sur son dos et constata qu'il se sentait triste, fatigué et... étrangement excité. Un mélange bizarre, mais approprié. Survivre à la maladie et au chagrin l'avait endurci, et il ne restait pas grand-chose qu'il ne se croyait pas capable d'affronter. Une conviction qui le rassurait...

Pendant des semaines, Morgan avait vu ses amis disparaître et ses propres plans être modifiés sans arrêt – peut-être pour le bien d'un plan plus important... À chaque fois, il avait fait ce qu'il pensait être juste, et il n'avait aucune raison de remettre ses décisions en question. Mais il était las de voir sa vie chamboulée comme si quelqu'un s'amusait à le contrarier pour s'amuser de la tête qu'il ferait. Fidèle à la promesse faite à Steff, il était allé à Culhaven pour sauver grand-mère Élise et tante Jilt. Ensuite, il s'était consacré à Force Vitale et à son voyage vers Eldwist. Maintenant, il était temps de tenir la promesse qu'il s'était faite depuis qu'il était sorti de la Fosse et de Tyrsis. Il devait retrouver Par et Coll, les protéger de son mieux et rester avec eux jusqu'à ce que...

Jusqu'à ce qu'ils n'aient plus besoin de lui, voilà tout !

Mais où étaient-ils maintenant ? Que leur était-il arrivé depuis leur fuite ?

Penser à eux le mettait mal à l'aise, car trop de temps avait passé depuis leur séparation. Les Ombreurs étaient trop dangereux pour qu'il ne se ronge pas les sangs d'inquiétude. Mais il espérait que Padishar les avait retrouvés. Dans ce cas, les choses avaient peut-être été plus faciles pour eux que pour lui.

Mais il n'aurait pas parié là-dessus...

Arrivé sur une place, il vit que le *Duvet de Chardon* se dressait sur sa gauche, annoncé par une enseigne miteuse ornée d'une chope de bière. Ce bâtiment en planches, comme tous les autres du secteur, avait un mur mitoyen avec les deux bâtisses qui l'entouraient – sans doute la résidence des tenanciers, plus quelques chambres à louer.

Morgan traversa la place grouillante de monde et évita de son mieux les nombreux ivrognes qui tentaient de rentrer chez eux après avoir dépensé en bière leurs derniers sous.

Quand il fut à l'intérieur du *Duvet de Chardon*, l'aspect de la salle le surprit, car il s'attendait à un immonde bouge. L'établissement n'avait rien de luxueux, certes, mais le sol était propre, le bois du comptoir brillait, les tables et les chaises étaient disposées avec goût et une bonne odeur de cire flottait dans l'air. Sur le mur de gauche, une grande cheminée dominait la pièce, et un escalier étroit, à droite du comptoir, montait vers les étages.

Un détail étrange attira l'attention de Morgan : sur les étagères qui entouraient les tonneaux de bière et le placard à chopes trônaient des vases pleins de magnifiques fleurs sauvages. Dans un tel lieu, de pareils ornements avaient de quoi étonner...

Un jeune garçon muni d'un balai sortit de derrière le comptoir. Grand et mince, avec des cheveux noirs coupés court et des traits fins, il se mit à balayer en sifflotant, tellement perdu dans ses pensées qu'il ne s'était pas aperçu qu'un client venait d'entrer.

Morgan toussota, et le garçon leva aussitôt les yeux.

— C'est fermé, dit-il. Nous ouvrons à la tombée de la nuit.

Ses yeux bleu cobalt défièrent le montagnard de protester.

— Je suis bien au *Duvet de Chardon* ? demanda Morgan, de plus en plus perplexe.

— Oui, mais revenez plus tard. Et allez prendre un bain d'abord.

Un bain ? C'était bien la première fois qu'un garçon de taverne mentionnait cette exigence devant Morgan. Mais le jeune type, à bien le regarder, semblait un rien trop propre sur lui et trop bien vêtu pour un membre de sa profession.

— Je cherche quelqu'un, dit le montagnard, gêné par le regard insistant du garçon.

— Je ne peux rien pour vous... Il n'y a que moi, ici. Essayez de l'autre côté de la rue.

— Merci, mais je ne cherche pas n'importe qui, commença Morgan.

Le garçon se détourna et se remit à balayer.

— C'est fermé, répéta-t-il simplement.

— Un moment ! s'impatienta Morgan. Vous avez dit que vous étiez seul ici et...

Il posa une main sur l'épaule du jeune homme, qui se retourna et lui flanqua un coup de balai sous le sternum. Le souffle coupé, le montagnard tomba sur un genou.

Le garçon s'approcha et se pencha sur sa victime.

— Je vous ai dit que c'était fermé ! Vous devriez faire plus attention à ce qu'on vous raconte... (Avec une force étonnante, le jeune homme aida Morgan à se relever et le guida vers la porte.) Revenez plus tard, quand ce sera ouvert...

Une fois dehors, le montagnard attendit que la douleur se calme dans sa poitrine.

C'est ridicule, pensa-t-il, furieux. *Un gamin !*

Il rajusta le harnais de son épée et retourna dans la taverne.

Le garçon balayait maintenant derrière le comptoir.

Il n'eut pas l'air ravi de revoir Morgan.

— C'est quoi, au juste, votre problème ?

— Mon problème ? Je n'en avais pas jusqu'à ce que j'entre ici. Vous ne pensez pas avoir été un peu rapide avec ce balai ?

Le garçon haussa les épaules.

— Je vous ai demandé de partir, et vous êtes resté. À quoi vous attendiez-vous ?

— À un peu d'aide, peut-être... Je vous ai dit que je cherchais quelqu'un.

— Tout le monde cherche quelqu'un... Surtout les gens qui viennent ici. Ils veulent boire, se sentir mieux et trouver un peu de compagnie. C'est normal, mais ils doivent le faire quand c'est ouvert. Et ce n'est pas ouvert. C'est assez clair pour vous ?

— Ce qui est clair, c'est que vous êtes sacrément mal élevé ! Quelqu'un devrait vous chauffer un peu les oreilles.

Le garçon lâcha le balai et posa les mains sur le comptoir.

— Ce ne sera pas vous, en tout cas... Et maintenant, fichez le camp ! Et ne vous donnez pas la peine de revenir...

Morgan aurait volontiers explosé, mais le garçon ne semblait pas avoir peur de lui. Et il savait se servir de son fichu balai...

— Y a-t-il quelqu'un d'autre à qui je pourrais parler ?

— Non.

— La propriétaire, peut-être ?

— Non.

— Non ? Elle ne s'appellerait pas Matty Roh ?

Quelque chose passa dans le regard bleu cobalt du gamin.

— Non.

— Vous savez qui est Matty Roh, n'est-ce pas ?

— Peut-être, mais j'en ai assez de parler avec vous !

— Matty Roh ! C'est elle que je cherche. J'ai fait un long chemin, et il est vrai que j'ai besoin d'un bain, comme vous me l'avez délicatement fait remarquer. Matty Roh. Vous connaissez ce nom et vous savez qui elle est. Donc, si vous voulez vous débarrasser de moi, dites-moi où la trouver, et je filerai d'ici.

L'expression du garçon ne changea pas, mais il tira une épée de sous le comptoir.

— Allons, dit calmement Morgan, suis-je à ce point indésirable ?

— Qui êtes-vous ? Et que voulez-vous à Matty Roh ?

— C'est entre elle et moi... Mais je ne suis pas là pour lui faire des ennuis. J'ai seulement besoin de parler avec elle.

Le garçon regarda un long moment Morgan, qui eut le sentiment pénible qu'il hésitait entre fuir et attaquer.

Mais ce qui se passa ensuite le laissa bouche bée.

— Je suis Matty Roh, dit le « garçon ».

Quand il fut remis de sa surprise, Morgan faillit éclater de rire et lancer au gamin qu'il était ridicule de se moquer ainsi de lui. Mais quelque chose dans la voix de son interlocuteur l'arrêta. Regardant de plus près les traits délicats du garçon, ses mains menues et son corps mince dissimulé par des vêtements amples, il repensa à son étonnante propreté et à sa bizarre coquetterie...

Rien de tout ça ne collait vraiment avec l'allure d'un garçon de taverne. Mais s'il s'agissait d'une fille...

— Matty Roh, je vous avais prise pour un... Je croyais que vous étiez...

— C'est bien ce que vous étiez supposé penser... (Matty ne lâcha pas l'épée.) Que me voulez-vous ?

Morgan ne répondit pas tout de suite, toujours abasourdi d'avoir pris une fille pour un garçon, de s'être laissé mener en bateau et d'avoir eu l'air d'un tel idiot. Mais quand on vivait dans un endroit comme la voie Wyvern, tout semblait bon pour se préserver. Il fallait admettre que le déguisement était efficace. La jeune fille devait être très intelligente.

Morgan sortit de la poche de sa tunique la bague au faucon et la lui montra.

— Vous reconnaissez ça ?

Matty jeta un rapide coup d'œil à la bague, et sa main se crispa sur la garde de son épée.

— Qui êtes-vous ? demanda-t-elle.

— Morgan Leah. Nous savons tous les deux qui m'a donné cette bague. Cet homme m'a dit de venir vous voir quand j'aurai besoin de le trouver...

— Je sais qui vous êtes. Portez-vous toujours une épée brisée, Morgan Leah ?

Le montagnard revit Force Vitale au moment de sa mort.

— Non, dit-il doucement. Elle a été restaurée...

Il chassa la douleur que ce souvenir réveillait en lui et se força à tendre la main par-dessus son épaule pour toucher la garde de l'arme.

— Vous voulez la voir ?

— Inutile. Je suis désolée de vous avoir bousculé. Mais il est dur de déterminer à qui on peut faire confiance. La Fédération a des espions partout – souvent des Questeurs...

Matty remit son arme sous le comptoir. Un moment, elle sembla hésiter, puis elle dit :

— Vous voulez manger quelque chose ?

Morgan ayant répondu qu'il en serait ravi, elle l'emmena dans la cuisine et le fit asseoir à une petite table. Après avoir servi à son invité une assiette du ragoût qui mijotait sur le feu, elle coupa plusieurs tranches de pain, versa de la bière dans une chope et lui apporta le tout.

Affamé, Morgan mangea et but en contemplant le joli vase de fleurs posé sur la table...

— Vous en avez mis, du temps, à arriver ici ! dit Matty quand il eut terminé son repas. Il vous attendait plus tôt que ça...

— Où est-il ? demanda Morgan.

Ils prenaient tous les deux garde à ne pas prononcer le nom de Padishar Creel, comme si cela risquait d'attirer les espions de la Fédération.

— Où vous a-t-il dit qu'il serait ?

Elle se méfie toujours de moi, pensa Morgan.

— Dans les étendues Enflammées. Mais vous êtes très suspicieuse à mon égard... Et moi, comment puis-je savoir que vous êtes vraiment Matty Roh ?

— Vous ne le pouvez pas... Mais c'est vous qui êtes venu me voir, pas l'inverse. Donc, vous devez courir votre chance.

Morgan se leva.

— Ce n'est pas très rassurant...

— Vous rassurer ne m'intéresse pas. Mon travail est d'être sûre que vous êtes Morgan Leah.

— Et qu'en pensez-vous, à présent ?

— Eh bien, ça reste à voir...

— Et quand aurez-vous vu ?

— Bientôt, je suppose...

— Et si vous décidez que je mens ?

Matty avança vers le montagnard, rivant sur lui ses yeux si bleus qu'ils semblaient engloutir toute la lumière de la pièce.

— Espérons que vous n'aurez pas besoin de connaître la réponse à cette question, dit-elle. Le *Duvet de Chardon* reste ouvert jusqu'à minuit. Après la fermeture, nous reparlerons de tout ça...

Quand elle se détourna, Morgan aurait juré que l'étrange jeune femme souriait.

Chapitre 9

Morgan passa le reste de la journée avec une vieille femme censée faire la cuisine, mais qui passait son temps à siroter de la bière et à voler de la nourriture dans les casseroles. Elle lui jeta à peine un regard, marmonna quelques commentaires peu amènes sur les étrangers et ne s'occupa plus de lui.

Le montagnard prit un bain dans une des pièces de l'arrière-salle – parce qu'il en avait envie, et non parce que Matty Roh l'avait suggéré, se dit-il. Pour remplir la vieille baignoire, il charria plusieurs seaux d'eau chaude, puis resta immergé si longtemps qu'elle devint tiède.

Quand le *Duvet de Chardon* ouvrit, il alla jeter un coup d'œil dans la salle. Les clients de cet établissement étaient bien habillés. À l'évidence, le *Duvet* n'était pas une taverne pour le bas peuple. Plusieurs tables étaient occupées par des officiers de la Fédération, certains avec leur femme ou leur maîtresse. Les conversations et les rires restaient discrets. Un garçon costaud aux cheveux noirs frisés tirait la bière des tonneaux, et une serveuse amenait les plateaux aux clients.

Matty Roh travaillait aussi, mais elle ne faisait rien de précis. Parfois, elle balayait, nettoyait les tables ou remettait des choses en place. Morgan la regarda un moment avant de comprendre qu'elle espionnait les conversations. Toujours occupée, elle ne restait cependant jamais longtemps au même endroit. Morgan ignorait si les clients savaient qu'elle était une fille, mais personne ne lui prêtait la moindre attention.

À un moment, elle vint poser sur le comptoir un plateau de chopes vides et souffla au montagnard :

— Vous êtes trop visible, ici. Retournez dans la cuisine !

Puis elle repartit dans la foule.

Irrité, Morgan obéit quand même.

Le *Duvet de Chardon* ferma à minuit. Morgan aida à débarrasser et à nettoyer, puis la vieille cuisinière, le serveur et la serveuse sortirent par la porte de derrière. Matty Roh éteignit les lampes de la salle principale, vérifia les fermetures et revint dans la cuisine. Morgan l'attendait à la petite table. Elle s'assit en face de lui.

— Qu'avez-vous appris cette nuit ? demanda-t-il. Des choses utiles ?

— J'ai décidé de vous faire confiance...

— Merci.

— Parce que si vous n'êtes pas des nôtres, vous êtes l'espion de la Fédération le plus incompétent que j'aie jamais connu.

— Si c'est comme ça, je retire mes remerciements...

— Selon ce que j'ai entendu, dit Matty, la Fédération a capturé Padishar à Tyrsis. J'ai entendu un officier en parler...

Morgan réfléchit quelques instants.

— Padishar est difficile à piéger. Il s'agit peut-être d'une rumeur.

— C'est possible... Il n'y a pas très longtemps, nos ennemis avaient prétendu l'avoir tué à la Saillie. Ils affirmaient que le Mouvement était fichu. En tout cas, nous apprendrons la vérité dans les étendues Enflammées...

— Nous y allons ? demanda Morgan.

— Nous y allons. Aidez-moi à emballer un peu de nourriture. Je vais nous chercher des couvertures. Nous filerons avant l'aube. Il vaut mieux qu'on ne nous voie pas partir.

Morgan se leva et suivit Matty dans le cellier.

— Et la taverne ? demanda-t-il. Quelqu'un ne doit-il pas s'en occuper ?

— Elle restera fermée jusqu'à mon retour.

— Vous m'avez menti, n'est-ce pas ? Vous êtes la patronne.

— Ne soyez pas stupide, montagnard ! Je ne vous ai pas menti. Je suis la gérante. Le propriétaire, c'est Padishar Creel...

Ils rassemblèrent les vivres dont ils auraient besoin, sortirent par la porte de derrière et remontèrent les rues désertes en se méfiant des patrouilles de la Fédération.

La jeune femme resta aussi silencieuse qu'un fantôme. Morgan remarqua qu'elle avait emporté l'épée qu'elle gardait sous le comptoir. Un rien cynique, il se demanda si elle avait aussi emporté son balai...

Ils sortirent de la ville, prirent au nord, vers la Mermidon, et la traversèrent à gué. Tournant vers l'est, ils suivirent la ligne de crête des dents du Dragon. À l'aube, ils reprirent de nouveau vers le nord, à travers les plaines de Rabb. Ils marchèrent jusqu'à la tombée de la nuit, s'arrêtant à midi pour manger et attendre que le plus gros de la chaleur passe. Les plaines étant poussiéreuses, sèches et désertes, le voyage fut paisible. La jeune femme parlait peu, une retenue qui convenait très bien à Morgan.

Au coucher du soleil, ils dressèrent leur camp près des dents du Dragon, à côté d'un affluent de la rivière Rabb, puis mangèrent pendant que le soleil sombrait derrière les montagnes et inondait la plaine d'une lueur rouge et or. Quand ils eurent terminé, ils s'assirent et regardèrent les eaux de la rivière devenir argentées sous la lumière de la lune et des étoiles.

— Padishar m'a raconté que vous lui aviez sauvé la vie, dit la jeune femme au bout d'un moment.

Elle n'avait pas parlé pendant le dîner. Morgan la regarda, un peu surpris.

— Ce faisant, j'ai aussi sauvé la mienne. Ce n'était pas un acte entière-ment désintéressé.

— Il m'a dit de veiller sur vous. Il a ajouté que je vous reconnaîtrais facilement...

Morgan sourit.

— Ma foi, il peut se tromper, comme tout le monde... Vous ne le croyez peut-être pas, mais je suis capable de prendre soin de moi-même !

Matty détourna le regard.

— Comment c'est, là d'où vous venez ?

— Que voulez-vous dire ?

— Les montagnes. À quoi ressemblent-elles ?

Morgan crut un moment qu'elle le taquinait, puis il décida que non.

— C'est le plus beau pays des Quatre Terres, commença-t-il.

Il décrivit sa patrie en détail : les collines aux herbes bleues, lavande et jaunes émaillées de fleurs, les ruisseaux qui gelaient à l'aube et devenaient rouge sang au coucher du soleil, la brume qui allait et venait selon les saisons, les forêts et les prés, le sentiment de paix et d'éternité. Ses montagnes natales étaient sa passion, et plus encore depuis qu'il les avait quittées. Cela rappela à Morgan ce que son foyer signifiait pour lui, même s'il n'était plus réellement le sien depuis que la Fédération l'occupait. Mais, en réalité, les montagnes lui appartenaient encore, parce qu'il gardait en lui leur esprit et leur histoire. Les montagnes étaient dans son sang, et ce ne serait jamais le cas pour les envahisseurs.

— J'aime votre façon de décrire votre pays, dit Matty quand il eut terminé. Et j'aime les sentiments que vous éprouvez pour lui. Si j'y vivais, je crois que ce serait pareil pour moi.

— J'en suis sûr... Mais je suppose que tout le monde aime sa terre natale...

— Pas moi !

— Pourquoi ?

— Parce que je n'en garde aucun bon souvenir. Je suis née dans une petite ferme, au sud de Varfleet. J'y ai vécu avec mes parents, mes frères et ma sœur. J'étais la petite dernière... Nous élevions des vaches à lait et nous cultivions du blé. En été, les champs étaient dorés. En automne, la terre devenait toute noire après les labours. Je ne me rappelle pas grand-chose de plus... Excepté la maladie. Ça semble très loin dans le passé, mais ce n'est pas si vieux que ça. La terre est tombée malade, puis le bétail, et ensuite mes parents. Tout a commencé à mourir. D'abord ma sœur, ensuite ma mère, mes frères et mon père. Et c'était pareil pour les gens qui vivaient dans les fermes environnantes. Tout le monde est mort en quelques mois. À la fin, une voisine m'a trouvée et m'a emmenée vivre avec elle à Varfleet. Nous étions les seules survivantes. J'avais six ans.

Il n'y avait aucune émotion dans la voix de Matty, mais elle détourna le regard.

— Je crois que le temps tournera bientôt à l'orage...

Ils dormirent jusqu'à l'aube, mangèrent du pain, des fruits et du fromage puis reprirent leur marche vers le nord.

Le ciel était nuageux quand ils se réveillèrent, et il commença à pleuvoir pendant qu'ils traversaient la Rabb. Quand l'averse devint torrentielle, ils s'abritèrent au creux d'un vieil érable, près d'une butte rocheuse.

Épaule contre épaule, ils restèrent assis à écouter tomber la pluie.

— Comment avez-vous rencontré Padishar ? demanda soudain Morgan.

— Je suis devenue l'apprentie de Hirehone quand j'ai eu l'âge de travailler. Il m'a appris à forger et à me battre. Après un moment, je me débrouillais mieux que lui ! Il m'a fait rencontrer des membres du Mouvement, et c'est là que j'ai connu Padishar.

— Et depuis combien de temps vous occupez-vous du *Duvet de Chardon* ?

— Deux ans. Ça me permet d'apprendre des choses utiles pour les hommes libres. Et c'est un endroit agréable où vivre, pour le moment...

— Mais pas au point d'avoir envie d'y passer votre vie, n'est-ce pas ?

— Ce métier n'est pas fait pour moi...

— Qu'est-ce qui est fait pour vous ?

— Je l'ignore. Et vous, vous le savez ?

Morgan réfléchit un moment.

— Pas vraiment... Je n'ai pas pensé à ce qui arriverait au-delà de ces quelques semaines. J'ai passé mon temps à courir, et je n'ai pas eu le loisir de méditer.

— Moi, je n'ai couru nulle part. Je suis restée là où j'étais, à attendre que quelque chose se produise.

— J'étais comme ça avant de venir dans le Nord... Je passais mon temps à trouver des idées pour rendre la vie aussi difficile que possible aux gens de la Fédération – ces officiers et ces soldats qui vivaient dans l'ancienne maison de ma famille, et qui agissaient comme si elle leur appartenait ! Je pensais lutter, mais en réalité, j'attendais aussi...

— Maintenant, vous courez. C'est mieux ?

Morgan haussa les épaules.

— Au moins, je vois davantage de pays, dit-il avec un sourire.

Dès que la pluie se calma, les deux jeunes gens continuèrent leur voyage. Morgan jetait de temps en temps un coup d'œil à Matty Roh, étudiant l'expression de son visage, les lignes de son corps ou la façon dont elle bougeait. Il la trouvait intéressante. Elle était froide et détachée, mais cette façade dissimulait des émotions plus profondes et plus fortes. Pour des raisons qu'il ne parvenait pas à formuler, le montagnard aurait juré qu'elle était capable de pratiquement n'importe quoi.

Midi approchait quand elle s'engagea sur une piste rocheuse qui montait dans les collines, devant les dents du Dragon. Ils entrèrent dans un bosquet et, quand ils en sortirent, se retrouvèrent au pied des pics. Puis la piste disparut, et ils durent négocier des pentes plus rudes au milieu des rochers.

Morgan se demanda un moment si Matty Roh savait vraiment où elle allait. Mais ils atteignirent un col et le remontèrent jusqu'à un défilé très profond dont les parois semblèrent se refermer sur eux.

Quand ils s'arrêtèrent pour boire, Morgan dévisagea la jeune femme pour voir comment elle tenait le coup. Mais elle s'aperçut qu'il la regardait, et il détourna rapidement les yeux.

Au milieu du défilé, Matty Roh guida son compagnon à travers un amas de rochers qui semblait être le vestige d'un ancien glissement de terrain. Derrière, ils trouvèrent un passage qui s'enfonçait dans la paroi. Ils l'empruntèrent et remontèrent un couloir en spirale qui s'ouvrait sur une saillie. De là, une piste étroite partait vers le haut. Ils la suivirent jusqu'au sommet de la paroi et jusqu'à une autre fissure, si étroite qu'une seule personne à la fois pouvait y passer.

Matty Roh s'arrêta soudain.

— Ils viendront nous chercher dans un moment, dit-elle en tendant une gourde à Morgan.

Le montagnard ne la prit pas. Si elle n'avait pas besoin de boire, il ne boirait pas non plus.

— Comment sauront-ils que nous sommes là ? demanda-t-il.

— Ils nous surveillent depuis une heure. Vous ne les avez pas vus ?

Morgan n'avait rien remarqué, et elle le savait très bien. Agacé, il haussa les épaules et laissa tomber le sujet.

Peu après, deux silhouettes sortirent de la fissure – des hommes barbus armés d'arcs et de couteaux. Ils saluèrent Matty Roh et Morgan, et leur firent signe de les suivre.

Pendant l'ascension, Morgan nota que Matty continuait à avancer sans la moindre difficulté.

Ils débouchèrent sur un plateau qui s'étendait vers le nord, le sud et l'ouest et offrait une vue splendide sur les dents du Dragon. Avec l'approche du soir, le ciel devenait écarlate à travers la brume qui s'accrochait aux pics montagneux. C'était pour ça qu'on parlait des « étendues Enflammées », pensa Morgan.

À l'est, le plateau s'adossait à une crête couverte d'épicéas et de cèdres. Les hors-la-loi avaient dressé leur camp entre les arbres, et leurs feux de cuisine brûlaient dans des cavités remplies de pierres. Il n'y avait pas de fortifications comme à la Saillie, parce que le plateau se terminait sur une série de ravins abrupts impossibles à escalader par un homme seul et encore plus par une force armée. L'unique chemin qui permettait d'accéder au plateau semblait être celui qu'ils avaient emprunté. Mais le montagnard connaissait assez bien Padishar Creel pour savoir qu'il existait au moins une autre voie d'évasion.

Il se retourna quand une silhouette familière avança vers eux. Un homme robuste à l'air féroce avec sa barbe noire, son œil et son oreille en moins, et ses cicatrices...

Chandos serra Matty Roh dans ses bras, puis il tendit la main à Morgan.

— Montagnard, dit-il en broyant les doigts du jeune homme, je suis content de vous revoir parmi nous.

— Et j'ai plaisir à être de retour, répondit Morgan quand il eut dégagé sa main. Comment allez-vous, Chandos ?

— Pas trop mal, considérant tout ce qui est arrivé. Venez avec moi dans un endroit où nous pourrons parler.

Il guida Morgan et Matty Roh le long du promontoire. Les gardes qui les avaient amenés repartirent par là d'où ils étaient venus.

Chandos s'éloigna à grandes enjambées du campement. Morgan jeta un coup d'œil interrogateur à Matty Roh, mais elle ne réagit pas. Quand ils furent assez loin pour ne pas être entendus, elle entra sans tarder dans le vif du sujet :

— Ils l'ont attrapé, n'est-ce pas ?

— Padishar ? Oui. Ils l'ont pris il y a deux nuits, à Tyrsis. Le Valombrien était avec lui – le plus petit, celui que Padishar appréciait tant, Par Ohmsford. Ils sont entrés dans les prisons de la Fédération pour sauver Damson Rhee. Ils l'ont libérée, mais Padishar a été capturé. Damson est ici depuis hier...

— Qu'est-il arrivé à Par ? demanda Morgan, étonné que Chandos n'ait pas parlé de Coll.

— Il est parti à la recherche de son frère. Damson nous a raconté une histoire où il est question d'Ombreurs... Mais ce qui importe, pour le moment, c'est Padishar ! Je n'ai pas encore dit aux autres qu'il est prisonnier, et j'ignore si je dois le faire. Nous sommes censés rencontrer Axhind et ses trolls au col de Jannisson dans cinq jours. Si Padishar n'est pas là, je doute qu'ils s'allient à nous. Ils nous tourneront le dos et repartiront comme ils sont venus. Cinq mille soldats ! Il nous les faut pour avoir une chance contre la Fédération. Surtout après avoir perdu la Saillie...

» Je n'ai jamais été très doué pour élaborer des plans. Donc, si vous avez des idées...

— Si la Fédération a capturé Padishar, dit Matty, il ne restera pas en vie très longtemps.

— Peut-être plus longtemps qu'il le souhaiterait, grogna Chandos, surtout si les Questeurs mettent la main sur lui.

Morgan se souvint de la Fosse... et se força aussitôt à penser à autre chose. Quelque chose ne collait pas dans tout ça. Padishar était parti à la recherche de Par et de Coll, mais pourquoi lui avait-il fallu si longtemps pour les trouver ? Et pourquoi les frères Ohmsford étaient-ils restés à Tyrsis tout ce temps ? Quand Par et Padishar étaient allés sauver Damson Rhee, où était Coll ? Les Ombreurs l'avaient-ils également capturé ?

Cela faisait bien trop de questions sans réponses...

— Je veux parler avec Damson Rhee, dit abruptement le montagnard.

Il s'était interrogé sur elle au début, et voilà qu'il recommençait.

Chandos haussa les épaules.

— Elle dort... Elle a marché toute la nuit pour arriver ici.

Des images de Teel dansèrent dans la tête de Morgan.

— Eh bien, réveillons-la !

— D'accord, montagnard, si vous pensez que c'est important. Mais vous vous en chargerez.

Ils traversèrent le campement et passèrent à côté des feux de cuisson. Le soleil disparaissait, et l'heure du dîner approchait. Trop préoccupé, Morgan sentit à peine les bonnes odeurs de nourriture. Par et Coll, toujours à Tyrsis, après tout ce temps... Ils s'étaient échappés de la Fosse des semaines plus tôt. Pourquoi étaient-ils restés sur place ?

Tandis que les questions se bousculaient en lui, il continua à voir le visage de Teel, et l'Ombreur qui se dissimulait derrière.

Quand ils arrivèrent devant une petite hutte nichée dans les arbres, Chandos s'arrêta.

— Elle est là... Réveillez-la si vous voulez. Et venez dîner avec nous, tous les deux, quand vous aurez terminé.

Morgan se tourna vers Matty Roh.

— Vous voulez venir avec moi ?

— Non. Je crois que vous devriez vous occuper de ça seul...

La jeune femme se détourna et emboîta le pas à Chandos. Elle savait quelque chose qu'elle ne disait pas, comprit Morgan. Il la regarda partir, pensant une fois encore que Matty était bien plus complexe qu'elle ne le laissait paraître.

Il regarda la hutte en se demandant comment il devrait s'y prendre avec Damson Rhee. Les soupçons et les angoisses ne devaient pas troubler le bon sens. Mais il avait du mal à se débarrasser de l'image de Teel en Ombreuse. Il pouvait en aller de même avec cette jeune femme. Le problème était de s'en apercevoir...

Il vérifia que l'Épée de Leah sortirait aisément de son fourreau, inspira à fond, gagna la porte et frappa. Le battant s'ouvrit presque aussitôt, et une jeune femme aux cheveux roux et aux yeux émeraude se découpa dans l'encadrement. Empourprée comme si elle venait de se réveiller, ses vêtements sombres en désordre, elle était grande – moins que Matty cependant – et remarquablement jolie.

— Je suis Morgan Leah...

— L'ami de Par, le montagnard... Oui. Bonjour. Je suis Damson Rhee. Désolée, mais je dormais. Le crépuscule tombe, dirait-on... J'ai dormi trop longtemps.

Elle recula un peu, puis s'arrêta et regarda Morgan.

— Vous avez entendu les nouvelles au sujet de Padishar, je suppose. Vous venez d'arriver ?

— Oui. Je voulais entendre toute l'histoire de votre bouche.

— D'accord. Allons parler dehors. J'en ai assez d'être enfermée. Que vous a dit Chandos, exactement ?

Damson se dirigea vers les arbres, et le montagnard fut bien obligé de la suivre.

— Selon lui, Padishar a été capturé par la Fédération quand Par et lui sont venus vous sauver. Puis mon ami vous a laissée pour partir à la recherche de Coll – et ça aurait un rapport avec les Ombreurs...

— Tout a quelque chose à voir avec les Ombreurs, de nos jours...

Damson s'assit sur une souche pourrie. Morgan hésita, toujours méfiant, puis il prit place à côté d'elle.

— J'ai une très longue histoire à vous raconter, Morgan Leah, dit-elle.

Elle commença par le moment où elle avait trouvé Par et Coll après leur fuite de la Fosse, à Tyrsis. Puis elle révéla qu'ils avaient décidé de retourner une dernière fois dans la Fosse avec l'aide de la Taupe. Une fois sur place, les deux frères s'étaient mis à la recherche de l'Épée de Shannara. Par était revenu seul avec ce qu'il pensait être le talisman, mais à demi fou de chagrin et d'horreur parce qu'il avait tué son frère. Elle l'avait soigné pendant des semaines dans la tanière souterraine de la Taupe, le ramenant lentement à la raison. Après, ils avaient fui de cachette en cachette, échappant aux Questeurs et à la Fédération et cherchant un moyen de sortir de Tyrsis.

Finalement, Creel les avait retrouvés, mais Damson s'était fait capturer. Padishar et Par étaient venus la sauver, mais cela avait conduit à la capture du chef des hommes libres. Ayant enfin trouvé un moyen de sortir de la ville, Par et Damson étaient partis au nord, à travers le col de Kennon, car ils ne pouvaient pas sauver Padishar sans aide extérieure.

— Et ce que nous avons vu du haut du col, au-delà des feux de garde de la Fédération, aussi clairement que je vous vois, eh bien... c'était Paranor ! Elle est revenue, montagnard ! Par en était sûr. Selon lui, ça signifiait que Walker Boh avait réussi.

Damson raconta la suite du voyage et leur rencontre avec Coll – ou plutôt la créature qu'il était devenu, enveloppé dans un étrange manteau étincelant. Au cours de la lutte qui s'était ensuivie, l'Épée de Shannara avait révélé ce que Par pensait être la vérité au sujet de son frère, qu'il avait cru mort.

— Il est parti à la recherche de Coll, bien entendu... Qu'aurait-il pu faire d'autre ? Je ne voulais pas le laisser y aller seul, mais je n'avais pas le droit de l'arrêter. (Damson regarda Morgan dans les yeux.) Je ne suis pas aussi sûre que lui que c'est bien Coll qu'il traque, mais je comprends qu'il veuille découvrir de quoi il retourne pour retrouver la paix de l'esprit.

Morgan hocha la tête. Damson Rhee avait pris beaucoup de risques pour aider Par Ohmsford – plus qu'il ne s'y attendait de la part de quiconque, excepté Coll et lui. Et son histoire sonnait vrai. L'acharnement de Par, à propos de l'Épée de Shannara, lui ressemblait bien, comme son désir de découvrir la vérité au sujet de son frère. Mais Par était plus seul que jamais, alors que le montagnard s'était juré de veiller sur lui...

Morgan s'aperçut que Damson le regardait d'un air dur, et ses soupçons reparurent. Damson Rhee... Était-elle l'amie que Par croyait, ou l'ennemie qu'il cherchait désespérément à fuir ? Elle pouvait être responsable des embuscades des Ombreurs. Mais elle était aussi à l'origine de sa fuite de Tyrsis...

— Vous n'êtes pas sûr de moi, n'est-ce pas ? demanda-t-elle.

— Non...

— J'ignore ce que je peux faire pour vous convaincre, Morgan. Et je ne sais même pas si j'ai envie d'essayer. Je dois utiliser l'énergie qui me reste à trouver un moyen de libérer Padishar. Ensuite, je me lancerai à la recherche de Par.

Morgan détourna le regard, accablé par les soupçons que les Ombreurs faisaient naître en eux tous. Il aurait tant aimé qu'il en aille autrement...

— Quand j'étais à la Saillie avec Padishar, j'ai été obligé de tuer une naine qui était en réalité une Ombreuse. Elle s'appelait Teel. Mon ami Steff était amoureux d'elle, et ça lui a coûté la vie.

Il lui parla de la trahison de Teel et de la confrontation dans les entrailles de la montagne, quand il avait tué l'Ombreuse et sauvé la vie de Padishar.

— Ce qui m'angoisse, dit-il, c'est que vous pourriez être une autre Teel, et que Par pourrait finir comme Steff.

Damson ne répondit pas, ses yeux lointains et vagues, comme si elle regardait à travers lui et ne voyait pas que des larmes perlaient à ses paupières.

Morgan tendit la main dans son dos et dégaina l'Épée de Leah. Damson le regarda en silence, ses yeux verts rivés sur la lame scintillante quand il la plaça entre eux, la pointe vers le sol et les mains sur le pommeau.

— Posez vos mains sur le plat de la lame, Damson, dit-il doucement.

Pendant un long moment, la jeune femme ne bougea pas. Morgan attendit en écoutant les bruits lointains qui montaient du camp. La lumière déclinant rapidement, ils étaient entourés d'ombres. Il se sentit étrangement détaché de tout, comme s'il partageait un fragment d'éternité avec Damson Rhee.

Faites qu'elle ne soit pas une Ombreuse, implora-t-il.

Damson tendit la main, toucha l'Épée de Leah, puis referma délibérément les doigts sur le tranchant. Horrifié, Morgan regarda le sang couler sur la lame.

— Une Ombreuse ne pourrait pas faire ça, n'est-ce pas ?

Le montagnard tendit la main et ouvrit les doigts de la jeune femme.

— Pas sans activer la magie...

Morgan posa l'arme, arracha des lanières de tissu à son manteau et banda la main de Damson.

— Vous n'étiez pas obligée de faire ça...

— Vous croyez ? Auriez-vous été sûr de moi, sinon, Morgan Leah ? Je ne crois pas. Et si vous n'avez pas confiance en moi, comment pourrons-nous lutter ensemble ? Vous me faites confiance, maintenant ?

— Oui. Je suis désolé...

Damson leva sa main bandée et saisit celle du jeune homme.

— Laissez-moi vous dire quelque chose, souffla-t-elle, les larmes aux yeux. Vous m'avez confié que votre ami Steff était amoureux de Teel. Eh bien, montagnard, je suis amoureuse de Par Ohmsford...

Morgan comprit pourquoi elle était restée avec Par, l'avait suivi jusque dans la Fosse, puis l'avait protégé et aidé. Exactement ce qu'il avait essayé de faire pour Force Vitale. Damson Rhee s'était liée à Par d'une manière que seule la mort déferait.

— Je suis désolé, répéta-t-il.

Main dans la main, la jeune femme et le montagnard se regardèrent un long moment. À cet instant, Damson rappela Force Vitale à Morgan. Il s'aperçut qu'elle lui manquait désespérément. Oui, il aurait donné n'importe quoi pour qu'elle lui soit rendue !

— Assez de vérifications, dit Damson. Je vous ai raconté tout ce qui m'est arrivé. À votre tour, maintenant. Par et Padishar ont besoin de nous. Ensemble, nous trouverons peut-être un moyen de les aider.

Damson serra les mains du jeune homme comme si les siennes ne la faisaient pas souffrir, puis elle lui sourit. Il se pencha pour récupérer l'Épée de Leah et suivit Damson vers le campement.

Elle avait raison. Par et Padishar avaient besoin d'eux. Morgan était décidé à ne pas les laisser tomber.

Mais que pouvait-il faire ?

L'odeur de la nourriture chatouilla les narines du montagnard, qui s'avisa qu'il mourait de faim.

Par et Padishar.

Padishar d'abord !

Chandos avait parlé de cinq jours. Si les Questeurs n'arrivaient pas avant...

L'idée vint d'un coup au montagnard, si claire qu'il faillit crier. Il se tourna vers Damson et lui passa un bras autour des épaules.

— Je crois que je sais comment libérer Padishar, annonça-t-il.

Chapitre 10

Les Quatre Cavaliers firent le tour des murs de Paranor pendant cinq jours. Walker Boh resta sur le chemin de ronde et ne les quitta pas du regard.

Chaque matin, ils se rassemblaient devant les portes ouest. Puis l'un d'eux approchait et frappait à la porte en signe de défi. Quand Walker n'apparaissait pas, ils reprenaient leur ronde sinistre.

— Des incarnations des plus grands ennemis de l'homme, dit Cogline quand il les découvrit. Des manifestations de nos peurs ancestrales et de ce qui a tué tant de gens. Des spectres qui ont pris forme et substance et viennent pour nous tuer. Se peut-il que Rimmer Dall ait le sens de l'humour ?

Walker en doutait. En tout cas, il ne voyait rien de drôle dans tout ça. Les Ombreurs semblaient disposer d'un pouvoir brut infini qui leur permettrait de se transformer en n'importe quoi. Ce n'était ni subtil ni complexe, mais aussi direct et inéluctable qu'une inondation. Bref, ils paraissaient capables de balayer tout ce qui se dresserait sur leur chemin. Walker ignorait la puissance exacte des Cavaliers, mais il était prêt à parier qu'ils étaient largement ses égaux. Rimmer Dall n'aurait pas envoyé des créatures inaptes pour lutter contre un druide – même aussi récemment promu que Walker et encore incertain de l'étendue de sa magie et des manières dont elle pouvait le servir. Une des missions confiées par Allanon aux Ohmsford avait été menée à bien. Une menace que les Ombreurs ne pouvaient pas se permettre d'ignorer...

Pourtant, le but de ces missions restait une énigme que Walker ne pouvait pas résoudre. Debout sur le chemin de ronde de Paranor, en regardant les Quatre Cavaliers chevaucher au-dessous de lui, il se demandait sans cesse pourquoi ces missions leur avaient été affectées. Qu'était censée accomplir l'Épée de Shannara ? À quoi servirait de ramener les elfes dans le monde des hommes ? Et pour quelle raison avoir fait revenir Paranor et les druides ? Enfin, *un* druide... Un seul druide, fabriqué avec des morceaux de tous les autres. Un amalgame de tous ceux qui étaient venus avant lui, de leurs souvenirs, de leurs forces et de leurs faiblesses, de leur histoire et des secrets de leur magie. Dans sa peau de druide, il était encore un nouveau-né, et il ignorait comment il était censé agir. Chaque jour, il ouvrait de nouvelles portes sur des connaissances que d'autres avaient accumulées. Il ne les comprenait pas toutes, en doutait parfois, et mettait souvent en question leur utilité...

Mais quel rôle devait-il jouer dans la lutte contre les Ombreurs ? Devenu le druide qu'Allanon voulait qu'il soit, il était désormais le maître de Paranor. Mais qu'était-il censé faire de tout ça ? Il détenait sûrement une magie qui pouvait servir contre les Ombreurs – comme les druides d'autrefois avaient utilisé la leur pour aider les races. Il possédait des connaissances infinies, et les druides s'étaient également servis du savoir comme d'une arme. Mais Walker estimait qu'il devait d'abord comprendre la nature de son ennemi avant de trouver un moyen de le vaincre. Hélas, il était prisonnier de sa forteresse, dans un endroit où il ne pouvait aider personne.

— Ils n'essaient pas d'entrer, fit remarquer Cogline trois jours après l'apparition des Cavaliers. Pourquoi, à ton avis ?

— Peut-être parce qu'ils n'en ont pas besoin. Tant que nous restons bloqués ici, leur mission est accomplie.

Le vieil homme se frotta le menton. Il avait encore vieilli depuis qu'il était sorti de l'état de demi-vie dans lequel la magie des archives des druides l'avait conservé. Arborant de nouvelles rides, il était plus voûté qu'avant, marchait et parlait de plus en plus lentement, et semblait plus frêle que jamais.

Walker n'aimait pas ça, mais il n'en disait rien. Le vieil homme avait beaucoup donné de sa personne pour lui, et cela lui avait visiblement coûté cher. Mais il ne s'en plaignait pas, et Walker n'avait aucune raison de le mentionner.

— Ils ont peut-être peur de la magie des druides, dit l'Oncle Obscur après un moment. (Il leva sa main unique pour la poser sur les créneaux.) Paranor a toujours été protégée contre ceux qui voulaient y entrer sans être invités. Les Ombreurs le savent peut-être, et ils ont décidé de rester dehors à cause de ça.

— Ils veulent d'abord tester l'étendue et la nature de ta magie, dit Cogline. Bref, ils attendent de découvrir à quel point tu es dangereux. À moins qu'ils continuent à chevaucher jusqu'à ce qu'ils en aient assez de patienter...

Walker réfléchit aux manières dont il pourrait vaincre ces Ombreurs. La Pierre elfique noire cachée dans les catacombes de Paranor était une réponse évidente. Mais elle exigerait un prix, et il n'était pas prêt à le payer. Il n'y avait aucune raison de penser que la Pierre elfique noire ne fonctionnerait pas contre les Quatre Cavaliers, absorbant leur magie jusqu'à ce qu'il ne reste d'eux que des cendres. Mais la nature même de cet artefact impliquait que le pouvoir ainsi volé soit transféré dans celui qui le maniait. Et Walker n'avait aucune envie que la magie des Ombreurs devienne une partie de lui.

Il y avait aussi le Stiehl, l'étrange lame qu'il avait prise à l'assassin Pe Ell, à Eldwist, une arme capable de tuer n'importe qui. Mais il n'aimait pas l'idée d'utiliser l'outil d'un assassin sans pitié...

Ce qu'il lui fallait avant tout, c'était un plan ! Et il avait trois possibilités. Il pouvait rester à l'abri des murs de Paranor en espérant que les Ombreurs se lasseraient et partiraient. Ou sortir et les affronter. Ou encore essayer de se glisser dehors et de partir sans qu'ils le voient. La première solution semblait douteuse, car il n'avait pas beaucoup de temps devant lui. La deuxième était incontestablement trop téméraire.

Restait la troisième.

Cinq jours après le début du siège de Paranor par les Quatre Cavaliers, Walker Boh décida d'essayer de s'échapper par les souterrains.

Ce soir-là, il parla de son plan à Cogline au dîner – composé d'aliments vieux de trois cents ans qui avaient été figés dans le temps en même temps que la forteresse. Ces réserves diminuaient à vue d'œil, un argument de plus en faveur d'une évasion.

Sous la forteresse couraient des tunnels qui donnaient dans la forêt environnante. Ces passages étaient uniquement connus des druides du passé, et maintenant de Walker. Il se glisserait dans l'un d'eux cette nuit, puis en sortirait loin de l'endroit où les Cavaliers patrouillaient. Si tout allait bien, il serait parti avant qu'ils aient compris qu'il leur avait faussé compagnie.

Cogline eut l'air dubitatif. Ce plan lui semblait trop simple. Les Ombreurs avaient certainement pensé à cette possibilité.

Mais Walker était décidé. Cinq jours d'attente lui suffisaient amplement. Il devait tenter quelque chose, et aucune meilleure idée ne lui était venue. Cogline et Rumeur resteraient dans la forteresse. Si les Cavaliers essayaient d'entrer avant son retour, ils s'échapperaient par le même chemin.

Cogline accepta à contrecœur. Quelque chose l'inquiétait, mais il refusa d'en parler malgré son agitation évidente. Walker faillit insister pour avoir une explication. Le comportement énigmatique du vieil homme n'étant pas nouveau, il y renonça...

Il attendit minuit, puis regarda dehors pour être sûr que les Ombreurs continuaient leur ronde. Bien entendu, c'était le cas...

La brume qui couvrait la vallée les quatre premiers jours s'était levée à l'aube. Avec l'arrivée de la nuit, Walker Boh remarqua un détail intéressant. Loin à l'ouest, là où les dents du Dragon rencontraient les plaines de Streleheim, des feux de garde brûlaient à l'entrée du col de Kennon. Une armée bloquait le passage. La Fédération... La présence de ces troupes dans le col n'avait peut-être aucun rapport avec celle des Ombreurs à Paranor, mais Walker en doutait. Volontairement ou non, la Fédération servait la cause des Ombreurs, car elle était un outil pour Rimmer Dall et les autres membres de la hiérarchie du Conseil de la Coalition. Il semblait donc raisonnable de supposer que les soldats massés dans le col de Kennon avaient quelque chose à voir avec les Quatre Cavaliers.

Peu importait, de toute façon... Walker Boh ne pensait pas que des soldats de la Fédération pourraient grand-chose contre lui.

À minuit, il descendit du chemin de ronde et s'enfonça dans les profondeurs de la forteresse. Habillé de vêtements noirs, amples et pratiques, il ne portait aucune arme sur lui.

Cogline et Rumeur le regardèrent entrer dans le puits de la fournaise. Grâce aux souvenirs d'Allanon et de tous les druides qui l'avaient précédé, il connaissait le chemin comme si la forteresse avait toujours été son foyer. Des portes cachées dans les murs s'ouvrirent quand il les effleura. Les passages lui étaient aussi familiers que la Pierre d'Âtre, à l'époque précédant les rêves envoyés par Allanon.

Il trouva les tunnels qui passaient sous le rocher où Paranor était construite et entendit autour de lui le grondement régulier des feux qui brûlaient dans la fournaise, l'unique bruit dans le silence et l'obscurité des tunnels.

Il lui fallut plus d'une heure pour traverser. Plusieurs passages souterrains partaient d'une porte qu'il était le seul à pouvoir ouvrir. Il choisit celui qui menait à l'ouest, afin de sortir à l'abri des arbres de la forêt qui s'étendait entre les Cavaliers et le col de Kennon. Une fois les Ombreurs derrière lui, il pourrait dépasser les soldats de la Fédération sans être vu.

Quand Walker arriva devant l'ouverture dissimulée, il s'arrêta pour écouter. Aucun son au-dessus de lui, pas de mouvements... Il se sentait pourtant mal à l'aise, comme s'il y avait quand même un problème.

Il sortit du tunnel, émergeant de la terre comme une ombre dissimulée par les broussailles et les rochers. À travers les hautes branches des arbres, il aperçut le ciel nocturne, les étoiles, et un croissant de lune. Tout était silencieux, comme si rien ne vivait dans la forêt.

Walker chercha un indice de la présence des loups gris et ne détecta rien. Reniflant l'air, il sentit une étrange odeur de renfermé.

Il inspira profondément et avança.

Entendant le bruit de la faux qui s'abattait sur lui, il se jeta de côté juste à temps.

La Mort grogna sous l'effort.

Walker vit la silhouette noire encapuchonnée sur sa gauche. Se relevant, il constata qu'une autre ombre se matérialisait sur sa droite. Les lames et les plaques de son armure scintillant sinistrement, la Guerre décocha un coup de massue qui percuta un arbre et fracassa son tronc.

Walker échappa de peu aux bras squelettiques de la Famine, dont les os blanchis se tendaient vers lui.

Ils étaient tous là, comprit-il, désespéré. Ils avaient découvert son plan.

Il fonça devant lui, entendit le bourdonnement de la Pestilence, et sentit une chaleur atrocement sèche passer tout près de lui. Il sauta par-dessus un petit ravin, sa peur lui donnant des ailes. Les Cavaliers le suivirent, marchant pour aller plus vite entre les arbres.

Walker entendit leurs mouvements comme si des feuilles bruissaient dans un vent léger. Il n'y avait rien d'autre. Pas de bruit de pas, de respiration, ni de cliquetis d'armes ou d'ossements.

L'Oncle Obscur courut à l'aveuglette à travers les arbres. L'avantage de la surprise perdu, il était totalement désorienté.

Les Ombreurs le traquaient toujours.

Non !

Walker se retourna, invoqua sa magie et lança un mur de flammes entre ses poursuivants et lui. La Guerre et la Pestilence ralentirent, mais la Famine et la Mort continuèrent sur leur lancée.

Bien entendu, pensa Walker. *La Famine et la Mort. Les flammes ne peuvent pas leur faire de mal.*

Il traversa un ruisseau et tourna à droite vers le promontoire de Paranor, dont les murs et les tours se découpaient sur le fond noir de la nuit. Il courait vers la forteresse sans le savoir, et c'était sa seule chance de survivre. S'il y arrivait avant que les monstres le rattrapent...

Cogline ! Le vieil homme regarde-t-il dehors ?

Une silhouette reptilienne luisante d'humidité se dressa soudain devant Walker. Mais il lui échappa avec la fluidité du vent, car sa magie le rendait aussi rapide et sans substance que l'air. La créature frappa, faisant jaillir des mottes de terre, mais Walker Boh, déjà derrière elle, courait toujours vers le salut. Devant lui se dressait la forteresse des druides – son seul sanctuaire...

Un mouvement, sur sa gauche, l'obligea à se détourner au moment où la Famine frappait avec une épée faite d'ossements, qui déchira ses vêtements. Walker perdit pied, tomba, roula le long d'une pente, à travers des buissons et de hautes herbes, et atterrit dans une flaque d'eau stagnante. Quelque chose le rata de peu – encore un des monstres reptiliens. Il se releva, envoya du feu dans toutes les directions et eut la satisfaction d'entendre un cri de douleur et un grognement étouffé.

Il reprit sa course et s'enfonça dans les arbres, résolu à se cacher dans les ombres les plus noires.

À son grand désarroi, il s'aperçut qu'il s'éloignait de nouveau de la forteresse.

Une ombre passa sur sa gauche. Rapide et silencieuse, elle portait un manteau noir et maniait une lame de fer.

La Mort.

Walker commençait à fatiguer, et les Ombreurs l'encerclaient. Pensant ne plus pouvoir atteindre Paranor avant qu'ils le rejoignent, il essaya de changer de direction, mais vit des mouvements entre la forteresse et lui. Puis il entendit un sifflement et un bruissement d'écailles...

Alors, il paniqua. Il avait été trop sûr de lui et pas assez réfléchi. Il aurait dû se douter que ce ne serait pas si facile.

Des branches lui cinglèrent le visage et le bras. Derrière lui, le monstre se rapprochait. Il lui sembla sentir son souffle sur son cou, ses griffes et ses dents prêtes à le déchiqueter.

Il accéléra, sortit du sous-bois, surgit dans une clairière et y trouva la Mort qui l'attendait avec sa faux. L'Ombreur le frappa, le ratant de peu parce qu'il pivota sur le côté. Quand il attaqua de nouveau, Walker saisit au vol la faux pour la détourner de lui. Aussitôt, un froid tétanisant envahit sa main et son bras. Il se hâta de lâcher l'arme, la poussant sur le côté avec le monstre qui la maniait.

Une autre ombre bougea sur la droite, mais Boh recommença à courir, entra de nouveau dans la forêt et slaloma entre les troncs d'arbre comme s'il n'avait plus de substance.

La paralysie s'installait de plus en plus profondément en lui.

J'ai tellement froid...

Ses forces le quittaient, et il n'était toujours pas plus près de la sécurité qu'avant.

Réfléchis, s'ordonna-t-il. *Réfléchis !*

Les ombres bruissaient autour de lui : le cliquètement squelettique de la Famine, le bourdonnement hideux de la Pestilence, le grondement de la Guerre dans son armure impénétrable, l'avancée furtive de la Mort...

Soudain, un souvenir revint à la mémoire de Walker Boh, qui s'accrocha à l'espoir qu'il lui offrait. Une trappe cachée dans la terre, non loin devant lui, ouvrait sur un tunnel qui le ramènerait à Paranor. Cette trappe était une réminiscence d'Allanon, revenue à sa conscience dans la terreur et l'angoisse, juste à temps.

Ici, vers la gauche !

Walker changea de direction, sa main et son bras lui paraissant aussi morts que ceux qu'il avait perdus.

Ne pense pas à ça !

Il se jeta dans un amas de broussailles, s'enfonça dans une barrière d'épineux, descendit un ravin et traversa un gué.

Ici !

Sa main tâtonna sur le sol, cherchant frénétiquement la trappe secrète. Alors que ses poursuivants approchaient, il trouva un anneau de fer, le saisit et tira de toutes ses forces. La trappe céda avec un gémissement. Walker se jeta dans l'ouverture et dévala les marches.

Des ombres le suivaient déjà ! Levant son bras engourdi et glacé, il lutta pour invoquer la magie. Du feu explosa en haut des marches, et les ombres disparurent dans une boule de flammes. Puis il y eut un grondement sourd, et l'entrée du passage s'écroula.

Walker avança dans le tunnel. Toussant et crachant à cause de la fumée et de la poussière, il regarda deux fois derrière lui pour s'assurer qu'on ne le suivait pas.

Il était seul.

Pourchassé par des démons qui prenaient la forme de ses ennemis, Walker Boh croyait toujours entendre les Ombreurs qui le poursuivaient. Ne pouvaient-ils pas s'introduire partout ? Au fond, qu'est-ce qui les en aurait empêchés ?

Mais les monstres ne se montrèrent pas. En dépit des identités qu'ils avaient endossées, ils ne se révélaient pas invincibles et n'étaient pas vraiment l'incarnation de ce qu'ils prétendaient être. Walker les avait entendus crier de douleur. Il avait senti leur... substance.

L'engourdissement de sa main et de son bras se dissipait. Il accueillit les picotements de sa chair avec une intense satisfaction, mais repensa de nouveau amèrement à la perte de son autre bras.

Que serait-il encore obligé de sacrifier avant que cette lutte soit terminée ? N'avait-il pas déjà de la chance d'être toujours vivant ? Cette fois, il avait échappé de très peu aux Ombreurs...

Soudain, il lui vint à l'esprit qu'il ne s'était peut-être pas échappé du tout. On l'avait laissé fuir... Les Cavaliers avaient peut-être simplement joué un jeu sadique avec lui. N'auraient-ils pas pu le tuer s'ils l'avaient désiré ? À la réflexion, il lui sembla qu'ils avaient plutôt essayé de lui faire peur. Comme s'ils avaient voulu le terrifier au point qu'il soit incapable d'agir lucidement une fois revenu dans la forteresse des druides.

Il rejeta aussitôt cette idée ridicule. Les Ombreurs avaient bel et bien essayé de le tuer ! Et il avait eu assez de talent – et de magie – pour se sauver malgré la confusion due à l'embuscade. Endolori et épuisé, mais réconforté par cette idée, il entra dans Paranor, où Cogline l'attendait.

Bientôt, il serait obligé de confesser son échec au vieil homme. Cette idée le perturbait, mais il avait conscience que c'était sa vision idéale de l'invincibilité des druides qui l'empêchait de regarder en face sa déroute.

Pour survivre, il devrait renoncer à ces manifestations d'orgueil. Il était encore un novice. Un débutant qui commençait à peine à apprendre...

Peu à peu, ses peurs et ses doutes le quittèrent, et les démons disparurent. Il aurait sa revanche, se promit-il. À un autre moment, en un autre endroit, il se débarrasserait des Cavaliers.

Et quand ce moment arriverait, il serait prêt.

Chapitre 11

Pendant le dîner, Morgan Leah expliqua son plan pour sauver Padishar Creel à Damson Rhee et à Chandos. Toujours prudents, ils s'isolèrent afin que les autres n'entendent pas.

Le montagnard demanda d'abord à Damson de lui expliquer comment elle était sortie de la cité. La laissant raconter à son rythme, il regardait à tour de rôle la jeune femme et le hors-la-loi. Quand elle eut terminé, il posa son assiette vide – il avait tout mangé pendant qu'elle parlait – et se pencha vers ses compagnons.

— Nos ennemis s'attendent à une tentative de sauvetage, dit-il. Ils savent que nous n'abandonnerons pas Padishar. Ces salauds connaissent son importance pour le Mouvement... Mais ils ne pensent pas que nous reviendrons par le même chemin. Ils prévoient autre chose : un effort majeur, une attaque à grande échelle, peut-être avec une diversion au début. Ils croient que nous tenterons de les surprendre. Et c'est ce que nous allons faire, en quelque sorte...

— Ce que vous dites n'a pas beaucoup de sens, montagnard, lâcha Chandos.

Morgan se permit un léger sourire.

— Avant tout, nous devrons entrer et sortir rapidement. Plus ça prendra de temps, plus ce sera dangereux. Patience, Chandos. Je veux seulement vous faire comprendre le raisonnement qui sous-tend ce que je suis sur le point de suggérer. Nous devons essayer de penser comme eux pour anticiper leur plan – nous capturer – et trouver un moyen de le saboter.

— Vous êtes sûr qu'ils nous tendront un piège ? demanda Chandos. Pourquoi ne se contenteraient-ils pas de tuer Padishar ? Ou de lui faire ce qu'ils ont infligé à Hirehone ?

— Je ne peux être sûr de rien... Mais réfléchissez un moment. S'ils tuent Padishar, ils perdront toutes leurs chances de mettre la main sur nous. Et ils nous veulent tous, Chandos ! Ils rêvent d'éliminer les hommes libres. Oui, ils finiront par utiliser Padishar, comme ils l'ont fait avec Hirehone. Mais ils ne commenceront pas par là. *Primo*, ils savent que nous nous méfierons. Si Padishar revient, nous commencerons par nous demander si c'est bien lui, ou s'il s'agit d'un Ombreur. *Secundo*, ils savent que nous avons découvert la vérité au sujet de Teel. Enfin, et c'est le plus important, nous disposons de la magie, et ils la veulent. Rimmer Dall pourchasse inlassablement Par Ohmsford, et ça a sûrement un rapport avec la magie. La même chose vaut pour Walker Boh. Et idem pour moi.

» Ils essaieront d'utiliser Padishar pour nous piéger parce qu'ils savent que nous ne tenterons pas un sauvetage sans mobiliser notre magie pour combattre la leur. Ils veulent cette magie – comme toutes les autres –, et c'est leur meilleure chance de l'obtenir !

Chandos fronça les sourcils.

— Vous pensez que ce sont bien les Ombreurs que nous affrontons ?

— Oui, depuis le début ! Teel, Hirehone, le Grimpeur, Rimmer Dall, le gnoll, l'enfant que Par a rencontré sur la crête de Toffer... Partout où nous allons, les Ombreurs attendent. Ils contrôlent la Fédération et le Conseil de la Coalition.

— Expliquez-nous votre plan, demanda Damson Rhee.

— Nous retournons dans Tyrsis par les tunnels – le chemin que Damson a emprunté pour sortir. Nous porterons des uniformes de la Fédération, comme Padishar l'a fait à la Fosse. Une fois dans la cité, nous gagnerons la tour de garde ou la prison, selon l'endroit où est gardé Padishar. Puis nous entrerons en plein jour et nous le libérerons. Bref, nous entrerons par un chemin et sortirons par un autre ! Pour ça, il nous faudra seulement quelques minutes...

Stupéfaits, Chandos et Damson regardèrent le montagnard.

— C'est ça, votre plan ? demanda le hors-la-loi.

— Attendez une minute ! dit Damson. Morgan, comment retournerons-nous dans les tunnels ? Je ne me souviens pas du chemin...

— Peut-être, mais la Taupe s'en souvient ! Ce plan repose surtout sur lui. Et sur votre aptitude à le convaincre de nous aider. Vous devrez retourner dans la cité, le trouver, puis revenir par les catacombes pour nous montrer le chemin. Vous déterminerez aussi le lieu où Padishar est détenu. La Taupe connaît tous les méandres des souterrains de Tyrsis. Il nous montrera une voie qui mène à la prison de Padishar. Si nous déboulons devant leur porte, les soldats n'auront pas le temps de nous arrêter. C'est notre meilleure chance : agir comme ils s'y attendent, mais pas de la façon qu'ils prévoient.

— Je ne suis pas convaincu, montagnard, dit Chandos. Ils connaissent Damson, et ils la cherchent sûrement.

— Oui. Mais elle est la seule personne en qui la Taupe ait confiance. Elle devra d'abord entrer par les portes. J'irai avec elle. Qu'en pensez-vous, Damson Rhee ?

— Je crois que je peux le faire. La Taupe nous aidera, si les soldats ne l'ont pas encore capturé. Ils doivent sûrement fouiller les tunnels...

— Mais ils ne les connaissent pas aussi bien que lui, rappela Morgan. Ils essaient de l'attraper depuis longtemps, et ils ont toujours échoué. Il nous faut simplement quelques jours de répit supplémentaires... Nous devons essayer !

— Combien serons-nous ? demanda Chandos.

— Deux douzaines d'hommes, pas plus...

— Deux douzaines ! Montagnard, cinq mille soldats de la Fédération sont cantonnés à Tyrsis, et qui sait combien d'Ombreurs y grouillent ? Deux douzaines d'hommes n'ont aucune chance de réussir.

— Deux cents en auraient encore moins – voire deux mille, si nous étions si nombreux. Mais ce n'est pas le cas, pas vrai ? Chandos, plus le groupe sera petit, plus il aura de chances de se dissimuler. Nos adversaires attendent une attaque en force. Et nous pourrons déguiser deux douzaines d'hommes bien plus facilement que deux cents. Si nous arrivons assez près de la prison, nous n'aurons pas besoin de plus d'intervenants...

— Il a raison, dit Damson. Une force plus importante serait repérée dès qu'elle avancerait dans les tunnels. De toute façon, il n'y a en ville aucun endroit où cacher beaucoup d'hommes. Mais nous pouvons en faire entrer deux douzaines et les garder en sécurité jusqu'à la tentative d'évasion. Malheureusement, j'ignore si ce sera suffisant pour libérer Padishar.

— À cause des Ombreurs ? demanda Morgan.

— Oui. Cette fois, nous n'aurons pas Par avec nous pour les tenir en respect.

— Non, mais vous m'avez, moi. Et j'ai cette arme !

Morgan tendit la main, dégaina l'Épée de Leah et la planta dans la terre devant eux.

— Votre talisman, murmura Chandos, surpris. Je croyais qu'il était brisé...

— Il a été restauré quand je suis parti pour le Nord, répondit Morgan. Et je possède de nouveau sa magie. Ce sera suffisant pour vaincre les Ombreurs.

Damson regarda les deux hommes, l'air perdu. Par ne lui avait jamais parlé de l'Épée de Leah. Et à part Walker Boh, personne ne connaissait Force Vitale. Mais Morgan n'avait aucune envie de se lancer dans de longues explications.

— Vous trouverez les hommes qu'il nous faut ? demanda-t-il à Chandos.

— Oui, montagnard... Je pourrais en avoir vingt fois plus pour sauver Padishar Creel. Mais vous leur demandez de vous faire une confiance aveugle...

Morgan remit son épée au fourreau. Au loin, des hommes libres patrouillaient dans l'obscurité. Derrière eux, les feux de cuisson s'éteignaient. Des hommes sortirent leur pipe, l'allumèrent et conversèrent à voix basse.

Le montagnard regarda Chandos.

— S'il y avait un meilleur choix, je vous le proposerais. Alors, c'est oui, ou c'est non ?

Chandos dévisagea Damson.

— Qu'en pensez-vous ?

Déterminée mais sereine, la jeune femme repoussa sa chevelure rousse en arrière.

— Je dis que nous devons tenter quelque chose ! Sinon, Padishar est perdu... Si nous étions à sa place, ne viendrait-il pas à notre secours ?

— Dans votre cas, il l'a déjà fait, non ? marmonna Chandos. Nous sommes tous des idiots... (Il se tourna vers Morgan.) D'accord, montagnard. Deux douzaines d'hommes, y compris moi. Je les choisirai ce soir.

Le hors-la-loi se leva.

— Vous voudrez partir le plus vite possible, j'imagine... À l'aube, ou même dès que nous aurons rassemblé des vivres pour le voyage...

Morgan et Damson se levèrent aussi, et le montagnard tendit la main au hors-la-loi.

— Merci, Chandos.

Le colosse éclata de rire.

— De quoi ? D'avoir accepté un plan de cinglé ? (Il serra la main de Morgan.) Je vais vous dire une chose : si ça marche, c'est moi qui vous devrai des remerciements !

Le hors-la-loi partit vers les feux de cuisson agonisants en marmonnant. Morgan le regarda s'éloigner et pensa tristement à tous les compagnons déjà morts dans cette horrible aventure.

Sentant l'épaule de Damson lui effleurer le bras, il se tourna vers elle.

— Il a peut-être raison à votre sujet, Morgan. Vous êtes cinglé...

— Pourtant, vous m'avez soutenu.

— Je veux libérer Padishar. Et vous êtes le seul qui ait une idée à proposer... Dites-moi la vérité. Y a-t-il autre chose, au sujet de ce plan, que ce que vous nous avez révélé ?

— Pas vraiment... J'espère être capable d'improviser sur le terrain.

Damson regarda un moment le montagnard. Puis elle lui prit le bras et le guida vers le bord du promontoire.

— Parlez-moi de votre épée, dit-elle soudain. Racontez-moi comment elle a été restaurée – et confiez-moi ce qui vous fait tant souffrir. Je le vois dans vos yeux. Dites-moi ! Je veux l'entendre.

À sa grande surprise, Morgan s'aperçut qu'il avait envie d'en parler. Du coup, il se confia dès qu'ils furent assis sur un grand rocher plat.

— Il y avait une jeune femme appelée Force Vitale...

Il s'arrêta et inspira à fond.

— Et je l'aimais de toute mon âme.

Le montagnard espéra que Damson ne voyait pas les larmes qui lui montaient aux yeux.

Morgan passa la nuit enveloppé dans une couverture, la tête posée sur son manteau de voyage roulé en boule. Il se réveilla endolori et raide – car sa position n'avait pas été très confortable – et, pendant qu'il secouait les feuilles et la poussière de son manteau, s'avisa qu'il n'avait pas vu Matty Roh depuis la veille. En fait il ne l'avait pas vue non plus au dîner. Cela dit, il était concentré sur son plan pour sauver Padishar. Un plan qui lui semblait un peu faiblard, ce matin. La nuit dernière, il paraissait pourtant si bon...

Mais il s'était engagé. Chandos devait déjà avoir commencé les préparatifs du voyage vers Tyrsis. Revenir en arrière était impossible...

Le montagnard se dirigea vers le petit ruisseau qui coulait derrière lui, au milieu des arbres. L'eau froide l'aiderait à reprendre ses esprits. Il avait parlé avec Damson Rhee bien après minuit, lui racontant tout au sujet de Force Vitale et de son voyage à Eldwist. Elle avait écouté sans faire de commentaires, et cela les avait rapprochés. Désormais, il l'appréciait davantage, lui faisait de plus en plus confiance et commençait à comprendre pourquoi Par Ohmsford et Padishar Creel étaient venus la délivrer au risque de leur vie.

Il y avait pourtant quelque chose qu'elle ne lui avait pas dit sur sa relation avec le Valombrien et le chef des hommes libres. Pas une tromperie ni un mensonge, simplement une omission... Elle était amoureuse de Par et ne le cachait pas, mais il y avait davantage, et cela datait d'avant ses sentiments pour le Valombrien. La première raison qui l'avait amenée à s'investir ainsi dans la récupération de l'Épée de Shannara et à s'aventurer dans la Fosse. Morgan n'était pas sûr de ce que c'était, mais il le percevait dans la façon dont elle parlait des deux hommes. Une ou deux fois, il avait presque mis le doigt sur ce qu'elle gardait pour elle, mais à chaque occasion, la vérité s'était dérobée à lui.

En tout cas, il se sentait mieux après avoir tout dit sur Force Vitale à quelqu'un, exprimant une partie des sentiments qu'il gardait enfermés en lui depuis son retour. Après, il avait dormi d'un sommeil sans rêves, libéré d'une partie de la douleur qu'il éprouvait depuis des semaines.

Il entendit le bruit du ruisseau, traversa une clairière, se fraya un chemin dans un écran de broussailles... et découvrit Matty Roh.

Elle était assise sur l'autre rive, les pieds dans l'eau. À l'instant où il apparut, elle les en sortit, vive comme l'éclair, tendit les mains vers ses bottes et cacha ses pieds dans l'ombre de son corps.

Mais Morgan les vit clairement l'espace d'un instant. Ils étaient couverts d'horribles cicatrices, certains doigts manquaient et les autres étaient tellement déformés qu'ils en devenaient à peine reconnaissables.

— Ne me regardez pas, murmura Matty d'une voix rauque.

Embarrassé, Morgan se détourna aussitôt.

— Je suis désolé, dit-il. J'ignorais que vous étiez là...

Il hésita et commença à s'éloigner, l'image des pieds de la jeune femme gravée dans son esprit.

— Inutile de partir, dit-elle. J'ai juste besoin d'une minute.

Il s'arrêta et attendit.

— C'est bon, annonça Matty.

Le montagnard se retourna. La jeune femme était debout près du ruisseau, ses bottes aux pieds.

— Désolée d'avoir crié comme ça après vous...

Morgan haussa les épaules et avança.

— Je n'avais pas l'intention de vous espionner. Je suis encore à moitié endormi, je crois...

— Ce n'était pas votre faute...

Le montagnard s'agenouilla près du ruisseau, se passa de l'eau froide sur le visage et les mains puis se sécha avec un chiffon propre. Il aurait préféré un bain, mais il n'en avait pas le temps.

— Vous allez à Tyrsis pour sauver Padishar, dit Matty. Je veux venir avec vous.

— Comment êtes-vous au courant, pour le sauvetage ?

— En faisant ce que je suis entraînée à faire : garder les oreilles et les yeux ouverts. Puis-je vous accompagner ?

— Pourquoi voulez-vous venir ?

— Parce que j'en ai assez d'écouter les gens les bras ballants. Vous vous rappelez notre conversation, sur la piste ? J'attendais que quelque chose arrive... Eh bien, c'est arrivé. Je veux venir avec vous.

Morgan ne sut que dire. Il était déjà assez dur que Damson Rhee soit obligée de les accompagner. Mais Matty Roh ? Dans un voyage si dangereux ?

— Je détesterais vous croire assez stupide pour vous inquiéter de moi, dit-elle sèchement. Je peux me protéger aussi bien que vous et je le fais depuis plus longtemps. Rappelez-vous ce qui est arrivé au *Duvet de Chardon*, quand vous avez essayé de m'attraper.

— Ça ne compte pas ! Je n'étais pas prêt...

— Exact. Et c'est la différence entre nous. Vous n'êtes pas formé pour être prêt ! Moi, si... Je vais vous dire quelque chose : je suis aussi bonne à l'épée que Padishar. Si vous avez des doutes, demandez à Chandos.

— C'est inutile, parce que je vous crois...

Morgan ne mentait pas.

— De plus, ajouta Matty, toujours très tendue, vous avez besoin de moi pour faire fonctionner votre plan.

— Comment savez-vous quel est...

— Vous n'êtes pas la bonne personne pour entrer dans Tyrsis avec Damson, coupa la jeune femme. Il faut que ce soit moi.

— ... mon plan ? acheva Morgan d'une toute petite voix. Et pourquoi seriez-vous mieux placée que moi ?

— Parce qu'on ne me remarquera pas. Vous êtes trop voyant, montagnard ! De plus, votre visage est connu de la Fédération, pas le mien. Vous ne savez pas vous orienter dans Tyrsis. Moi, j'y suis allée plusieurs fois. Enfin, le plus important, nos ennemis ne s'attendront pas à l'intervention de deux femmes. Nous entrerons comme dans un moulin, et ils n'y verront que du feu...

» Osez dire que je me trompe !

Morgan ne put s'empêcher de sourire.

— Non, je ne m'y risquerai pas... Pourquoi ne demandez-vous pas à Chandos ? C'est lui le responsable, pas moi.

— Pas dans ce cas, montagnard ! Alors ? Je peux venir ?

Morgan soupira. Elle avait peut-être raison. Matty Roh était probablement la solution aux failles de son plan.

— D'accord, vous pouvez venir...

— Merci.

Matty se détourna et repartit vers le camp.

— Mais Chandos doit être d'accord aussi !

— Il l'est déjà ! Il m'a dit de vous demander...

La jeune femme sourit à Morgan par-dessus son épaule, puis elle disparut entre les arbres.

Chandos se montrant pensif pendant le petit déjeuner, Morgan le laissa tranquille et s'assit à côté de Damson Rhee.

Les hors-la-loi étant très volubiles – et particulièrement bruyants –, le montagnard et la jeune femme ne se dirent pas grand-chose. Matty Roh apparut brièvement, passa à côté de Morgan sans le regarder et s'éloigna. Elle s'arrêta pour souffler à Chandos quelques mots qui lui firent froncer les sourcils. Morgan n'entendit pas, mais devina sans peine...

Le repas terminé, Chandos se leva, ordonna à tous ceux qui étaient encore assis de se mettre au travail, puis appela Damson et Morgan. Il les emmena au bord du promontoire et attendit qu'ils soient seuls pour parler.

Le visage fermé, il annonça qu'il avait reçu des nouvelles pendant la nuit. Selon le réseau des hommes libres, les elfes étaient revenus dans les Terres de l'Ouest. L'information avait plusieurs jours, mais elle n'était pas entièrement fiable, et il voulait savoir ce que Morgan et Damson en pensaient.

— C'est possible, dit Morgan. Ramener les elfes dans les Terres de l'Ouest était une des missions confiées aux Ohmsford.

— Si Paranor est de retour, les elfes peuvent l'être aussi, renchérit Damson.

— Cela voudrait dire que toutes les missions ont été accomplies, ajouta Morgan. Chandos, nous devons savoir si c'est vrai.

— Encore une expédition ! grogna le colosse. Comme si une ne suffisait pas... (Il soupira.) D'accord. J'enverrai quelqu'un vérifier, un messager qui dira aux elfes qu'ils ont des amis en Callahorn. S'ils sont là, nous les trouverons...

Il ajouta qu'il avait choisi les hommes pour le voyage à Tyrsis, les vivres et les armes étant rassemblés en ce moment même. Tout devrait être prêt au milieu de la matinée, et ils partiraient aussitôt après.

Quand il se tut, Morgan posa la question qui lui brûlait les lèvres :

— Chandos, quelle est votre opinion sur Matty Roh ?

— Mon opinion ? Je crois qu'elle est douée pour obtenir tout ce qu'elle veut. Et je pense que vous seriez bien inspiré de faire attention où vous mettez les pieds...

Il partit lancer des ordres à ses hommes.

— De quoi s'agit-il ? demanda Damson.

Morgan lui raconta sa rencontre avec Matty Roh à Varfleet et leur voyage vers les étendues Enflammées. Il lui parla aussi de sa récente conversation avec la jeune femme. Puis il demanda à Damson si elle savait quelque chose sur Matty. Mais elle ne l'avait jamais rencontrée et ne put rien lui dire.

— Quoi qu'il en soit, elle a raison : deux femmes attireront moins l'attention. Et si elle a réussi à vous persuader, Chandos et vous, qu'elle devait venir, il me semble que vous devriez tous les deux compter avec elle...

Morgan partit préparer son paquetage puis retourna sur le promontoire. Une heure après, le groupe que Chandos avait formé était prêt à partir. Certains de ces hommes avaient combattu le Grimpeur à la Saillie, avec Padishar. Quelques-uns reconnurent Morgan et le saluèrent.

Après avoir envoyé un éclaireur pour s'assurer qu'il n'y avait pas de problème, Chandos conduisit la petite colonne vers les plaines, au-dessous des étendues Enflammées.

Ils marchèrent toute la journée, sortirent des dents du Dragon pour entrer dans les plaines de Rabb, puis tournèrent vers le sud, traversèrent la rivière et continuèrent en direction de Varfleet.

Ils marchèrent rapidement sous une chaleur si accablante que l'air frémissait comme de l'eau. Au crépuscule, alors qu'ils avaient atteint les plaines qui menaient à la vallée de Schiste, ils dînèrent, établirent des tours de garde et s'étendirent pour dormir.

Morgan avait marché avec Damson toute la journée, et il déroula ses couvertures près d'elle. Bien qu'elle ne veuille probablement pas de sa sollicitude, il avait décidé de s'occuper d'elle, puisqu'il ne pouvait rien faire pour Par et Coll en ce moment.

Matty Roh avait marché seule et elle avait aussi mangé à l'écart de ses compagnons. Personne ne semblait surpris qu'elle soit venue avec eux. Morgan voulut lui parler à plusieurs reprises, mais son expression fermée l'en dissuada.

À minuit, perturbé par des cauchemars, il se réveilla et marcha jusqu'à la lisière du bosquet où ils avaient dressé leur camp. Quelques minutes plus tard, Matty apparut à côté de lui sans qu'il l'ait entendue venir.

— Le pays où je suis née ressemblait à ça, dit-elle d'une voix lointaine. Des prairies vides, un peu d'eau, beaucoup de chaleur... Des saisons à la fois dures et splendides. Rien à voir avec les montagnes, j'imagine...

Morgan hocha simplement la tête. Dans le lointain, un loup hurla à la mort.

— Vous ne savez que penser de moi, n'est-ce pas ?

— Exact. Vous êtes une personne assez secrète...

— Quand j'avais cinq ans, un peu avant d'atteindre mon sixième anniversaire, et juste après la mort de ma sœur, je jouais dehors avec mon frère aîné dans un champ laissé en jachère cette année-là. Des vaches à lait y paissaient, et j'en ai vu une couchée sur le côté, dans un petit ravin. Comme elle avait l'air bizarre, je suis allée voir ce qui clochait. La vache m'a regardée avec de grands yeux suppliants et effrayés. Incapable de meugler, elle était en train de mourir, à demi enterrée dans une sorte de trou boueux que je n'avais jamais vu à cet endroit. On eût dit qu'on la dévorait vivante...

» Je ne sais pas pourquoi j'ai voulu aller la voir de plus près... J'aurais dû appeler mon frère, mais j'étais petite et je n'y ai pas pensé. Alors que je regardais la vache, me demandant ce qui lui arrivait, j'ai senti quelque chose me brûler la plante des pieds. J'étais debout dans une flaque de boue... Cette gadoue verdâtre avait rongé mes chaussures. Je me suis enfuie en pleurant et en appelant à l'aide. J'ai couru aussi vite que j'ai pu, mais la douleur allait plus vite que moi. Elle est montée à travers mes pieds. Je me rappelle les avoir regardés et m'être aperçue que certains de mes orteils avaient disparu.

Matty frissonna à ce souvenir.

— Ma mère m'a lavée du mieux qu'elle a pu, mais il était trop tard. La moitié de mes orteils avaient fondu, et mes pieds étaient brûlés. J'ai eu de la fièvre et j'ai dû m'aliter pendant deux semaines. Mes parents ont cru que j'allais mourir. Mais j'ai survécu. Hélas, toute ma famille est morte à la place. Tout le monde...

» J'ai pensé que je devais vous en parler, après ce matin... Je n'aime pas que les gens voient ce qui m'est arrivé. Mais je voulais que vous compreniez.

Matty resta un moment près de Morgan, puis elle lui dit « bonne nuit » et disparut entre les arbres.

Quand il rentra au camp et s'enveloppa dans sa couverture, le montagnard ne trouva pas le sommeil, car il ne put cesser de penser à Matty Roh.

Ils repartirent à l'aube. La journée était nuageuse, et, à midi, il commença à pleuvoir. La petite colonne avança à travers les collines boisées du nord de Varfleet et de la Mermidon, suivant la ligne de crête des dents du Dragon, vers l'ouest. L'éclaireur vint deux fois prévenir les voyageurs que des patrouilles de la Fédération arrivaient, et ils durent se mettre à couvert en attendant qu'elles aient passé leur chemin.

Ensuite, ils ne rencontrèrent plus personne. Morgan marcha avec Matty Roh toute la journée. Elle ne fit rien pour l'en décourager et ne s'éloigna pas de lui. Bien qu'elle parlât peu, elle semblait à l'aise en sa compagnie. Quand ils s'arrêtèrent pour le repas, elle partagea avec lui le peu de fruits qu'elle avait dans son paquetage.

À la tombée de la nuit, ils traversèrent la Mermidon et arrivèrent en vue de Tyrsis, qui brillait faiblement sur son promontoire.

Damson et Matty n'essaieraient pas d'entrer dans la cité avant le matin, où elles pourraient se dissimuler au milieu des colporteurs qui venaient tous les jours des villages environnants. Chandos envoya l'éclaireur interroger les voyageurs qui quittaient la cité. Le reste de la colonne dressa son camp dans un bosquet de vieux érables. Hélas, il s'avéra qu'il y avait bien peu d'espace sec entre les arbres.

L'éclaireur revint vers minuit. Toujours réveillés, Morgan, Chandos et Matty Roh écoutaient Damson décrire ce qu'elle savait des tunnels de la cité et des prisons de la Fédération. L'éclaireur se pencha et murmura quelque chose à Chandos, qui blêmit aussitôt. Après avoir renvoyé l'homme, il se tourna vers Morgan et les deux jeunes femmes.

La Fédération venait d'annoncer son intention de tuer Padishar Creel. L'exécution serait publique et aurait lieu à midi le surlendemain.

Chandos se leva et partit en grommelant. Accablé, Morgan resta assis avec Damson et Matty. Il avait tout deviné de travers ! La Fédération avait décidé de se débarrasser de Padishar, et il avait moins de deux jours à vivre.

Morgan croisa le regard de Damson, puis celui de Matty. Tous les trois pensaient la même chose. S'ils essayaient quand même de sauver Creel, ils devraient réussir du premier coup !

Chapitre 12

Le vent battait le visage de Wren Elessedil – un contact rafraîchissant sous la chaleur de midi. Ses cheveux coupés court ébouriffés, elle n'entendait pas d'autre bruit que celui de la brise et se sentait enveloppée dans un manteau bien chaud, par une nuit glaciale.

Elle sourit, ferma les yeux et s'abandonna à l'étreinte éphémère du vent.

Wren était assise sur le dos d'Esprit, le Roc géant, qui volait très haut dans le ciel au-dessus des forêts des Terres de l'Ouest, à l'est d'Arborlon. Les voyageurs approchaient de la Mermidon, à l'endroit où elle rejoignait le grand marécage appelé le Bord-du-Linceul, avant d'entrer dans les plaines du Tirfing. Ty le Tigre était assis devant elle, un peu en avant des grandes ailes d'Esprit. Le Cavalier du Ciel et la reine des elfes étaient bien entendu solidement harnachés pour ne pas risquer une chute.

Dans le ciel brillant et sans nuages, le soleil diffusait une chaude lumière couleur d'or fondu. Sur les terres, il faisait chaud et humide et tout semblait tranquille. Mais ici, au-dessus de la chaleur, avec le vent frais, Wren éprouvait l'enivrant sentiment de liberté que le vol lui apportait toujours.

Elle ouvrit les yeux et eut un sourire amer. Elle avait passé tant de temps à chercher un peu de liberté sous une forme ou une autre... Et voilà qu'elle la trouvait dans le ciel !

Dix jours après son retour dans les Quatre Terres, le cauchemar de Morrowindl commençait à sombrer au plus profond de sa mémoire. Ses rêves étaient toujours hantés par le souvenir des monstres qui avaient poursuivi la petite colonne le long des pentes du Killeshan, du visage des compagnons morts pendant le voyage et de la peur qui ne l'avait pas quittée un instant...

Elle s'éveillait de ces rêves en frissonnant malgré la chaleur estivale et se levait pour errer seule dans les couloirs du palais. Encore maintenant, Morrowindl, qui avait pourtant disparu dans l'océan quand le volcan l'avait détruite, lui murmurait des horreurs venues du passé. Cette voix qui semblait monter d'une tombe lui rappelait sans cesse comment elle était arrivée là où elle était, et ce que ça lui avait coûté.

Mais elle n'avait pas le temps de s'appesantir sur le passé, parce que le présent exigeait toute son attention. Elle était la reine des elfes, donc responsable de la sécurité et du bien-être de son peuple. C'était la mission qu'Ellenroh lui avait confiée, et qu'elle avait acceptée. Mais tous ses sujets ne croyaient pas en elle. Après le premier moment d'euphorie dû au retour dans les Terres de l'Ouest, les elfes avaient commencé à douter. Qui était cette fille à peine sortie de l'enfance qui s'était déclarée leur souveraine ? Cette « reine » qui n'était même pas une elfe pur sang, mais une métisse d'humain ? Qui avait décidé qu'elle devait les conduire et prendre les décisions qui affecteraient leurs vies ? On disait qu'elle était la petite-fille d'Ellenroh Elessedil, la fille d'Alleyne, la dernière descendante des Elessedil. Mais c'était aussi une étrangère venue de nulle part, une inconnue dont les talents n'avaient pas été mis à l'épreuve. Qui était-elle, pour prétendre régner ?

Eton Shart et Barsimmon Oridio faisaient partie des sceptiques – son Premier ministre et le général de ses armées, des hommes qu'elle ne pouvait pas se permettre de perdre. Ils ne le lui avaient pas dit en face, mais c'était évident. Ils avaient servi Ellenroh fidèlement et ne s'étaient pas attendus à la perdre si tôt. Pis encore, ils n'étaient pas préparés à voir quelqu'un qu'ils connaissaient à peine prendre sa place. Et certainement pas une étrangère. Wren comprenait leurs réticences. Elle savait aussi qu'elle ne pouvait pas laisser la situation se dégrader.

Triss et les gardes du palais étaient son seul véritable soutien.

Triss était revenu avec elle de Morrowindl, où il avait été témoin de sa lutte contre les démons qui les poursuivaient. Il l'acceptait parce qu'il était présent quand Ellenroh l'avait nommée puis lui avait fait jurer allégeance. Triss avait déclaré devant le Grand Conseil qu'elle était la reine légitime. Il avait tenu le même discours aux militaires et aux gardes du palais, directement responsables de la protection de Wren. Les gardes, contrairement aux autres organes du gouvernement, l'avaient acceptée instantanément et sans réserve. Ayant perdu Ellenroh, ils étaient désormais entièrement dévoués à Wren, qui avait désespérément besoin de ce genre d'assistance. Triss, le capitaine des gardes, s'assurait qu'elle l'ait.

Pourtant, cela ne suffirait pas à long terme. Wren devait aussi gagner à sa cause le Grand Conseil et l'armée. Pour cela, elle devait convaincre Eton Shart et Barsimmon Oridio, et elle ignorait comment y parvenir. Malgré tous ses efforts, ils restaient distants et réservés – bref, polis mais froids.

Hélas, le temps pressait. Les elfes étaient revenus depuis dix jours dans les Terres de l'Ouest. La Fédération et les Ombreurs devaient être au courant. Pendant plus d'un siècle, la Fédération avait prétendu que les elfes étaient responsables de la maladie de la terre. Peu importait qu'il ne s'agisse pas des mêmes elfes ! La Fédération ne se soucierait pas de faire la différence entre le bien et le mal. Éliminer tous les elfes, et le problème serait réglé ! Voilà comment elle voyait les choses...

C'était pour éviter ça que Wren volait vers le sud en compagnie de Ty le Tigre.

Le Cavalier du Ciel toucha doucement le cou d'Esprit, qui se dirigea vers un promontoire, juste face à la rivière.

L'oiseau descendit avec grâce et se posa à la lisière d'une forêt luxuriante.

Eux aussi revenus dans les Terres de l'Ouest, les Cavaliers du Ciel s'étaient réinstallés dans l'ancien Nid d'Aigles, au sud de l'Irrybis. Wren était allée leur parler et leur demander leur soutien contre les Ombreurs. Ty le Tigre, un membre respecté de la communauté, s'était exprimé en son nom, ajoutant son avis sur la jeune reine : *« Une gamine qui a plus de cran qu'une dizaine d'entre nous »*, avait-il dit. « *Une gamine qui contrôle la magie, mais s'en sert avec précaution et respect. Une jeune fille au caractère pas toujours facile, mais intelligente et à l'esprit vif. Les elfes terrestres – et les Cavaliers du Ciel – auraient pu tomber bien plus mal.* »

Wren sourit au souvenir de cette harangue. Les Cavaliers du Ciel avaient accepté de les aider. Une trentaine d'entre eux s'étaient déjà installés à Arborlon, sous son commandement direct.

— Vous voulez manger quelque chose ? demanda Ty après avoir sauté à terre.

Désormais, quand il lui parlait, Wren entendait une certaine déférence dans sa voix.

Elle fit oui de la tête, s'assit sur l'herbe en face de lui, accepta un morceau de fromage, une pomme et un verre de bière. Puis elle croisa les jambes, mordit dans son fromage... mais sentit quelque chose bouger contre sa poitrine. Une tête couverte de fourrure émergea de sa tunique, et Faun apparut, humant l'air avec un grand intérêt.

— Notre couineuse ne laisse rien passer ! dit Ty le Tigre en riant.

Il coupa un morceau de fromage et le tendit à la petite créature. Faun le prit délicatement, sortit des vêtements de Wren, se laissa tomber sur l'herbe et commença à manger.

— Elle vous aime bien, dit Wren.

— Ça prouve que les couineurs n'ont pas plus de bon sens qu'une souche d'arbre !

Ils mangèrent en silence, puis restèrent un moment assis à contempler les plaines du Tirfing, de l'autre côté de la rivière.

— C'est encore loin ? demanda Wren.

— Une heure au maximum... Ces soldats avançaient assez vite quand je les ai repérés.

Le Cavalier du Ciel avait localisé une armée de la Fédération. Apprenant la nouvelle, et malgré les objections de Triss et des gardes du palais, Wren était sortie d'Arborlon parce qu'elle estimait nécessaire de voir l'ennemi de près avant de présenter son plan d'action au Grand Conseil et aux sceptiques.

Elle but une dernière gorgée de bière. Les choses n'avaient pas été faciles jusque-là, mais elle avait le sentiment qu'elles deviendraient bientôt pires.

Ils remontèrent sur Esprit, se harnachèrent et s'envolèrent. Le Roc prit de la hauteur puis traversa la Mermidon. Après, ils s'éloignèrent de la rivière et suivirent l'Irrybis vers l'est, là où il touchait le Tirfing.

Le temps passa rapidement. Soudain, Ty le Tigre désigna un point, au sud.

Une grande colonne de poussière tourbillonnait dans la chaleur de l'été. L'armée de la Fédération.

Ils continuèrent plein sud pour rester à l'abri de l'ombre des montagnes. Puis Ty ferait demi-tour et contournerait l'armée en ayant le soleil derrière lui. De cette manière, ils éviteraient d'être vus. Wren avait décidé que ce serait mieux ainsi.

Quand la colonne de poussière fut loin derrière eux, ils tournèrent à gauche jusqu'à ce que le soleil soit directement dans leur dos, comme prévu, puis revinrent en arrière en prenant davantage d'altitude, au cas où un soldat aurait le nez levé.

Quelques minutes plus tard, l'armée de la Fédération fut en vue.

Des colonnes de fantassins et de cavaliers vêtus de l'uniforme noir et rouge avançaient près de plusieurs grandes machines de guerre en bois et en fer et d'une caravane de chariots de ravitaillement.

Wren sentit son cœur se serrer quand elle eut estimé la taille de l'armée ennemie. Les elfes pouvaient à peine aligner un dixième des hommes que la Fédération avait réunis, et on disait que cinq mille soldats de plus étaient cantonnés à Tyrsis. S'ils étaient forcés d'affronter cette armée, les elfes seraient exterminés.

Ce qui était le but de la Fédération, bien entendu...

Ty amena le Roc le plus près possible de l'arrière-garde de l'armée, puis il le fit tourner abruptement vers le sud, toujours avec le soleil dans le dos. En bas, il n'y avait eu ni cris ni bras tendus. Apparemment, personne ne les avait vus.

Il leur fallut le reste de la journée pour revenir. Wren passa le temps en réfléchissant à ce qu'elle dirait au Grand Conseil, le soir même.

Il aurait été tellement agréable de continuer à voler vers un endroit si lointain que la Fédération ne l'y trouverait jamais. Mais ce lieu miraculeux n'existait pas... Même si la Fédération ne pouvait pas l'atteindre, rien n'arrêtait les Ombreurs, comme ils l'avaient prouvé sur Morrowindl. La maladie qu'ils répandaient était partout, et personne ne serait en sécurité tant qu'un remède n'aurait pas été trouvé.

Le coucher du soleil approchait quand Arborlon, la cité des elfes, apparut dans le lointain. Esprit vira sur l'aile au-dessus du Chant du Ruisseau dont les eaux bleues scintillaient sous la lumière faiblissante. Puis il se posa doucement sur le promontoire herbeux du Carolan. Wren avait à peine eu le temps de défaire les harnais et de toucher le sol quand les gardes du palais, Triss à leur tête, arrivèrent pour s'assurer que tout allait bien. Elle leur fit un signe rassurant, puis se pencha vers Ty le Tigre.

— Pas un mot sur ce que nous avons vu. Pas encore.

— Jusqu'à votre réunion avec le Grand Conseil ?

— C'est ça...

— Les membres du Conseil n'aimeront pas ce que vous aurez à leur dire – mais ça n'est pas nouveau. Ce sont des têtes de mule !

Wren sourit.

— Vous me connaissez. Petit à petit, l'oiseau fait son nid...

— Vous les rencontrerez ce soir ?

— Dans l'heure qui vient, probablement.

— Ça vous ennuie si je reste ? Histoire de vous aider un peu à bâtir ce fameux nid ?

— Merci, Ty le Tigre. Les Cavaliers du Ciel ont besoin d'être représentés à ce Conseil.

Wren se détourna quand Triss et les autres gardes du palais arrivèrent à côté d'elle, l'air visiblement soulagé.

— Ma dame, tout va bien ? demanda doucement Triss.

Il était encore endolori de leur bataille contre le ouisteron, sur Morrowindl. Son bras gauche cassé était toujours dans une attelle, et il le portait en écharpe. Mais la force était revenue sur son visage, et ses yeux reflétaient sa confiance en lui et sa détermination. À l'évidence, il avait mieux réussi que Wren à oublier ses expériences sur Morrowindl.

— Tout va bien, répondit Wren, comme d'habitude. Je veux que vous réunissiez les membres du Grand Conseil, Triss. Pour dans une heure.

— Oui, ma dame.

Le capitaine se détourna et partit.

Wren salua Ty et suivit Triss en direction des jardins de la Vie et du palais des Elessedil. Les lumières des chemins et des routes s'allumaient comme pour saluer l'arrivée de la nuit, et l'air charriait de délicieuses odeurs de cuisine.

La jeune reine sortit Faun de sa tunique et la posa sur son épaule pour la faire profiter de la brise fraîche et apaisante qui soufflait de la rivière.

Les gardes du palais resteraient avec Wren partout où elle irait. La nuit tombée, on ne les voyait plus, mais ils étaient toujours présents, prêts à parer toutes les menaces. Ils se faisaient tant de souci pour elle... Et pourtant, elle était capable de se protéger toute seule, car elle était mieux formée et mieux équipée. Ces soldats se pensaient nécessaires, et elle ne faisait rien pour les décourager, mais elle savait toujours où ils étaient, les percevant même au cœur de la nuit la plus noire. Depuis son enfance, elle s'entraînait à avoir conscience de ce genre de chose. Son professeur avait été le meilleur possible...

Garth.

Oui, mais il n'était plus là et ne le serait jamais plus...

Quand Wren arriva devant l'entrée des jardins de la Vie, la garde Noire salua en la voyant approcher.

Sous le regard des protecteurs de l'Ellcrys, la reine entra dans les Jardins où les fleurs et l'herbe sentaient plus fort, car elles avaient la riche odeur de la terre noire.

Wren gravit la colline où se dressait l'Ellcrys et se campa devant l'arbre. Elle le faisait toutes les nuits, une sorte de rituel. Parfois, elle restait simplement debout et réfléchissait en regardant le végétal. D'autres fois, elle tendait la main et le touchait, comme pour lui faire savoir qu'elle était là. Venir voir l'Ellcrys la régénérait et renforçait sa résolution. Le sentiment de familiarité qu'elle avait avec l'arbre – et la femme qu'il avait autrefois été – était pour elle une inépuisable source d'énergie.

Passer de la chair et du sang aux feuilles et aux branches. De femme, devenir arbre. De mortelle, accéder à la vie éternelle...

Comme pour la rassurer, Faun se frotta contre le cou de sa protectrice.

Wren repensa à l'armée de la Fédération et aux Ombreurs, qu'elle devait trouver un moyen d'éliminer. Il faudrait plus que les elfes pour y parvenir, elle le savait. Allanon l'avait dit aux Ohmsford avant de les envoyer remplir leurs différentes missions. Par et Walker avaient-ils réussi, comme elle ? Toutes les missions étaient-elles remplies ?

Elle devait le découvrir et s'arranger pour reprendre contact avec tous ceux qui s'étaient réunis au lac Hadeshorn. D'une part, elle avait besoin de savoir ce qui leur était arrivé. Mais il fallait aussi leur apprendre ce qui lui était arrivé à elle. Puis leur dire la vérité sur les Ombreurs – des elfes qui avaient reconquis la magie de l'ancien monde puis avaient été pervertis par elle, comme le Roi-Sorcier et ses porteurs du Crâne, près de cinq cents ans plus tôt.

Wren ignorait comment ils avaient récupéré la magie et comment elle les alimentait. Mais le peu qu'elle savait devait être communiqué aux autres. Tant que ça ne serait pas fait, on ne trouverait aucun remède contre la maladie répandue par les Ombreurs.

Que faire ? Certains elfes étaient déjà partis d'Arborlon pour s'établir dans les régions les plus éloignées des Terres de l'Ouest. Des fermiers avaient commencé à s'installer dans le Sarandanon, une vallée fertile qui avait été le grenier à blé de la nation elfique pendant des siècles. Des trappeurs et des chasseurs avaient commencé à partir au nord, vers la Ligne de Partage, et au sud, en direction de l'éperon Rocheux. Les artisans avaient hâte de trouver de nouveaux marchés pour leurs produits. Partout, les gens voulaient récupérer leurs anciens villages. Et, plus important, des guérisseurs et leurs apprentis s'étaient mis à la recherche des endroits où la maladie était la pire, dans les Terres de l'Ouest, pour essayer de l'enrayer, reprenant ainsi une tradition elfique qui datait de l'aube des temps.

Car les elfes avaient toujours été des guérisseurs convaincus de ne faire qu'un avec la terre sur laquelle ils étaient nés. Des sages qui estimaient juste de rendre ses bienfaits au monde qui les nourrissait. À l'inverse des guérisseurs gnomes de Storland, qui s'occupaient de la santé des gens, les guérisseurs elfes se chargeaient de guérir la terre.

Mais ils étaient tous en danger dans les Terres de l'Ouest, sauf si l'armée elfique les protégeait. Et si la reine ne trouvait pas un moyen de garder la Fédération à distance le temps de mettre fin à la menace des Ombreurs...

Wren n'alla pas jusqu'au bout de sa pensée et se détourna de l'Ellcrys. À l'ouest, au-dessus des arbres, le ciel était couleur de sang. Comme sur l'île où...

Non, il ne fallait pas penser à ça !

En redescendant la colline, Wren se demanda ce que devenait Stresa. Contrairement à Faun, le mélanchat était plus à l'aise dans la nature et préférait les bois à la cité. Installé non loin d'Arborlon, il y venait à l'improviste de temps en temps, mais refusait catégoriquement de vivre dans le palais familial des Elessedil. Stresa était content de son nouveau pays, heureux de sa vie solitaire, et il lui avait promis plus d'une fois qu'il serait là si elle avait besoin de lui. L'ennui, c'était qu'elle aurait aimé qu'il soit là en permanence...

Mais il avait déjà tant fait pour elle, et il était enfin heureux... Elle n'avait pas le droit d'exiger trop de lui...

Pourtant, il lui manquait beaucoup. Cet être étrange et imprévisible venu du monde qui avait coûté si cher aux elfes serait toujours son ami.

Wren sortit des Jardins et écouta les bruits discrets des gardes du palais qui la suivaient. Parfois, elle regrettait de ne pas être restée une vagabonde qui ignorait tout des contraintes de la royauté. Si les circonstances n'avaient pas été si dramatiques, elle aurait volontiers abandonné son titre de reine et les Pierres elfiques cachées dans la bourse pendue à son cou – le symbole de la magie qui lui avait été léguée par sa mère. Oui, elle aurait tout laissé pour devenir...

Devenir quoi, au fait ?

Wren n'en savait plus rien. Sans doute parce que ça n'avait plus d'importance.

Quand elle entra dans la salle du Grand Conseil, un quart d'heure plus tard, les dignitaires qu'elle avait convoqués l'attendaient autour de la grande table.

Elle avança, suivie par Ty le Tigre – qui l'avait attendue dehors, ignorant comment il serait accueilli par les autres –, et gagna son siège. Tous les elfes se levèrent poliment, mais elle leur fit signe de se rasseoir.

La salle immense au plafond en forme d'étoile était dominée par une estrade où le trône des monarques se dressait entre les étendards des maisons régnantes. La table ronde antique entourée de vingt et une chaises était installée au centre, et des gradins couraient le long des murs pour accueillir le public quand le Conseil était en séance plénière.

Ce soir, le cercle intérieur du Grand Conseil était au complet. Triss représentait la garde du palais, et il y avait aussi Eton Shart, le Premier ministre, Barsimmon Oridio, le général des armées elfiques, Perek Arundel, le ministre du Commerce, Jalen Ruhl, le ministre de la Défense intérieure, et Fruaren Laurel, la ministre des Guérisseurs.

Laurel, un nouveau membre, avait été nommée sur les recommandations du Conseil quand Wren avait déclaré qu'il fallait un responsable pour coordonner les efforts de guérison des Terres de l'Ouest. Laurel était compétente et travaillait dur. Mais comme la nouvelle reine, elle n'avait pas encore fait ses preuves aux yeux des autres membres du Conseil. Wren l'appréciait sans être sûre de pouvoir compter sur son soutien en cas de conflit.

Elle le découvrirait cette nuit...

Debout devant sa chaise, la souveraine fit face au Grand Conseil.

— J'ai demandé au Cavalier du Ciel Ty le Tigre de siéger avec nous, puisque l'objet de notre réunion concerne directement son peuple.

Wren ne demanda pas l'accord du Conseil et fit signe à son ami d'approcher.

— Asseyez-vous là, je vous prie, dit-elle en désignant un siège libre à côté de Laurel.

Ty le Tigre s'installa et, comme les autres, attendit que la reine prenne la parole.

Wren ne s'était pas changée, refusant de se plier aux dictats du protocole. Les elfes devraient la prendre comme elle était ! En revanche, elle avait laissé Faun dans ses appartements. Elle aurait aimé avoir à ses côtés Cogline, Walker Boh ou un des amis qui l'avaient soutenue – maintenant morts ou loin d'elle –, mais elle devrait se débrouiller seule.

— Ministres et membres du Conseil, mes amis, nous avons tous parcouru un très long chemin en quelques semaines. Le peuple elfique a connu de grands changements, et aucun de nous n'aurait pu prévoir ce qui arriverait. Certains souhaiteraient peut-être que les choses aient tourné différemment, mais nous sommes ici, et nous ne pouvons pas remonter le temps. Morrowindl est pour toujours derrière nous. Quand nous avons accepté de revenir dans les Quatre Terres, nous savions ce qui nous attendait : la lutte contre la Fédération et contre les Ombreurs. Nous savions tout cela, et maintenant, nous devons faire face.

» Hier, les Cavaliers du Ciel ont repéré une armée de la Fédération qui vient du fin fond des Terres du Sud. Aujourd'hui, avec Ty le Tigre, j'ai volé vers le sud pour vérifier par moi-même. L'armée est arrivée au Tirfing, à un jour de marche du Myrian. Les soldats sont dix fois plus nombreux que nos forces et ils voyagent avec du matériel de siège, des machines de guerre et des fournitures suffisantes pour un bon mois. Cette armée avance vers le nord-ouest. Elle nous cherche, et je dirais qu'elle nous trouvera dans une dizaine de jours.

Wren se tut et attendit une réponse.

— Une armée dix fois plus nombreuse que la nôtre ? demanda Barsimmon Oridio. Votre estimation est-elle fiable, ma dame ?

Wren s'attendait à cette question. Elle donna le compte, colonne par colonne, compagnie par compagnie, des machines de guerre, des chariots, de l'infanterie et des cavaliers. Quand elle eut terminé, le général était livide.

— Une force de cette taille nous écrasera, lâcha Eton Shart.

— Si nous l'affrontons, dit Jalen Ruhl. Les Terres de l'Ouest sont vastes...

— Vous suggérez que nous nous cachions ? demanda Oridio, incrédule.

— Se cacher ne servira à rien, répondit Eton Shart. Nous ne pouvons pas quitter la cité sans abandonner l'Ellcrys. Si l'arbre est détruit, la Barrière s'effondrera. Il vaut mieux mourir que de voir une telle horreur arriver.

Inquiets, les ministres se regardèrent.

— Un compromis, peut-être ? suggéra Perek Arundel, toujours prêt à négocier.

Fort beau, à sa façon un peu molle, il était coquet, rusé et très vif d'esprit.

— Il doit y avoir un moyen de faire la paix avec le Conseil de la Coalition, insista-t-il.

— Non, dit Eton Shart. Ça a déjà été tenté. Le Conseil de la Coalition est entre les mains des Ombreurs. Tout traité impliquera l'occupation des Terres de l'Ouest et notre soumission à la Fédération. Je ne crois pas que nous soyons revenus de Morrowindl pour ça...

» Qu'en dites-vous, ma dame ? Je suis certain que vous avez réfléchi à la situation...

Wren s'était également préparée à cette question.

— Nous avons deux options. Fortifier Arborlon et attendre l'armée de la Fédération, ou conduire notre armée à sa rencontre.

— Une attaque ? lança Barsimmon Oridio. Vous avez dit vous-même que ces soldats sont dix fois plus nombreux que les nôtres. À quoi servirait-il de leur livrer bataille ?

— Cela nous permettrait de ne pas les laisser décider du lieu et du moment de l'affrontement... De toute façon, je n'ai pas parlé de livrer bataille.

Il y eut un grand silence.

Barsimmon Oridio s'empourpra.

— Mais vous avez dit...

— Elle a dit que nous pouvions conduire notre armée à la rencontre de nos adversaires, rappela Eton Shart. Elle n'a pas parlé de les combattre... Mais que ferions-nous une fois dehors, ma dame ?

— Harceler l'ennemi. Lui tendre des embuscades... Tout ce qui pourrait servir à le retarder. Le combattre si nous avons une chance de lui infliger des dégâts décisifs, mais éviter une confrontation directe, parce que nous perdrions.

— Retarder l'ennemi, répéta le Premier ministre, pensif. Mais tôt ou tard, ces soldats nous rattraperaient – ou ils arriveraient à Arborlon. Que faire ensuite ?

— Il faudra passer ce temps à installer des pièges, à fortifier la cité et à stocker des fournitures et des vivres, dit Perek Arundel. Quand l'Ellcrys nous a fait défaut, il y a deux cents ans, nous avons soutenu le siège des démons. Nous soutiendrons aussi celui de la Fédération...

Barsimmon Oridio explosa.

— Révisez votre histoire, Perek ! Les portes de la cité ont été forcées, et nous avons été submergés. Si la jeune Élue ne s'était pas transformée en un nouvel Ellcrys, tout aurait été terminé pour nous. De plus, nous avions des alliés dans ce combat – pas beaucoup, mais quelques-uns. Certains nains et le Régiment libre de la Légion...

— Nous aurons peut-être de nouveau des alliés, déclara soudain Wren. Il y a des hommes libres dans les montagnes, au nord de Callahorn, plus la Résistance des nains, dans les Terres de l'Est, et la nation troll, au nord. Certains de ces groupes pourraient nous aider.

— C'est peu probable, dit le général Oridio. Pourquoi le feraient-ils ?

La conversation allait dans le sens que souhaitait Wren. Les membres du Conseil l'écoutaient et cherchaient une réponse à un problème apparemment insoluble.

Elle se redressa.

— Parce que nous leur donnerons une bonne raison, Bar. (Elle utilisait ce diminutif avec aisance, comme Ellenroh avant elle.) Parce que nous leur offrirons quelque chose qu'ils désirent : l'unité. Les races unies contre leurs ennemis, pour une cause commune. La possibilité de détruire les Ombreurs.

— Des mots, ma dame, lâcha Eton Shart. Que valent-ils ?

Wren se tourna vers l'elfe, consciente qu'il était son adversaire le plus acharné.

— Je vais vous le dire, Eton. Pour la première fois depuis des siècles, nous avons une chance de vaincre. Vous rappelez-vous pourquoi je me suis lancée à la recherche des elfes, Premier ministre ? Laissez-moi vous rafraîchir la mémoire.

Wren raconta de nouveau son voyage vers le lac Hadeshorn, puis sa longue quête de Morrowindl et d'Arborlon.

Elle passa en revue les missions confiées par Allanon aux Ohmsford. Jusque-là, elle n'avait montré les Pierres elfiques à personne, excepté Triss. Pourtant, à la fin de son récit, elle les sortit de la bourse et les posa dans la paume de sa main.

— Voici mon héritage, dit-elle. Je n'en voulais pas, je ne l'ai pas demandé, et j'ai souvent souhaité qu'il n'ait jamais existé. Mais j'ai promis à ma grand-mère de l'utiliser pour le bien des elfes, et je le ferai. La magie pour combattre la magie ! Les Ombreurs devront compter avec moi ! Et avec les autres personnes que l'ombre d'Allanon a appelées. Des membres de ma famille destinés à brandir l'Épée de Shannara et à utiliser le pouvoir des druides. Je pense que tous les talismans ont été ramenés, pas seulement les Pierres elfiques : tous les artefacts que les Ombreurs craignent. Si nous pouvons combiner leurs pouvoirs et nous rallier les membres du Mouvement des hommes libres et de la Résistance – et peut-être les trolls des Terres du Nord – nous aurons une chance de remporter ce combat.

Eton Shart secoua la tête.

— Cela fait beaucoup de « si », ma dame...

— C'est la vie, Premier ministre ! Rien n'est jamais garanti, ni assuré. Surtout pour nous. Mais souvenez-vous de ceci : les Ombreurs viennent de nous, et leur magie est la nôtre. Nous les avons créés pour retrouver quelque chose qu'il aurait mieux valu laisser dormir dans le passé. Que nous aimions ça ou pas, nous sommes responsables de leur existence ! Ellenroh le savait quand elle a décidé que nous devions revenir dans les Quatre Terres. Nous sommes ici pour remettre les choses d'aplomb. Et réparer nos erreurs.

— Et vous nous dirigerez, je suppose ?

Une question pleine de fiel...

— Je suis la reine...

— Mais vous êtes très jeune, ma dame. Et vous ne régnez pas depuis longtemps. Vous comprendrez que cela nous rende méfiants.

— Je demande votre soutien, Premier ministre !

— Un soutien inconditionnel serait stupide...

— Croire qu'il ne puisse pas y avoir de sagesse chez un être jeune serait tout aussi absurde. Précisez le fond de votre pensée...

Eton Shart se raidit. Personne ne le regardait. Dans cette joute verbale, il était aussi seul que Wren.

— Je ne mets pas vos capacités en question...

— C'est exactement ce que vous faites, Premier ministre !

— Vous devez vous souvenir que je n'étais pas là quand vous avez été nommée reine, ma dame, et je...

— Vous en avez assez dit ! Vous avez raison, Eton Shart, vous n'étiez pas là. Vous n'avez pas vu Ellenroh Elessedil mourir. Ni Gavilan. Ni la Chouette. Ni Eowen Cerise. Vous n'étiez pas là pour voir Garth donner sa vie pour nous en affrontant le ouisteron. Vous n'avez pas été obligé de l'aider à mourir, comme j'ai dû le faire, parce que le laisser vivre l'aurait condamné à devenir un Ombreur !

» J'ai tout sacrifié pour sauver les elfes – mon passé, ma liberté, mes amis... Je ne le regrette pas. Je l'ai fait parce que ma grand-mère me l'a demandé. Et parce que les elfes sont mon peuple, même si j'en ai été longtemps séparée. Je suis l'une d'entre vous, Premier ministre. À présent, j'en ai terminé avec les explications. Ou je suis la reine, ou je ne la suis pas. Ellenroh m'en pensait capable. Ça m'a suffi, et ça devrait vous suffire. Ce débat est terminé.

Wren regarda longuement Eton Shart.

— Premier ministre, nous devons être des amis et des alliés, si nous voulons avoir une chance contre la Fédération et les Ombreurs. La confiance doit régner entre nous, pas le doute. Ce ne sera pas toujours facile, mais nous devons travailler à nous comprendre. Même si nous aimerions qu'il en aille autrement, nous devons accepter ce que le sort a décidé.

Wren inspira profondément et regarda les autres membres du Conseil.

— Comme Ellenroh l'a fait autrefois, je vous demande votre soutien. Je pense que nous devons aller à la rencontre de l'armée de la Fédération. Et je crois que nous découvrirons que des amis sont prêts à nous aider. Nous cacher ne nous apportera rien. La Fédération espère nous y forcer. Mais nous sommes le plus vieux peuple de la Terre, destiné à guider les autres races. Notre mission est de leur apporter l'espoir.

» Qui se lèvera pour me soutenir ?

Triss se leva aussitôt. Ty le Tigre l'imita, l'air mal à l'aise. À la grande surprise de Wren, Fruaren Laurel, qui n'avait pas dit un mot de toute la réunion, se leva aussi.

La reine attendit. Quatre elfes étaient debout et quatre restaient assis. Et sur les quatre qui la soutenaient, seuls trois étaient des membres du Grand Conseil. Si rien ne changeait, Wren n'aurait pas la majorité dont elle avait besoin.

Elle regarda Eton Shart et lui tendit la main, un geste de conciliation et de défi mêlés. Il hésita un instant, accepta sa main et se leva.

— Ma dame, dit-il, comme vous l'avez souligné, nous devons nous soutenir mutuellement.

Barsimmon Oridio se leva aussi.

— Il vaut mieux être un coq de combat qu'un poulet plumé, grommela-t-il. (Puis il regarda Wren avec de l'admiration dans les yeux.) Votre grand-mère nous aurait donné les mêmes conseils, ma dame.

Jalen Ruhl et Perek Arundel se levèrent à regret. Ils n'étaient pas persuadés, mais ils ne voulaient pas s'opposer aux autres. Wren leur fit un signe de tête.

— Merci, dit-elle doucement. (Elle serra la main d'Eton Shart et la lâcha.) Merci à vous tous. Dans les jours à venir, souvenons-nous de ce que nous avons décidé cette nuit...

Wren regarda les huit elfes. Pour le moment, elle les avait convaincus et elle était véritablement leur reine...

Chapitre 13

Walker Boh réfléchit pendant deux jours avant de tenter de nouveau d'échapper aux Ombreurs.

Il ne se serait peut-être pas décidé s'il n'avait pas compris qu'il risquait de tomber dans un état d'esprit dangereux. Plus il réfléchissait, plus il lui semblait avoir besoin d'analyser davantage ses options. Chaque plan avait ses failles, et elles semblaient grandir à mesure qu'il les examinait sous tous les angles. Bref, il doutait de plus en plus de lui-même et de ses capacités à fuir. En continuant sur cette voie, il perdrait toute confiance en lui et se trouverait incapable d'agir...

Et tout ça, il le craignait, faisait partie du jeu que les Ombreurs jouaient avec lui...

Sa première rencontre avec les Quatre Cavaliers l'avait laissé physiquement moulu, mais ces blessures-là ne l'inquiétaient pas. Les dégâts psychologiques, eux, refusaient de guérir. Jusque-là, Walker Boh avait toujours contrôlé sa vie et gardé les intrus à distance. Il y était arrivé en s'isolant dans les étendues Sombres, où les dangers et les problèmes étaient à la portée de ses immenses capacités. Il maîtrisait la magie, il était intelligent et prévoyant, et il avait d'autres qualités, tant innées qu'acquises.

Mais tout ça avait changé. Il n'était plus dans les étendues Sombres. Du cottage de la Pierre d'Âtre, il ne restait plus qu'un tas de cendres. Il avait suivi un chemin qui modifiait son existence aussi sûrement que s'il était mort. Il avait accepté la mission d'Allanon, récupéré la Pierre elfique noire et ramené Paranor. Il était devenu le premier des nouveaux druides – un être totalement différent de l'homme qu'il était quelques semaines plus tôt. Cette modification lui avait donné plus de pouvoir, de force, de connaissances, mais elle l'avait investi de nouvelles responsabilités et contraint à affronter de nouveaux ennemis. Son changement suffirait-il à répondre à ces défis ? Pour le moment, il l'ignorait. Walker Boh pouvait échouer et être perdu à jamais – ou trouver un moyen de s'en tirer. Car aujourd'hui, il était un homme suspendu au-dessus d'un précipice.

Les Ombreurs le savaient et ils étaient venus dès qu'ils avaient appris le retour de Paranor. Walker manquait encore d'assurance. Le plan des Ombreurs visait à le déstabiliser, à perturber son développement – et si possible à le tuer.

Cette stratégie fonctionnait. Après sa tentative de fuite, Walker était revenu dans Paranor en ayant appris plusieurs vérités déplaisantes. D'abord, il n'avait pas assez de pouvoir pour prendre le dessus lors d'une confrontation directe, car les Quatre Cavaliers étaient au minimum ses égaux. Ensuite, il ne pouvait pas se glisser dehors sans être détecté. Enfin, leur expérience était supérieure à la sienne, et ils n'avaient pas peur de lui. Ils chevauchaient autour de la forteresse en se moquant royalement de ce qu'il pouvait faire. Il était prisonnier, réduit à imaginer un plan qui lui permettrait de se libérer, et les Quatre Cavaliers avaient parié qu'il n'y arriverait pas.

Et il était possible qu'ils aient raison.

— Tu réfléchis trop à tout ça, dit finalement Cogline, quand il trouva Walker sur le chemin de ronde, occupé à regarder les spectres tourner autour de Paranor. Tu dors à peine, tu ne prends plus soin de toi, tu ne t'es pas baigné depuis ton retour et tu ne manges rien !

» Réfléchis, Walker ! C'est ça qu'ils veulent... Ils ont peur de toi ! Sinon, ils forceraient les portes de la forteresse et finiraient le boulot. Mais ils n'en auront pas besoin s'ils peuvent te forcer à douter de toi, à paniquer et à oublier toute prudence. Tôt ou tard, tu feras quelque chose d'idiot, et ils t'auront.

Cogline n'avait pas autant parlé depuis le retour de Walker. Il l'avait accueilli avec des paroles rassurantes, mais il avait semblé lointain, un peu comme avant la première tentative de fuite. Le vieil homme était déchiré par un conflit intérieur, mais Boh avait été trop préoccupé par ses propres problèmes pour s'en soucier.

Il laissa quand même son ami le conduire à l'intérieur de la forteresse et lui servir un repas chaud.

Il mangea sans enthousiasme, but un peu de bière, et décida qu'un bain serait une bonne idée. Restant un long moment dans l'eau chaude, il la laissa détendre son corps et son esprit. Rumeur resta avec lui, blotti contre la baignoire pour profiter de sa chaleur.

Pendant que Walker se séchait et se rhabillait, il s'étonna du calme insondable du félin des landes, typique de son espèce. Un peu de cette sérénité lui aurait fait grand bien...

Puis il revint à ses soucis actuels.

Quel est le problème avec Cogline ?

Walker partit à la recherche du vieil homme et le trouva dans la bibliothèque, où il consultait les archives des druides.

Cogline leva la tête, l'air étonné.

Walker s'assit à côté de lui sur un banc.

— Vieil homme, qu'est-ce qui vous tracasse ? demanda-t-il doucement. (Il posa une main apaisante sur l'épaule de son mentor.) Je vois de l'inquiétude dans vos yeux... Dites-moi de quoi il s'agit.

Cogline haussa les épaules.

— Je me fais du souci pour toi, Walker. Je sais combien tout te semble étrange depuis que cette histoire a commencé. Ça ne doit pas être facile... Je ne cesse de penser à ce que je pourrais faire pour t'aider...

Walker détourna le regard.

Rien ne va plus depuis que j'ai trouvé la Pierre elfique noire, pensa-t-il. *Puis Allanon est devenu une partie de moi grâce à la magie qu'il avait laissée pour garder Paranor en sécurité jusqu'au retour des druides... Oui, « étrange » est le moins qu'on puisse dire...*

— Vous n'avez pas besoin de vous inquiéter pour moi...

En tout cas, pas pour ça !

La guerre entre le passé et le présent s'était calmée, car les vies et les connaissances des druides étaient devenues siennes. Il n'avait pas vraiment eu le choix...

— Walker, dit Cogline, je ne crois pas qu'Allanon t'aurait obligé à vivre tout ça s'il n'avait pas cru que tu en tirerais assez de pouvoir pour te dresser contre les Ombreurs...

— Vous avez plus de foi que moi...

— Oui. J'en ai toujours eu davantage, et tu ne le savais pas... Mais ma foi sera la tienne, un jour ou l'autre. Il faut simplement du temps. J'ai eu ce temps, et je l'ai utilisé pour apprendre. Je suis en vie depuis une éternité, Walker. La foi est une partie de ce qui me donne la force de continuer.

— J'avais foi en moi-même quand je savais qui j'étais. Mais tout a changé, vieil homme. Je suis quelqu'un d'autre, et on me demande de me fier à un étranger. C'est difficile pour moi.

— Oui, dit Cogline. Mais tu y arriveras – si tu te donnes le temps.

— Si j'ai la possibilité de le faire...

Walker ressortit, et Rumeur le suivit, discret comme une ombre.

Bon sang, il doit y avoir un moyen !

La force seule ne ferait pas l'affaire. Le pouvoir de la magie druidique était impressionnant, mais il n'avait jamais été suffisant, même pour ses pratiquants des temps anciens. La connaissance était nécessaire aussi. L'intelligence, la résolution, l'imprévisibilité. Avait-il toutes ces qualités ? Quelles armes avait-il en plus de la magie ? Était-il possible qu'il n'ait pas été totalement transformé par ce que les druides lui avaient fait ? Quelle partie de lui-même pouvait-il invoquer pour l'aider à croire de nouveau en lui ?

N'était-ce pas la clé de tout ? Croire assez en lui-même pour ne pas désespérer ?

Walker retourna sur le chemin de ronde, Rumeur sur les talons. La nuit était claire, et l'air embaumait. Il inspira profondément pendant qu'il marchait, laissant ses pensées dériver librement.

Il revit Force Vitale, la fille du roi de la rivière Argentée, cette élémentale qui avait tout sacrifié pour rendre la vie à une terre pétrifiée et lui donner une chance de guérir. Quand il l'avait portée pour la dernière fois, au bord d'Eldwist, il avait senti la certitude qui émanait d'elle. En mourant, elle tenait sa promesse. C'était ce qu'elle avait voulu. Mais elle lui avait légué une partie de sa vie : l'idée qu'il ferait en continuant d'exister ce qu'elle pouvait seulement accomplir en mourant.

Walker s'arrêta et sonda la nuit. Il avait voyagé bien loin, pensa-t-il, réellement étonné. Tout cela pour en arriver à ce point de l'espace et du temps.

Était-ce à Paranor que sa vie devait se terminer ? se demanda-t-il soudain. Le bout du chemin ?

Si c'était le cas, il aurait fait tout ça pour rien.

Il regarda en bas. Un des Cavaliers passait à cet instant. La Mort, crut-il voir, mais c'était difficile à dire. Peu importait. De toute façon, les Quatre Cavaliers étaient tous des Ombreurs déterminés à le tuer. Pourquoi étaient-ils devenus ainsi ? Quel choix les avait poussés sur cette voie ?

Ils patrouilleraient toute la nuit. À l'aube, ils se rassembleraient devant le portail.

Une étincelle d'espoir naquit dans l'esprit de Walker.

Et s'il répondait à leur défi ?

Le visage fermé, il redescendit et se mit à la recherche de Cogline.

À l'aube, l'air était déjà étouffant.

Les Quatre Cavaliers attendaient devant les portes, alignés sur leurs montures de cauchemar qui grattaient distraitement la terre tandis que leurs cavaliers restaient immobiles au pied des murs de Paranor.

Quand le soleil eut dépassé le sommet des dents du Dragon, la Guerre poussa son monstrueux destrier en avant, leva sa main gantée et frappa à la porte, qui frémit sous ses coups.

La Guerre se détourna.

Walker Boh attendait, déjà hors de la forteresse. Il était passé par une porte secrète, dans une tour, à une quinzaine de pas de là, enveloppé dans un sort d'invisibilité qui donnait l'impression qu'il se fondait aux murs de Paranor et en faisait partie. Les Cavaliers ne l'avaient pas cherché. Et même s'ils l'avaient fait, ils ne l'auraient pas vu...

Il leva son bras unique, invoqua la magie jusqu'à ce qu'elle soit brûlante et l'envoya sur l'Ombreur.

Le sortilège coupa la Guerre en deux. Sa monture-serpent s'enfuit, les jambes et le bas du corps de la Guerre toujours accrochés à son dos.

Walker frappa de nouveau, et la magie prit les trois autres Ombreurs par surprise. Du feu les enveloppa. Les montures essayant de fuir, Walker envoya des flammes devant leurs yeux pour les aveugler – et dans leurs narines pour qu'elles ne sentent plus rien.

Les Ombreurs se percutèrent les uns les autres.

Je les tiens ! pensa Walker, soulagé.

Ses forces le quittaient, mais il ne cessa pas d'attaquer, abandonnant l'enchantement d'invisibilité pour économiser de l'énergie.

Un des Cavaliers en flammes se dégagea. C'était la Pestilence, son corps ayant perdu toute forme reconnaissable. La Famine était tombée, le cavalier et sa monture se tordant de douleur dans le feu qui les consumait.

La Mort tourbillonnait frénétiquement.

Puis l'impossible arriva. À travers la fumée et les flammes, la Guerre réapparut, montée sur son cheval-serpent.

Et l'Ombreur était de nouveau entier.

Walker n'en crut pas ses yeux. Il avait coupé le Cavalier en deux, et voilà qu'il revenait comme si rien ne lui était arrivé.

La créature fonça sur Walker, le métal de son armure scintillant à la faible lueur de l'aube.

Ce n'est pas possible !

Boh focalisa d'instinct la magie pour parer cette attaque.

Son sort emprisonna le Cavalier et sa monture dans un tourbillon de feu qui les entraîna dans un bosquet, hors de la vue de Walker.

Les trois autres avaient repris leurs esprits.

La Mort avança vers lui et abaissa sa faux. La Pestilence suivait, son corps reprenant forme pendant qu'elle avançait.

Walker coupa les pattes de la monture-serpent de la Mort. Mais la Pestilence était presque arrivée à son niveau. Il l'évita d'un bond, les doigts du Cavalier l'effleurant au passage.

Aussitôt, il sentit une vague de nausée le submerger. Il tomba à genoux, affaibli et pris de vertige.

Il lui a suffi de me toucher !

Il pivota pour suivre la Pestilence du regard et lui envoya une lance de feu dans le dos. L'Ombreur se désagrégea en un essaim bourdonnant de mouches noires.

Tout sembla ralentir pour Walker Boh. Il regarda la Famine approcher, essaya de réagir, mais resta comme pétrifié. Il avait conscience que le jour se levait. Il sentait l'odeur de l'air, des feuilles et des herbes, mélangée à celle de la poussière et de la chaleur.

Derrière lui, Paranor était une monstrueuse ombre de pierre, assez proche pour qu'il la touche et pourtant incroyablement lointaine.

Il n'aurait pas dû abandonner son sort d'invisibilité. Il avait perdu le seul avantage qu'il possédait...

Il envoya un jet de flammes sur la Famine. Le corps squelettique du Cavalier se désintégra.

Mort, mais pas vraiment, pensa Walker, de plus en plus faible et fiévreux.

Les Cavaliers revinrent vers lui, leurs montures-serpents galopant comme le vent.

Pourquoi ne mouraient-ils pas ? Comment pouvaient-ils continuer à l'attaquer ?

Walker s'aperçut soudain qu'il posait ces questions à haute voix – et qu'une étrange sorte de délire s'emparait de lui. Incroyablement faible, il recula en titubant vers le mur et rassembla ses forces pour affronter le nouvel assaut.

Son plan n'avait pas marché. Il avait mal estimé quelque chose, mais quoi ?

Il leva le bras et envoya du feu dans toutes les directions pour tenir ses assaillants à distance. Mais la magie ralentissait simplement les Ombreurs. La Guerre lui lança une massue à pointes qu'il regarda arriver, incapable d'agir. Au dernier moment, il mobilisa assez d'énergie pour la détourner en partie, mais reçut quand même un coup suffisant pour le propulser si violemment contre le mur de Paranor qu'il en eut le souffle coupé.

Mais cela lui sauva la vie.

Pendant qu'il s'appuyait au mur pour ne pas tomber, il trouva le joint de la porte secrète. Son esprit un instant plus clair, il se souvint qu'il s'était ménagé une voie de repli si les choses tournaient mal. Il lui restait une chance !

Les Quatre Cavaliers fonçaient vers lui. Les doigts de sa main coururent le long du joint de la porte. Si seulement il avait eu deux mains ! Si seulement il avait été intact !

Ses doigts se refermèrent quand même sur le système d'ouverture.

La porte pivota vers l'intérieur, l'entraînant avec elle. Il envoya des lances de flammes, les entendit déchiqueter ses poursuivants, et pensa qu'il entendait peut-être les Ombreurs crier dans son seul esprit.

Puis le bruit et la fureur cessèrent.

La bataille était terminée.

Cogline trouva son ami dans le passage secret, roulé en boule et tellement épuisé qu'il ne parvenait plus à parler.

Au prix d'un effort considérable, le vieil homme porta Walker jusqu'à son lit et l'y coucha. Il le déshabilla, le lava, lui donna des médicaments et l'enveloppa dans des couvertures pour qu'il dorme.

Il parla, mais Walker ne comprit pas ce qu'il disait. Il répondit pourtant, marmonnant des propos inintelligibles. Il savait qu'il était en vie et qu'il se battrait encore. C'était tout ce qui comptait.

Tremblant, endolori et mort de fatigue, il sentit Rumeur venir se blottir contre lui, prêt à aller chercher Cogline si besoin était.

Walker déglutit péniblement, conscient que son état s'améliorait déjà et qu'il serait de nouveau bien quand il se réveillerait...

Il ferma les yeux et eut une ultime pensée, plutôt apaisante.

Il avait perdu la bataille. Mais il avait appris quelque chose de sa défaite...

La prochaine fois qu'il ferait face aux Ombreurs, se promit-il avant de s'endormir, il les exterminerait...

Chapitre 14

Pendant que Walker Boh luttait pour se libérer des Quatre Cavaliers, que Wren Elessedil convainquait le Grand Conseil des elfes de défier l'armée de la Fédération et que Morgan Leah conduisait Damson et un petit groupe d'hommes libres à Tyrsis pour sauver Padishar Creel, Par Ohmsford suivait la piste de son frère.

Une tâche difficile... Quand Damson et lui s'étaient séparés, il avait commencé aussitôt ses recherches, sachant que Coll avait seulement quelques minutes d'avance sur lui. S'il était assez rapide, il le rattraperait aisément, surtout depuis que le jour s'était levé.

Coll fuyait sans se soucier de rien, sinon de la vision que lui avait montrée l'Épée de Shannara. Il était perturbé et terrifié. Dans un tel état, quels efforts ferait-il pour dissimuler ses traces ? Combien de temps pourrait-il courir avant que l'épuisement le terrasse ?

La réponse ne fut pas celle que Par escomptait. Certes, il suivit sans peine les traces de son frère, mais il ne parvenait pas à gagner du terrain. Coll semblait s'être découvert des réserves d'énergie inattendues. Il fuyait devant Par et il ne s'arrêtait pas pour se reposer. De plus, il ne courait pas en ligne droite, suivant un chemin sinueux sans raison apparente. On eût dit qu'il était devenu fou, ou que des démons le poursuivaient...

En tout cas, c'était ce qu'il devait croire, conclut Par.

À la tombée de la nuit, épuisé, couvert de poussière et de sueur, les cheveux emmêlés et sales, le Valombrien se demanda s'il ne s'était pas lancé dans une absurde poursuite.

Il s'était débarrassé de tout son paquetage pour aller plus vite – à part l'Épée de Shannara, une couverture et une outre d'eau. Pourtant, il arrivait à peine à marcher. Comment Coll réussissait-il à rester si loin en avant ? Effrayé comme il l'était, il aurait dû être épuisé des heures plus tôt. Le voile-miroir et sa magie d'Ombreur devaient le forcer à avancer...

Par sentit le désespoir l'envahir. Si Coll ne ralentissait pas, s'il ne retrouvait pas au moins une petite partie de sa raison, l'effort finirait par le tuer. Ou une imprudence s'en chargerait. Il y avait dans ce pays des pièges qui pouvaient détruire un homme même s'il était prudent et s'il avait tous ses esprits...

Quand il s'arrêta enfin, Par était à l'ouest de l'endroit où la Mermidon se divisait. Un affluent coulait vers l'est en direction de la rivière Rabb, et l'autre tournait au sud vers Varfleet et les monts de Runne. En suivant assez longtemps la deuxième branche, on arrivait au lac Arc-en-ciel. Et à la sentinelle du Sud... Coll allait dans cette direction quand la nuit était devenue trop noire pour que Par puisse continuer à suivre ses traces.

En réalité, Coll se dirigeait depuis le début vers la forteresse, mais en faisant de nombreux détours. Il revenait vers la sentinelle du Sud et les Ombreurs. C'était logique, si la magie du voile-miroir l'avait perverti.

Par s'enveloppa dans sa couverture et s'adossa à un vieux noyer blanc pour réfléchir un peu. L'Épée de Shannara étant posée sur le sol, à côté de lui, il tapota machinalement la garde de l'arme. Si la magie des Ombreurs le contrôlait, Coll ne savait sans doute pas ce qu'il faisait. Il s'était lancé à la recherche de Par sans savoir pourquoi, et il fuyait sans plus de raison.

Mais l'Épée lui avait montré la même vision qu'à Par, et il avait donc vu la vérité sur lui-même. À cet instant, Coll avait été uni à son frère assez étroitement pour qu'ils la voient tous les deux. Cela avait-il changé les choses ? Coll essayait-il de se débarrasser de la magie des Ombreurs ?

Par ferma les yeux. Il avait besoin de dormir, mais il voulait d'abord comprendre ce qui se passait. Damson l'avait prévenu que cette poursuite était probablement un piège. Coll ne les avait pas trouvés par hasard. Il avait été envoyé par les Ombreurs. Pourquoi ? Pour le tuer ? Par n'en était pas sûr... Mais comment Coll l'avait-il débusqué ? Depuis combien de temps le cherchait-il ?

Réfléchis !

La magie du manteau avait peut-être conduit Coll vers sa « proie ». On l'avait transformé en Ombreur en lui faisant croire que le vêtement l'aidait à échapper à ses geôliers...

Par frissonna quand il imagina son frère sous les traits d'un des Ombreurs de la Fosse, ces créatures qui vivaient alors qu'elles étaient en réalité déjà mortes.

Il but un peu d'eau. Depuis combien de temps n'avait-il pas mangé ? Demain, il devrait chasser ou trouver des végétaux comestibles. Sans nourriture et avec peu de repos, il ne tiendrait pas longtemps. Il devait être raisonnable, s'il voulait aider son frère.

Mais si Coll n'était pas venu pour le tuer, alors pour quoi faire ?

Pour voler l'Épée de Shannara ?

Ça n'avait pas de sens ! Pourquoi Rimmer Dall lui aurait-il donné l'Épée pour envoyer son frère la voler ? À moins que Coll soit l'outil de quelqu'un d'autre, mais ça n'avait aucun sens non plus... Rimmer Dall avait fait de gros efforts pour que Par pense avoir tué son frère. Il avait envoyé Coll pour une raison précise, mais pas pour voler l'Épée.

Par pensa au talisman... Il avait tout essayé pour activer sa magie, et rien n'avait marché. Il avait toujours pensé qu'il s'agissait de la véritable Épée, même si Rimmer Dall la lui avait donnée bien trop facilement. Et sa magie s'était révélée pendant sa lutte contre Coll.

Par ignorait ce qui s'était passé.

Il se laissa glisser sur le dos et regarda le ciel. Il avait besoin de se détendre un peu. Oui, il réfléchirait mieux s'il était plus à l'aise...

Bien entendu, il s'endormit sur cette pensée.

Quand il se réveilla, l'aube était levée, et Coll le regardait.

Accroupi sur un amas de rochers, à cinq pas de Par, il était toujours enveloppé dans le voile-miroir dont les plis diffusaient une lueur maléfique. Ses yeux roulaient dans leur orbite sous l'effet de la peur et de la haine.

Par en resta pétrifié. Il ne lui était pas venu à l'idée que son frère pourrait rebrousser chemin. Pourquoi l'avait-il fait ? Pour l'attaquer ? Il regarda Coll, avec son visage défait et ses yeux fous. Non, il était là pour autre chose. On aurait dit qu'il voulait approcher, parler... qu'il attendait quelque chose de Par. C'était peut-être ça : l'Épée de Shannara lui avait donné un aperçu de la vérité, et il voulait en savoir plus.

Par se leva lentement et tendit la main.

Coll sauta des rochers et disparut au milieu des arbres.

— Coll ! cria Par.

L'écho de sa voix mourut. Le bruit de la course de son frère aussi...

Par chercha des baies et des racines. En mangeant, il pensa qu'il aurait très vite de gros problèmes s'il ne dénichait rien de plus nourrissant. Puis il oublia ces soucis triviaux et repensa à Coll. Il avait lu tant de terreur dans ses yeux – et tant de fureur. Contre Par, contre lui-même, contre la vérité ? Il ne pouvait pas le savoir... Mais Coll avait conscience qu'il existait, et il avait toujours une chance de le rattraper...

Que ferait-il quand il y arriverait ?

Je devrai utiliser de nouveau l'Épée de Shannara !

L'arme était la meilleure chance de Coll. Si Par lui montrait la nature de la magie qui le possédait, son frère réussirait peut-être à se débarrasser du manteau. Et Par pourrait le lui arracher, si rien d'autre ne marchait. Oui, l'Épée était la clé ! Coll n'avait été conscient de rien jusqu'à ce qu'elle lui montre la vérité.

Par se servirait de nouveau du talisman. Et cette fois, il n'arrêterait pas avant que son frère soit libre.

Le Valombrien ramassa sa couverture et repartit.

La chaleur augmentant régulièrement jusqu'à ce qu'il soit trempé de sueur, il retrouva la piste de Coll et la suivit jusqu'à la Mermidon, vers le nord, puis de nouveau vers le sud. Cette fois, son frère avait marché en droite ligne pendant des heures, allant de la berge est de la rivière jusqu'aux monts de Runne.

Par dépassa Varfleet, vit des bacs traverser lentement la rivière, pensa qu'il aimerait bien avoir un bateau et s'avisa l'instant d'après que ça ne lui servirait à rien pour suivre des traces de pas sur la terre.

Il se souvint du moment où Coll et lui avaient quitté Varfleet, des semaines plus tôt. Le début de tout... Il se rappela combien ils étaient proches à ce moment-là, malgré leurs désaccords sur la direction que prenaient leurs vies et le but de la magie de Par. Tout cela semblait être arrivé depuis si longtemps !

Vers le milieu de l'après-midi, Par atteignit un petit quai où était établi un relais commercial, des lieues en aval de Varfleet. Dans la boutique, il échangea sa bague contre une canne à pêche, des hameçons, de l'amadou, du pain, du fromage et du poisson fumé.

Dès qu'il fut assez loin du relais, il s'assit et dévora la moitié de ses acquisitions. Quand il eut terminé, il reprit son chemin vers le sud. La canne à pêche lui permettrait d'attraper du poisson, et l'amadou lui servirait à faire du feu. Rattraper Coll serait plus long qu'il l'avait pensé, mais maintenant, il avait de quoi tenir...

Il se demanda à nouveau pourquoi son frère était parti à sa recherche – ou plutôt, pourquoi il avait été *envoyé*. Si ce n'était ni pour le tuer ni pour prendre l'Épée, quelle était la raison ? Il se souvint de l'avertissement de Damson. La poursuite était sans doute un piège des Ombreurs. Mais comment auraient-ils pu savoir que la rencontre des deux frères activerait la magie de l'Épée de Shannara et révélerait la vérité sur ce que Coll était devenu ?

Coll était peut-être un appât pour attirer Par – ça ressemblait bien à Rimmer Dall –, mais l'Ombreur ne pouvait pas savoir qu'il découvrirait l'identité réelle de son frère...

À moins que je n'aie pas été censé la découvrir... jusqu'à ce qu'il soit trop tard.

Et s'il avait tout compris de travers ? Si Coll n'était pas chargé de le tuer, mais que lui soit destiné à tuer Coll ?

Pourquoi ?

Parce que...

Il tenait presque la réponse. Quelques mots qui attendaient à la lisière de sa conscience... Mais il ne parvint pas à les atteindre.

Il se remit en chemin, frustré et pourtant un peu rassuré. Il était sur la bonne voie, même s'il n'avait pas encore compris tous les détails. C'était Coll qui fuyait devant lui et revenait la nuit pour s'assurer qu'il n'avait pas perdu sa trace. Par suivait. Il portait l'Épée de Shannara, et sa magie lui avait révélé la vérité. Les Ombreurs avaient orchestré toute cette affaire, jouant avec eux et les obligeant à continuer pour le plaisir...

Il y a un rapport avec la magie de l'Enchantement de Shannara, se dit soudain Par.

La réponse viendrait, il le savait. Il avait seulement besoin de continuer à réfléchir...

N'ayant pas trouvé Coll à la tombée de la nuit, le lendemain, il installa son camp dans une niche abritée par des rochers. Il ne fit pas de feu, pour que la fumée ne brouille pas sa vision nocturne.

Après avoir mangé quelques-unes de ses provisions, il s'enveloppa dans sa couverture et s'installa dos contre la roche, prêt à attendre.

Dans son refuge, Par regarda les ombres se découper sous la pâle lumière des étoiles. Respirant l'air frais et humide, il se permit de penser à Damson Rhee pour la première fois depuis deux jours. Il était étrange d'être séparé d'elle, après tout le temps passé ensemble à Tyrsis. Il s'inquiétait pour elle, mais se rassura en supposant qu'elle était sans doute mieux lotie que lui. Elle avait sûrement rejoint les hommes libres et devait être en train de préparer la tentative de sauvetage de Padishar.

Damson était en sécurité.

En *relative* sécurité, tant que cette affaire ne serait pas terminée...

Des images de Damson, de Padishar, de Morgan Leah, de Wren et de Walker Boh emplirent son esprit, et il revit les visages de tous ceux qui avaient péri en chemin. Il lui semblait parfois qu'il était destiné à perdre tous ses proches. Tant d'efforts, et si peu de résultats...

Par releva les genoux et sentit l'Épée de Shannara appuyer contre son dos. Il avait oublié de la détacher.

L'Épée, la mission que lui avait confiée Allanon, son seul espoir de se libérer des Ombreurs... Mais à quoi devait servir le talisman ? Certainement à quelque chose de merveilleux, car une telle magie existait pour faire des miracles. Mais comment savoir lesquels ? Surtout ici, perdu dans les monts de Runne, à la poursuite de son pauvre Coll ? Il aurait dû chercher Walker Boh et Wren, qui avaient aussi reçu une mission...

Non, il se trompait ! Il faisait exactement ce qu'il devait. Il suivait son frère pour l'aider. S'il perdait Coll, qui avait tout abandonné pour lui, à quoi bon lutter pour un monde meilleur ?

Ce soir, Coll viendrait. Il en était certain. Comme la nuit précédente. Il ne ferait peut-être rien de plus, mais il viendrait.

Par glissa une main dans sa tunique et en sortit le Skree que Damson lui avait donné. Si la jeune femme était proche, l'amulette qu'il avait pendue à son cou brillerait. Il la regarda pensivement. Le métal était désespérément terne...

Il contempla le Skree un long moment, puis le remit sous sa tunique. Encore une magie conçue pour le garder en sécurité ! L'Enchantement de Shannara, l'Épée, le Skree... Il ne manquait pas de talismans. À vrai dire, il croulait sous les talismans !

L'amertume ne servant à rien, Par essaya de la chasser. Il enleva l'Épée de son dos et la posa sur le sol à côté de lui. Quelque part dans la Mermidon, un poisson sauta, et une chouette ulula dans les arbres.

Un héritage magique, et il sert seulement à me demander si Rimmer Dall a raison – si je suis vraiment un Ombreur.

Cette idée déprimante ne le quitta pas tandis qu'il sondait les ténèbres.

L'être qui était un mélange de Coll Ohmsford et d'Ombreur se tapissait dans les arbres, à une quinzaine de pas de l'endroit où celui qui le traquait attendait.

Mais je ne me montrerai pas. Je resterai en sécurité dans l'obscurité, mon domaine, où les ombres me protègent de...

De quoi ? Il ne s'en souvenait plus. De cette autre créature ? De l'étrange arme qu'elle portait ? Non, d'autre chose. Du manteau qui l'enveloppait ? Il toucha le tissu, mal à l'aise, sentit quelque chose de désagréable s'agiter au bout de ses doigts, et se souvint de la vision qu'il avait eue quand il avait lutté contre l'autre créature, celle qui était... qui était...

Il ne se rappelait pas ! Quelqu'un qu'il avait connu autrefois... Mais son esprit était sans cesse confus, maintenant.

L'Ombreur/Coll se déplaça légèrement, ne quittant pas des yeux la silhouette installée sous les rochers.

Il pense qu'il me verra, de là-bas, mais il se trompe. Il ne peut rien voir tant que je porte le manteau. Il me pourchasse, mais je l'emmène où je veux. Vers le sud, vers... vers...

Il n'était plus sûr de rien. Parfois, il se disait qu'il réfléchirait mieux s'il enlevait le manteau. Mais ce serait idiot. Le vêtement le protégeait. Ce voile-miroir lui avait été donné par... non, il l'avait volé, pris à... trompé par quelqu'un... danger...

Les pensées allaient et venaient, comme des courants dans une rivière, et ne s'arrêtaient jamais assez longtemps.

Des larmes de frustration lui montant aux yeux, il les essuya d'une main crasseuse. Parfois, il se souvenait de sa première vie, quand il ne portait pas le manteau et qu'il était quelqu'un d'autre. Les souvenirs l'attristaient. Comme si on lui avait fait quelque chose pour que les souvenirs le torturent.

J'ai vu, pendant un instant, dans mon esprit, dans la lumière... J'ai vu quelque chose à mon sujet, qui j'étais avant, qui je pourrais encore être. Je veux le revoir !

Il avait peur de l'autre créature, sans savoir pourquoi. Le manteau le rassurait, mais il ne semblait pas suffisant pour le protéger. Et il ne comprenait pas pourquoi il revenait toujours vers cet ennemi qui le pourchassait. Pourtant, le vêtement le calmait et l'aidait à oublier les souvenirs. Mais en même temps, il le tuait à petit feu, comme si...

Enlève ce manteau !

Non, ce serait de la folie ! Il te protège !

Sans un moment de répit, la lutte continuait dans l'esprit de l'être tourmenté qui était à la fois Coll et un Ombreur.

Aidez-moi, supplia-t-il silencieusement. *Je vous en prie, aidez-moi !*

Mais il ignorait à qui il demandait de l'aide et ce qu'il attendait vraiment. Regardant celui qui le suivait, il pensa qu'il s'endormirait bientôt. Que ferait-il alors ? Se glisserait-il silencieusement vers lui, et le toucherait-il, toucherait-il le...

Il abandonna ce sujet, car le manteau se resserra autour de lui pour l'en détourner. Oui, il se glisserait vers l'autre, lui montrerait qu'il n'avait pas peur de lui – mais en réalité, il avait peur ! – et qu'il pouvait faire ce qu'il voulait dans la nuit grâce à son manteau et à la magie...

Aidez-moi !

Il aurait voulu crier ces deux mots, mais il n'y parvint pas. Il ferma les yeux et se força à penser.

Lui prendre quelque chose. Quelque chose dont il a besoin, qui lui est cher. Une absence qui le rendra aussi malheureux que moi. Je le connais depuis l'époque où nous étions... frères. Il peut m'aider, il trouvera un moyen...

Mais l'Ombreur/Coll n'en était pas sûr, et cette idée disparut comme les autres. Il était à la fois attiré et repoussé par l'être qu'il observait, et le conflit faisait sans cesse rage dans sa tête.

Il sentit des larmes lui monter aux yeux. Son visage ravagé lutta pour redevenir humain. Un instant, Coll fut de retour, émergeant du réseau de magie noire qui le tenait prisonnier.

Je dois agir, imaginer quelque chose qui lui fasse comprendre.

Je dois prendre un objet qui lui appartient !

Je le dois !

Par dormait quand il sentit un contact contre son cou.

Il se réveilla en sursaut et essaya de réagir. Quelque chose l'étranglait, l'empêchait de respirer. Un Ombreur l'attaquait !

Mais l'Enchantement de Shannara ne l'avait pas averti, donc ça ne pouvait pas être ça.

Pour se sauver, il invoqua la magie et la sentit monter en lui avec une lenteur désespérante. Un souffle d'air courait sur son visage et son cou. Puis il sentit une barbe rêche frotter contre ses joues. Il leva une main pour se défendre, effleura l'Épée de Shannara et la sentit brûler comme du feu.

Soudain, la pression sur sa gorge cessa, et il aperçut dans les ténèbres une silhouette qui fuyait à toutes jambes.

Coll ! C'était Coll !

Par se leva, luttant pour respirer et retrouver son calme. Que se passait-il ? Coll avait-il été envoyé pour le tuer ? Venait-il d'essayer de l'étrangler ?

Le Valombrien pensa soudain à l'Épée, baissa les yeux et la vit. Ce n'était pas l'arme. Alors, quoi ?

Il se tâta le cou, là où il saignait, et étouffa un petit cri de douleur.

Puis il s'aperçut que le Skree avait disparu.

Son frère le lui avait volé !

Il s'était approché quand Par s'était endormi, avait tiré sur la cordelette en cuir, et comme ça n'avait pas suffi, l'avait coupée avec ses dents.

Pourquoi avait-il fait ça ?

Pour que Par le suive, bien entendu. Afin qu'il soit obligé de continuer à le pourchasser.

Le Valombrien regarda dans la direction où Coll avait disparu. Dans le silence de la nuit, il lui sembla entendre deux mots retentir dans son esprit :

— *Aide-moi ! Aide-moi !*

Chapitre 15

Dès qu'il fit assez jour, Par repartit sur les traces de son frère. La journée étant claire et brillante, la piste de Coll se révéla facile à suivre. Par redoubla d'effort, déterminé à ne pas laisser son frère le distancer. Désormais à l'intérieur des monts de Runne, ils suivaient les canyons encaissés le long de la Mermidon. Coll continuait à se détourner de la piste principale comme s'il cherchait un moyen de sortir de ces défilés. Une fois, il monta sur une saillie et la suivit un long moment vers le sud avant d'être obligé de rebrousser chemin. Par s'épuisa à lui coller aux basques, sans plus de résultat que la veille, et il se demanda combien de temps encore il tiendrait le coup.

Ce soir-là, il pêcha avec sa canne et ses hameçons. Puis il fit cuire ses prises, mangea de bon appétit et laissa une généreuse portion sur un rocher plat, à bonne distance de l'endroit où il allait dormir.

Il resta éveillé la plus grande partie de la nuit, mais ne vit pas Coll. En se réveillant, il s'aperçut que le poisson avait disparu. Cela dit, il aurait pu être dévoré par des animaux sauvages. Ce n'était pas très probable, mais il n'y avait aucun moyen d'être sûr...

Les trois jours suivants, Par continua la poursuite et se rapprocha de plus en plus du lac Arc-en-ciel. Il commença à s'inquiéter : rattraperait-il Coll avant qu'il soit trop tard ? Son frère parvenait à le distancer, même dans son état de demi-Ombreur. Il ne réfléchissait pas clairement, ne choisissait pas le chemin le plus facile, ne dissimulait pas ses traces, mais se débrouillait pour rester hors d'atteinte. C'était frustrant et troublant.

Par comprit qu'il rejoindrait Coll trop tard pour l'aider – ou pour s'aider lui-même si les Ombreurs les découvraient. Si Rimmer Dall trouvait Coll le premier, que devrait-il faire ? Utiliser l'Épée de Shannara ? Il avait déjà essayé sans grand succès. La magie de l'Enchantement ? Il y avait recouru aussi, la trouvant dangereusement imprévisible. Mais il n'aurait peut-être pas le choix. Il utiliserait l'Enchantement s'il n'avait pas d'autre moyen de libérer son frère. Peu importait le prix qu'il aurait à payer.

Il pensait souvent à la manière dont l'Enchantement avait évolué et à ce que cela lui faisait chaque fois qu'il l'invoquait. Il essaya d'imaginer ce qu'il pourrait faire pour se protéger et garder la magie sous son contrôle. Le pouvoir se manifestait sous une forme qu'il ne comprenait plus, comme pour Wil Ohmsford, des années plus tôt, suggérant que quelque chose de fondamental changeait à l'intérieur de Par. Cela le terrifiait. À une époque, il avait maîtrisé la magie de Jair Ohmsford, un sort capable de former des images visibles uniquement dans l'esprit des gens. Maintenant, cela ressemblait plus à la magie de Brin, la sœur de Jair, qui pouvait changer les choses pour de bon. Mais avec Par, elle pouvait aussi créer des objets à partir de rien – comme l'épée de feu dans la Fosse, ou les fragments de métal dans la tour de garde de Tyrsis. D'où venait ce pouvoir ? Qu'est-ce qui avait modifié sa magie si fondamentalement ?

La réponse qu'avait donnée Rimmer Dall à cette question le terrorisait.

« Vous êtes un Ombreur, Par Ohmsford. Vous faites partie de nous. »

Six jours après le début de la poursuite, quatre après le vol du Skree, la piste de Coll obliqua soudain vers la rivière et disparut.

Par vérifia pour s'assurer qu'il ne s'était pas trompé, puis il s'assit à l'ombre et réfléchit.

Coll était entré dans la rivière.

Par regarda l'eau puis la rive opposée bordée d'arbres. Si Coll avait eu tous ses esprits, il aurait traversé à un endroit plus facile. Mais s'il était passé de l'autre côté, son poursuivant n'avait plus qu'à en faire autant.

Le Valombrien se fabriqua un radeau de fortune avec des branches mortes et la ligne de sa canne à pêche. Puis il se déshabilla, posa sur la fragile embarcation ses vêtements, sa couverture, son paquetage et l'Épée de Shannara et se glissa dans la rivière.

Une fois dans le courant, il nagea en biais vers la rive opposée. Prenant son temps, il arriva de l'autre côté très loin de son point de départ. Il sortit de l'eau, se sécha, se rhabilla, attacha l'Épée et ses affaires sur son dos, et repartit à la recherche de Coll.

Mais il ne retrouva pas sa piste.

La nuit venue, il dut se rendre à l'évidence : Coll avait disparu. Assis dans l'obscurité, au bord de la rivière, le Valombrien se demanda si son frère s'était noyé. Coll était un bon nageur, mais ses forces l'avaient peut-être abandonné...

Par se força à manger, but un peu d'eau, se roula dans sa couverture, essaya de dormir et n'y parvint pas. Il ne cessait de penser à Coll. Que faire, maintenant ? Et si son frère était vraiment mort ?

Quand le soleil se leva, des nuages venus de l'ouest dérivaient en direction de Callahorn. Dans la chiche lumière, Par se leva, repartit et suivit la rivière vers le sud. Épuisé et découragé, il se demanda à quoi pouvait servir de traquer un Ombreur. Comment savoir s'il s'agissait réellement de Coll ? Damson avait peut-être raison. Et si Rimmer Dall avait fait quelque chose à l'Épée, ou altéré sa magie ?

S'il s'agissait d'un piège complexe, Par n'avait aucun moyen de le savoir.

Il cessa très vite de penser, parce qu'il avait épuisé toutes les idées possibles. Continuant à marcher, il suivit la rivière à travers les collines, l'esprit engourdi.

À l'ouest, les nuages devinrent plus noirs, et le vent se leva.

Très loin devant lui, Par aperçut la silhouette de la sentinelle du Sud. À mesure qu'il approchait, il étudia les murs et les tours, mais rien ne bougeait.

Soudain, il retrouva la piste de Coll au bord de la rivière, là où il en était ressorti après avoir été charrié par le courant sur une très longue distance.

La piste partait vers l'ouest, en direction des collines, où un orage menaçait. Mais elle était vieille de plusieurs heures. Coll avait repris pied sur la terre ferme la veille, et il s'était mis en route aussitôt. Par avait au moins un jour de retard.

Il continua quand même, soulagé que Coll soit vivant.

L'orage devenant imminent, la lumière pâlit, et l'air se chargea d'humidité. Par voulut regarder de nouveau la sentinelle du Sud, mais elle avait disparu dans la pénombre.

La pluie commença à tomber, d'abord fraîche sur sa peau surchauffée, puis de plus en plus piquante à mesure que le vent se déchaînait.

Par atteignit le sommet d'une butte et aperçut enfin Coll.

Il était étendu à plat ventre sur un carré d'herbe, au pied d'un vieux chêne. De loin, il semblait mort. Par se hâta, le cœur battant à tout rompre.

Non, non, non ! se répéta-t-il.

Puis il vit Coll bouger péniblement. Il n'était pas mort, simplement épuisé.

Par profita du vent violent qui dissimulait le bruit de ses pas. Coll étant de nouveau immobile, il l'atteindrait bientôt...

Et après, que ferait-il ?

Il tendit la main dans son dos et dégaina l'Épée de Shannara. Avec un peu de chance, il trouverait le moyen d'invoquer la magie du talisman et de tenir son frère assez près de lui pour qu'elle le force à voir la vérité puis à enlever le manteau des Ombreurs.

Par savait qu'il aurait une chance de réussir. Coll était fatigué, et, cette fois, il ne bénéficierait pas de l'effet de surprise...

Quand le premier coup de tonnerre retentit, Coll sursauta, roula sur le dos et vit son frère à trois pas de lui.

Par s'arrêta, comme pétrifié.

Coll leva une main pour s'envelopper plus étroitement dans les plis du manteau. Puis il gémit et plia les genoux contre sa poitrine.

Par avança lentement, l'Épée de Shannara aussi immobile que possible, avec l'espoir que Coll ne prenne pas peur.

Mais son frère se mit à genoux, les yeux écarquillés de terreur. Un instant, il lâcha le manteau, et ses plis s'éloignèrent de son corps. Alors son visage reprit un peu de son ancienne apparence.

Coll Ohmsford était de retour et regardait son frère comme s'ils ne s'étaient jamais séparés.

Par eut le cœur gonflé d'espoir. Coll le reconnaissait ! Il allait lui parler, l'assurer que tout irait bien, lui dire qu'il était en sécurité...

Mais le visage de Coll redevint celui d'un Ombreur. Grognant et montrant les dents, il s'accroupit, prêt à bondir.

Il va s'enfuir de nouveau ! pensa Par.

Mais Coll se jeta sur lui si vite qu'il eut à peine le temps de brandir l'Épée. Les mains de son frère se fermèrent sur les siennes, les tordant comme s'il essayait de lui arracher le talisman.

Par tint bon malgré la pluie violente qui l'aveuglait. Coll était si près de lui qu'il entendait battre son cœur.

Il y eut au nord un éclair suivi d'un énorme coup de tonnerre. Le sol trembla.

Par essaya d'invoquer la magie de l'Épée, mais il n'y parvint pas. Pourquoi n'y arrivait-il pas, cette fois ? Tout était-il perdu ?

Les deux frères Ohmsford continuèrent à lutter pour la possession de l'Épée de Shannara. Très vite, Par comprit qu'il n'aurait pas le dessus. Coll était plus grand et plus fort que lui, et il lui semblait devenir de plus en plus vigoureux à mesure que ses propres forces lui faisaient défaut.

Coll frappait des pieds et des poings, comme s'il était devenu totalement fou.

Par s'accrocha à l'Épée, décidé à ne pas la perdre. Il laissa son frère le malmener, espérant que ses efforts finiraient par le fatiguer assez pour qu'il puisse l'assommer. S'il y arrivait, il avait une chance.

Il y eut un nouvel éclair. À sa lueur, Par aperçut des silhouettes sombres rassemblées sur la butte au-dessus de la vallée – des dizaines de créatures tordues, noueuses et voûtées, les yeux de la couleur du sang.

Déconcentré, Par essaya de voir au-delà de Coll, qui luttait toujours aussi sauvagement.

Un autre éclair zébra le ciel au moment où Coll se jetait sur Par et le renversait sur le sol trempé. Cette fois, le Valombrien ne vit rien, trop occupé à garder son souffle quand il percuta le sol.

Coll se jeta sur lui en hurlant. Mais Par se servit de l'élan de son frère pour le faire passer par-dessus sa tête et se libérer.

Il se releva, étourdi, et regarda autour de lui. Les ténèbres étaient si épaisses qu'il voyait à peine le vieux chêne. La butte restait invisible.

Coll se lança de nouveau à l'attaque, mais Par était prêt et lui abattit sur le sommet du crâne le pommeau de l'Épée.

Coll tomba à genoux et tâtonna devant lui comme s'il cherchait quelque chose que lui seul pouvait voir. Un filet de sang coula sur son visage, vite dilué par la pluie. Ses traits commencèrent à changer, redevenant humains. Par s'apprêtait à le frapper quand il le vit lever les yeux.

C'était son frère qui le regardait !

Par tomba à genoux dans l'herbe devant Coll.

Les lèvres de son frère bougèrent, mais il n'entendit pas les mots noyés dans les hurlements du vent et de la pluie.

— Coll, murmura Par.

Les mains de son frère saisirent les plis du manteau d'Ombreur, tremblèrent violemment, puis retombèrent.

Conscient que c'était le moment ou jamais d'aider Coll, Par planta l'Épée de Shannara dans le sol, entre eux, et saisit les mains de son frère, qui ne résista pas.

Par posa leurs mains jointes sur le pommeau de l'Épée.

Je t'en prie, Coll ! Reste avec moi !

Coll semblait voir à travers son frère, comme s'il était un fantôme. Mais l'Épée de Shannara les unissait enfin.

Par aperçut le reflet distordu de son propre visage sur la lame ruisselante de pluie.

— Coll ! cria-t-il.

Son frère sursauta.

Je vous en prie, faites que la magie me réponde ! implora Par. *Je vous en prie !*

— Coll, écoute-moi ! C'est moi ! C'est ton frère !

Sous ses mains, Par sentit les doigts de son frère serrer plus fort l'Épée.

Coll !

Une lueur blanche courut le long de la lame, puis le feu magique jaillit, aspirant Par dans le talisman, où Coll l'attendait déjà. Il sentit qu'il traversait le métal pour être projeté dans un au-delà inimaginable. Le monde d'où il venait – l'humidité, la boue, l'obscurité et le tonnerre – disparut. Il n'y avait plus que la blancheur et le silence. Rien d'autre.

Coll et lui. Seuls...

Par s'aperçut que les plis noirs scintillants du voile-miroir se tordaient comme des serpents. Le manteau était vivant et il luttait contre la force invisible qui menaçait de le déchirer.

Par l'entendit siffler de rage.

L'Épée de Shannara. La magie de l'Épée.

Les pensées de Par s'insinuèrent dans l'obscurité qui s'était infiltrée dans l'esprit de son frère et luttait férocement pour y demeurer.

Écoute-moi, Coll. Écoute la vérité !

Par força son frère à rejeter la magie des Ombreurs. Sans se préoccuper de sa propre sécurité, il oublia tout, sauf sa volonté de libérer Coll. Et la magie de l'Épée lui servait d'armure et de soutien.

Écoute-moi !

Par récita des mots puis leur donna une forme, créant des images qui s'accordaient avec l'intensité de l'Enchantement de Shannara quand il racontait les histoires vieilles de trois cents ans. La vérité envahit l'esprit de Coll comme un raz-de-marée impossible à endiguer. Il vit de quelle manière il avait été perverti. Il comprit ce que le manteau lui avait fait. Il découvrit qu'il avait été envoyé pour nuire à son frère et accomplir quelque sombre dessein dont aucun d'eux n'avait conscience.

Oui, il vit tout ce qui lui avait été caché si soigneusement par la magie des Ombreurs. Et sut ce qu'il devait faire pour s'en libérer.

Par sentit comme une onde de choc les terribles souffrances de son frère. La vie de Coll était à nu devant lui, tourbillon de vérités impitoyables et tranchantes comme des dagues.

Par combattit la panique et resta calme parce que son frère avait besoin qu'il le soit. S'il se laissait gagner par l'angoisse, tout serait perdu...

La vérité qui crépitait dans le feu blanc de l'Épée de Shannara cautérisait leurs plaies, et c'était leur seul espoir de s'en sortir.

Coll bondit en arrière et hurla – un son qui les força à émerger du silence blanc et les ramena au présent, sous l'orage qui se déchaînait comme si la fin du monde était arrivée.

Leurs mains toujours accrochées à l'Épée, les deux frères furent aveuglés par un nouvel éclair. Puis le tonnerre gronda férocement.

Coll Ohmsford lâcha l'Épée, forçant Par à faire de même.

Le porteur du voile-miroir se releva, l'air défait. Mais c'était le visage de son frère que Par avait sous les yeux, pas celui de l'Ombreur qui avait essayé de s'emparer de lui.

Coll arracha le voile-miroir de ses épaules et le jeta sur le sol, où il commença aussitôt à fumer. Des flammes vertes en jaillirent, et il se consuma en quelques secondes.

Par se leva, épuisé mais plus soulagé que jamais dans sa vie. Coll était revenu ! L'Épée de Shannara lui avait montré la vérité sur le voile-miroir et lui avait appris que le seul moyen de s'en libérer était de l'enlever. Coll l'avait fait parce que l'arme lui en avait donné la force.

Mais alors même que la bataille était gagnée, Par se sentit terriblement mal, car une petite voix lui murmurait que la magie aurait dû faire quelque chose de plus.

Il se souvint des récits datant de cinq cents ans – l'époque du premier Ohmsford, Shea. La magie avait accompli quelque chose de différent pour Shea quand il l'avait invoquée. Elle lui avait montré la vérité à son sujet, lui révélant tout ce qu'il avait cherché à cacher, à déguiser et à oublier. L'Épée avait révélé tout cela à Shea pour qu'il s'endurcisse et soit capable de supporter toutes les vérités.

Pourquoi Par n'avait-il rien vu ? Ce soir, seul Coll avait été concerné...

Un autre éclair illumina les silhouettes noires, au sommet de la butte. Cette fois, il n'y avait aucune erreur possible sur leur nature. Par sentit Coll se rapprocher de lui et se préparer au combat. Lui aussi les voyait, maintenant...

Un curieux mélange de désespoir et de fureur envahit Par Ohmsford. Les Ombreurs les avaient trouvés.

Rimmer Dall sortit des rangs de monstres, ses yeux glacés diffusant une lueur rouge sang. Il avança et s'arrêta à une dizaine de pas des deux frères. Sans un mot, il leva sa main gantée et leur fit signe d'approcher. Ce geste disait tout : ils devaient le suivre, car ils lui appartenaient, désormais...

Par entendit sous son crâne les mots du Premier Questeur – aussi clairement que si l'homme avait parlé à voix haute.

Le Valombrien secoua la tête. Il ne viendrait pas, et Coll non plus. Plus jamais !

— Par, murmura Coll, je suis avec toi.

Il y eut un petit bruit quand Coll retira l'Épée de Shannara du sol. Par se tourna vers lui. Son frère tenait le talisman à deux mains et il faisait face aux Ombreurs.

Déterminé à ce que rien ne les sépare de nouveau, Par Ohmsford invoqua l'Enchantement de Shannara, qui répondit aussitôt, avide d'être utilisé et de s'emparer de l'homme censé le contrôler. Mais Par ne devait pas le laisser faire.

En face des deux frères, Rimmer Dall sourit. Les autres Ombreurs commençaient à descendre de la butte, leurs griffes et leurs crocs prêts à tuer. Combien y en avait-il ? Trop ! Trop, même pour la magie capricieuse de l'Enchantement...

Par regarda autour de lui. Ils devraient essayer d'atteindre la rivière, les bois, ou n'importe quel endroit où ils auraient une chance de se cacher.

Comme si un tel refuge existait...

Alors que les éclairs de la magie blanche crépitaient au bout de ses doigts, Par sentit Coll s'appuyer contre lui. Ils restèrent dos à dos tandis que le cercle se refermait sur eux.

Il faut fuir pendant qu'il en est encore temps, pensa Par.

Soudain, une étrange lumière blanche apparut à la base de l'antique chêne. Se balançant doucement à travers le rideau de pluie, elle avança dans les ténèbres.

Les Ombreurs se pétrifièrent, et le vent lui-même sembla se calmer. Rimmer Dall cessa de sourire, et ses yeux froids se rivèrent sur l'endroit où la lumière sortait de la pénombre et révélait la silhouette menue qui semblait la brandir comme une lame.

C'était un jeune garçon, une lampe à la main...

Il avança vers les deux frères, ses yeux noirs incroyablement calmes sous ses cheveux ruisselant de pluie.

Par sentit que la magie de l'Enchantement se dissipait. Ce garçon ne paraissait pas menaçant, et il ne lui faisait pas peur. Regardant Coll, il vit simplement de la surprise dans ses yeux.

Le garçon arriva près d'eux, s'arrêta et ne jeta pas un regard aux monstres qui grognaient dans les ténèbres.

— Vous devez me suivre, si vous voulez être en sécurité, dit-il tranquillement.

Rimmer Dall leva les bras, celui dont la main portait un gant noir se tendant comme pour briser en deux la lumière.

— Vous n'êtes pas d'ici ! siffla-t-il de sa voix rauque. Vous n'y avez aucun pouvoir !

Le garçon se tourna vers le Premier Questeur.

— J'ai du pouvoir partout où je décide d'en avoir... Je suis le porteur de la lumière du Verbe, maintenant et pour toujours.

— Votre magie est vieille et épuisée ! Partez tant que vous le pouvez encore !

Que se passe-t-il ? pensa Par. *Qui est ce garçon ?*

— Par ! haleta Coll.

Le jeune garçon devint soudain un vieil homme frêle et voûté par l'âge qui tenait la lampe loin devant lui comme si sa lumière le brûlait.

— Et votre magie, murmura le vieillard, a été volée. À la fin, elle vous trahira.

Il se tourna de nouveau vers Par et Coll.

— Venez maintenant. N'ayez pas peur. Il reste quelques petites choses que je peux encore faire pour vous, et celle-ci en est une. Vous n'avez pas peur d'un vieillard, j'espère ? D'un ami de tant de membres de votre famille ? Vous me connaissez, pas vrai ? Bien sûr... Bien sûr, que vous me connaissez. Dites mon nom, s'il vous plaît...

— Vous êtes le roi de la rivière Argentée, dirent ensemble Par et Coll.

À cet instant, la lumière de la lampe les enveloppa.

Les Ombreurs attaquèrent, dévalant la pente comme une marée noire. Transformé en une ombre plus rapide que le vent, Rimmer Dall menait la charge.

Des mains d'acier se nouèrent autour de la gorge de Par et de la poitrine de Coll, qui eurent le sentiment d'être avalés vivants par les ténèbres de l'enfer. Perdus un instant dans ce gouffre de pénombre, ils entendirent la voix du roi de la rivière Argentée, qui les ramena vers lui, les arracha à un piège mortel et les emporta loin de l'obscurité.

La voix de Rimmer Dall grinça comme du fer qui racle contre de la pierre, couvrant de nouveau celle du roi de la rivière Argentée.

Par lutta désespérément pour se libérer tandis que le Premier Questeur et l'esprit antique combattaient pour le contrôle de la vie de Coll et de la sienne. Son frère avait été séparé de lui. Il ne le sentait plus à ses côtés. Un moment, il continua à le voir, puis ses traits si familiers disparurent.

— Par, je dois te dire que..., souffla la voix de Coll.

La magie de l'Enchantement de Shannara déferla de nouveau dans le corps de Par, occultant les paroles de son frère.

La lampe du roi de la rivière Argentée repoussait l'obscurité des Ombreurs. Par tendit la main vers la lumière, mais les ténèbres se dressèrent devant lui comme une muraille infranchissable.

Terrorisé, il libéra sa magie, qui sortit de lui tel un torrent que rien ne pouvait endiguer. Elle explosa partout, brûlante et féroce, dévora tout, et, dans sa fureur, s'enroula autour du corps de son maître comme si elle voulait l'étouffer.

Par eut l'impression de jaillir hors de son enveloppe corporelle. Ou de changer de peau, peut-être... En tout cas, il se métamorphosait, et cela n'avait rien à voir avec une illusion.

La lueur de la lampe du roi de la rivière Argentée disparut, et l'obscurité se referma sur lui.

Tout de suite après, il sombra dans l'inconscience.

Chapitre 16

Le Grand Conseil ayant choisi de suivre l'avis de Wren et d'aller à la rencontre de l'armée adverse, Barsimmon Oridio annonça à la reine qu'il faudrait au moins une semaine pour réunir les troupes et collecter les provisions.

Wren décida de partir en avant-garde avec autant d'hommes qu'on pourrait en rassembler en deux jours. Bien entendu, le vieux guerrier affirma qu'il était insensé de lancer une si petite force contre une si grande armée. Qu'arriverait-il si elle était piégée et contrainte de se battre ?

La reine écouta patiemment ces objections, puis expliqua que le but de l'avant-garde n'était pas de combattre l'ennemi, mais de le surveiller et peut-être de le ralentir, parce qu'il saurait qu'il y avait une autre armée sur le terrain. Elle assura Oridio qu'il n'avait aucune raison de s'inquiéter et qu'il pourrait choisir le commandant de cette avant-garde. Bar finit par accepter, se contentant à contrecœur d'une promesse : avant d'attaquer, Wren attendrait qu'il arrive avec le gros de l'armée.

Les elfes qui s'étaient installés dans la campagne environnante furent avertis de l'approche de la Fédération. Ceux qui le désiraient pourraient venir se réfugier à Arborlon. Les autres devaient se préparer à évacuer si l'ennemi enfonçait les défenses elfiques. Des Cavaliers du Ciel furent envoyés vers les zones les plus éloignées et au Nid d'Aigles. Des messagers à pied se chargèrent du reste.

Les familles venues des villages les plus proches d'Arborlon commencèrent très vite à arriver. Wren les installa dans des camps éparpillés sur le promontoire, le plus loin possible des défenses en cours d'érection. Cette fois, il serait impossible d'enfermer la cité derrière des murs. L'elfitch avait été détruit lors de l'attaque des démons, du temps d'Eventine Elessedil, et la Quille avait été abandonnée à Morrowindl. Les nouvelles fortifications ne seraient pas très hautes et ne feraient pas le tour de la ville. Les parois du Carolan et les eaux du Chant du Ruisseau offraient une protection naturelle contre une attaque venue de l'ouest, et de hautes montagnes se dressaient au nord et au sud. Mais la Fédération arriverait certainement par l'est, à travers la vallée de Rhenn. Les défenses principales devraient se situer là.

Wren parla de ces ouvrages avec ses ministres et les commandants de son armée. Des bois épais se dressaient sur tout le chemin qui menait de la ville vers les plaines, à l'est, et la plupart étaient infranchissables par une force importante et lourdement équipée. Tout le monde pensait que la Fédération se fierait au nombre pour écraser les elfes. Du coup, s'éparpiller dans les arbres ne semblerait pas une solution valable à ses commandants. Donc, les assaillants viendraient par la plaine de Rhenn et ils suivraient la route principale qui menait à la cité. Mais ce chemin-là non plus ne serait pas facile. La route n'était plus utilisée depuis des années, et la végétation l'envahissait. En réalité, c'était plus une piste qu'une route. Étroite et tortueuse, elle offrait beaucoup de positions où une petite force pourrait tenir longtemps contre des agresseurs bien plus nombreux. Des fortifications y seraient donc construites un peu partout, avec des pièges et des trappes pour retarder encore l'avance de l'ennemi. Pendant ce temps, le gros de l'armée elfique tenterait de ralentir la Fédération dans les plaines. Sa cavalerie, ses archers et les Cavaliers du Ciel compenseraient un peu l'avantage numérique de l'adversaire. Et si ces tactiques échouaient, une dernière bataille se déroulerait dans la plaine de Rhenn.

Une équipe du génie partit commencer le travail à l'est, et une autre alla fortifier le Carolan. Une attaque par l'ouest était peu probable, mais mieux valait ne rien laisser au hasard.

Pendant ce temps, Barsimmon Oridio se chargea de lever et d'équiper l'armée elfique. Wren le laissa se débrouiller, ravie qu'il ait enfin autre chose à faire que critiquer ses décisions. Elle fit savoir à Triss qu'elle voulait beaucoup de gardes du palais dans son expédition, et informa Ty le Tigre qu'elle emmènerait une dizaine de Cavaliers du Ciel. Les deux forces seraient sous son commandement direct, et elle ne voulait pas d'un affrontement majeur pour le moment...

Wren avait bien réfléchi. Harceler l'armée et la retarder, avait-elle dit au Conseil. C'était tout ce que les elfes pouvaient raisonnablement espérer. Garth lui avait appris ce qu'il fallait savoir sur ce type de bataille. Elle n'en avait rien dit au Conseil, mais la semaine nécessaire pour rassembler et préparer l'armée risquait de tout compromettre. L'avant-garde lui permettrait d'agir plus rapidement, car il fallait perturber l'armée de la Fédération le plus vite possible. Des tactiques non conventionnelles s'imposaient. Pour ça, les gardes du palais et les Cavaliers du Ciel seraient parfaits...

Trois jours après la réunion du Conseil, Wren partit avec une force d'un peu plus de mille hommes : huit cents fantassins, surtout des archers, trois cents cavaliers, une centaine de gardes du palais sous le commandement de Triss, et la dizaine de Cavaliers du Ciel qu'elle avait demandée à Ty. Les Cavaliers étaient dirigés par un vétéran nommé Erring Rift, mais Ty les accompagnait, car personne d'autre que lui, avait-il déclaré, ne conduirait la reine dans les cieux si elle voulait partir en éclaireur.

Les ministres n'aimaient pas que la reine s'en aille avec l'avant-garde, mais la décision de Wren était irrévocable. Elle avait passé sa vie à apprendre à survivre, et le pouvoir des Pierres elfiques serait là pour la protéger. En somme, elle avait moins de raisons de s'inquiéter que la plupart des gens.

Cela dit, certains dignitaires, comme Jalen Ruhl ou Perek Arundel, espéraient peut-être en secret que sa témérité se retournerait un jour contre elle...

Elle nomma Eton Shart chef du Conseil et de la cité. Les ministres ne s'opposeraient pas à lui, et tous les elfes le connaissaient et le respectaient. Il les guiderait d'une main ferme, et Wren était sûre qu'il saurait quoi faire. Son Premier ministre n'était peut-être pas convaincu qu'elle était la reine idéale, mais il avait juré de la soutenir, et elle aurait parié qu'il ne reviendrait pas sur sa parole. Elle était moins sûre des autres, mais Fruaren Laurel semblait lui être fidèle. Au moins, tous seraient prudents à cause d'Eton Shart...

Barsimmon Oridio vint la voir partir. Il assura qu'il la suivrait dans quelques jours et lui rappela sa promesse de l'attendre. Wren sourit et fit au vétéran un clin d'œil qui lui coupa la chique.

Triss et Desidio, le commandant qu'avait choisi Bar, seraient à côté d'elle. Ty le Tigre, lui, était parti en mission de repérage. Les autres Cavaliers du Ciel s'envoleraient à l'aube pour les rejoindre à leur campement, près de la Rhenn.

Les guerriers sortirent sous les acclamations des habitants de la cité venus les voir partir en agitant des bannières.

Wren regarda autour d'elle, très étonnée. Leur départ ressemblait à une fête qui ne présageait en rien des blessures et des souffrances qui les attendaient.

Le premier jour, ils avancèrent rapidement par petites colonnes, pour ne pas se gêner sur la route très étroite. Des éclaireurs postés dans les arbres à intervalles réguliers les avertiraient de tout danger potentiel. Étant dans leur propre pays, les elfes prenaient moins de précautions que lors d'une campagne dans une contrée étrangère.

Wren chevauchait avec Triss et les gardes du palais. Comme sa vie avait changé, depuis qu'elle n'était plus une simple vagabonde ! Parfois, elle mourait d'envie de sauter de cheval et de s'enfuir dans la forêt pour retourner à la vie paisible qu'elle avait toujours connue...

Faun était restée dans les appartements royaux, au deuxième étage du palais. Le Streleheim n'était pas un endroit pour une créature de la forêt, lui avait dit Wren. Mais elle savait que la couineuse était têtue. Elle ne fut donc pas étonnée quand, au moment de la pause de midi, Faun bondit d'un arbre, se jeta sur sa maîtresse et se blottit dans les plis de son manteau. Wren haussa les épaules, acceptant de bon cœur ce qu'elle ne pouvait pas changer.

La chaleur de la fin de l'été étant étouffante et humide, les hommes et les bêtes transpiraient abondamment. Le soir, la colonne campa près d'un ruisseau et d'une mare pour pouvoir se laver et boire en restant à l'abri de la forêt. Desidio envoya une patrouille de cavaliers dans le col pour s'assurer que tout allait bien, puis il s'assit avec Wren et Triss et parla avec eux de la suite des événements.

Ty le Tigre reviendrait bientôt avec des nouvelles. Si l'armée ennemie marchait toujours vers le nord à travers le Tirfing, les elfes prendraient au sud, par les plaines, se fiant aux éclaireurs pour les prévenir des embuscades.

Wren écouta patiemment Desidio, puis annonça qu'elle préférait voyager en terrain découvert pour aller plus vite. Quand ils seraient face à l'armée de la Fédération, ils se serviraient de la forêt pour se cacher et préparer un plan d'action.

Desidio ne parut pas ravi, mais il hocha la tête, se leva et s'éloigna.

Une heure plus tard, Ty fut de retour. Il laissa Esprit un peu en amont sur la piste, afin qu'il ne perturbe pas les chevaux, puis avança vers le camp d'un pas décidé. Wren, Triss et Desidio allèrent à sa rencontre.

Le Cavalier du Ciel leur fit un rapport concis et clair. L'armée de la Fédération avait atteint la Mermidon et commençait à la traverser. Dès le lendemain, les soldats seraient en route vers le nord, car ils avançaient à un très bon rythme.

Wren avait espéré rattraper l'ennemi de l'autre côté de la rivière et l'empêcher de traverser. Mais tout allait beaucoup trop vite...

Elle remercia Ty de son rapport et lui dit d'aller se restaurer.

— Vous pensez que notre armée est trop loin ? demanda Desidio.

— Oui. Nos forces sont encore à une bonne semaine d'ici. Nous ne pouvons pas laisser la Fédération approcher à ce point d'Arborlon...

— Vous avez entendu le général, dit Desidio. Nous devons attendre le gros de l'armée !

Wren haussa les épaules.

— J'ai entendu... Mais il n'est pas là, contrairement à nous...

— Vous avez quelque chose en tête, ma dame ?

— Peut-être... M'écouterez-vous, le moment venu ?

— Vous êtes la reine. Je dois *toujours* vous écouter.

Quand il fut parti, Wren fit un sourire gêné à Triss.

— Il sait ce que j'ai l'intention de faire, pas vrai ?

— Aucun de nous ne devine ce que vous mijotez, ma dame. C'est pour ça que tout le monde a peur de vous...

Wren ne se formalisa pas de cette remarque. Triss pouvait tout lui dire. Ce qu'ils avaient partagé en fuyant Morrowindl l'y autorisait.

Un roulement de sabots attira soudain son attention vers le camp. Certains éclaireurs revenaient, et ils avaient quelqu'un avec eux.

Triss partit au pas de course, et Wren le suivit. Les cavaliers et l'homme qu'ils ramenaient descendirent de cheval et rejoignirent Desidio près du feu.

Puis le vétéran et l'inconnu se dirigèrent vers Wren.

La reine vit que ce n'était pas un homme qui accompagnait Desidio, mais un jeune garçon.

— Ma dame, dit le commandant, c'est un messager des hommes libres...

Le garçon entra dans le cercle de lumière. Blond aux yeux bleus, la peau très claire sous son hâle, il était petit et pas très musclé.

— Je m'appelle Tib Arne, annonça-t-il avec une révérence maladroite. Padishar Creel et les hommes libres m'ont chargé de saluer le peuple elfique et de lui offrir notre soutien contre la Fédération.

— Je suis Wren Elessedil. Comment nous avez-vous trouvés, Tib ?

— C'est *vous* qui m'avez trouvé ! Je suis sorti de Callahorn par l'ouest à la recherche des elfes, mais vous m'avez facilité le travail. Vos éclaireurs attendaient à l'entrée de la vallée quand je m'y suis présenté. On dirait que j'arrive juste à temps pour la bagarre...

— Quelle sorte d'aide les hommes libres nous offrent-ils ? demanda Wren.

À son goût, ce garçon était un peu trop vif d'esprit...

— Moi, pour commencer. Je dois être votre serviteur et votre liaison avec les autres jusqu'à leur arrivée. Les hommes libres se rassemblent dans les dents du Dragon pour marcher vers l'ouest. Ils devraient arriver dans une semaine. Cinq mille hommes et peut-être plus, en comptant leurs alliés...

— Cinq mille hommes ?

— C'est ce qu'on m'a dit. Je suis seulement un messager.

— Bien jeune, pour un tel travail...

— Je ne suis pas aussi jeune que j'en ai l'air ! Et je ne voyage pas seul. Gloon me protège.

— Gloon ?

Le garçon émit un long sifflement. Puis il leva le bras droit, et Wren vit qu'il portait un gant de cuir très épais qui lui couvrait aussi l'avant-bras.

Une créature plus noire que la nuit jaillit de la pénombre et se posa sur le gant du jeune garçon.

Wren recula d'instinct. Cet oiseau ne ressemblait à aucun autre. Plus gros qu'un faucon ou qu'un grand duc, il avait des plumes gris ardoise, des sourcils rouges, une crête qui lui donnait un air féroce, un bec jaune crochu et des serres qui paraissaient bien trop grandes par rapport à son corps.

— Qu'est-ce que c'est ? demanda Wren en espérant que Faun était bien cachée.

— Gloon ? Une pie-grièche de guerre... Un oiseau de proie venu du pays des trolls... Je l'ai trouvé quand il était bébé et je l'ai élevé puis entraîné à chasser. Il s'assure qu'il ne m'arrivera rien de mal.

Wren n'en doutait pas, mais elle n'aimait pas du tout l'aspect de cet oiseau.

— Vous allez manger puis passer la nuit dans le camp, Tib. Mais ne devriez-vous pas repartir demain pour informer les hommes libres de notre position ? Nous aimerions qu'ils arrivent le plus vite possible.

— Ils sont en chemin, et rien de ce que je leur dirai ne les fera avancer plus vite. Quand ils seront plus près, ils enverront un message – un autre oiseau. À ce moment, Gloon les rejoindra. Ils nous trouveront, ne vous inquiétez pas. Mais je dois rester ici pour vous servir, ma dame...

— Vous seriez pourtant plus utile ailleurs, dit Desidio, implacable.

— Mais je ne veux pas repartir ! Je tiens à rester ici. Quelque chose se prépare, n'est-ce pas ? Je veux en faire partie... Vous êtes des elfes, ma reine, et personne n'en a jamais vu ! Vous savez, j'ai dû discuter longtemps pour avoir le droit de venir vous retrouver. Ne me forcez pas à repartir, je vous en prie ! Je peux vous aider, je le sais. Pour vous rejoindre, j'ai fait un long chemin. Laissez-moi rester un peu.

— Et Gloon aussi, je suppose ?

— Gloon se cachera jusqu'à ce que je l'appelle.

Tib leva la main. Aussitôt, la pie-grièche s'envola et disparut.

— Gloon sait s'occuper de lui-même...

Wren regarda Desidio, qui semblait très dubitatif.

— Tib, allez chercher quelque chose à manger, puis couchez-vous, dit Wren. Nous reparlerons de tout ça demain.

Le jeune garçon étouffa un bâillement et emboîta le pas à Desidio.

Ty le Tigre revenait déjà du camp avec une assiette fumante.

— Ce n'était pas une pie-grièche de guerre ? grogna-t-il en rejoignant Wren. De sales oiseaux ! J'ai du mal à croire que le gamin ait pu en dresser un sans se faire arracher la tête...

— Ces oiseaux sont dangereux à ce point ?

— Les pies-grièches sont des tueuses, répondit le Cavalier du Ciel. Elles s'attaquent à tout, même aux félins des landes. On raconte qu'elles servaient autrefois à chasser les humains. On les utilisait comme des assassins... Elles sont intelligentes et cruelles. De sales bêtes, quoi !

— Nous ne devrions peut-être pas en garder une à proximité, dans ce cas...

— Moi, je n'en voudrais pas pour tout l'or du monde ! Maintenant, je vais dormir. Les autres éclaireurs sont revenus il y a une heure. Nous repartirons tous demain matin. Bonne nuit...

Quand le Cavalier du Ciel fut parti, Wren et Triss se regardèrent un long moment.

— Je renverrai Tib demain matin, dit la reine.

Triss hocha simplement la tête.

Wren dormit près d'un feu, se réveilla une fois ou deux et aperçut les gardes du palais qui se reposaient autour d'elle. Couchée dans le creux de son bras, Faun s'agitait beaucoup, comme si elle faisait de mauvais rêves...

Wren tentait de se rendormir quand une gueule hérissée de piquants apparut dans son champ de vision. Elle sursauta, effrayée.

— Hssttt ! Doucement, Wren Elessedil, dit une voix familière.

— Stresa !

Faun se réveilla et couina en reconnaissant le mélanchat, qui siffla pour lui ordonner le silence. Puis il s'assit sur son arrière-train et riva sur Wren ses étranges yeux bleus.

— Vous laisser partir seule ne m'a pas paru une bonne idée...

Wren eut un petit sourire.

— Vous avez failli me faire mourir de peur ! Comment êtes-vous entré dans le camp sans que les gardes vous voient ?

— Jeune elfe, ce ne sont que des hommes ! Ssssttt ! Si vous voulez me lancer un défi, renvoyez-moi sur Morrowindl ! À bien y réfléchir, ne me prenez pas au mot : j'aime beaucoup votre monde, et je m'y sens à l'aise.

Wren serra Faun contre elle pour l'empêcher de s'enfuir.

— Je suis heureuse que vous soyez là. Parfois, je m'inquiète pour vous...

— Et pourquoi donc ? Après Morrowindl, plus grand-chose ne m'effraie. Vous vivez dans un monde agréable, Wren-elfe...

— Pas si agréable que ça, là où nous allons... Vous connaissez notre destination ?

— Hssttt. J'ai entendu... D'autres créatures obscures, les mêmes qu'à Morrowindl... Sont-elles aussi méchantes ? Y a-t-il des monstres comme le ouisteron ?

— Non. Pas encore, en tout cas... Ce sont des hommes, mais bien plus nombreux que nous, et déterminés à nous détruire.

Stresa réfléchit un moment.

— C'est quand même mieux que les monstres.

— Oui. Mais certains de ces hommes fabriquent aussi des monstres.

— Alors, rien n'a changé, je vois... (Le mélanchat hérissa ses piquants et se leva.) Je serai près de vous, mais vous ne me verrez pas. Si vous avez besoin de moi, je viendrai.

— Vous pourriez rester à mes côtés, suggéra Wren.

— Je suis plus heureux dans la forêt. Et plus en sécurité. Mraou ! Vous aussi, vous y seriez plus en sécurité, mais vous ne viendrez pas. Je serai vos yeux. Faites attention à vous, Wren Elessedil. N'oubliez pas les leçons de Morrowindl.

— Je ne les oublierai pas.

Stresa se tourna pour partir.

— Envoyez la couineuse – sssttt – si vous avez besoin de moi, murmura-t-il avant de disparaître.

Wren regarda les ténèbres un moment, Faun blottie dans ses bras. Puis elle se recoucha, sourit et ferma les yeux, rassurée de savoir que le mélanchat serait là pour veiller sur elle.

Elle dormit d'une traite jusqu'au matin.

Chapitre 17

À l'aube, l'avant-garde de l'armée elfique se prépara à repartir. Wren appela Tib Arne et lui annonça qu'elle le renvoyait auprès des hommes libres pour qu'il leur dise de venir aussi vite que possible. Elle lui assura que cette mission était importante, sinon elle l'aurait autorisé à rester. D'ailleurs, il pourrait revenir dès que le message aurait été livré. Tib ne cacha pas sa déception, mais il reconnut que la reine avait raison et promit de faire de son mieux pour que les hommes libres se dépêchent. Malgré ses protestations, Desidio lui fournit une escorte de deux chasseurs. Quand le trio partit pour les plaines de Streleheim, Gloon ne se montra pas, et Wren en fut ravie.

Il fallut aux elfes deux jours pour rejoindre leurs ennemis. Ils voyagèrent vite, se fiant aux Cavaliers du Ciel et aux éclaireurs pour éviter d'être repérés quand ils avançaient en terrain découvert.

Les Cavaliers faisaient régulièrement des rapports sur l'armée des Terres du Sud, qui semblait avoir ralenti. Les soldats avaient mis une journée à traverser la rivière, et une autre à réparer l'équipement abîmé par les eaux. En conséquence, la Fédération n'était pas très loin de la rive nord de la Mermidon quand les elfes arrivèrent assez près pour pouvoir attaquer s'ils le désiraient.

Les Cavaliers du Ciel en informèrent l'armée elfique déployée le long de la lisière de la forêt des Terres de l'Ouest, non loin de l'endroit où la Mermidon formait une boucle en sortant du Pykon. Quand Wren apprit que l'ennemi était à moins de cinq lieues et se rapprochait, elle ordonna à Desidio de renvoyer les elfes sous le couvert des arbres pour attendre la tombée de la nuit. Puis elle réunit les chefs de l'expédition.

— Nous avons un choix à faire, dit-elle.

Ils étaient cinq : Desidio, Triss, Ty, Erring Rift et elle. Grand elfe aux épaules voûtées, à la barbe noire en bataille et aux cheveux rares, Rift avait des yeux sombres comme de l'obsidienne. Puisqu'il dirigeait les Cavaliers du Ciel, sa présence était indispensable. Ty le Tigre était là parce que Wren avait confiance en son jugement.

— Nous les avons trouvés, mais ça ne suffit pas, dit la reine. Maintenant, nous devons imaginer un plan. Je pense que nous avons tous compris que nos adversaires avancent vite et qu'ils sont nombreux. En cinq jours, ils ont traversé la Mermidon, et notre propre armée est encore à une semaine d'ici. La Fédération n'attendra pas son arrivée ! Si rien n'est fait, elle atteindra la Rhenn, et nous devrons livrer notre première bataille là où nous espérions que se déroulerait la dernière.

— La chaleur ralentira peut-être un peu la colonne dans les prairies découvertes, dit Desidio.

— Un feu la ralentirait encore mieux, intervint Rift. Bien dirigé, le vent le pousserait jusqu'aux soldats...

— ... Et dans les forêts des Terres de l'Ouest, fit remarquer Triss.

— Ou il pourrait le renvoyer vers nous, dit Wren. Non, c'est trop risqué, sauf en dernier recours. Mais nous avons un meilleur choix.

— Une attaque, déclara tranquillement Desidio. Ce que vous prévoyez depuis le début, ma dame. Exactement ce que le général m'a interdit de faire...

Wren sourit au guerrier.

— Je vous ai dit qu'un moment viendrait où vous devriez m'écouter. Ce moment est venu, commandant. Je connais vos ordres. Je sais ce que j'ai promis au général Oridio. Je sais aussi ce que je ne lui ai *pas* promis.

» Si nous ne faisons rien, la Fédération atteindra la Rhenn avant nous et nous coincera. Arborlon sera perdue. Personne n'aura le temps de venir à notre secours. Nous devons ralentir cette armée, pour laisser à la nôtre le temps d'arriver là où elle sera utile. Les ordres sont les ordres, commandant, mais sur le terrain, les événements décident de quelle manière ils seront mis en application.

Desidio ne répondit pas.

— Nous avons tous deux promis que l'avant-garde ne se lancerait pas dans la bataille avant l'arrivée du général Oridio. Très bien. Nous tiendrons parole. Mais rien ne lie les gardes du palais, que je commande directement, et les Cavaliers du Ciel, qui sont libres d'agir à leur guise. Nous allons étudier de quelle manière les utiliser contre l'ennemi.

— Une dizaine de Cavaliers du Ciel et une centaine de gardes du palais ? s'étonna Desidio.

— C'est largement suffisant pour ce que je crois qu'elle a prévu, dit Ty le Tigre. Écoutons-la !

— Nous sommes trop peu nombreux pour affronter directement l'armée de la Fédération, déclara Wren. Mais la rapidité et l'effet de surprise joueront pour nous, et ce sont des armes considérables lors d'une attaque nocturne. Les Cavaliers du Ciel peuvent frapper à partir de n'importe quelle direction, et les gardes du palais sont formés à être présents sans être vus. Si nous attaquions de nuit, quand nos ennemis ne s'y attendront pas ? Si nous les frappions là où ils sont vulnérables ?

— Leurs chariots et leurs engins de guerre, dit Triss.

— Oui, et leurs machines de siège ! s'écria Rift.

— Nous pourrons les brûler pendant qu'ils dorment, confirma Ty le Tigre.

— Et même faire plus que ça, ajouta Wren. Nous les perturberons. Nous les effraierons. La nuit, ils ne verront rien. Profitons-en ! Faites tout ce que vous avez suggéré, mais laissez croire à nos adversaires qu'une armée entière les attaque. Frappez ensemble à partir d'une dizaine de directions différentes, puis disparaissez avant qu'ils sachent ce qui est arrivé. Donnez-leur l'impression d'être encerclés. Ils n'iront plus aussi vite après ça... Même quand ils auront réparé les dégâts, ils deviendront plus prudents, et ça les ralentira.

Erring Rift éclata de rire.

— Vous parlez comme une vraie vagabonde ! s'exclama-t-il, enthousiaste. (Puis il ajouta rapidement :) Ma dame...

— Quel sera mon rôle ? demanda Desidio. Et celui de l'avant-garde ?

— Les fournitures et les machines de siège seront à l'arrière de l'armée. Les Cavaliers du Ciel et les gardes du palais viendront par là. Si vous le pouvez, commandant, une attaque de vos archers et de votre cavalerie sur l'avant et les flancs de la colonne ajouterait à la confusion.

— Certes, mais nos opposants seront peut-être mieux préparés que vous le pensez...

— Dans les frontières de leur protectorat ? Sans avoir vu l'ombre d'un elfe pendant leur marche ? Non. En ce moment, ils doivent se demander s'ils auront quelqu'un à combattre !

— Il peut y avoir des Ombreurs avec eux, dit Triss.

— Mais ils seront déguisés en humains, et ils ne voudront pas révéler leur identité aux soldats. Ils tirent les ficelles dans la coulisse. S'ils se montrent, ils paniqueront leur propre armée. Je doute qu'ils prendront ce risque. Ils n'auront même pas le temps d'y penser, si nous les prenons par surprise...

— Nous ne pourrons profiter de la surprise qu'une seule fois.

— Alors, il faudra en tirer le meilleur parti ! Desidio, vous nous aiderez ?

— Vous voulez que je désobéisse aux ordres du général Oridio ? Ils étaient explicites, mais sur le terrain, un commandant garde une marge de manœuvre. De plus, vous avez raison : si nous ne faisons rien, tout est perdu ! Messires, vous êtes tous décidés ?

Tous les elfes hochèrent la tête.

Desidio se tourna vers Wren.

— Alors, je dois faire de mon mieux pour vous épargner le pire, même si ça implique d'aller sur le terrain. Le général n'approuvera pas, mais il comprendra ma logique. Il sait que je n'ai aucune autorité sur les Cavaliers du Ciel ou les gardes du palais... Et encore moins sur vous, ma dame ! Je dois avouer que je suis étonné de m'être laissé persuader si aisément par une si jeune reine...

— C'est le bon sens qui vous a convaincu, commandant, corrigea Wren.

— Alors, tout est réglé ? demanda Ty.

— Sauf la stratégie à adopter, dit Wren. Je vous laisse la mettre au point. Mais sachez que je viendrai avec vous. Non, Ty le Tigre, pas de protestations. Regardez Triss : il n'essaie même pas de me dissuader.

— Quand agirons-nous, ma dame ? demanda Rift, les yeux étincelants.

— Cette nuit, bien entendu. Dès que les soldats seront endormis. Je vais me laver, puis je mangerai un morceau. Informez-moi dès que le plan sera au point.

Wren sourit, satisfaite par le silence qui suivit sa déclaration, puis elle partit sans se retourner.

Même au crépuscule, la chaleur ne se dissipa pas, et l'air devint désagréablement humide. Ce soir-là, les elfes mangèrent tôt et essayèrent de dormir, mais très peu y parvinrent à cause de ces conditions détestables.

Un peu avant minuit, on réveilla les guerriers de Desidio et on leur ordonna de s'habiller et de s'armer. Puis ils partirent discrètement vers la butte, au nord, qui surplombait l'armée endormie de la Fédération.

Wren les accompagna, car elle voulait jeter un coup d'œil au niveau du sol avant de s'envoler avec les Cavaliers du Ciel. Elle se joignit à un détachement de gardes du palais conduits par Desidio et Triss. Tous portaient un uniforme vert et marron de camouflage, des bottes, une ceinture et des gants pour se protéger des broussailles. Wren avait pris un sac à dos pour emmener Faun, qui n'avait pas voulu rester en arrière, et elle avait accroché une bourse en cuir à son cou pour garder les Pierres elfiques à portée de la main. Une paire de longs couteaux pendaient à sa ceinture, et elle avait glissé une dague dans une de ses bottes.

Les elfes chevauchèrent un peu dans la plaine, puis ils continuèrent à pied vers les lignes de guerriers accroupis dans le noir.

Seule avec Triss et Desidio, Wren rampa jusqu'à un endroit d'où elle verrait le camp de la Fédération.

L'armée était énorme. Même après l'avoir observée depuis le ciel, avec Ty, la reine n'était pas préparée à une vision pareille. Le camp s'étendait à l'infini, véritable labyrinthe de feux de cuisson si lumineux qu'ils éclipsaient les étoiles. Wren entendit des soldats parler et rire aussi clairement que s'ils avaient été à côté d'elle. Près des immenses machines de siège stationnaient des dizaines de chariots pleins de fournitures et d'armes. L'odeur de l'huile et de la poix flottait dans l'air. Bien qu'il soit plus de minuit, beaucoup de soldats ne dormaient pas encore, mais marchaient de feu en feu, attirés par le cliquetis des gobelets et la promesse de partager un bon moment avec leurs compagnons.

Wren regarda Triss. La Fédération était persuadée que le nombre mettait ses soldats à l'abri de tout danger.

— Des gardes ? murmura Wren.

Triss désigna du doigt les sentinelles qu'il avait repérées. Il y en avait peu, et elles étaient largement espacées. La reine ne s'était pas trompée : ces hommes ne s'attendaient pas à avoir des problèmes.

Les elfes rampèrent à reculons jusqu'à ce qu'ils soient hors de vue du camp, puis ils se levèrent et rebroussèrent chemin à travers les rangées de cavaliers et d'archers. Quand ils se furent suffisamment éloignés, Wren attira Triss et Desidio à part.

— Approchez-vous le plus possible, commandant, ordonna-t-elle à Desidio. Attendez que les Cavaliers du Ciel frappent à l'arrière. Puis attaquez ! Des archers suivis par des cavaliers, comme prévu... Ensuite, battez rapidement en retraite. Ne courez aucun risque inutile. Nous voulons les convaincre que nous sommes très nombreux...

Desidio hocha sobrement la tête. Il connaissait son travail mieux qu'elle, mais elle était la reine, et il ne se serait pas permis de le lui faire remarquer. Wren sourit, lui prit la main pour lui exprimer sa confiance, puis se tourna vers Triss et s'éloigna avec lui. Ils remontèrent en selle et s'enfoncèrent dans la forêt.

Les Cavaliers du Ciel et les gardes du palais les attendaient dans une clairière. Dans la journée, on avait fabriqué une dizaine de nacelles avec des branches liées par des lanières en cuir. Chacune était assez grande pour contenir dix hommes. Les chasseurs y montèrent, armés d'arcs et d'épées courtes. Chaque nacelle serait transportée par un Roc jusqu'aux plaines, derrière l'armée de la Fédération. Wren rejoignit Ty, déjà installé sur Esprit, et se harnacha. Puis Triss monta dans la nacelle installée devant le Roc.

Quand Erring Rift lança un sifflement modulé, les Rocs décolèrent.

Wren Elessedil fut surprise par la violence du vent lorsque Esprit dépassa la cime des arbres et fonça vers les plaines. Les feux de l'armée adverse furent presque aussitôt en vue, et il semblait y en avoir encore plus que lorsqu'on les voyait du sol. Erring Rift prit la tête, et Grayl, son Roc, dirigea la formation vers le sud, le long de la lisière de la forêt, aussi loin de la lumière que possible. Quand ils furent assez bas, Rift ramena ses compagnons vers les feux de camp.

Dès qu'ils furent aussi près que possible sans risquer d'être vus, les Rocs posèrent les nacelles sur le sol. Les gardes du palais se déployèrent dans la nuit pendant que les grandes créatures redécollaient.

Alors que Wren était toujours assise derrière Ty, les Rocs décrivirent un grand arc de cercle qui les ramena en arrière. Encore quelques minutes pour que Triss règle leur compte aux sentinelles, et le moment serait venu...

Les Rocs tournèrent de nouveau et foncèrent vers le camp de la Fédération. C'était la partie la plus dangereuse de l'aventure – si dangereuse que Ty le Tigre n'avait pas le droit de se mêler au combat. Quoi qu'il arrive, la reine des elfes devait repartir saine et sauve.

Puis tous les Rocs, à part Esprit, plongèrent sur les feux de camp. Des soldats les virent et crièrent, mais ces avertissements arrivaient trop tard. Rasant le sol, les Rocs saisirent entre leurs serres des brandons encore rouges.

Les Rocs virèrent sur l'aile en direction des engins de siège. Les soldats de la Fédération, presque tous réveillés à présent, tentèrent de comprendre ce qui se passait. Mais les Rocs étaient déjà arrivés près des chariots de fournitures, et ils lâchèrent les brandons enflammés. En tombant, ils brûlèrent plus vivement, et leurs cibles prirent feu instantanément. Certains atterrirent sur les bâches en toile, d'autres au sommet des tours de siège, et d'autres encore dans les cuves de poix qui auraient dû servir à enduire de combustible les projectiles des catapultes.

Les cris devinrent des rugissements de fureur. Des voix réclamèrent de l'eau, mais les flammes étaient partout. Les Rocs fondirent sur les hommes qui essayaient d'étouffer l'incendie, les éparpillant sans merci.

Les gardes du palais surgirent de la nuit et criblèrent de flèches les soldats de la Fédération, les abattant avant qu'ils aient eu le temps de sortir leurs armes. D'autres elfes coupèrent les liens des destriers et des animaux de bât, puis les poussèrent dans la nuit. Ensuite, ils renversèrent les sacs de grain et les tonneaux d'eau, tuant sans pitié tous les adversaires qui se dressaient sur leur chemin.

Les soldats couraient partout, frappant tous ceux qu'ils rencontraient, y compris leurs camarades. Les officiers tentaient de rétablir l'ordre, mais ils n'avaient pas beaucoup de succès.

Les chasseurs de Desidio passèrent à l'action. D'abord les archers, puis la cavalerie. De sa position dominante, Wren vit les chevaux des elfes se frayer un chemin parmi les premiers rangs de l'armée ennemie, pénétrer loin dans le camp, puis battre en retraite en écrasant sur leur chemin les feux de camp et les hommes.

Mais l'armée de la Fédération était immense, et l'attaque s'apparentait à une piqûre d'épingle. Des hommes s'étaient déjà regroupés en formation au milieu du camp, où le calme régnait encore, et ils se dirigeaient lentement mais sûrement vers l'origine des troubles.

Wren regarda où étaient ses elfes. Les Rocs repartaient déjà vers le sud, et Ty le Tigre avait fait pivoter Esprit pour qu'il les suive.

La reine sonda les ténèbres, mais elle ne vit aucune trace des chasseurs de Desidio ni des gardes du palais. Les soldats de la Fédération les cherchaient aussi, également en vain. À l'arrière, les chariots et les machines de siège brûlaient, dégageant une chaleur si intense que Wren la sentait de là où elle était. L'odeur de la fumée et des cendres la faisait suffoquer, et les cris des blessés lui perçaient les tympans. Des hommes ensanglantés gisaient un peu partout.

Nous tenons notre victoire, pensa la reine.

Les Rocs retournèrent à l'endroit où ils avaient laissé les nacelles. Les gardes du palais étant déjà installés dedans, les grandes créatures saisirent les harnais, soulevèrent les nacelles et s'envolèrent vers l'ouest, en direction de la forêt.

Quand ils se posèrent de nouveau, Wren appela ses commandants pour faire le compte des pertes. Les Rocs avaient tous survécu à l'attaque. Tous les gardes du palais étaient revenus, sauf un. Et trois guerriers seulement n'avaient pas survécu – des cavaliers tombés de leurs chevaux. On comptait pas mal de blessés, mais un seul dans un état grave. L'attaque était un succès total.

Wren remercia Triss, Desidio et Erring Rift, puis elle ordonna à l'avant-garde de tout remballer. Les elfes se glisseraient vers le nord avant que la Fédération puisse commencer à les chercher, et ils choisiraient un autre endroit où se cacher dans les forêts des Terres de l'Ouest. Au matin, ils enverraient des éclaireurs pour évaluer les dégâts infligés à l'ennemi. C'était un bon début, mais la fin du conflit était encore loin...

Les elfes se congratulaient en faisant leur paquetage. Ils avaient livré leur première bataille sur leur terre natale en plus de cent ans, et ils avaient gagné. La longue nuit de Morrowindl était enfin derrière eux. Beaucoup éprouvaient le sentiment d'avoir été de nouveau libérés.

Wren Elessedil les comprenait. Devenue pour de bon la reine des elfes grâce à cette victoire – la preuve que sa grand-mère et Garth avaient eu raison de lui faire confiance –, elle aussi avait senti quelque chose s'épanouir en elle. Et désormais, les elfes la regardaient différemment. À partir d'aujourd'hui, elle était vraiment une des leurs.

En une heure, tout fut prêt pour le départ. Comme des ombres, les elfes revenus de Morrowindl se fondirent dans la nuit.

Chapitre 18

Après une heure de marche rapide, les elfes passèrent la nuit dans une forêt, au nord du Pykon, qui s'adossait aux bois de Drey et faisait face aux plaines, au sud, où campait la Fédération. Le ciel rougeoyait toujours à cause des incendies, et des cris lointains montaient à leurs oreilles.

Les guerriers dormirent mal, se levèrent à l'aube, se lavèrent, mangèrent et se remirent à l'œuvre. Desidio envoya des cavaliers à Arborlon. Ils devraient rendre compte de l'attaque et transmettre les ordres de Wren à Barsimmon Oridio. Car le reste de l'armée devait prendre la route du sud aussi vite que possible.

Des patrouilles de cavalerie partirent s'assurer qu'aucune autre force de la Fédération – par exemple une garnison sortie d'une des cités de Callahorn – n'était en chemin. Les Cavaliers du Ciel s'envolèrent vers le sud pour évaluer l'impact de l'attaque et tenter de déterminer quand la colonne serait prête à reprendre la route. La journée étant grise et nuageuse, les Rocs voleraient sans être vus sur le fond sombre des montagnes et des forêts.

Après s'être occupés de soigner et de nourrir leurs montures, les elfes nettoyèrent leurs armes et leurs équipements, puis on leur donna l'autorisation de dormir jusqu'à midi.

Wren passa la matinée avec Desidio, Triss et Erring Rift. Ty le Tigre était parti vers le sud avec les autres Cavaliers.

À la fois fatiguée et surexcitée, la reine savait qu'elle avait besoin de quelques heures de sommeil. Mais elle voulait que ses commandants – et surtout Desidio, maintenant qu'elle l'avait gagné à sa cause – commencent à réfléchir à la suite des opérations. Tout dépendait de la réaction de la Fédération, mais il y avait seulement quelques possibilités, et Wren voulait qu'ils les étudient. Avec un peu de chance, l'armée ennemie serait incapable de repartir avant des jours, et cela donnerait au gros des forces elfiques le temps d'atteindre la Rhenn. Mais si les soldats adverses repartaient plus tôt que prévu, Wren et son avant-garde devraient trouver un moyen de les ralentir encore.

Wren n'avait pas l'intention de rester là à ne rien faire ! Ils avaient remporté une victoire sur un ennemi largement supérieur en nombre, et ils devaient pousser leur avantage. La Fédération se méfierait, à partir de maintenant, et il fallait qu'elle ne se sente plus jamais en paix.

Après la réunion tactique, Wren dormit jusqu'à midi. Quand elle se réveilla, Ty et la patrouille de Cavaliers du Ciel étaient revenus avec de bonnes nouvelles. L'armée de la Fédération ne faisait aucune tentative pour repartir. Tous les engins de siège et la plupart des chariots avaient été réduits en cendre. Pour le moment, les soldats semblaient occupés à soigner les blessés, à enterrer les morts et à récupérer ce qu'ils pouvaient dans les carcasses des chariots. Des éclaireurs parcouraient le périmètre, et des patrouilles sillonnaient la région, mais le gros de l'armée tentait toujours de se remettre de l'attaque.

Pourtant, Ty le Tigre n'était pas satisfait.

— Nos ennemis se ressaisiront vite, dit-il à Wren, en privé. Il leur faudra un peu de temps, mais je suis sûr qu'ils réfléchissent déjà à la suite. S'ils sont encore là demain, nous devrons nous méfier, parce qu'ils auront une idée derrière la tête. Vous pouvez me croire !

Wren fit signe qu'elle avait compris puis alla rejoindre Triss en compagnie du Cavalier.

Triss fut d'accord avec l'analyse de Ty. Ils affrontaient une armée expérimentée, et ses chefs devaient travailler dur pour trouver un moyen de reprendre l'avantage.

La reine et ses deux compagnons venaient de finir de manger quand une patrouille arriva, ramenant avec elle un Tib Arne dépenaillé et épuisé. Ce détachement explorait l'extrémité de la Streleheim, vers Callahorn, quand elle avait rencontré le gamin, qui errait dans la plaine à la recherche des elfes. Comme il était seul et blessé, les guerriers l'avaient pris avec eux et ramené au camp.

Très perturbé, Tib parvenait à peine à parler. Wren le fit asseoir et lui nettoya le visage avec un chiffon mouillé. Triss et Ty restèrent avec elle pour écouter ce que le garçon avait à dire.

— Racontez-moi ce qui est arrivé, demanda Wren quand Tib fut un peu remis.

— Je suis désolé d'être dans un si piteux état, ma reine... Mais depuis vingt-quatre heures, je n'ai ni bu, ni mangé ni dormi...

— Pourquoi ?

— Mon escorte et moi avons été attaqués non loin des dents du Dragon. Il faisait nuit, et nos agresseurs étaient une bonne dizaine. Vos hommes se sont battus comme des lions, mais ils ont été tués. Sans Gloon, je serais mort aussi. Mais il est intervenu, et je me suis enfui. Pendant un moment, j'ai entendu les cris de mon oiseau et les hurlements des hommes qui le combattaient. Puis le silence est revenu. Je me suis caché toute la nuit, et au matin, j'ai rebroussé chemin pour essayer de vous trouver. J'avais peur de partir sans Gloon, surtout si d'autres patrouilles me cherchaient...

— La pie-grièche est morte ? demanda Ty.

Tib fondit en larmes.

— Je crois... Je n'ai plus revu Gloon. Je l'ai appelé, mais il n'est pas revenu. Ma dame, je suis désolé d'avoir échoué. J'ignore comment ils nous ont trouvés si facilement. On aurait dit qu'ils savaient où nous étions !

— Ne vous inquiétez pas, Tib, vous avez fait de votre mieux, dit Wren en posant une main sur l'épaule du garçon. Je suis désolée pour Gloon.

— Je sais...

— Vous resterez avec nous, maintenant. Nous trouverons un autre moyen de contacter les hommes libres, ou nous attendrons qu'ils nous trouvent.

Wren demanda qu'on donne à boire et à manger au jeune garçon, puis elle parla en privé avec Ty et Triss.

— Qu'en pensez-vous ?

Triss eut l'air dubitatif.

— Les hommes qui sont partis avec lui étaient expérimentés. Ils n'auraient pas dû être surpris. Je crois qu'ils ont été très malchanceux... Sauf si le gamin a raison, et que quelqu'un les attendait.

— Je vais vous dire ce que je pense, intervint Ty le Tigre. Il est très difficile de tuer une pie-grièche quand on la voit. Alors quand on ne la voit pas...

— Qu'insinuez-vous ? demanda Wren.

— Il y a dans cette affaire quelque chose qui me déplaît. Et ne croyez-vous pas que ce gamin est un messager très bizarre ?

— Il est jeune, c'est vrai. Mais ça peut aider à passer inaperçu... Et il semble avoir confiance en lui. Vous vous méfiez de lui, Ty le Tigre ?

— Je ne dis pas ça... Mais nous devrions être très prudents.

Wren hocha la tête, consciente qu'elle ne pouvait pas rejeter d'emblée les soupçons de Ty.

— Triss ?

Le capitaine des gardes du palais tirait sur le bandage de son bras cassé. Avant l'attaque, on lui avait enlevé son attelle, et il resserrait un nœud défait.

— Ty le Tigre a raison. Être prudent ne fait jamais de mal.

— D'accord. Dites à un garde de surveiller Tib. (Wren se tourna vers Ty.) J'ai quelque chose d'important à vous demander. Je voudrais que vous repreniez le travail là où Tib l'a abandonné. Allez vers l'est avec Esprit. Essayez de trouver les hommes libres et conduisez-les vers nous, s'ils ont des problèmes à nous localiser. Cette mission vous prendra plusieurs jours, et nous ne pourrons pas vous aider beaucoup. J'ignore où il faudrait commencer à chercher, mais s'ils sont vraiment cinq mille, ça ne devrait pas être trop difficile.

— Je n'aime pas l'idée de vous abandonner... Envoyez quelqu'un d'autre !

— Non. Il faut que ce soit vous ! Ne vous inquiétez pas pour moi. Triss et les gardes du palais me protégeront. Tout ira bien.

— Je déteste ça... Mais j'irai si vous me l'ordonnez.

Pensant qu'il rencontrerait peut-être les frères Ohmsford, Walker Boh ou Morgan Leah, Wren les décrivit à Ty et lui donna un moyen d'être sûr de leur identité. Puis elle lui tendit la main et lui souhaita bonne chance.

— Soyez prudente, Wren, dit le Cavalier. Les dangers de ce monde ne sont pas si différents de ceux de Morrowindl.

Wren sourit, puis elle regarda partir son ami.

Les nuages devenaient plus sombres, et il pleuvrait à la tombée de la nuit.

Il nous faudra un meilleur abri. Nous ne pouvons pas rester ici...

— Triss, allez chercher Desidio ! demanda Wren.

Avec un peu de chance, une pluie violente transformerait en bourbier les prairies où la Fédération campait.

Une semaine, implora mentalement Wren, les yeux rivés sur les nuages noirs. *Il suffira de retarder nos adversaires d'une semaine...*

À cet instant, la première goutte de pluie s'écrasa sur le visage de la reine des elfes.

L'avant-garde elfique se rassembla, emballa ses affaires et retourna à l'abri des arbres denses des bois de Drey, où elle attendrait que l'orage passe. Au crépuscule, il pleuvait à verse. Les Cavaliers du Ciel avaient attaché leurs Rocs à l'écart des chevaux, et les guerriers avaient tendu des bâches entre les arbres pour se protéger et préserver leur matériel de la pluie. Les patrouilles étaient revenues, sauf celles qui étaient parties pour Arborlon. Selon leurs rapports, l'armée ennemie était encore loin, et il ne semblait pas y en avoir d'autre.

Les soldats mangèrent un repas chaud, car la fumée de leurs feux serait dissimulée par l'averse, puis ils s'enroulèrent dans leurs couvertures. Préoccupée par tout ce qui pouvait arriver, Wren redouta de rester réveillée pendant des heures, mais elle s'endormit presque aussitôt.

Il pleuvait toujours quand elle se réveilla. Sous le ciel plombé, la terre se transformait en boue.

Il plut tout au long de cette journée et de la suivante. Les éclaireurs partis surveiller l'armée de la Fédération revinrent annoncer qu'elle n'avait pas bougé. Comme Wren l'avait espéré, les plaines détrempées étaient dangereuses, et l'ennemi attendait la fin de l'orage pour repartir. Cela ne voulait pas dire que leurs adversaires ne faisaient rien, mais il n'y avait aucun moyen de vérifier.

Des nouvelles déplaisantes arrivèrent d'Arborlon. Le gros de l'armée elfique ne serait pas prêt au départ avant plusieurs jours, un délai qui compliquait encore la situation.

Wren passa une grande partie de son temps avec Tib, afin de découvrir si les soupçons de Ty étaient fondés. Le garçon était ouvert et joyeux, sauf quand on évoquait Gloon. Encouragé par l'intérêt de la reine, il parla volontiers de lui. Originaire de Varfleet, il avait été recruté par les hommes libres après que ses parents eurent été arrêtés par la Fédération. Depuis, il vivait avec les hors-la-loi. Parce qu'il n'avait pas l'air dangereux et pouvait facilement passer inaperçu, il servait surtout de messager. Déclarant qu'il luttait pour libérer les terres frontalières de la Fédération, il ne mentionna pas les Ombreurs, comme s'il ne les connaissait pas.

Wren écouta attentivement et ne détecta rien de suspect.

Elle demanda à Triss de parler également avec le jeune garçon, et l'opinion du capitaine corrobora la sienne. Tib Arne semblait être fiable. Une fois qu'elle en fut persuadée, Wren ne pensa plus à cette question.

La pluie cessa le troisième jour au milieu de la matinée. Aussitôt, Desidio envoya des éclaireurs vers les plaines, et Erring Rift chargea deux Cavaliers du Ciel d'inspecter le Sud.

Les autres elfes s'installèrent à la lisière de la forêt.

Revenant au milieu de la journée, les éclaireurs déclarèrent qu'il n'y avait rien de nouveau. Un peu plus tard, les Cavaliers du Ciel annoncèrent que l'armée adverse levait le camp.

Wren fit immédiatement venir Erring Rift.

— J'aimerais aller jeter un coup d'œil, lui dit-elle. Pouvez-vous désigner quelqu'un pour me conduire ?

— Et devoir affronter Ty le Tigre si ça tourne mal ? Pas question ! Je vous emmènerai moi-même, ma reine. Si un malheur arrive, je ne serai plus là pour subir l'ire de Ty...

Arrivant sur ces entrefaites, Tib demanda s'il pouvait venir aussi. Wren refusa, mais elle ajouta que ce serait possible une prochaine fois.

Quelques minutes plus tard, le Roc d'Erring arriva en vue de l'armée ennemie. Le rapport était exact : l'armée se préparait à partir. Certaines divisions se dirigeaient même déjà vers le nord. L'attaque des elfes n'avait pas dissuadé la Fédération de marcher sur Arborlon.

Quand Grayl eut dépassé le camp, Rift s'apprêta à le faire virer sur l'aile, mais Wren indiqua qu'elle voulait continuer encore un peu dans cette direction. Si des renforts tentaient de rejoindre l'armée de la Fédération, c'était le moment ou jamais de les repérer.

Ils survolèrent la Mermidon jusqu'à l'endroit où elle sortait du Pykon avant de tourner à l'est, au-dessus du Bord-du-Linceul, en direction de Kern.

Wren vit un rayon de soleil se refléter sur du métal. Alarmée, elle tapota l'épaule de Rift, qui avait également remarqué le phénomène. Intrigué, il guida Grayl vers le côté nord de l'Irrybis, où s'étendait une forêt.

Une créature énorme avançait sous le couvert des bois. Non, plusieurs créatures ! corrigea Wren. Et elles se déplaçaient comme des fourmis géantes à la démarche maladroite.

Wren les vit clairement quand elles se préparèrent à traverser à gué pour continuer leur chemin vers le nord.

Des Grimpeurs. Huit !

Les corps hérissés de piques et d'arêtes coupantes, les pattes et les mandibules d'insectes... Tout était typique du mélange de chair et de fer dû à la magie des Ombreurs.

Wren avait entendu parler des Grimpeurs. Et ce qu'on lui avait dit n'était pas rassurant...

Rift fit enfin virer Grayl, s'éloignant des monstres qui avançaient sur la rive.

Des Grimpeurs étaient venus des Terres du Sud pour aider l'armée de la Fédération ! La réponse des Ombreurs aux elfes qui tentaient de ralentir la force d'invasion.

Wren se souvint de l'histoire que Garth lui racontait quand elle était petite. Cinquante ans plus tôt, les nains avaient tenté de résister à la Fédération. Et ils avaient tenu jusqu'à ce que les Grimpeurs se mêlent à la bataille.

Et maintenant, ces monstres venaient pour les elfes !

Erring Rift se tourna vers la reine, attendant visiblement ses ordres. Accablée par ce qu'elle venait de découvrir, Wren lui fit simplement signe de rentrer au camp.

Chapitre 19

Walker Boh battit des paupières.

La journée était claire comme du cristal, avec un soleil si brillant et des couleurs si vives qu'on en avait presque mal aux yeux. Pas un nuage ne dérivait dans le ciel illuminé par le soleil de midi, et l'herbe pourtant ternie faisait mine de retrouver ses teintes printanières.

Un jour de vie... Un jour où toutes les promesses, tous les rêves et tous les espoirs paraissaient pouvoir se réaliser. Un jour pour penser à la vie, tout ce qui se rapportait à la mort y semblant totalement déplacé.

Walker eut un sourire amer. Il aurait donné cher pour ne rien voir de cette cruelle beauté...

Seul hors de Paranor, côté nord-est, sous une zone du parapet qui formait un surplomb peu profond, il s'était glissé à l'extérieur pendant que les Quatre Cavaliers se rassemblaient devant le portail ouest pour lancer leur défi quotidien. Depuis l'aube, près de six heures s'étaient écoulées, et les Ombreurs ne l'avaient pas découvert.

Walker s'était de nouveau enveloppé d'un sort d'invisibilité. Puisque ça avait marché une fois, avait-il dit à Cogline, il n'y avait pas de raison pour que ça ne fonctionne pas ce coup-ci.

Pour le moment, les événements lui donnaient raison.

Au nord, au-dessus de la cime des arbres, Walker pouvait sonder les plaines désertes de Streleheim. À l'est, il apercevait le col de Jannisson et, au sud, celui de Kennon. Des ruisseaux et des mares scintillaient au milieu des arbres qui entouraient la forteresse, et des oiseaux chanteurs voletaient un peu partout comme des flèches colorées.

Walker Boh inspira à fond. Un jour comme celui-là, tout était trompeusement paisible.

Vêtu de robes grises amples, son capuchon rabattu, ses cheveux noirs pendant librement sur ses épaules, il arborait une barbe bien taillée et soigneusement entretenue. Évidemment, rien de tout cela n'était visible. Pour quiconque serait passé par là – et surtout pour les Cavaliers – il n'était qu'une ombre impossible à dissocier du mur.

Le repos et la nourriture ayant restauré ses forces, les blessures reçues trois jours plus tôt étaient déjà guéries et oubliées. Rien ne comptait plus, à part ce qui devait arriver, ici et maintenant...

On en était au dixième jour du siège des Ombreurs. Et aujourd'hui, Walker avait décidé que ça suffisait.

Il tourna la tête à l'instant où un des Ombreurs arrivait en vue. C'était la Famine, son corps squelettique penché sur sa monture-serpent. Elle passa à quelques pas de Walker et ne le vit pas.

Aujourd'hui, se promit le nouveau druide.

Il sonda la vallée, pensant à l'histoire ancienne et à tous les druides qui étaient avant lui venus à Paranor pour en faire leur foyer. Jadis, ils étaient des centaines, mais ils avaient tous péri – sauf l'un d'entre eux – au moment où le Roi-Sorcier les avait emprisonnés ici, un millier d'années plus tôt.

Le seul survivant, Bremen, avait perpétué la tradition. Dernier détenteur de la magie des druides, il avait longtemps incarné l'ultime espoir des races. Puis il avait disparu, et Allanon était arrivé. Désormais, Allanon n'était plus, et il ne restait que Walker Boh.

La manche vide, du côté de son bras manquant, était pliée et accrochée le long de son flanc. Il tendit la main pour s'assurer que ça tenait bien. Dans ce mouvement, il toucha son épaule et sentit la chair boursouflée du moignon. Ces derniers temps, il avait du mal à se rappeler comment on se sentait quand on avait deux bras. Cela lui semblait étrange, mais il lui était arrivé tant de choses depuis sa rencontre avec l'Asphinx... On ne pouvait pas espérer qu'un homme se souvienne de son ancienne vie, quand il avait tellement changé. Depuis qu'il était devenu leur successeur, il avait oublié jusqu'à la défiance que lui inspiraient les druides, car ceux qu'il méprisait appartenaient au passé. Il avait aussi oublié sa fureur contre le fantôme du Marais. Ce spectre avait fait tout son possible pour le détruire, et il avait échoué. Désormais, il n'aurait pas de deuxième chance. Le fantôme étant une ombre piégée dans un royaume d'ombres, il ne pouvait pas en sortir, et Walker ne retournerait jamais le voir...

Le passé avait également emporté dans l'oubli Pe Ell et le roi de Pierre. Walker avait su survivre face à tous les ennemis qui s'étaient dressés contre lui, les transformant en souvenirs sans grande importance face à ce qui l'attendait maintenant.

Il inspira à pleins poumons, ferma les yeux et se laissa dériver jusqu'au plus profond de lui-même.

La Guerre passa devant lui dans son armure noire scintillante. Walker l'ignora, s'immergea dans un océan de calme intérieur et repassa en revue le plan qu'il avait conçu pendant qu'il guérissait. Cette fois, il ne laisserait rien au hasard. Il n'y aurait pas de demi-mesures...

Walker Boh vaincrait...

... Ou il ne vaincrait pas, et rien n'aurait plus d'importance.

Il ouvrit les yeux et sonda le ciel. Bien que midi fût largement passé, la lumière était encore hésitante, et la chaleur n'avait pas encore donné toute sa mesure.

Une bonne raison d'attendre encore un peu, parce que la lumière et la chaleur lui seraient bien plus utiles qu'aux Ombreurs. C'était pour ça qu'il se plaquait depuis des heures contre la muraille. Au début, il avait prévu de se dissimuler dans les ténèbres. Mais elles étaient l'alliée des Cavaliers, ces créatures nées de l'ombre et qui en tiraient leur force. Walker, avec sa magie druidique, puisait la sienne dans la lumière du soleil.

Aujourd'hui, une ultime épreuve déterminerait qui vivrait et qui mourrait...

Walker se souvint de sa dernière conversation avec Cogline. Alors que l'aube approchait et qu'il s'apprêtait à sortir, le vieil homme était venu le rejoindre.

— Es-tu prêt ? avait-il demandé.

Walker avait hoché la tête. Ensuite, ils s'étaient entretenus de la partie du plan que le nouveau druide avait bien voulu révéler à son compagnon.

— Laisse-moi venir avec toi, Walker.

— Non. Nous en avons déjà longuement parlé...

— Change d'avis, et permets-moi de t'accompagner ! Tu auras besoin de moi.

— Non. Rumeur et vous attendrez ici. Restez près de la porte et aidez-moi à rentrer si mon plan échoue.

— Si ton plan échoue, tu n'auras pas l'occasion d'essayer de revenir ici...

C'était exact, mais ça ne changeait rien. Walker refusait que le vieil homme et le félin des landes sortent avec lui. Il ne voulait pas être responsable de leur vie, alors qu'il aurait déjà assez de mal à se soucier de la sienne...

— Tu crois que je ne sais pas m'occuper de mes vieux os ? Oublies-tu que j'ai survécu pendant des années avant de te rencontrer ? Et il n'y a pas si longtemps, c'est moi qui veillais sur toi !

— Je sais...

— Et si j'étais destiné à prendre soin de toi une fois encore ? Il se peut que tu aies besoin de moi, dehors. Walker, je suis un très vieil homme. Ce qui m'arrivera maintenant ne compte plus tant que ça.

— Ça compte pour moi.

— Ça ne devrait pas ! Et depuis quand m'apprécies-tu à ce point ? C'est moi qui t'ai fourré dans le pétrin. Qui t'a persuadé d'aller au lac Hadeshorn, puis de lire les archives des druides ? Aurais-tu la mémoire courte ?

— Non, je n'ai rien oublié... Mais c'est moi qui ai fait les choix importants – pas vous. Nous avons déjà parlé de tout ça. Vous étiez un pion entre les mains des druides, comme moi. Tout fut décidé il y a trois cents ans, quand Allanon a transmis l'héritage de Shannara à Brin Ohmsford. Vous n'êtes pas responsable...

— Je suis responsable de tout ce qui est arrivé dans ma vie et dans la tienne, Walker Boh ! Jeune, j'ai choisi de suivre la voie des druides, puis j'ai décidé de l'abandonner pour étudier les antiques sciences. Je suis devenu une créature hybride – un druide et un homme – qui prend ce dont elle a besoin en pillant les uns comme les autres. Je suis le lien entre le passé et le présent, le nouveau et l'ancien, et Allanon a pu m'utiliser à cause de ça. Jusqu'à quel point ai-je rendu ta transformation possible, Walker ? Jusqu'où serais-tu allé si je ne t'avais pas poussé sur ce chemin ? Tu ne peux pas me décharger de ma responsabilité en la prenant à ton compte.

— Très bien, je n'essaierai pas de vous décharger, vieil homme ! Mais je ne me déchargerai pas non plus... Vous n'avez pas fait les choix à ma place, et j'y avais déjà réfléchi avant que vous me les présentiez. De plus, sans moi, vous n'auriez pas été le messager élu pour contacter Par et Wren. Mais quoi qu'il en soit, vous m'aiderez davantage en restant ici. Vous avez toujours su déterminer quand il fallait agir et quand il valait mieux attendre. Aujourd'hui, sachez être patient pour mieux me seconder !

Les choses en étaient restées là. Cogline avait attendu jusqu'à l'arrivée des Ombreurs, puis Walker était sorti pour les rencontrer.

Il aurait besoin de toutes ses forces pour survivre, se répéta-t-il alors qu'il guettait l'arrivée du prochain Ombreur. Il devrait être résolu à ne pas laisser les Quatre Cavaliers de l'Apocalypse – la Famine, la Pestilence, la Guerre et la Mort – s'emparer de son âme. Mais aujourd'hui, il incarnait le Destin, et le Destin déciderait du sort de tous les acteurs de ce drame.

Walker leva les yeux quand la Pestilence apparut, puis il se redressa légèrement. Le moment était venu.

Il attendit dans l'ombre du mur pendant que le Cavalier avançait sur sa monture-serpent.

La Pestilence n'avait pas de visage, donc pas d'expression, et Walker ne pouvait pas deviner ce qu'elle pensait.

Il avait d'abord pensé à utiliser le sort d'invisibilité pour échapper aux Ombreurs. Mais ils l'avaient retrouvé si vite, quand il avait tenté de fuir par les souterrains, qu'il était certain d'être repéré s'il s'éloignait trop de la forteresse – son sanctuaire et la source de son pouvoir druidique. Mieux valait utiliser la magie ici et éliminer les Cavaliers une fois pour toutes.

Suivant la Pestilence, il fit le tour des murs dans un silence uniquement troublé par le raclement sur la pierre des griffes de la monture-serpent et le bourdonnement des insectes qui constituaient le « corps » du Cavalier.

Ils quittèrent le mur nord, longèrent le flanc ouest et passèrent devant les portes où les Cavaliers venaient tous les matins lancer leur défi. Walker avait choisi le mur nord pour se cacher pendant des heures parce que c'était le côté le plus frais de l'édifice. Mais il combattrait les Ombreurs devant le mur sud, là où le soleil serait le plus chaud.

Un peu plus loin, la Famine disparaissait dans les ombres du parapet, en direction de l'est.

Sois patient, s'ordonna Walker. *Attends le bon moment...*

Il sentit sa magie se rassembler en lui.

Quand la Pestilence fut à mi-chemin entre la tour de garde la plus proche et les portes sud, Walker frappa. Toujours dissimulé par le sort d'invisibilité, il lança un éclair qui envoya rouler sur le sol le Cavalier et sa monture.

L'Ombreur essayant de se relever, Walker frappa de nouveau et le força à retomber dans la poussière.

Puis il attendit que les autres Cavaliers viennent à la rescousse de leur compagnon.

La Famine arriva la première et se lança dans une charge furieuse. Mais Walker fit tourbillonner sur son chemin un nuage de poussière qui l'aveugla. Et quand elle eut traversé cet écran, elle découvrit que Boh se battait contre la Pestilence, essayant de l'empêcher de se relever.

La Famine tenta de ceinturer Walker au passage, le rata complètement... et bondit sur la Pestilence.

Les deux Cavaliers hurlèrent quand leurs magies se percutèrent. La Pestilence s'écroula, affaiblie par la faim, et la Famine recula, contrainte à vomir par la maladie.

La Guerre arriva de l'ouest, sa massue levée. Sa monture-serpent crachant des flammes, une lueur rouge sortant des fentes de son casque, elle vit Walker, attaqua aussitôt et abattit son arme.

Walker s'étant volatilisé, le coup fit mouche sur la Famine, la traversa et foudroya aussi la monture-serpent.

La Guerre fut soudain enveloppée d'un essaim de mouches empoisonnées.

La Pestilence avait vu Walker Boh esquiver le coup de massue et se jeter sur la Guerre pour l'étrangler. D'instinct, elle avait déchaîné sa sorcellerie sur l'humain. Mais quelque chose était allé de travers, et sa contre-attaque n'avait pas touché la bonne cible.

Toujours aplati contre le mur, Walker dissipa l'image de lui-même qu'il avait générée derrière le mur de poussière et envoya sur la Pestilence un éclair qui la fit tomber de sa monture.

Les « images multiples » étaient un vieux tour que le jeune Jair Ohmsford avait utilisé des siècles plus tôt lors de sa bataille contre les spectres Mords. Grâce à cette ruse, Walker avait forcé les Ombreurs à affronter des illusions et à se jeter les uns contre les autres.

Frappée d'une dizaine de maladies mortelles, la Guerre fit pivoter sa monture. Walker Boh venait de réapparaître et il tentait d'étouffer la Pestilence.

La Guerre chargea, arriva en quelques secondes près du druide et le coupa en deux avec son immense épée.

Bien entendu, la lame traversa la Pestilence et sa monture.

De sa cachette, Walker expédia un jet de flammes sur la Guerre, qui s'écroula. Et quand sa monture tenta de se relever, il la transforma en cendres.

Les monstres reptiliens, avait-il remarqué, n'étaient pas aussi résistants que leurs maîtres. Et les Quatre Cavaliers, s'ils se jouaient de la magie druidique, étaient vulnérables à celle de leurs congénères.

Walker s'était aperçu qu'ils l'avaient toujours attaqué un à la fois, jamais ensemble. Parce que ces Ombreurs étaient mortels pour leurs ennemis, mais également les uns pour les autres ! Imitations ratées d'une antique légende, ils étaient affligés d'une terrible faiblesse.

Walker avait compté sur le défaut de leur cuirasse et sur la lumière et la chaleur, sûrement nocives pour des créatures nées des ténèbres. Et il avait eu raison !

La Guerre s'agitait dans son armure, luttant en vain contre les maladies qui l'assaillaient. La Famine et la Pestilence gisaient sur le sol, immobiles près de leurs montures blessées à mort.

Walker s'écarta du mur. Il restait un Ombreur. Où était...

Une corde noire lestée de poids jaillit hors du nuage de poussière puis s'enroula autour de Walker, le faisant tituber sous le choc.

Il tomba à genoux, puis sur le dos, et vit apparaître la Mort, sa grande faux levée.

Comment l'avait-elle repéré ? Normalement, elle n'aurait pas dû le voir...

Walker se remit à genoux et essaya de se dégager de la corde. La Mort avait dû le voir carboniser la monture de la Guerre et elle avait remonté le jet de flammes jusqu'à sa source.

Walker abandonna le sort d'invisibilité, qui ne lui servait plus à rien, invoqua le feu druidique et déchiqueta la corde de la Mort. Au moment où elle l'atteignait, il se releva, invoqua un bouclier protecteur et dévia le coup de faux.

L'impact l'envoya quand même rouler sur le sol. Se redressant, il se prépara à l'ultime affrontement. Cette fois, les images multiples ne lui serviraient plus à rien. Il était seul face au pire fléau imaginable.

La Mort contre le Destin !

Quand le Cavalier passa à côté de lui, Walker envoya un nouveau jet de flammes. La Mort s'écarta, et sa faux rata de peu sa cible. Mais l'air devint glacial sur le passage de l'Ombreur, et Walker crut qu'il allait s'évanouir.

Il résista, et le feu druidique jaillit encore de sa main tendue. Hélas, la faux le dévia comme une vulgaire lame.

Le feu ne pénétrait pas les défenses de ce Cavalier-là ! Et la Mort venait de repasser à l'assaut, apparemment décidée à renverser Boh puis à le faire piétiner par sa monture. Il modifia aussitôt sa tactique, dirigea son feu sur les pattes du gros reptile et les coupa net.

Le monstre frémit, perdit l'équilibre et s'écroula, enveloppé de flammes. Sa queue frappa Walker à la poitrine, l'envoyant à la renverse.

Une colonne de poussière se mêla à la fumée qui montait du corps du serpent, et tout disparut dans un brouillard aveuglant.

Boh se releva péniblement. La monture agonisait, la respiration de plus en plus courte et sifflante. Mais où était son cavalier ?

La Mort apparut devant l'humain et abattit sa faux. Walker para le coup avec son feu druidique, puis il se releva pour affronter le plus terrible des Cavaliers.

Sa main unique vola vers l'Ombreur et saisit le manche de la faux. Aussitôt, un froid glacial remonta le long de son bras. L'Ombreur baissa la tête, révélant le vide qu'abritait son capuchon – à part deux étranges yeux rouges au terrifiant pouvoir hypnotique.

Walker détourna la tête et fit remonter le feu druidique le long du manche de la faux. La Mort recula d'un bond, lâcha son arme d'une main, frappa son adversaire et le força à reculer aussi.

Walker sentit de nouveau le froid l'envahir. Sa magie s'épuisait, et un coup vicieux à la gorge le contraignit à lâcher la faux puis à tomber à genoux.

La Mort leva son arme pour porter le coup de grâce.

Cogline jaillit de nulle part, semblable à un épouvantail avec ses robes en haillons et ses cheveux en bataille. Saisissant le manche de la faux, il dévia le coup, et la pointe de l'arme s'enfonça dans le sol à côté de Walker.

Le nouveau druide roula sur le côté et essaya de se relever tout en criant quelque chose au vieil homme. Mais Cogline s'était jeté sur l'Ombreur, le forçant à reculer. Une main sur la gorge du vieillard, l'autre sur le manche de sa faux, l'Ombreur leva le bras pour frapper.

Cogline se battait avec l'énergie du désespoir, mais l'Ombreur était trop fort pour lui. La Mort le força à se pencher en arrière et à exposer sa gorge.

Échappez-vous ! supplia mentalement Walker, incapable de parler. *Cogline, éloignez-vous !*

Il se releva en titubant et mobilisa ses dernières forces.

Alors que son corps fragile semblait sur le point de se briser en deux, Cogline glissa une main dans sa poche, la ressortit et jeta sur le Cavalier une poignée de la poudre noire dont il ne se séparait jamais.

À cet instant, la faux s'abattit.

La poudre explosa, envoyant voler dans les airs l'Ombreur et son adversaire. Walker recula d'abord d'instinct, puis il fonça en avant et invoqua le feu druidique. La Mort se relevait déjà, sa silhouette noire léchée par les flammes. La faux gisait à côté d'elle, brisée en deux, et les yeux écarlates du Cavalier brillèrent comme jamais quand il se pencha pour tenter de ramasser un des morceaux.

Walker envoya un jet de flammes directement sur le capuchon. La Mort recula, mais il continua à la bombarder sans relâche. Quand elle voulut fuir, il la rattrapa sans peine, enfonça son poing dans le capuchon et déchaîna toute la magie qui lui restait.

La Mort explosa.

Walker recula, soustrayant son bras à la fournaise. La lumière et la chaleur venaient de le sauver, car les Ombreurs ne pouvaient pas leur résister.

Recroquevillée dans la poussière, la Mort finissait de se consumer.

Walker vint s'agenouiller près de Cogline, le retourna sur le dos et lui soutint délicatement la tête. La barbe et les cheveux carbonisés, le vieil homme saignait de la bouche et du nez. Il s'était tenu trop près de l'explosion pour s'en tirer. Certain d'y laisser aussi la vie, il avait quand même utilisé la poudre.

— Walker ? souffla-t-il en ouvrant les yeux.

— Je suis là... C'est fini, vieil homme. Tous les Cavaliers sont morts.

— Je savais que tu aurais besoin de moi.

— Et vous aviez raison.

— Non, tu m'as mal compris... Je le *savais*, Walker ! (Cogline cracha du sang, puis parvint à reprendre son souffle.) On me l'avait dit ! Allanon, au lac Hadeshorn, m'a prévenu que mon séjour sur cette terre se terminait... Tu te souviens ? Je t'ai répété seulement une partie de ce que j'ai appris ce jour-là. Tout ce qui concernait les archives des druides... Mais il y avait autre chose. Tu aurais besoin de moi, m'a-t-on dit, et j'aurais un peu de temps à passer avec toi dans Paranor. Celui qu'il faudrait pour t'être utile une dernière fois...

Le vieil homme toussa et se tordit de douleur.

— Tu comprends ?

Walker se rappela que le vieillard lui avait paru distant et renfermé. Quelque chose avait changé, mais il n'avait pas pris le temps de découvrir quoi, car il était trop occupé par sa lutte contre les Ombreurs. Maintenant, tout devenait clair. Cogline savait que sa vie se terminerait bientôt. Allanon lui avait offert un répit, mais c'était tout. La magie des archives l'avait sauvé à la Pierre d'Âtre pour qu'il puisse venir mourir à Paranor. Un sacrifice que le vieil homme avait consenti de bon cœur.

Là où la faux l'avait blessé, des cristaux de glace se mêlaient aux fibres des vêtements de Cogline.

— Vous auriez dû me le dire, souffla Walker.

Des larmes lui montèrent aux yeux, venues d'il ne savait où. Autrefois, il avait été capable de pleurer. Pourquoi le pouvait-il de nouveau en cet instant ? Il l'ignorait, mais il aurait juré que c'était la dernière fois de sa vie.

Au prix d'un terrible effort, Cogline secoua la tête.

— Un druide ne dit jamais ce qu'il n'est pas obligé de révéler. (Il toussa de nouveau.) Tu le sais aussi bien que moi...

Incapable de parler, Walker Boh regarda le vieil homme.

— Tu m'as toujours dit que je savais quand je devais agir et quand je ne devais pas. Et tu avais raison...

Cogline déglutit une dernière fois, écarquilla les yeux et cessa de respirer.

Walker continua à le regarder et pensa – une amère consolation – qu'Allanon venait d'utiliser le vieil homme pour la dernière fois.

Il ferma les yeux aveugles de son ami.

Restait à voir si Allanon l'avait sacrifié à bon escient...

Chapitre 20

Walker Boh enterra Cogline au pied de Paranor, dans une clairière abritée par des chênes et des noyers dont les branches feuillues jetaient des ombres sur les fleurs des champs et les herbes verdoyantes. Ce lieu lui rappelait les vallons encaissés de la Pierre d'Âtre où ils avaient tous les deux aimé se promener. Il choisit un endroit, au centre de la clairière, d'où les flèches de Paranor étaient bien visibles. Cogline, qui avait toujours pensé être un druide raté, était pour de bon revenu chez lui.

Quand il eut terminé, Walker resta dans la clairière. Il se sentait épuisé, mais ses blessures les plus profondes étaient invisibles, et il tirait un certain réconfort d'être dans la forêt, protégé par les arbres antiques. Des oiseaux chantaient, une brise agitait les feuilles et les herbes et un ruisseau gazouillait. Des sons rassurants et paisibles...

Walker n'avait pas envie de retourner tout de suite dans Paranor, et il lui répugnait de revoir les restes calcinés des Cavaliers et de leurs montures. Il aurait voulu effacer tout ce qui était arrivé dans sa vie, comme de la craie sur un tableau noir, et repartir de zéro. Il y avait en lui une amertume qui refusait de le quitter et le rongeait de l'intérieur. Ce sentiment avait de nombreuses sources, mais il était surtout dirigé contre lui-même. Comme s'il était un étranger sorti de nulle part, un homme qu'il reconnaissait à peine, un pion bien trop docile entre les mains d'hommes morts depuis mille ans.

Il resta assis dans la clairière près du ruisseau, les yeux rivés sur le rectangle de terre fraîchement retournée où Cogline dormait de son dernier sommeil. Il se força à se souvenir du vieil homme. Son amertume avait besoin d'un baume, et penser à un ami le lui fournirait peut-être...

Il prit le temps de se passer un peu d'eau fraîche sur le visage pour se débarrasser de la poussière, des cendres et du sang, puis il se plaça dans un carré de soleil et laissa ses pensées dériver.

Walker se souvenait de Cogline comme d'un professeur. Et surtout comme de l'homme qui était venu vers lui quand sa vie était plongée dans la confusion, alors qu'il avait abandonné les races pour vivre à la Pierre d'Âtre, où personne ne murmurerait sur son passage ni ne l'appellerait l'Oncle Obscur. À cette époque, la magie était un mystère pour lui, l'Enchantement de Shannara transmis par Brin Ohmsford devenant un enchevêtrement de fils qu'il ne pouvait pas dénouer. Cogline lui avait montré des façons de maîtriser le pouvoir, afin qu'il ne se sente plus sans défense devant lui. Il lui avait appris à donner un sens à sa vie, pour qu'il soit le maître de la force nichée en lui. Il lui avait permis de se débarrasser de la peur et de la confusion, et lui avait rendu le sentiment d'avoir un but et de se respecter lui-même.

Le vieillard avait été son ami. Au fond, il s'était occupé de lui comme un père. Il l'avait instruit et guidé, répondant toujours « présent » lorsqu'il avait besoin de lui. Même quand Walker était devenu adulte, un moment où les pères et les fils doivent se considérer comme des égaux sans jamais le croire tout à fait, Cogline était resté proche de lui de toutes les manières possibles. Ils s'étaient affrontés, accusés, défiés de faire ce qui semblait juste et non ce qui était facile. Mais ils n'avaient jamais abandonné ni oublié l'autre. Et ils n'avaient pas renié leur amitié. Penser à tout ça aidait beaucoup Walker, aujourd'hui...

Parfois, il était facile d'oublier que le vieil homme avait vécu bien d'autres vies avant celle-là – certaines dont Walker avait à peine entendu parler. Cogline avait été jeune. Comment étaient les choses pour lui, à cette époque ? Il ne le lui avait jamais dit. Il avait étudié avec les druides – avec Allanon, Bremen, et peut-être avec ceux qui les avaient précédés, même s'il ne l'avait jamais mentionné. Quel âge avait-il ? Combien de temps avait-il vécu ? Walker s'avisa soudain qu'il l'ignorait. Cogline était déjà vieux quand Kimber Boh était encore enfant, au moment où Brin Ohmsford était venue dans les étendues Sombres à la recherche de l'Ildatch, trois cents ans plus tôt. Le vieil homme lui avait parlé de cette période de sa vie, de l'enfant qu'il avait élevée, de la folie qu'il avait feinte, puis endossée comme un vêtement seyant. Il avait quand même conduit Brin et ses compagnons à la Maelmord pour qu'ils anéantissent les spectres Mords. Walker avait entendu ces histoires, mais ce n'était qu'un tout petit morceau de l'existence du vieil homme – un jour dans une année. Et le reste ? Quelles parties de sa vie Cogline ne lui avait-il pas révélées ? Et maintenant, elles étaient perdues à jamais...

Mais le vieil homme n'avait pas craint de les perdre, et Walker ne pouvait pas lui en vouloir de les avoir tenues secrètes. Il en allait ainsi pour tout le monde. Tous les gens cachaient une partie de ce qu'ils étaient et de ce qu'ils avaient vécu. Quand ils mouraient, ces moments devenaient des trous noirs dans la mémoire des survivants, et les choses devaient en aller ainsi...

Walker revit le visage barbu du vieil homme et il entendit le son de sa voix dans le silence. Cogline avait vécu plus longtemps qu'il l'aurait dû afin de venir à Paranor et de la voir réintégrer le monde des hommes. Il était mort de la manière qu'il avait choisie, donnant sa vie pour que Walker garde la sienne. Regretter cette fin aurait été mal, parce que cela aurait diminué la valeur du sacrifice. Cogline avait vécu pour voir Walker devenir le druide que lui n'avait jamais été. Il avait vécu pour le voir passer des rêves envoyés par Allanon à la maîtrise de l'héritage de Brin Ohmsford. Que ce soit bien ou mal, Walker avait accompli tout ça grâce à Cogline.

Une partie de l'amertume de Boh se dissipa. Ce sentiment ne servait à rien, pas plus que les regrets. Si son avenir devait avoir un sens, Walker avait besoin d'équilibre et de logique. Il pouvait – et devait – se souvenir. Mais il fallait que sa mémoire soit une source d'énergie et d'inspiration, pas un boulet à traîner.

Il repensa aux druides, à leurs machinations et à la façon dont ils avaient modelé l'histoire des races. Maintenant, il avait la possibilité de faire mieux que ceux qu'il s'était montré si prompt à critiquer. Il devait tirer le meilleur parti de cette situation. Cogline se serait attendu à ce qu'il le fasse.

Le soleil se couchait quand Walker se leva et se recueillit une dernière fois devant le carré de terre où reposait le vieil homme. Cogline n'était plus, mais Walker Boh restait en vie. Il prendrait exemple sur un ami dont la force, la résolution et le courage avaient été hors du commun. Et il garderait à jamais son souvenir dans son cœur.

Quand la lumière vira au pourpre et à l'écarlate dans la brume vespérale, Walker sortit de la forêt et reprit le chemin de Paranor.

Cette nuit-là, Walker Boh rêva d'Allanon.

C'était la première fois depuis la Pierre d'Âtre. Son sommeil étant profond, le songe ne le réveilla pas. Épuisé par la lutte contre les Ombreurs, il avait très peu mangé. Puis il s'était baigné, changé, et avait bu une chope de bière dans le bureau favori de Cogline. Rumeur s'était couché à ses pieds, levant de temps en temps ses yeux lumineux comme pour demander où était passé le vieil homme. Quand il s'était senti si fatigué qu'il ne tenait plus debout, Walker était allé dans sa chambre. Une fois au lit, il s'était endormi comme une masse.

Le rêve était venu très vite.

En pleine nuit, Walker marchait seul sur la roche noire brillante qui couvrait le sol de la vallée de Schiste. Dans le ciel dégagé, la pleine lune brillait près des crêtes déchiquetées des dents du Dragon. L'air sentait bon, et une brise lui caressait le visage. Walker était vêtu de noir – une robe à capuchon, une ceinture et des bottes... Un druide qui suivait le chemin des druides d'antan. Il ne se demandait plus qui il était, ne se posait plus de questions sur son passé ou son avenir. Le nouveau maître de Paranor et le serviteur des races, voilà ce qu'il était devenu. Un sentiment exaltant, bien qu'un peu étrange...

Il s'approcha du lac Hadeshorn, dont les eaux noires brillaient sous le ciel nocturne. La pierre crissait sous ses pas, l'unique son qui troublait le silence. Walker aurait pu être seul dans le monde, tel un immortel gardien du vide.

Il atteignit le lac Hadeshorn, s'arrêta, leva sa main unique et rabattit le capuchon de sa robe. La tête nue, il attendit.

Très vite, le lac bouillonna. Walker comprit ce qui se passait. L'Hadeshorn siffla, des geysers en jaillirent puis un gémissement monta des eaux. Des voix prisonnières dans un endroit lointain suppliaient pour être libérées. La vallée frémit comme si elle reconnaissait les cris. Walker Boh, lui, ne bougea pas.

Puis Allanon émergea des eaux noires. Un fantôme enveloppé dans un manteau à capuchon gris venu de l'au-delà pour parler à l'homme choisi pour être son successeur. Sa silhouette frémit en s'élevant, translucide sous les rayons de la lune, car la chair et les os de son corps étaient redevenus poussière depuis longtemps.

Frôlant l'eau, il resta immobile face à Walker Boh.

— Allanon, dit l'Oncle Obscur d'une voix qui lui parut étrangère.

— *Vous avez bien agi, Walker Boh.*

— Pas si bien que ça, mais à peu près correctement... J'ai fait ce qu'il fallait : abandonner l'homme que j'étais pour devenir celui que vous vouliez que je sois. J'ai été furieux, au début, mais maintenant, c'est terminé.

Les eaux du lac bouillonnèrent de nouveau quand l'ombre avança.

Elle s'arrêta à trois pas de Walker.

— *La vie est la période pendant laquelle on choisit, Walker Boh. La mort nous permet d'y repenser et de faire le point. Parfois, les souvenirs de nos actes ne sont pas très agréables.*

— Je sais qu'il doit en être ainsi.

— *Êtes-vous triste pour Cogline ?*

Walker fit oui de la tête.

— Mais ça aussi, c'est derrière moi. Ses choix étaient les bons. Même le dernier.

— *Je n'ai pas pu le sauver. Même les druides n'ont pas le pouvoir d'arrêter la mort. Bremen m'a prévenu quand mon temps était près de s'achever. C'est moi qui ai averti Cogline. Je lui ai fourni toute l'aide possible. Une chance de revenir dans les Quatre Terres avec Paranor et de vous aider une dernière fois à combattre les Ombreurs. C'était tout ce que je pouvais faire.*

Walker repensa à la dernière bataille de Cogline. La Mort l'avait emporté, mais elle avait dû se plier aux conditions qu'il lui avait dictées.

— *Si je pouvais, je vous rendrais tous ceux que vous avez perdus, Walker. Mais c'est impossible. Je ne peux pas ranimer ce qui est révolu, ni vous épargner de futurs déchirements. Tout au long de sa vie, un druide voit de nombreuses personnes aimées le quitter.*

Dans le rêve, la vallée était obscurcie par une brume où tourbillonnaient des visages inconnus. Alors que des voix appelaient, riaient ou pleuraient, le temps s'étira, les heures devinrent des jours, les jours se transformèrent en années, et Walker resta au bord de l'eau, éternellement seul.

— *Il en ira ainsi pour vous. Souvenez-vous...*

Mais l'Oncle Obscur n'avait pas besoin de cet avertissement. Il avait en lui tous les souvenirs d'Allanon et des druides qui l'avaient précédé. Il savait à quoi sa vie ressemblerait. Et il comprenait ce qu'il devrait affronter.

— *Souvenez-vous...*

Le murmure de l'ombre arrêta de nouveau le temps, et la vallée de Schiste revint dans le champ de vision de Walker.

— Pourquoi suis-je ici, Allanon ?

— *Vous êtes complet, maintenant. Vous êtes devenu l'homme que vous étiez censé être, donc tout est accompli. Vous portez le manteau des druides à ma place. Emmenez-le loin de Paranor, dans les Quatre Terres. Là-bas, on a besoin de vous.*

— Je sais.

L'eau siffla et bouillonna comme si elle lançait un appel impérieux. L'ombre d'Allanon baissa la tête.

— *Vous ne savez rien ! Vous êtes transformé, Walker Boh, mais c'est seulement le début. Vous êtes devenu un druide, oui, mais « devenir » n'est pas « être ». Vous êtes le protecteur des races, Oncle Obscur ! Ceux dont vous avez autrefois voulu vous couper sont désormais sous votre responsabilité. Ils attendent...*

— D'être libérés des Ombreurs.

— ... *Que vous leur montriez* comment *être libres ! Que vous les mettiez sur le chemin. Que vous les guidiez hors des ténèbres...*

— Mais je ne connais pas le chemin qui mène à la lumière !

La surface du lac bouillonna, et l'air s'emplit d'une brume qui se déposa sur le visage de Walker. Toucher les eaux de l'Hadeshorn était mortel, mais pas pour lui. Car les druides avaient découvert des secrets qui leur permettaient de transcender la mort.

— *Vous trouverez un moyen ! Walker, vous détenez la force et la sagesse de tous ceux qui vous ont précédé. Sortez de Paranor et rejoignez les autres enfants de Shannara. Chacun de vous a été chargé de remplir une mission. Et chacun de vous l'a remplie. Vous êtes les porteurs des talismans qui vous soutiendront.*

— Quel talisman ai-je donc ?

— *Le plus puissant de tous : le manteau de druide que vous avez accepté de porter. Il ne se voit pas, mais il est toujours là, et il vous appartient. Son pouvoir augmente chaque fois que vous l'utilisez. Réfléchissez, Walker Boh ! Avant de combattre et de détruire les Cavaliers, vous étiez moins puissant que maintenant. Il en ira de même pour chaque défi que vous relèverez. Vous êtes encore un enfant qui commence à peine à découvrir ce que cela signifie d'être un druide. Avec le temps, vous grandirez.*

— Mais pour le moment ?

— *Les missions suffiront. Elles ont rapporté des talismans, et ils sont les dépositaires de la magie. Combiné à la connaissance, le pouvoir provoquera la fin des Ombreurs. Il en allait ainsi la première fois que je vous ai parlé. Il en va toujours ainsi. Si je pouvais, je vous donnerais plus. Mais je vous ai offert tout ce que je possède et tout ce que je sais. Souvenez-vous, Oncle Obscur ! J'ai quitté votre monde pour en habiter un autre. Dépourvu de substance, je vois imparfaitement, là où je suis maintenant. J'aperçois les ombres de ce qui pourrait être, et je dois m'y fier. Votre vision est bien supérieure à la mienne. Partez, Walker ! Rejoignez les descendants de Shannara et découvrez ce qu'ils ont fait. Dans leurs histoires et dans la vôtre, vous trouverez ce dont vous avez besoin. Vous devez le croire...*

Walker ne dit rien. Une fois de plus, on lui demandait d'agir en croyant aveuglément à il ne savait trop quoi. Mais c'était ce qu'il faisait depuis que les rêves l'avaient visité pour la première fois et qu'il avait été persuadé de voyager jusqu'au lac Hadeshorn pour y rencontrer Allanon. Était-il si difficile d'accepter de se laisser guider par la foi ?

— Oui, je le crois, dit-il enfin.

Et il était sincère.

— *Walker Boh...*

La voix de l'ombre vibrait de regrets que les mots ne pouvaient pas exprimer.

— *Trouvez les enfants de Shannara. Vous détenez la sagesse dont ils ont besoin. N'échouez pas !*

— Non, promit Walker. Je n'échouerai pas.

— *Éliminez les Ombreurs avant qu'ils détruisent totalement les Quatre Terres. Je sens la maladie se répandre jusqu'ici. Ils volent la vie de la terre. Arrêtez-les, Walker Boh !*

— Oui, Allanon. Je le ferai.

— *Alors, inclinez-vous devant moi, Oncle Obscur. Inclinez-vous une dernière fois avant de partir. L'aube approche, et nos chemins vont se séparer. Écoutez la dernière chose que j'ai à vous dire, et laissez votre sagesse et votre raison deviner ce que nous ignorons encore tous les deux. Penchez-vous vers moi, Walker Boh, et écoutez...*

Walker attendit, les yeux baissés sur le reflet de la lune et des étoiles dans les eaux du lac.

Puis il sentit l'ombre effleurer sa peau et ne put s'empêcher de frissonner.

Il se réveilla à l'aube, quand la lumière s'infiltra sous la porte de sa chambre. Restant immobile un moment, il pensa au rêve et à ce qu'il lui avait montré. Allanon lui avait envoyé ce songe pour qu'il sache où commencer sa nouvelle vie. Ce rêve l'encourageait à tout tenter pour trouver Par et Wren, et il lui donnait aussi des raisons de croire en lui-même. Accepter ce qu'il était devenu serait possible s'il avait une chance de libérer les races de l'emprise des Ombreurs.

« Trouvez les enfants de Shannara. N'échouez pas ! »

Walker se leva, fit ses ablutions, s'habilla et prit son petit déjeuner sur les remparts. Il pensa de nouveau à Cogline et à tout ce qu'il lui avait apporté. Puis il se récita mentalement la litanie de règles et de connaissances que sa transformation en druide lui avait apprise – bref, toute l'histoire des druides d'autrefois.

Enfin, il se remémora le rêve et réfléchit aux secrets qu'il lui avait révélés, surtout quand Allanon l'avait touché pour la dernière fois. Ce qu'il avait appris lui permettait d'apporter des débuts de réponse à des questions qui l'avaient dépassé jusque-là. L'histoire des Quatre Terres, depuis le premier Conseil, à Paranor, était la toile de fond de ce qui arrivait maintenant. Les événements des dernières semaines donnaient de la couleur et une forme à ce canevas. Le rêve et les intuitions qu'il en avait retirés l'aidaient à tout mettre en place dans ce décor.

Pourtant, il ignorait encore pourquoi Wren avait été chargée de ramener les elfes. Et dans quel but Par avait été envoyé chercher l'Épée de Shannara.

Enfin, il lui restait à découvrir au sujet des Ombreurs une vérité qu'il pressentait terrifiante.

Après avoir mangé, il descendit dans les profondeurs de la forteresse, Rumeur sur les talons.

Il avait décidé d'amener le félin des landes avec lui. Après tout, Cogline le lui avait donné, et il était maintenant sous sa responsabilité. L'animal ne pouvait pas rester enfermé dans la forteresse, et leur complicité muette se révélerait sans doute utile.

Walker sourit. Tout ça n'était que des excuses. En réalité, Rumeur se substituerait à l'ami qui lui manquait tant depuis la mort de Cogline.

Une fois dans le puits de la forteresse, Boh posa les mains sur les murs de pierre et sentit la vie qui résidait à l'intérieur. La magie lui obéissant, il érigea une barrière afin que nul ne puisse entrer dans Paranor jusqu'à son retour.

Puis il sortit de la forteresse et s'enfonça dans la forêt. Rumeur le suivit, content d'être à l'air libre et de chasser, mais ne le quittant jamais très longtemps.

Walker ne se retourna pas quand ils passèrent près de la tombe de Cogline. Il avait fait ses adieux au vieil homme, et recommencer ne lui apporterait rien.

Au crépuscule, Boh et Rumeur s'engagèrent dans le col de Kennon où brûlaient déjà les feux de garde des soldats de la Fédération. À minuit, le druide et le félin traversèrent le camp sans être vus et continuèrent leur chemin vers le sud.

Chapitre 21

Les nuages noirs qui avaient inondé les elfes et l'armée de la Fédération s'accumulaient toujours à l'horizon occidental le matin où deux femmes en haillons firent entrer leur vieux père aveugle par les portes de Tyrsis en même temps que des légions de colporteurs. Comme la plupart des autres, ce petit groupe avait passé la nuit devant les portes. Tout le monde voulait entrer le plus tôt possible pour s'arroger les meilleures places sur le marché en plein air.

Les deux femmes avancèrent aussi vite qu'il était possible en soutenant le vieil homme.

Les gardes de la Fédération postés à l'entrée refoulaient toutes les personnes qui leur semblaient suspectes. Se soucier des gens qui entraient dans la cité les déconcertait. Ces derniers temps, ils avaient plutôt dû surveiller ceux qui en sortaient. Mais Padishar Creel, le chef des hommes libres, devait être exécuté le lendemain à midi, et la Fédération redoutait une tentative de sauvetage. On estimait que toute attaque échouerait, parce que la garnison de la ville comptait environ cinq mille hommes, et que les mesures de sécurité étaient extraordinaires. Mais comme il ne fallait rien laisser au hasard, les gardes avaient ordre de vérifier l'identité de chacun.

Un peu au hasard, ils choisirent d'examiner de plus près les deux femmes et le vieil aveugle. Leur chef avait décidé de procéder ainsi, car ils ne pouvaient pas arrêter tout le monde, faute de temps. Le trio fut donc isolé au centre de la cour et dûment interrogé.

— Vos noms ? demanda l'officier de service.

— Asra, Wintah, et notre père, Criape, dit la femme aux cheveux roux crasseux.

Elle avait des pustules sur le visage et puait la poubelle.

L'officier regarda l'autre femme, qui ouvrit la bouche, révélant des dents noircies dans un orifice béant et rouge où la langue manquait.

L'officier déglutit péniblement.

— Elle ne peut pas parler, dit la première femme.

— De quel village venez-vous ?

— La Chute de Spekese. Vous connaissez ?

L'officier secoua la tête. Il étudia la pile de minables haillons que les deux femmes portaient sur leur dos. Puis il regarda le vieil homme, dont le visage était à demi caché par son capuchon.

Le militaire rabattit le capuchon, révélant des paupières noircies qui s'ouvrirent sur des orbites d'où coulait un liquide blanc épais. Cette fois, l'homme faillit vomir.

— Allez-y ! dit-il en s'éloignant.

Les femmes et le vieillard entrèrent lentement dans la cité.

Quand ils furent dans les rues latérales, où il n'y avait pas de gardes de la Fédération, Matty Roh cracha la peau de fruit rouge collée dans sa bouche et lâcha :

— Je vous avais prévenus que c'était trop risqué !

— Nous sommes passés, non ? grogna Morgan, irrité. Cessez de vous plaindre et conduisez-moi quelque part où je pourrai me laver les yeux !

— Silence ! ordonna Damson Rhee.

Tous les trois se sentaient très nerveux. L'exécution de Padishar était imminente, et trente-six heures semblaient un délai trop court pour organiser une évasion. Hélas, c'était tout ce qu'ils avaient. Morgan avait décidé de modifier son plan initial et d'entrer avec Matty et Damson. Il leur restait un jour et une nuit pour trouver la Taupe, faire venir Chandos et les autres par les tunnels, imaginer un plan et le mettre à exécution. Morgan avait affirmé qu'il ne pouvait plus se permettre d'attendre la tombée de la nuit. Damson et Matty avaient déclaré que tenter de faire passer le montagnard devant les gardes les mettrait tous en danger.

Ils s'étaient disputés, mais Morgan avait fini par l'emporter en soulignant qu'il ne pourrait rien faire avant de savoir où Padishar était détenu. Pour ça, il devrait entrer dans la cité avec les deux femmes.

Matty et Damson avaient capitulé, mais exigé qu'il laisse son épée à Chandos. Un déguisement pourrait abuser les gardes, à condition qu'il ne porte pas d'arme sur lui.

Damson conduisit ses compagnons dans une allée et les fit entrer dans un bâtiment abandonné. Quand elle eut fermé la porte derrière elle, elle traversa la pièce, ouvrit un second battant et traversa une cour jusqu'à une petite cabane à outils. S'éloignant avec une bassine en fer-blanc, elle revint très vite avec de l'eau fraîche, et tous les trois se lavèrent.

Quand ce fut fait, ils sortirent leurs vêtements normaux des ballots de haillons et se rhabillèrent. Puis ils tinrent un petit conseil de guerre.

— Je vais essayer de contacter la Taupe, dit Damson en peignant ses cheveux emmêlés.

Quand elle fut satisfaite du résultat, elle les attacha et les dissimula sous un foulard.

— Je laisserai un peu partout des signes qu'il comprendra, ajouta-t-elle. Après, je reviendrai, et nous verrons ce que nous pouvons découvrir sur Padishar. Ensuite, il faudra que vous vous cachiez quelque part pendant que j'irai à la rencontre de la Taupe. Il ne viendra pas s'il nous voit tous. Il ne vous connaît pas et il sera sûrement très prudent après tout ce qui est arrivé. S'il vient, nous irons tous les deux chercher Chandos et les autres, puis nous vous retrouverons à l'aube. S'il ne vient pas...

— Inutile d'envisager cette possibilité, coupa Morgan. Faites seulement de votre mieux.

— Vous connaissez bien la cité ? demanda Damson à Matty.

— Assez pour rester en sécurité.

— Si quelque chose m'arrive, vous devrez faire sortir Morgan...

— Un moment ! cria le montagnard. Je ne vais pas...

— Vous ferez ce qu'on vous dit ! Vos plans ne serviront à rien si j'échoue. Si la Fédération a emprisonné la Taupe, ou si elle me capture, il n'y aura plus rien à faire.

Matty prit le bras de Morgan.

— Je m'occuperai de lui, promit-elle.

Damson resserra les pans de son manteau, fit un bref signe de tête et s'éloigna. Morgan la regarda partir, conscient de son impuissance. Elle avait raison, il ne pourrait rien faire si elle échouait. Le succès dépendait de la venue de Chandos et des autres. Sans les hommes libres – et la magie de son épée – le montagnard serait incapable d'aider Padishar...

— Vous voulez manger un peu ? demanda Matty Roh en tendant une pomme à son compagnon.

Ils attendirent jusqu'à midi. Fatigué par la longue marche et la très mauvaise nuit passée dans son inconfortable déguisement, Morgan somnola un moment. Il pensa à Par, à Coll et à l'époque d'avant Allanon et les Ombreurs, quand ils passaient leur temps à chasser et à pêcher dans les montagnes. Il revit son enfance, ces jours où la vie lui semblait un jeu excitant. Il pensa à Steff, à grand-mère Élise, à tante Jilt et à Force Vitale. Tous ses souvenirs venaient d'un passé qui perdait peu à peu ses couleurs. Tout le monde paraissait avoir disparu de sa vie il y avait si longtemps...

Le soleil était au zénith quand Damson Rhee revint.

— Padishar est prisonnier dans la tour de garde où ils m'avaient enfermée, annonça-t-elle. Tout le monde le sait. Ses geôliers ont l'intention de l'emmener demain devant les portes principales, et de le pendre en public.

— Comment va-t-il ? Quelqu'un a pu vous le dire ?

— Non. Personne ne l'a vu. Mais les soldats affirment qu'il marchera jusqu'au gibet.

Damson regarda Matty Roh, qui fronça les sourcils.

— Tout le monde le sait ? Je me méfie de ce genre de chose. Souvent, il s'agit de rumeurs sans fondement...

— Les gens semblaient si sûrs... Mais je crois que nous devrons vérifier.

— Vous m'avez expliqué comment ils se sont servis de vous pour capturer Padishar, dit Matty. (Morgan écarquilla les yeux. C'était la première fois qu'il entendait parler de ça. Damson avait-elle révélé à Matty des détails qu'il ignorait ?) Ça a marché une fois, donc il y a des chances qu'ils recommencent. Mais ils s'assureront que personne ne s'enfuie. Au lieu d'un appât, ils utiliseront peut-être... ce que « tout le monde sait ».

Morgan hocha la tête. Il aurait dû y penser.

— Un leurre. S'attendant à une tentative de sauvetage, ils s'arrangent pour qu'elle soit mal dirigée. Donc, ils gardent Padishar ailleurs !

— C'est ce que je pense, fit Matty.

— J'ai laissé des signes que la Taupe ne peut pas rater, dit Damson. S'il vient, ce sera ce soir. J'ai ce délai pour essayer de trouver où Padishar est réellement détenu.

— Je viens aussi, dit Morgan en tendant la main vers son manteau.

— Non, lâcha Matty Roh. Aucun de vous deux ne bougera d'ici. C'est moi qui irai ! Morgan, vous pourriez être reconnu, sans votre déguisement. Damson, vous ne devez pas vous mettre davantage en danger. Ils savent qui vous êtes, et il était déjà assez dangereux de vous montrer ce matin. Quoi qu'il arrive, vous resterez à l'abri jusqu'à votre rendez-vous avec la Taupe. De plus, je sais comment écouter et découvrir des secrets. Au fond, c'est mon travail.

Morgan ouvrit la bouche pour protester, mais Damson le fit taire d'un regard.

— Elle a raison. Et Padishar serait d'accord. Nous vous attendrons ici, Matty. Soyez prudente.

— Ne m'attendez plus si je ne suis pas revenue à la nuit. Morgan, gardez-moi en sécurité dans votre esprit !

Ils attendirent Matty Roh toute la journée.

Pour passer le temps, Morgan raconta à Damson comment Padishar et lui s'étaient battus contre la Fédération, à la Saillie. En parler ne trompa pas son ennui, comme il l'avait espéré, mais lui rappela un souvenir qu'il aurait préféré oublier : le terrible sentiment de vide qu'il avait éprouvé quand il avait été privé de la magie de l'Épée de Leah. Redécouvrir son pouvoir après les générations où elle était restée en sommeil lui avait ouvert des portes qu'il aurait peut-être mieux valu garder fermées. Il était devenu dépendant de la magie. La perdre l'avait dépouillé de son courage et de sa résolution quand il en avait eu le plus besoin. Et maintenant qu'il détenait de nouveau ce pouvoir, il était terrorisé à l'idée de ce que son utilisation lui coûterait. Cela le fit repenser à Par, pour qui l'Enchantement de Shannara était une malédiction, pas une bénédiction. Une puissance dix fois plus dévastatrice que celle de l'Épée de Leah et qui menaçait de le consumer.

Morgan pensa qu'il avait de la chance, comparé au Valombrien. Beaucoup de gens lui avaient apporté de l'aide – Steff, Padishar, Walker, Force Vitale, Horner Dees, et maintenant Damson et Matty Roh. Chacune de ces personnes avait ajouté un peu d'équilibre et de sens à sa vie, l'empêchant de se noyer dans le désespoir. Il avait perdu certains de ses amis à jamais, et d'autres lui avaient été arrachés par les événements. Mais ils avaient été là quand il avait eu besoin d'eux. Sur qui avait pu compter Par ? Coll, qui lui avait été pris par la magie des Ombreurs ? Padishar, parti lui aussi ? Walker ? Wren ? Cogline ? Lui-même ? Certainement pas. Il n'y avait eu que Damson et la Taupe. Surtout Damson, en fait. Et maintenant, elle s'était aussi séparée de Par, qui restait tout seul.

Morgan parla à Damson de Par, un ami qu'il avait abandonné à plusieurs reprises. Il lui avait promis de rester avec lui et de le protéger. Il n'avait pas tenu parole, et il aurait aimé avoir encore une chance de se rattraper.

Damson aussi parla du Valombrien, et le son de sa voix exprima ses sentiments plus sûrement que des mots. Elle aussi avait l'impression de l'avoir trahi. Elle avait choisi Padishar Creel plutôt que Par. Même si cette option pouvait se justifier, ça ne la réconfortait pas.

— Je suis fatiguée de choisir, Morgan Leah, murmura-t-elle. J'en ai assez d'avoir des décisions à prendre en sachant qu'elles nuiront dans tous les cas à quelqu'un. Morgan, j'ignore si je serai capable de continuer longtemps comme ça...

— Vous continuerez parce que vous le devez, Damson. Les gens comptent sur vous. Vous le savez. Pour le moment, c'est Padishar. Ensuite, ce sera Par. Ne vous inquiétez pas. Nous le trouverons. Et jusque-là, nous n'aurons pas le droit d'être fatigués.

Morgan se trouva condescendant et il s'en voulut. Mais Damson essuya ses larmes et parut se calmer.

Ils recommencèrent à attendre Matty Roh.

Quand la nuit tomba, elle n'était toujours pas revenue. À l'ouest, l'orage continuait à approcher, et l'air commençait à rafraîchir.

— Je ne peux plus attendre, montagnard, dit Damson en se levant. Je dois partir maintenant, si je veux trouver la Taupe et avoir le temps de faire entrer les hommes libres dans la cité. (Elle mit son manteau.) Attendez Matty ici. Quand elle arrivera, pensez ensemble à tout ce qui pourrait nous aider.

— En supposant qu'elle se remontre, souffla Morgan.

Damson lui effleura l'épaule.

— Quoi qu'il arrive, je reviendrai vous chercher le plus vite possible.

— Bonne chance, Damson. Soyez prudente.

La jeune femme sourit et disparut dans les ombres, de l'autre côté de la cour.

Padishar, pensa Morgan, *tenez le coup. Nous arrivons. J'ignore comment, mais nous arrivons.*

Il essaya en vain de dormir puis tenta de trouver quelque chose à faire, mais ne songea à rien qui ne l'obligerait pas à sortir de sa cachette. Il devait attendre...

Minuit approchait quand il entendit des bruits de bottes. Levant les yeux, il vit Matty Roh apparaître sous la lumière des étoiles. Il se leva d'un bond, mais elle lui fit signe de se taire et le rejoignit en haletant un peu.

— J'ai couru sur la fin du chemin, dit-elle. J'avais peur que vous soyez partis.

— Non. Tout va bien ?

— Et Damson ?

— Elle est allée à la recherche de la Taupe, puis elle fera entrer Chandos et les autres par les tunnels. Elle nous retrouvera ici à l'aube.

— Je suis contente que vous soyez là, montagnard.

— Que s'est-il passé, Matty ?

— Je l'ai trouvé.

— Dites-moi tout...

— J'ai commencé par les tavernes, où je me suis fait quelques « amis » : des soldats et un sous-officier. Ils ont mentionné le nom de Padishar, mais uniquement en parlant de l'exécution. Au crépuscule, je ne savais toujours pas où il était enfermé.

Matty tendit la main vers la gourde et se servit un gobelet qu'elle vida d'un trait.

— J'étais sûre qu'ils le garderaient quelque part où les gens éviteraient d'aller. La tour de garde était une ruse. Que restait-il ? Les prisons, mais ça se serait su. Il devait être dans un endroit où personne n'aurait l'idée d'aller.

— La Fosse ?

— Exactement. Je suis allée dans le parc du Peuple et j'ai découvert que le corps de garde regorgeait d'hommes. Pourquoi, me suis-je demandé ? J'ai attendu qu'un officier sorte, je l'ai suivi et je me suis assise avec lui pour boire. Puis je l'ai laissé me persuader de l'accompagner dans un endroit tranquille. Quand nous avons été seuls, je lui ai plaqué un couteau sous la gorge et je l'ai interrogé. Comme je m'en doutais, Padishar est détenu dans le corps de garde.

— Il est vivant ?

— Oui, pour pouvoir être exécuté en public. Nos adversaires veulent que tout le monde le voie mourir.

La Fosse...

Morgan avait espéré ne jamais devoir y retourner. Il pensa aux créatures qui y vivaient : des Ombreurs inadaptés, prisonniers de la barrière magique qui avait brisé l'Épée de Leah.

Il chassa ses angoisses. La Fosse ? D'accord... Il savait ce qu'il devait affronter et pourrait imaginer un plan.

— Avez-vous appris autre chose ?

Matty secoua la tête.

— Et l'officier ?

— Quand j'en ai eu fini avec lui, je lui ai coupé la gorge...

Chapitre 22

Ils restèrent assis en silence un long moment, très près l'un de l'autre. Morgan voulut plusieurs fois se lever, mais il craignit que Matty se trompe sur le sens de son geste, et resta où il était. Il savait qu'il aurait dû parler de la mort de l'officier. Mais il ignorait comment s'y prendre.

— Vous n'aimez pas penser que j'ai tué cet homme, dit enfin Matty.

Ce n'était pas une question.

— Exact...

— Vous croyez que j'aurais dû agir autrement ?

— Oui.

Morgan détesta sa réponse, mais il n'aurait pas pu en donner une autre.

— Qu'auriez-vous fait à ma place ?

— Je l'ignore...

— Regardez-moi ! Vous auriez fait la même chose.

Morgan acquiesça, mais il n'était pas convaincu.

— Vous l'auriez tué, parce qu'il n'y avait pas d'autre solution. Cet homme aurait pu m'identifier. Il a compris ce que je cherchais. Si je l'avais laissé vivre, même en l'attachant, il aurait pu s'échapper. Ou quelqu'un l'aurait trouvé. Et nous aurions tous été fichus. Vos plans, quels qu'ils soient, seraient tombés à l'eau. De plus, je devrai un jour revenir à Varfleet. S'il m'avait vue là-bas, j'aurais été piégée. Vous comprenez ?

— Oui...

— Mais vous n'aimez quand même pas ça... Moi non plus, Morgan Leah. Mais je dois faire pour survivre beaucoup de choses que je n'aime pas. Je n'y peux rien, et il y a longtemps que je ne compte plus sur personne, à part moi-même.

— Je le sais...

— Non, pas vraiment...

— Ce que vous avez fait était nécessaire, et je ne devrais pas vous le reprocher. Mais savoir que vous avez été obligée d'en venir là me trouble. À vrai dire, je vous vois sous un jour très différent...

— Uniquement parce que vous ne me connaissez pas. Vous me voyez d'une certaine façon, et vous croyez que je suis comme ça. Mais c'est une illusion. J'ai déjà tué des hommes pour rester en vie. Certains face à face, d'autres en les poignardant dans le dos... Si vous ne pouvez pas comprendre ça...

Matty s'interrompit, se mordit la lèvre et se leva. Morgan n'essaya pas de la retenir. Il la regarda traverser la cour puis s'asseoir de l'autre côté.

Quelques minutes plus tard, les yeux du montagnard se fermèrent tout seuls. L'aube se lèverait bientôt, et il serait toujours épuisé. Il n'avait pas encore trouvé de plan pour sauver Padishar Creel – pour être franc, il n'y avait même pas réfléchi.

Accablé, il étala son manteau sur le sol, se fit un oreiller avec son déguisement et se coucha.

Un peu plus tard, il fut réveillé par un mouvement. Matty Roh se pelotonnait contre lui, glissant une main dans la sienne...

Ils restèrent ainsi jusqu'au matin.

L'aube approchait quand Damson secoua Morgan pour le réveiller. Toujours blotti contre Matty, il fit de même pour l'arracher au sommeil, et ils se levèrent lentement.

— Ils sont là, dit Damson. La Taupe les a cachés dans une cave, non loin d'ici. Il m'a trouvée la nuit dernière, peu après que je vous ai quitté, Morgan. Nous sommes partis dans les tunnels et nous avons ramené Chandos et ses hommes. Nous sommes prêts. Savez-vous où est Padishar ?

— Matty l'a trouvé, dit Morgan. Je crois que je n'y serais pas arrivé...

— Merci, Matty, souffla Damson. Je craignais que nous ayons fait tout ça pour rien.

— Ne me remerciez pas encore... Il est détenu dans les cellules du corps de garde de la Fosse. L'en faire sortir ne sera pas un jeu d'enfant.

— Bien entendu, ça paraît l'endroit logique... Morgan, comment allons-nous le...

— Ne traînons pas ici ! Je vous le dirai quand nous aurons rejoint les autres.

Si j'ai une idée d'ici là...

En réalité, un début de plan lui était venu à l'esprit dès son réveil.

Les trois compagnons sortirent de la petite cour, retraversèrent la pièce et s'engagèrent dans la ruelle silencieuse et déserte.

Ils avancèrent rapidement, et Morgan profita de ce répit pour réfléchir. Leurs ennemis exécuteraient Padishar à midi. Pour ça, ils devraient le transférer de sa cellule jusqu'aux portes de la ville. Comment s'y prendraient-ils ? Emprunteraient-ils la voie Tyrsienne, large et facile à surveiller ? Sûrement... À pied ? Non, ce serait trop lent. À cheval ou dans un chariot ? Padishar voyagerait sans doute debout dans un chariot découvert, pour que tout le monde le voie...

Ils entrèrent dans un cul-de-sac puis franchirent une porte. Dans l'obscurité, ils avancèrent jusqu'à un autre battant, qui s'ouvrit pour révéler Chandos, une chandelle à la main.

Dès qu'il les reconnut, le hors-la-loi les conduisit au pied de l'escalier, dans la cave où attendaient les autres hommes.

Il avait fallu presque toute la nuit au petit groupe de vingt-quatre personnes pour entrer dans Tyrsis par les tunnels. Mais ces gaillards avaient l'air avides de passer à l'action, et leurs yeux reflétaient leur détermination. Chandos donna à Morgan l'Épée de Leah. Le montagnard l'accrocha dans son dos, puis il chercha la Taupe du regard mais ne le vit pas. Quand il lui posa la question, Damson répondit qu'il montait la garde.

— J'aurai besoin de lui pour me montrer où passent les tunnels, sous les rues. Et il faut que vous me dessiniez une carte de la cité...

— Vous avez un plan, montagnard ? demanda Chandos.

— Oui, répondit Morgan en espérant qu'il ne se trompait pas. Et voici de quoi il s'agit...

Des nuages d'orage approchant de Callahorn, l'aube était grisâtre. Mais à Tyrsis, il faisait chaud, et il n'y avait pas un souffle de vent. Les gens regardaient le ciel, pressés que la pluie vienne les soulager un peu.

Au fil de la matinée, l'exécution imminente du hors-la-loi Padishar Creel devint le sujet de toutes les conversations. Une foule se forma devant les portes de la cité, les magasins fermèrent et les colporteurs plièrent leurs étals. Bientôt, une atmosphère de kermesse régna en ville.

Au centre de Tyrsis, le parc du Peuple était désert. Un chariot tiré par des chevaux et entouré de soldats de la Fédération venait de s'arrêter devant le corps de garde.

Puis les portes s'ouvrirent, et Padishar Creel apparut, flanqué de plusieurs hommes qui ne le quittaient pas du regard.

Les bras attachés dans le dos, bâillonné, Padishar marchait d'un pas traînant. Le visage couvert de coupures et de bleus, il leva quand même la tête et regarda férocement ses geôliers. Presque tous attendirent qu'il soit passé pour lui jeter un coup d'œil furtif...

Dès que le condamné fut monté dans le chariot, la petite colonne se mit en branle.

Sortir du parc lui prit un long moment. Et sa progression dans les rues fut également très lente, car les cinquante soldats qui escortaient Padishar sondaient prudemment le terrain.

Le chariot approchait d'un croisement quand la femme apparut. Pleurant hystériquement, elle cria aux soldats d'arrêter. Ils avaient le chef des hors-la-loi avec eux, n'est-ce pas ? Et ils l'emmenaient sur le gibet ? Parfait, cria-t-elle, parce qu'il était responsable de la mort de son mari et de son fils, des héros tombés au champ d'honneur pour la Fédération. Elle voulait le voir pendre. Il fallait qu'elle soit là quand il crèverait !

La colonne s'arrêta lorsque d'autres personnes lui barrèrent le chemin, reprenant les cris de la femme et avançant en gesticulant.

Les soldats les tinrent à distance avec leurs piques et leurs lances, et le chef de l'unité leur ordonna de reculer.

Personne ne remarqua la grille d'égout qui glissait hors de son logement, sous le chariot, ni les silhouettes qui sortirent de terre à l'abri du véhicule.

— Pendez-le tout de suite ! hurla un homme surexcité.

L'officier de la Fédération sortit son épée et ordonna à ses hommes de dégager le chemin.

À cet instant, les hors-la-loi cachés sous le chariot bondirent sur le siège du cocher et dans le véhicule lui-même.

En quelques secondes, ils eurent égorgé tous les soldats qui s'y trouvaient, y compris leur chef.

Les autres membres de l'escorte tentèrent de réagir, mais les hors-la-loi qui composaient l'essentiel de la petite foule ne leur en laissèrent pas le temps.

Morgan Leah prit place sur le siège du cocher, saisit les rênes et cria aux chevaux d'avancer.

Des soldats se jetèrent sur le chariot, mais Matty Roh intervint et les tua en quelques secondes.

Se fichant des hommes que piétinaient les chevaux, Morgan tira sur les rênes et s'engagea dans une ruelle latérale. Derrière lui, le combat continuait, mais le détachement de la Fédération n'avait pas une chance de s'en tirer.

Damson Rhee – la fausse veuve éplorée – se hissa à bord du chariot quand il passa à côté d'elle. Les hommes libres la suivaient de près, et ils rattrapèrent rapidement le véhicule.

Un instant, il sembla que le plan de Morgan allait fonctionner. Mais quelque chose bougea dans l'ombre, sur sa droite, et le montagnard tourna la tête pour regarder.

Il ne put éviter un trou plein d'eau boueuse, au milieu de la chaussée. Un essieu se brisa, le chariot perdit une roue et il se renversa sur le côté.

Morgan, Damson et Matty Roh se relevèrent péniblement. Chandos sortit des débris du véhicule, ses bras musclés enveloppant Padishar. Le chef des hors-la-loi s'était détaché les mains et avait enlevé le bâillon. Mais il tituba quand il tenta de tenir debout sans aide.

— Ne vous arrêtez pas ! dit-il d'une voix rauque. Continuez à fuir !

Les derniers hommes libres arrivèrent. Ils avaient subi des pertes et certains étaient grièvement blessés.

Des cris retentirent derrière eux, et de nouveaux soldats apparurent sur la place.

— Par là ! cria Damson en commençant à courir.

Ses compagnons la suivirent dans un labyrinthe de bâtiments. Devant eux, d'autres soldats de la Fédération surgirent, les armes à la main. Les hommes libres les affrontèrent et les éparpillèrent.

Alors que Matty Roh se battait en première ligne, Chandos et Morgan restèrent près de Padishar, trop faible pour ferrailler... et même pour marcher. Au bout d'un moment, Chandos le hissa sur ses épaules...

Près de la moitié des hommes venus dans la cité pour sauver Creel étaient morts. Plusieurs survivants étaient si grièvement blessés qu'ils ne pouvaient plus combattre. Et des soldats de la Fédération arrivaient de toute part. Les fuyards essayaient vaillamment de continuer, mais bientôt il y aurait trop d'ennemis pour qu'ils puissent les éviter tous.

Alors qu'ils traversaient un pont, des cavaliers les chargèrent si rapidement qu'ils n'eurent pas le temps de se dégager. Morgan vit Matty se jeter sur le côté et essaya de l'imiter. Des corps volèrent dans les airs quand les hommes libres furent percutés par les chevaux, qui trébuchèrent et désarçonnèrent leurs cavaliers. Chandos avait disparu, enterré sous une montagne de blessés. Padishar tituba et tomba à genoux. Morgan se releva et se campa au centre du pont, pratiquement seul, tailladant avec l'Épée de Leah tous les ennemis qui passaient à sa portée. Pour rallier ses derniers compagnons, il poussa le cri de guerre de sa famille – *Leah, Leah !*

Un instant, il pensa que tout était perdu.

Puis Chandos reparut. Ensanglanté mais d'autant plus terrifiant, il fit des ravages dans les rangs de la Fédération, rejoignit Padishar et l'aida à se relever. Quelque part, devant eux, Damson leur cria de la suivre.

Matty Roh fonça sur le dernier soldat encore debout, le tua d'un coup d'épée et repartit en courant. Morgan et les hommes libres lui emboîtèrent le pas en glissant parfois sur des flaques de sang.

Damson les attendait devant l'entrée d'un grand entrepôt. Ils luttèrent pour arriver à ses côtés, puis s'enfoncèrent dans le bâtiment obscur, dont la jeune femme ferma et barra la porte derrière eux.

La Taupe sortit la tête d'une trappe, au fond du bâtiment, et disparut de nouveau.

— Dans les tunnels ! ordonna Damson. Vite !

Les hommes libres lui obéirent, ceux qui étaient valides aidant de leur mieux les blessés. Chandos passa le premier, Padishar Creel dans les bras, et disparut au moment où leurs poursuivants commençaient à s'attaquer à la porte.

Morgan s'arrêta à mi-chemin de la trappe. Matty Roh, l'épée brandie, s'apprêtait à affronter les soldats.

— Matty ! cria-t-il.

Le dernier homme libre venait de franchir la trappe. Quand des haches firent éclater les barres de la porte, Matty recula lentement comme si elle ne voulait pas abandonner le terrain, même au prix de sa vie.

— Matty ! cria de nouveau Morgan.

Il revint sur ses pas, saisit la jeune femme par le bras et l'entraîna vers l'entrée du tunnel au moment où les soldats de la Fédération franchissaient la porte. Des Questeurs menaient la charge, la sinistre tête de loup étincelant sur leur uniforme noir.

Morgan se retourna. Il était trop tard pour fuir. S'il essayait, ils le tueraient par-derrière et rattraperaient les autres. S'il restait, il ralentirait l'assaut et ferait gagner de précieuses minutes à ses compagnons. Matty était debout à côté de lui. Il voulut lui ordonner de fuir, mais son expression l'en dissuada.

Les soldats attaquèrent de trois côtés. Morgan et la jeune femme se battirent avec la férocité du désespoir et les repoussèrent. L'Épée de Leah devint une lance de feu bleu quand elle para le coup d'un Questeur, le transformant instantanément en cendres. Certains soldats s'en aperçurent et reculèrent en jurant.

Matty Roh en profita pour attaquer, son épée fendant si vite l'air qu'on la voyait à peine. Morgan poussa de nouveau son cri de guerre et se jeta sur les hommes qui se tenaient devant lui. Les Questeurs périrent immédiatement, les soldats qui les suivaient trébuchant les uns sur les autres dans leur hâte de fuir.

Soudain, l'attaque de la Fédération cessa, et les derniers soldats franchirent au pas de course les portes de l'entrepôt. Ses forces décuplées par la magie, Morgan frappa les piliers qui soutenaient le plafond, et le bâtiment entier commença à s'effondrer.

— Ça suffit ! cria Matty en lui prenant le bras.

Il résista un instant, puis comprit ce qui se passait et la suivit. Ils franchirent la trappe au moment où le plafond s'écroulait.

Dans le tunnel, ils coururent droit devant eux, en direction d'une pâle lumière, sans vraiment se demander où ils allaient. L'étrange sentiment de plénitude que Morgan éprouvait quand il utilisait la magie commença à se dissiper, laissant dans son sillage une sensation de perte, de vide et de besoin désespéré. Il combattit cet accablement en invoquant les images de Par, de Walker et de Force Vitale.

Puis il tendit un bras vers Matty et lui prit la main.

Ne me laissez pas tomber, implora-t-il silencieusement. *Ne me lâchez pas !*

La poussière et l'humidité emplissant ses poumons, il eut une quinte de toux et sentit la fatigue l'écraser. Ils continuèrent pourtant à courir vers la lumière, maintenant plus vive.

Quand ils l'atteignirent, ils constatèrent qu'elle filtrait d'une grille de drainage. De l'eau tombait par ce trou, et le tonnerre roulait dans le ciel. Dehors, l'orage avait éclaté...

Matty s'effondra contre un mur, entraînant Morgan avec elle. À bout de souffle, ils restèrent assis le dos contre la pierre glaciale.

Puis Matty se tourna vers Morgan, une lueur d'excitation dans le regard, comme si elle avait redécouvert quelque chose qu'elle croyait avoir perdu à tout jamais.

— C'était merveilleux ! dit-elle en riant comme une enfant.

Quand elle vit la stupéfaction de Morgan, elle se pencha vers lui et l'embrassa longuement en le serrant contre elle.

Puis elle se dégagea, sourit et aida le montagnard à se relever.

— Nous devons rattraper les autres. Allez, Morgan Leah, cours !

Ils continuèrent à remonter le tunnel. Leurs yeux s'adaptant aux ténèbres, ils virent des rats passer devant eux. L'eau de pluie continuait à tomber des grilles, et ils eurent bientôt de l'eau jusqu'aux chevilles. Mais aucun bruit de pas ne retentissait derrière eux, prouvant qu'ils n'étaient pas suivis.

Cela dit, il n'y avait toujours aucun signe de Damson ni des hommes libres.

Les deux jeunes gens arrivèrent finalement devant un croisement qui les obligea à choisir au hasard. Si l'eau de pluie n'avait pas délavé le sol, ils auraient pu voir des traces. Mais là...

Ils prirent sur la droite, Matty Roh accrochée à Morgan comme si elle avait peur de le perdre dans le noir. La distance entre les grilles commençant à augmenter, le tunnel devint quasiment obscur.

— Je crois que nous nous sommes trompés de direction, dit Morgan après quelques minutes.

Ils revinrent sur leurs pas et essayèrent l'autre solution. Le nouveau passage tourna deux fois abruptement, puis les grilles s'espacèrent de nouveau. Mais ils trouvèrent une torche noircie dans un support et parvinrent, non sans mal, à l'allumer avec un morceau de tissu et les pierres à feu de Matty.

Quand la torche brûla enfin, ils entendirent des mouvements dans les couloirs inondés, derrière eux.

— Ils ont creusé, ou trouvé un autre chemin, murmura la jeune femme avec un étrange sourire. Mais ils ne nous rattraperont pas. Et s'ils y arrivent, ils le regretteront. Suis-moi !

Ils avancèrent dans des tunnels de plus en plus étroits d'où les grilles disparurent complètement, faisant de la torche leur seule source de lumière. Les heures passèrent, et il devint évident qu'ils étaient perdus. Ils pouvaient encore trouver le bon chemin, mais Morgan n'y comptait plus. Même Damson, qui vivait dans la cité et venait souvent dans les tunnels, doutait de pouvoir s'y orienter sans la Taupe. Morgan se demanda ce qui était arrivé à la jeune femme et aux hommes libres. Pensaient-ils que Matty et lui étaient morts ?

Ils trouvèrent une autre torche, en meilleur état, et l'emportèrent avec eux. Quand la première fut consumée, Morgan se servit du brandon pour allumer la seconde.

Sans doute parce qu'ils s'enfonçaient de plus en plus profondément sous le promontoire, les deux fuyards n'entendaient plus la pluie. Morgan tentait d'avancer en droite ligne, mais les tunnels se croisaient et se recroisaient si souvent qu'il dut abandonner. Ils commencèrent à avoir faim et soif, mais il n'y avait rien à boire ni à manger.

Finalement, le montagnard s'arrêta et se tourna vers Matty.

— On n'arrivera nulle part comme ça... Il faut essayer autre chose. Retournons sur nos pas. Nous pourrons peut-être nous glisser dans la cité et sortir discrètement par les portes, demain...

Un faible espoir, mais tout valait mieux qu'errer sans but dans le noir. La nuit tomberait bientôt, et Morgan s'inquiétait à cause des Ombreurs qui rôdaient dans les tunnels proches de la Fosse. Il était trop dangereux de rester plus longtemps dans les égouts.

Ils revinrent sur leurs pas, conscients qu'ils n'avaient plus beaucoup de temps. S'ils ne regagnaient pas bientôt la surface, leur torche s'éteindrait, et ils seraient perdus dans le noir. De plus, ils entendaient encore des voix dans le lointain. La Fédération les cherchait toujours...

Ils regagnèrent les égouts proprement dits et virent une pâle lumière filtrer à travers les grilles. La journée se terminait. La pluie s'était calmée, et la cité semblait déserte.

Quand ils trouvèrent une échelle, Morgan inspira à fond et partit en éclaireur. Mais lorsqu'il atteignit une grille, il vit des soldats de la Fédération postés dans la rue. Il redescendit en silence et fit signe à Matty de repartir.

Leur torche s'éteignit peu après. Toutes les grilles qu'ils vérifièrent étant surveillées, ils continuèrent à marcher, certains de ne pas avoir le courage de repartir s'ils s'arrêtaient.

Morgan commençait à désespérer quand des yeux brillèrent en face de lui. Des yeux de chat qui disparurent aussitôt...

— Tu as vu ça ? demanda-t-il à Matty.

Il la sentit acquiescer. Ces yeux n'étaient pas ceux d'un rat, mais de quoi s'agissait-il ?

— Morgan ? appela doucement une voix. C'est vous ? Damson !

Morgan répondit. Un instant après, la jeune femme le serra dans ses bras, puis étreignit Matty. Elle les cherchait depuis des heures, désespérant de retrouver leurs traces.

— Seule ? demanda Morgan, incrédule. Vous avez de l'eau et quelque chose à manger ?

Damson leur tendit une gourde de bière, du pain et du fromage.

— La Taupe m'a aidée, murmura-t-elle. Quand le toit de l'entrepôt s'est écroulé, une partie du tunnel s'est effondrée avec. Vous ne l'avez peut-être pas remarqué... Nous avons été coupés de vous, et vous avez pris le mauvais chemin. Mais il nous fallait d'abord faire sortir Padishar et les autres. Quand ils ont été en sécurité, la Taupe et moi sommes revenus.

Dans l'obscurité, une nouvelle paire d'yeux apparut. Celle de la Taupe, évidemment...

— Mais comment nous avez-vous retrouvés ? demanda Morgan. Nous étions perdus...

— Vous avez laissé une piste, dit Damson.

— Une piste ? L'eau de pluie a tout effacé !

— Pas dans le sol, Morgan. Dans l'air... Taupe, dites-lui...

Le petit être avança dans la lumière, et son nez frémit quand il renifla le montagnard.

— Vous avez une odeur très forte, dit-il. L'adorable Damson a raison. Vous étiez facile à pister.

Morgan s'empourpra, et Matty étouffa un sourire.

Ils mangèrent puis repartirent. Étant guidés par la Taupe, ils ne rencontrèrent ni soldats de la Fédération ni Ombreurs. Pendant qu'ils avançaient, Morgan se livra à une petite introspection. Quand il eut terminé, il n'était pas trop mécontent du résultat. Il avait appris des leçons importantes et il s'était amélioré...

Lorsqu'ils émergèrent du flanc de la montagne, au nord, la lune et les étoiles brillaient dans le ciel de nouveau dégagé. L'air sentait bon, et la brise était fraîche.

Morgan regarda Matty et vit qu'elle le dévisageait en souriant. Elle était à la fois ordinaire et jolie, timide et hardie – et une dizaine d'autres choses contradictoires. Il ne la comprenait pas entièrement, mais il aurait aimé y arriver.

Qui était-elle vraiment ? Le « jeune garçon » de l'auberge, la femme meurtrie par son passé, l'indomptable combattante qu'il avait vue à l'œuvre à ses côtés ? Pour être franc, il n'en savait rien...

— Ne voulez-vous pas venir avec nous, cette fois ? demanda Damson en s'agenouillant devant la Taupe. Rester en ville devient de plus en plus dangereux...

— Je n'ai pas peur pour moi, adorable Damson, mais pour vous.

— Les Ombreurs rôdent dans la cité, rappela la jeune femme.

— De nos jours, les monstres sont partout...

Damson soupira, enlaça son ami et le serra contre elle.

— Alors, au revoir, Taupe. Merci pour tout. Et surtout pour Padishar. Je vous dois tant ! Je reviendrai voir comment vous allez dès que je le pourrai, c'est promis...

— Quand vous aurez trouvé le Valombrien ? demanda la Taupe, l'air soudain embarrassé.

— Oui, quand j'aurai trouvé Par Ohmsford. Nous reviendrons tous les deux.

— Je vous attendrai, adorable Damson. Jusqu'à la fin des temps !

Puis la Taupe se détourna et disparut entre les rochers. Debout à côté de Matty, Morgan le regarda partir.

Damson se tourna vers lui.

— Je vais à la recherche de Par, annonça-t-elle tranquillement. Chandos a emmené Padishar et les autres dans les étendues Enflammées, où ils se reposeront un jour ou deux avant de partir pour le nord où ils rejoindront les trolls. J'ai fait ce que je pouvais pour Padishar, Morgan. Mais Par Ohmsford a besoin de moi, et j'ai l'intention de tenir ma promesse.

— Je comprends, dit Morgan. Et je viens avec vous.

— Dans ce cas, je vous accompagne, dit Matty. Mais qui est Par Ohmsford ?

Morgan faillit éclater de rire. Il avait oublié que Matty ne savait pas grand-chose de cette affaire et ne vit aucune raison de ne pas tout lui révéler.

— Vous lui raconterez en chemin, dit Damson en regardant par-dessus son épaule. Ici, nous sommes trop exposés. N'oubliez pas qu'on nous poursuit toujours.

Ils prirent la direction de l'est. Une heure de marche les conduirait à l'abri de la forêt où ils s'accorderaient quelques heures de repos.

Le mieux qu'ils pouvaient espérer, cette nuit...

Chapitre 23

Ils passèrent la nuit sous des chênes blancs, au bord de la Mermidon, à quelques lieues du col de Kennon. Protégés de la chaleur de l'été finissant, ils se réveillèrent bien après l'aube, se lavèrent puis dévorèrent les provisions que Damson distribua.

Morgan essaya de se souvenir de ce qui était arrivé la veille, mais tout se brouillait déjà dans son esprit. Padishar Creel était sauvé, voilà ce qui comptait pour le moment...

Le montagnard enfila ses bottes en finissant son pain et son fromage et pensa à ce qui les attendait. Les difficultés et les chagrins qu'il avait connus l'avaient endurci comme de l'acier trempé. Une sorte de vide s'était créée autour de lui, et rien, lui semblait-il, ne réussirait jamais à traverser ce lieu mort où la douleur, la déception et la peur ne pouvaient pas survivre. Ce bouclier tenait les doutes à distance et lui permettait de continuer quand il ne s'en croyait plus capable. Le problème, bien entendu, étant qu'il l'éloignait aussi d'autres sentiments, tels que l'espoir et l'amour. Mais ce bouclier était l'arme défensive que Morgan avait héritée de Steff, de Force Vitale et des ombres des druides...

Il en termina avec les spéculations, finit son repas, se leva et s'étira.

— Prêt ? demanda Damson Rhee.

Elle avait brossé ses cheveux roux, et ils étincelaient. Jolie et vive, elle était pleine d'une détermination qui illuminait le monde tout autour d'elle. Morgan pensa une fois de plus que Par avait de la chance qu'une fille comme elle soit amoureuse de lui.

Matty finit de laver son assiette et la tendit à Damson pour qu'elle l'emballe.

— Où allons-nous, maintenant ? demanda-t-elle. Comment nous y prendrons-nous pour trouver Par Ohmsford ?

Damson rangea l'assiette avec les autres.

— Nous le pisterons, dit-elle. Avec ça...

Elle sortit de sous sa tunique un demi-médaillon accroché à une lanière de cuir. Morgan et Matty se penchèrent pour mieux voir. L'amulette – un simple disque de métal sans aucune marque – avait récemment été brisée en deux.

— Ça s'appelle un « Skree », expliqua Damson. J'ai donné l'autre moitié à Par quand nous nous sommes séparés. Le disque a été forgé d'un bloc, et il ne peut être utilisé qu'une seule fois. Les moitiés attirent les deux porteurs l'un vers l'autre. Quand ils se rapprochent, elles s'illuminent.

— À quelle distance ça fonctionne ? demanda Matty.

Ce matin, elle semblait plus jeune que jamais, et personne n'aurait pu reconnaître en elle l'impitoyable guerrière de la veille.

— Le Skree est de la magie des rues. Je sais ce qu'il peut faire... Essayons-le, et vous verrez...

Elle le posa dans sa paume et tourna l'amulette vers l'ouest, le nord, puis l'est. Le Skree ne réagit pas.

— Par allait vers le sud, dit Damson. C'est pour ça que j'ai gardé cette direction pour la fin.

Elle tourna la main vers le sud. La surface du Skree brilla peut-être – faiblement –, mais Morgan n'en aurait pas mis sa tête à couper.

Damson, elle, eut l'air satisfait.

— Il est très loin d'ici, semble-t-il... (Elle eut un sourire hésitant.) Il faut savoir interpréter les réactions du Skree. (Elle remit l'amulette dans sa tunique.) Nous ferions mieux d'y aller.

Matty Roh jeta un coup d'œil intrigué à Morgan, qui haussa simplement les épaules, car il n'était sûr de rien.

Ils suivirent la Mermidon vers l'est, en direction de Varfleet, en restant le plus possible à l'abri des arbres. Autour d'eux, la nature brûlée par la chaleur semblait endormie. Dans les plaines, ils virent des carcasses d'animaux blanchies par le soleil. De grandes zones forestières de Callahorn avaient succombé à la maladie de la terre, et les arbres y étaient rabougris et tordus. Tout ça n'était pas dû uniquement à la sécheresse. Le fléau répandu par les Ombreurs commençait à s'étendre...

L'après-midi, ils contournèrent Varfleet par le nord, toujours en suivant la Mermidon. En chemin, ils rencontrèrent quelques colporteurs, mais la chaleur décourageait la plupart des gens de voyager, et ils eurent la route pratiquement pour eux.

Damson utilisa de nouveau le Skree, et le résultat fut le même. Le disque paraissait briller faiblement quand on le pointait vers le sud. Morgan et Matty échangèrent de nouveau un regard dubitatif. Très fatigués, ils se demandaient si cet objet les conduisait vraiment quelque part. Il y avait d'autres moyens de pister Par, si le disque ne réussissait pas, mais ils n'étaient pas prêts à affronter Damson sur ce sujet, pour le moment.

Il leur fallait un bateau pour naviguer de la Mermidon au lac Arc-en-ciel, annonça Damson. Ce serait bien plus rapide que voyager à pied. Matty haussa les épaules et déclara qu'elle entrerait dans la cité, car ce serait moins dangereux pour elle que pour ses compagnons. Elle les retrouverait dès qu'elle se serait procuré ce qu'il leur fallait, promit-elle en s'éloignant.

Morgan attendit avec Damson près de la rive, d'où ils pouvaient surveiller le terrain.

— Vous n'êtes toujours pas sûr de moi, n'est-ce pas ? demanda Damson après un moment.

— Que voulez-vous dire ?

— J'ai surpris le regard que vous avez échangé avec Matty, quand j'ai utilisé le Skree.

— Ça ne signifiait pas que je doute de vous, mais simplement que je n'ai rien vu. Et ça m'inquiète.

— Il faut savoir utiliser cette amulette.

— Vous l'avez déjà dit... Mais si vous vous trompez ? Vous ne pouvez pas m'en vouloir d'être sceptique.

— Si ! À un moment ou un autre, nous devrons nous faire confiance. Sinon, nous aurons beaucoup d'ennuis... Réfléchissez à ça, Morgan...

Le montagnard méditait toujours la question quand Matty revint, un peu avant le crépuscule.

— Nous avons un bateau, annonça-t-elle en acceptant le gobelet que Damson lui tendait.

Elle aspergea son visage couvert de poussière et but le reste de l'eau.

— Un bateau, des armes et des fournitures nous attendent sur les quais. Nous partirons à la nuit tombée, quand on ne pourra pas nous voir...

— Des problèmes ? demanda Morgan.

— Je n'ai eu besoin de tuer personne, si c'est ce que tu veux dire.

Après cette déclaration, Matty ne desserra plus les lèvres.

Les voilà fâchées toutes les deux contre moi ! pensa Morgan.

Mais il décida de s'en moquer.

Quand la nuit fut tombée, ils entrèrent dans la cité et gagnèrent les quais nord, où attendait le bateau que s'était procuré Matty. Il s'agissait d'une vieille embarcation à fond plat avec des rames, un mât, une voile en toile et une bonne cargaison d'armes et de provisions. Ils montèrent à bord sans rien dire et voguèrent jusqu'à la première crique inoccupée disponible. Après avoir tiré le bateau sur la plage, ils s'endormirent presque aussitôt.

Ils repartirent à l'aube, suivirent la Mermidon vers le sud, en direction des monts de Runne, et dressèrent leur camp dans un petit abri rocheux qui surplombait une plage de sable.

Ils mangèrent un repas froid, s'enroulèrent dans leurs couvertures et s'endormirent. Deux jours avaient passé sans qu'ils se disent grand-chose. Tous les trois étaient très énervés, et cela leur interdisait toute communication. Au début, ils s'étaient sentis proches, mais ce n'était plus le cas, peut-être à cause de leurs doutes ou de l'incertitude au sujet de ce qui les attendait. À Tyrsis, ils avaient un plan – au moins, dans ses grandes lignes. Ici, il leur restait seulement la détermination de chercher Par Ohmsford jusqu'à ce qu'ils le trouvent. Hélas, il pouvait être n'importe où, et rien ne leur permettait de croire qu'il n'était pas déjà trop tard pour l'aider.

Heureusement, le lendemain matin, quand Damson sortit le Skree et le pointa vers le sud, le métal émit une vive lueur. Les trois jeunes gens se sourirent comme de vieux amis qui se redécouvrent et repartirent avec un nouvel enthousiasme.

Le bateau descendit lentement vers le sud sur des eaux redevenues calmes et lisses. Les deux femmes et le montagnard passèrent leur temps à converser jusqu'à ce qu'ils se sentent de nouveau à l'aise ensemble.

À la tombée de la nuit, ils s'engagèrent dans les défilés des monts de Runne, entre des parois rocheuses qui laissaient seulement apercevoir une bande de ciel au-dessus de leurs têtes. Ils campèrent sur un îlot ombragé par des arbres. Morgan ayant fait une bonne pêche, ils se régalèrent de ses prises, burent un peu de bière puis regardèrent la rivière couler devant eux comme un ruban argenté. Damson utilisa le Skree, qui brilla vivement quand elle le pointa vers le sud. Pour le moment, tout allait bien, et ils étaient à moins d'une journée de voyage de l'endroit où la Mermidon se jetait dans le lac Arc-en-ciel.

Quand Damson et Matty s'enveloppèrent dans leurs couvertures pour dormir, Morgan alla se camper au bord de l'eau pour réfléchir à ce qui était arrivé et essayer de donner un sens à ce qui devait encore se passer. Il en avait assez de fuir devant un ennemi dont il ignorait pratiquement tout. Mais les questions qu'il se posait depuis des semaines restaient sans réponses, et méditer ne l'avançait pas à grand-chose...

Il dessinait dans le sable avec une brindille quand Matty vint s'asseoir à côté de lui.

— Je ne pouvais pas dormir, dit-elle. Que fais-tu ?

— Je réfléchis...

— À quoi ?

— À tout et à rien. J'ai essayé de raisonner logiquement, mais mon esprit vagabonde...

— C'est parce que tu y mets trop d'énergie ! Tu éprouves un sentiment d'urgence, comme un petit garçon que sa mère a chargé d'un travail. C'est si important pour toi que tu ne peux pas te permettre la plus petite erreur...

— Je ne suis pas comme ça... J'en ai peut-être l'air en ce moment, mais ça n'est pas vraiment moi. Et qui juge qui, maintenant ?

— Je ne te juge pas, je te donne mon avis. C'est différent de ce que tu faisais. Toi, tu me jugeais.

— Mais essayer avec énergie n'est pas une mauvaise chose.

— Tu te rappelles le moment où je t'ai dit que j'avais tué beaucoup d'hommes ? (Morgan hocha la tête.) C'était un mensonge. Enfin, une exagération, parce que tu m'avais exaspérée. Il y a beaucoup de choses que tu ne comprends pas à mon sujet. Et je doute de pouvoir te les expliquer...

— Je ne t'ai rien demandé de m'expliquer, dit Morgan, sur la défensive.

— Tu es très fort à l'épée. Presque aussi fort que moi... Je pourrais t'aider à t'améliorer, si tu me laissais faire. Souviens-toi de ce qui t'est arrivé au *Duvet de Chardon* quand tu as essayé de m'attraper. Je pourrais t'apprendre ce truc-là...

— Ça ne se serait pas passé si...

— ... tu avais été prêt. Je sais, tu me l'as déjà dit ! Mais c'est toute la question : tu n'étais pas prêt, et regarde ce qui est arrivé. L'important est d'être prêt ! Padishar me l'a appris. C'est bien plus vital qu'« essayer avec énergie »...

— Tu as fini de recenser mes défauts ? Ou aimerais-tu ajouter quelque chose ?

Le sourire de Matty se dissipa. Soudain, elle parut très vulnérable, presque comme une enfant.

— Je t'apprécie beaucoup, dit-elle sans tourner la tête. Et je ne veux pas qu'il t'arrive du mal...

Morgan ne sut que répondre.

— C'est pour ça que je suis venue. Que penses-tu de cette révélation ?

— J'ignore qu'en penser...

— Damson m'a parlé de Force Vitale... Elle m'a dit que tu étais amoureux de cette femme et que la perdre est la pire chose qui te soit arrivée. Elle m'a raconté ça parce que je le lui ai demandé. Je désirais savoir quelque chose sur toi que tu ne m'aurais pas révélé toi-même. Puis j'ai voulu t'en parler, mais je ne savais pas comment m'y prendre. Je suis très douée pour écouter, mais pas très bonne pour poser des questions.

Morgan revit mentalement Force Vitale, cette femme aux cheveux d'argent, parfaite et éphémère comme de la fumée. La douleur qu'il éprouva lui coupant le souffle, il essaya de la bloquer. En vain. Il refusait de se souvenir, mais les images étaient là, à la limite de ses pensées conscientes...

Matty Roh posa une main sur celle du montagnard.

— J'aimerais t'écouter, si tu acceptais d'en parler...

Non, je ne veux pas ! Je ne veux même pas y penser !

Puis Morgan revit Matty en train de baigner ses pieds déformés dans le ruisseau... Sa douleur était-elle moins poignante que la sienne ? Il repensa à Force Vitale, peu avant la fin, pendant qu'elle réparait l'Épée de Leah brisée, lui donnant une partie d'elle-même qu'il pourrait garder à jamais avec lui. Ce don n'était pas fait pour être caché, mais partagé...

Et les souvenirs, il le savait, n'étaient pas des trésors qu'on devait enfermer dans un coffre, mais des rubans étincelants qu'il fallait suspendre dans le vent.

Morgan retourna sa main et prit celle de la jeune femme. Se penchant vers elle, il commença à parler.

Ce fut d'abord difficile, puis les mots vinrent tout seuls, et il parvint à continuer même quand il pensait ne plus en être capable.

Quand il eut terminé, Matty le serra contre elle, et il sentit une partie de sa douleur le quitter.

Ils repartirent à l'aube sous un ciel menaçant. Morgan leva la voile, mais en l'absence de vent, cela ne servit pas à grand-chose, et il la replia très vite.

Vers midi, ils passèrent au pied de la sentinelle du Sud et frémirent à l'idée qu'un monstre les observait, caché derrière une fenêtre. Mais ils ne virent personne, et on ne tenta pas de les arrêter.

Peu après, ils atteignirent l'embouchure de la rivière. L'arc-en-ciel auquel le lac devait son nom planait au-dessus des eaux comme une bannière aux couleurs ternies par le temps.

Les trois compagnons guidèrent leur esquif vers la rive ouest et accostèrent sur un rivage plat et nu. Puis ils regardèrent autour d'eux et ne virent rien.

Damson repoussa en arrière sa chevelure rousse, l'attacha avec un foulard et sortit le Skree. Quand elle le dirigea vers le sud, Morgan vit que la moitié d'amulette étincelait.

Avant de la ranger, Damson testa les autres points cardinaux.

Quand elle pointa le Skree vers le nord, la direction d'où ils venaient, il étincela une deuxième fois, mais plus faiblement. Damson recommença, et le phénomène se reproduisit.

— Qu'est-ce que ça signifie ? demanda Matty.

— Je l'ignore... Je n'ai jamais entendu dire que l'amulette pouvait se comporter ainsi.

Damson se plaça face au sud et recommença l'opération. Il n'y avait pas de doute possible. Le Skree s'illuminait dans les deux directions...

— L'autre moitié peut-elle avoir été cassée en deux ? demanda Morgan.

— Non. Une seule division est possible... Si on l'avait de nouveau brisé, le Skree serait devenu inactif. Mais quelque chose est arrivé. Quand il brille vers le sud, il désigne la région de la rivière Argentée, à l'ouest de Culhaven, au-dessus de TertreBataille. Lorsqu'il indique le nord, c'est la direction de la sentinelle du Sud.

— Deux indices..., dit Morgan, les mains sur les hanches. Et l'un des deux est faux.

— Lequel décidons-nous de suivre ? demanda Matty.

— Je l'ignore, souffla Damson.

— Dans ce cas, il faudra vérifier les deux directions...

— Oui, dit Damson. Je ne vois pas d'autre moyen.

Morgan soupira de frustration.

— D'accord. Nous irons d'abord vers le sud. Ce signal-là est le plus net des deux.

— Et abandonner la sentinelle du Sud ? demanda Matty. C'est impossible ! Quelqu'un doit rester ici, au cas où Par Ohmsford serait à l'intérieur. Réfléchis, montagnard. S'il est là, et que nos ennemis décident soudain de le déplacer ? Il pourrait y avoir une chance de le sauver...

et personne pour le faire. Nous ne pouvons pas courir ce risque.

— Elle a raison, dit Damson.

— D'accord. Reste là, et Damson et moi irons vers le sud, déclara Morgan, irrité de ne pas y avoir pensé le premier.

— Non, c'est toi qui dois rester, Morgan ! Ton épée est notre seule arme efficace contre les Ombreurs. Si une confrontation s'impose, ta lame sera efficace contre leur magie. Je sais me servir d'une épée, Morgan Leah, mais j'ai conscience de mes limites. Je n'aime pas ça non plus, mais on n'y peut rien... Damson et moi partirons vers le sud.

Il y eut un long silence tendu. Puis Morgan baissa les yeux, la raison l'emportant sur la passion.

— D'accord, grogna-t-il. Cela dit, je n'aime pas ça... Si vous trouvez Par et qu'il doit y avoir un combat, revenez me chercher.

— Si nous le pouvons, dit Matty.

Morgan détesta cette restriction et regarda Damson comme pour la défier. Mais elle fit signe qu'elle était d'accord avec Matty.

— Si vous le pouvez, répéta le montagnard, accablé.

Ils mirent au point les détails de leur plan. Morgan étudia les environs et désigna un promontoire. De là, il verrait tout ce qui sortirait ou entrerait de la sentinelle du Sud. Et si rien n'arrivait, les deux femmes l'y retrouveraient à leur retour.

Il les accompagna jusqu'au bateau et prit assez de vivres pour une semaine. Puis il étreignit ses compagnes, d'abord Damson et ensuite Matty, qui le serra contre elle pour le persuader qu'elle partait à contrecœur. Sans un mot, elle s'écarta de lui et détourna le regard.

Quand les deux femmes furent parties, Morgan gagna son poste d'observation. Il venait de l'atteindre quand l'orage éclata. Le montagnard s'abrita sous un sapin, le dos contre le tronc.

Quand la pluie cessa, il abandonna son refuge en faveur d'un bosquet de pins qui le dissimulerait et lui permettrait de voir sans être vu. Tout en mangeant, il se demanda si Damson et Matty avaient essayé de traverser le lac avant l'orage, ou si elles avaient décidé d'attendre.

Alors que la nuit tombait, Morgan riva les yeux sur la sentinelle du Sud et essaya de ne pas trop penser à ce qui pouvait se passer à l'intérieur. À certains moments, mieux valait brider son imagination...

Puis il sonda les plaines, à l'est, un désert de terre brune et de bois mort qui avait pour centre la tour noire des Ombreurs. Partout, les arbres pourrissaient et les herbes se desséchaient. Le promontoire où se tenait le montagnard n'était plus qu'un îlot menacé de destruction.

Il dégaina l'Épée de Leah. Un talisman contre les Ombreurs, avait dit Matty Roh. Mais ce pouvoir vous volait votre âme, et il n'y avait pas grand-chose à faire pour s'en protéger. Chaque fois qu'il utilisait la magie, sa volonté et le talisman luttaient pour la suprématie. Trois cents ans plus tôt, à la demande de Rone Leah, Allanon avait accordé à l'arme une petite partie de la magie druidique. Ce don ou cette malédiction – au choix – avait un goût doux-amer.

Comme l'Enchantement de Shannara pour Par. Aucune magie ne se donnait gratuitement à celui qui l'utilisait. Et le prix était souvent élevé...

Morgan en saurait plus quand il invoquerait de nouveau la magie de l'Épée. Le pouvoir de Force Vitale, qui avait restauré le talisman, se révélerait-il aussi dangereux que celui des Ombreurs ?

Cette idée lui glaça les sangs. Se sentant horriblement seul, il resta assis dans la pénombre, plus angoissé que jamais par l'avenir...

Chapitre 24

Trois jours plus tôt, un autre orage avait frappé Callahorn, inondant les terres avant de filer vers le sud.

Après son passage, sur les berges du lac Arc-en-ciel, une silhouette solitaire se releva, couverte de boue et voûtée comme si elle était alourdie par des chaînes. Puis ses yeux noirs clignèrent plusieurs fois.

La silhouette sonda la surface du lac, regarda la lumière qui apparaissait à l'est et tenta de se repérer dans un monde qui ne lui était pas familier. Tenant une épée qui brillait faiblement aux endroits où elle n'était pas couverte de limon, la silhouette hésita, puis approcha du lac et y entra pour se laver.

Quand ce fut fait, Coll Ohmsford regarda de nouveau autour de lui.

Au début, il ne se souvint de rien, à part de son identité – et c'était déjà ça de gagné. Puis il reconnut le lac Arc-en-ciel et le paysage qui l'entourait. Il était sur la berge sud du lac, à l'ouest de Culhaven et au nord de TertreBataille.

Mais il ignorait comment il était arrivé là.

Il regarda l'arme (il s'était donc lavé sans la lâcher ?) et comprit qu'il s'agissait de l'Épée de Shannara.

Puis les souvenirs lui revinrent d'un coup. Il avait été capturé par les Ombreurs et incarcéré à la sentinelle du Sud. Il s'était échappé, mais en réalité, Rimmer Dall avait tout manigancé. Le Premier Questeur lui avait fait croire que le voile-miroir le dissimulerait, alors qu'il le transformait en Ombreur...

Devenu un animal, Coll avait écumé le pays à la recherche de son frère, avec l'idée obsessionnelle de lui faire du mal. Enveloppé dans les plis obscurs du voile-miroir, il avait retrouvé Par et attaqué...

Son estomac se noua.

... Son frère.

Et il l'aurait tué si quelque chose ne l'avait pas arrêté.

À ces moments-là, la haine et la peur le poussaient à agir, mais leur source n'était jamais claire. Maintenant, il sentait l'emprise du voile-miroir se relâcher, mais il ignorait si c'était un bien ou un mal. Il redevenait l'homme qu'il était avant, mais pas totalement, car la magie des Ombreurs l'influençait toujours. La nuit, il repartait à la recherche de son frère – mais pour le tuer ou pour trouver le salut ?

Suis-moi ! avait-il demandé mentalement à Par. Puis il s'était enfui si loin et si vite que son frère n'avait pas pu lui emboîter le pas.

Combien de jours avaient été perdus ? Pendant combien de temps avait-il fui ?

Suis-moi !

Un soir, sans trop savoir pourquoi, il avait volé le demi-disque de métal que Par gardait autour du cou. Depuis, il avait compris que son frère, très attaché à cette amulette, aurait une raison de plus de lui coller aux basques.

Et il l'avait effectivement suivi jusqu'aux terres dévastées, au pied de la sentinelle du Sud.

Pourquoi Coll était-il venu ici ? Parce que le voile-miroir l'y avait contraint, bien entendu...

Pour ramener Par, sans doute...

Au bord du lac, ils s'étaient battus une dernière fois pour l'Épée de Shannara, chacun essayant de briser les barrières qui les séparaient. Par avait lutté pour invoquer la magie de l'arme, et Coll s'était battu pour... pour...

Pour quoi ?

Pour parler à Par. Pour tout lui dire.

Les souvenirs de la vérité, que l'Épée lui avait révélée, brûlèrent en Coll comme du feu blanc. Il regarda la lame couverte de boue et comprit ce qui s'était produit.

Tous ces mois passés à chercher l'Épée de Shannara, et ils n'avaient jamais deviné ! Tant d'efforts, de batailles désespérées, de vies perdues, et ils ne s'étaient doutés de rien. La mission confiée par Allanon avait troublé leur jugement. *« Trouvez l'Épée de Shannara »*, avait ordonné l'ombre du druide. *« À cette condition seulement, les Quatre Terres pourront être guéries. »*

Par Ohmsford avait obéi sans se douter un instant que ce ne serait pas lui qui utiliserait le talisman.

Le cœur de Coll cognait à tout rompre. Il pensait à ce que cette tromperie aurait pu leur coûter, mais il refusait de sombrer dans le désespoir. Il devait retrouver sa lucidité, et pour cela, il fallait faire le tri dans ses souvenirs.

Son frère l'avait suivi jusqu'aux plaines, à l'ouest de la sentinelle du Sud, où ils s'étaient battus une dernière fois. Par était venu le chercher parce que le voile-miroir était une magie dont il ne pouvait pas se libérer seul. Puis il avait essayé d'utiliser l'Épée pour donner à Coll les moyens de briser ses chaînes. La vérité, la spécialité du talisman, l'aiderait à se libérer.

Par était certain qu'il s'agissait bien de l'Épée de Shannara, parce que sa magie s'était révélée lors de leur premier affrontement.

Coll revit les lèvres de son frère bouger, pendant leur dernier duel en date.

Coll. Écoute-moi ! Coll. Écoute la vérité !

Venue de l'Épée de Shannara, une onde de chaleur blanche avait envahi Coll et brisé la magie des Ombreurs. Cela lui avait permis d'arracher de son dos le voile-miroir et de le rejeter à jamais.

La vérité était venue, et Coll avait été libéré.

Mais cette vérité n'avait jamais été celle de Par. Elle appartenait à Coll, et lui seul pouvait la recevoir en lui.

À l'est, la grisaille de l'aube avait cédé la place à un soleil radieux. En regardant l'astre du jour, Coll eut le sentiment que toute la tristesse qu'il avait connue dans sa vie était condensée dans cet unique moment.

Par n'avait pas invoqué la magie de l'Épée de Shannara. C'était lui qui l'avait fait. Pas une fois, mais deux, et à chaque occasion sans comprendre que cette magie était sous son contrôle. Coll était l'Ohmsford à qui l'arme était destinée. Mais la vérité, comme souvent, était fuyante, et il fallait du temps pour la comprendre. Allanon n'avait confié aucune mission à Coll – et pourtant, le pouvoir d'invoquer la magie de l'Épée de Shannara lui appartenait. C'était logique, quand on y réfléchissait. Il était le frère de Par, héritier comme lui de la magie elfique. Mais la mission avait été assignée à Par, et tout s'était focalisé sur lui. Il avait été envoyé récupérer le talisman, armé de sa propre magie et d'une inébranlable certitude, alors que les autres « élus » étaient rongés par le doute. Allanon devait savoir qu'il n'échouerait pas. Mais pourquoi ne leur avait-on pas dit que l'Épée était destinée à Coll ? Et pourquoi le druide ne lui avait-il rien demandé ?

Il se souvint de la sensation qu'il avait éprouvée en invoquant la magie de l'Épée : un feu blanc inexplicablement glacé. Même alors qu'il était piégé par le voile-miroir, la vérité avait brisé les barrières érigées par la magie des Ombreurs. Et grâce à elle, il avait pu redevenir lui-même...

Coll avait raconté mille fois l'histoire de l'Épée de Shannara, ce talisman venu à la vie entre les mains de Shea Ohmsford, cinq cents ans plus tôt. L'arme avait révélé le Valombrien à lui-même, puis démasqué le Roi-Sorcier.

Il connaissait si bien l'histoire qu'il aurait pu la réciter en dormant. Mais cela ne l'avait pas préparé à ce qu'il éprouvait après avoir utilisé la magie. Être exposé à la vérité l'avait vidé des illusions et de la vanité qui l'avaient protégé toute sa vie. Désormais, il se sentait idiot et honteux.

Et terrifié pour Par.

Car l'Épée de Shannara, en le libérant, lui avait aussi révélé des vérités sur Par. D'abord, qu'il ne pouvait pas utiliser le talisman. Ensuite, qu'il n'en avait pas conscience. Et enfin, que l'Enchantement de Shannara était la cause de tous les problèmes de son frère.

Pour des raisons encore inconnues, l'Enchantement ne permettait pas à Par d'invoquer la magie de l'arme, et il ne le laissait voir aucune vérité. L'Enchantement était un mur qui gardait la magie de l'Épée hors de portée de Par.

Coll ignorait pourquoi, mais il savait que c'était ainsi. L'Enchantement de Shannara empêchait la magie de l'arme de se déverser en Par et la canalisait vers Coll.

Pourquoi Allanon n'avait-il rien dit à ce sujet ? Chargés de récupérer le talisman, les deux frères avaient accompli leur mission. Et maintenant, quelle était la suite ?

Que devait faire Coll de l'Épée ?

Il ferma les yeux et laissa la chaleur l'apaiser. Il était fatigué et intrigué, mais en sécurité, contrairement à Par.

Lorsque Rimmer Dall et ses Questeurs les avaient attaqués, le roi de la rivière Argentée avait tenté de les emmener tous les deux en sécurité, mais ça n'avait pas marché. Paniqué, Par avait utilisé l'Enchantement de Shannara, sa magie annulant celle de leur sauveteur. Coll avait été emporté par la lumière, mais son frère était resté entre les mains des Ombreurs.

Rimmer Dall l'avait fait prisonnier.

Coll avait appelé Par, puis il s'était senti envelopper dans la lumière. Le roi de la rivière Argentée lui avait murmuré qu'il serait à l'abri, qu'il dormirait et se souviendrait de tout à son réveil.

Gardant l'Épée de Shannara, car elle était à lui, il se lancerait à la recherche de son frère et utiliserait le talisman pour le sauver.

Oui. Coll devait chercher Par puis invoquer la magie de l'Épée de Shannara afin de le contraindre à affronter les vérités que l'Enchantement lui dissimulait et afin de le libérer.

Mais le libérer de quoi ?

Rimmer Dall avait dit aux deux frères que Par Ohmsford était un Ombreur, à cause de l'Enchantement, et qu'il risquait d'être consumé par la magie parce qu'il ignorait comment la contrôler. À l'en croire, lui seul pouvait empêcher la destruction du Valombrien.

Il n'y avait aucune raison de se fier au Premier Questeur, bien entendu. Mais s'il y avait quand même un fond de vérité dans ce qu'il affirmait ? Ce serait suffisant pour que l'Enchantement prive Par de la vérité du talisman. Parce que s'il était réellement un Ombreur...

Coll ne pouvait pas accepter cette possibilité ! Comment Par aurait-il pu être un Ombreur ? Il y avait une autre raison à ce qui arrivait. C'était obligatoire...

Cesse de réfléchir ! Tu sais ce que tu dois faire. Trouver Par !

Coll se leva et regarda le lac, épuisé par sa lutte pour rester en vie et par les révélations du talisman. Il pensa aux années qu'il avait passées à s'occuper de son frère, qui luttait pour comprendre et contrôler la magie tapie en lui. Coll le calmait, utilisant sa carrure et son caractère paisible pour éviter que les choses échappent à leur contrôle. Combien de fois avait-il subi une punition à la place de Par ? Combien de fois avait-il négligé sa propre façon de voir le monde pour embrasser celle de Par ? Il ne les comptait plus...

Et il agirait de nouveau ainsi, s'il le fallait. On devait défendre son frère, et il avait choisi son chemin depuis très longtemps.

Trouve Par et libère-le ! Avant qu'il soit trop tard...

Coll regarda l'Épée et se souvint de la magie qui s'était déversée en lui. Sa magie ! Le pouvoir qu'il avait cru ne jamais avoir. Il l'avait désiré, autrefois, parce qu'il pensait que cela le rapprocherait de Par.

Il se remémora le sentiment de solitude qu'il avait éprouvé après la rencontre avec Allanon. Le seul membre de la famille Ohmsford qui n'était chargé d'aucune mission.

Il se rappela avoir pensé qu'il aurait aussi bien pu ne pas être là.

Aujourd'hui, que ferait-il de la chance qui lui avait été donnée ?

Tu dois trouver Par !

Son frère était prisonnier dans la sentinelle du Sud. Mais serait-il toujours son frère ? Coll pensait pouvoir l'atteindre, mais qu'arriverait-il entre-temps ? L'Épée de Shannara agirait-elle contre ce que les Ombreurs lui auraient fait ? La magie servirait-elle à quelque chose si Par était devenu un monstre ?

S'il réfléchissait encore un peu, Coll renoncerait peut-être à aider son frère...

Mais était-ce différent quand Par s'est lancé à ma recherche ? S'est-il demandé si j'étais toujours moi-même ?

Coll serra plus fort l'Épée de Shannara et commença à marcher.

Il avança vers l'est, en direction de l'embouchure de la rivière Argentée. Marcher en direction de l'ouest était hors de question, car il lui aurait fallu traverser le marais des Brumes.

Encore déconcerté, Coll réfléchit longuement à tout ce qui était arrivé et tenta de mettre en place les pièces du puzzle. La principale était l'obsession de Rimmer Dall pour Par. Il y avait d'abord eu le complot complexe pour lui faire croire que son frère était mort. Puis Coll, sous l'influence du voile-miroir, avait été lâché aux trousses de Par – détenteur de l'Épée de Shannara alors qu'il ne pouvait pas l'utiliser.

Pourquoi son frère était-il si important aux yeux de Rimmer Dall ? S'il avait été un simple obstacle, il l'aurait tué depuis longtemps. Mais Dall semblait se contenter de ce jeu pervers : la recherche de l'Épée de Shannara, la « mort » de Coll et la thèse selon laquelle Par était une des créatures qu'il cherchait à détruire.

Qu'essayait de faire Rimmer Dall ?

C'était sûrement lié à la mission d'Allanon. L'Épée était peut-être destinée à révéler la vérité cachée derrière tous ces mensonges. Ou à autre chose... Quelle que soit la réponse, il y avait à l'œuvre dans tout cela des plans que ni Par ni Coll ne comprenaient encore. Mais ils devraient résoudre l'énigme...

Coll se reposa à midi, but l'eau d'un ruisseau et regretta de ne pas avoir quelque chose à manger. Il approchait de la rivière Argentée et tournerait bientôt au nord, vers la rivière Rabb. À la sentinelle du Sud, il avait gagné en force en s'entraînant avec Ulfkingroh, mais le voile-miroir l'avait beaucoup affaibli, et il mourait de faim.

Il se fabriqua un harpon avec une branche de saule, resta un moment debout dans le ruisseau et embrocha le premier poisson qui passa à sa portée. Puis il se souvint qu'il n'avait pas de feu pour faire cuire sa prise. Et il ne pouvait pas la manger crue, après des jours passés sous l'emprise du voile-miroir car cela l'aurait ramené à sa bestialité. Il fouilla ses poches, ne dénicha rien pour faire du feu, mais retrouva l'étrange demi-disque qu'il avait volé à Par.

Furieux et frustré, il rejeta le poisson dans le lac et recommença à marcher.

L'après-midi, Coll se reposa de plus en plus souvent. Il avait la tête lourde, et sa concentration vacillait. Dormir l'aurait aidé, mais il préférait continuer jusqu'à la tombée de la nuit.

De temps en temps, il voyait Par apparaître dans la brume de chaleur qui montait des herbes. Mais ces images disparaissaient quand il s'en approchait...

Il lui fallait un meilleur plan. Retourner dans la sentinelle du Sud ne suffirait pas. Seul, il lui serait impossible de sauver Par. Il avait besoin d'aide. Où étaient Morgan, Wren, Walker et Damson ? La jeune femme cherchait-elle aussi Par ? Padishar Creel aussi aurait aidé Coll, mais il pouvait être n'importe où...

Le Valombrien contourna un marais empoisonné et sa végétation agonisante, puis il arriva en vue de la rivière Argentée alors que la nuit tombait.

En sortant d'un bosquet de pins, il aperçut un chariot et s'arrêta net.

Les cinq hommes assis autour d'un feu de camp levèrent la tête et regardèrent le voyageur. De la viande cuisait sur une broche, du bouillon chauffait dans une casserole et des sacs de couchage attendaient dans l'herbe. Pour l'instant, les types se repassaient une gourde de bière.

L'un d'eux fit signe à Coll de les rejoindre. Les autres l'appelèrent aussi, l'invitant à venir manger et boire avec eux avant de leur raconter ses malheurs.

Coll était trop affamé pour résister. Les voyageurs lui firent une place près d'eux, et on lui donna une assiette, un bol et une chope de bière.

Il avait à peine avalé une bouchée quand le premier coup le frappa derrière l'oreille. Puis les cinq hommes se jetèrent sur lui. Il essaya de se libérer et de fuir, mais ils étaient trop nombreux et le rouèrent de coups.

Quelqu'un lui arracha l'Épée de Shannara. Ensuite, on le couvrit de chaînes et on le jeta dans le chariot.

Coll supplia ses agresseurs de le libérer parce qu'il cherchait son frère. Les types éclatèrent de rire, menaçant de le bâillonner s'il ne se taisait pas.

Ils l'assirent, lui firent avaler un bol de bouillon et lui donnèrent une couverture.

Son arme rapporterait un joli paquet, dit un des hommes. Mais moins que lui, quand il serait vendu à la Fédération pour travailler dans les mines de Dechtera...

Chapitre 25

Par Ohmsford rêvait.

Il courait à travers une forêt obscure et dévastée. En pleine nuit, le ciel n'avait ni lune ni étoiles. Pourtant, le Valombrien y voyait clairement, sans pouvoir déterminer l'origine de la lumière. Devant lui, les troncs des arbres se balançaient comme des herbes dans le vent, le forçant à zigzaguer pour les éviter. Des voix murmuraient, l'appelant sans relâche.

— *Ombreur, Ombreur...*

Il était terrifié.

Les vêtements humides de sueur, il sentait ses bottes le brûler aux chevilles. De temps en temps, il rencontrait un ruisseau ou une mare et devait sauter par-dessus ou le contourner, car il savait d'instinct que c'étaient des sables mouvants qui l'attireraient au fond s'il le traversait. En courant, il tendait l'oreille pour détecter les bruits d'autres créatures vivantes. Il pensait que la forêt finirait bien quelque part. Elle ne pouvait pas continuer indéfiniment, n'est-ce pas ? Mais plus il courait, plus le silence s'approfondissait et plus les arbres devenaient sombres.

Après un moment, Par s'aperçut que quelque chose le pistait : une créature noire qui courait aussi vite que lui, le suivant comme son ombre. Il essaya de la distancer et n'y parvint pas. Puis il tenta de la semer en zigzaguant encore plus, mais elle lui colla aux basques.

Quand il décida de s'aplatir contre le tronc d'un arbre, la créature s'arrêta en même temps que lui et attendit.

C'était elle qui murmurait :

— *Ombreur... Ombreur...*

Cédant à la panique et au désespoir, Par recommença à courir. Prisonnier des arbres et de l'obscurité, il ne pouvait pas fuir. Tôt ou tard, il le savait, la créature le rattraperait.

Il entendait le sang battre à ses oreilles, et sa respiration devenait sifflante. La poitrine et les jambes en feu, il savait qu'il ne pourrait pas continuer longtemps. Et pourtant, il ne devait pas s'arrêter.

Tendant la main pour s'emparer d'une arme, il découvrit qu'il n'en avait pas. Et quand il voulut appeler au secours, le nom et le visage de ceux qui auraient pu l'aider ne lui revinrent pas en mémoire.

Il arriva devant la rive d'un cours d'eau tumultueux qui coulait dans un canal droit et très large. Ce n'était pas réellement une rivière, il l'aurait juré, mais il ignorait de quoi il s'agissait. Apercevant un pont, il courut dans cette direction. Dans son dos, il entendit la créature accélérer le pas.

Par sauta sur le pont bombé – un assemblage de bois et de clous –, et ses bottes ne firent aucun bruit pendant qu'il le franchissait. Ce pont lui avait d'abord semblé un moyen de fuir. Maintenant qu'il était dessus, il s'avisa qu'il ne voyait pas la rive opposée. Derrière lui, la forêt aussi avait disparu.

Le ciel s'abaissa, et l'eau s'éleva. Soudain, Par se retrouva dans une boîte qui se refermait inexorablement sur lui.

La créature gagnait du terrain et elle grandissait à mesure que la boîte rapetissait.

Par se retourna, conscient qu'il avait été poussé dans un piège mortel. Puis il se souvint qu'il n'était pas sans défense, parce qu'il possédait la magie de l'Enchantement de Shannara, qui pouvait le protéger de n'importe quoi. L'espoir renaissant en lui, il invoqua la magie, une lumière blanche qui fit bouillir son sang et glaça ses chairs.

Il la sentit l'abriter derrière l'armure de son pouvoir et le rendre indestructible.

La créature jaillit de la nuit, entité sans forme ni substance. Par la sentit longtemps avant de la voir. Certain qu'elle le regardait, il l'entendit respirer. D'instinct, il comprit qu'il ne serait pas en danger tant qu'il ne verrait pas son visage.

Elle tourna autour de lui, restant hors d'atteinte, et il attendit qu'elle se fatigue.

Puis le monstre commença à se matérialiser. Il n'était pas horrifiant, son corps ayant la forme et la taille du sien. Mais son visage restait invisible.

Par concentra la magie de l'Enchantement au bout de ses doigts et l'y maintint, telle une flèche prête à être décochée. La créature le surveillait. Elle tourna la tête vers lui, mais son visage restait voilé.

— *Ombreur... Ombreur...*

Puis le visage du monstre apparut... et Par se retrouva en face de lui-même.

— *Ombreur... Ombreur...*

Il propulsa la magie de l'Enchantement sur la créature, qui l'absorba sans difficulté.

Par envoya une deuxième décharge de pouvoir – qui aurait dû réduire le monstre en cendres –, mais sa cible l'avala comme si c'était de l'air. Son propre visage lui sourit, un peu vaporeux, tel un mirage prêt à se dissoudre dans la chaleur.

— *Ne sais-tu pas ? Ne vois-tu pas ?* murmura la voix, condescendante et pleine de haine.

Par attaqua de nouveau, lâchant un flot continu de pouvoir. Mais il se passait quelque chose de bizarre. Plus il invoquait la magie, plus la créature semblait contente. Elle devenait plus substantielle, comme si elle se nourrissait du feu blanc.

— *Ne comprends-tu pas ?*

Par s'aperçut qu'il changeait aussi, perdant sa forme et se désintégrant comme du bois brûlé. Il essaya de toucher son corps et vit ses propres mains le traverser. La créature s'approcha de lui et tendit un bras.

— *Ombreur... Ombreur...*

Par comprit qu'il n'y avait plus aucune différence entre eux. Il était devenu le monstre qu'il fuyait.

Il hurla quand la créature le prit dans ses bras et l'attira lentement à l'intérieur d'elle-même.

Le Valombrien se réveilla en sursaut, le souffle court. C'était seulement un rêve... Un cauchemar, mais tellement réaliste ! Il déglutit, sentant encore les vestiges de la peur.

Puis il ouvrit les yeux et regarda autour de lui. Il était dans une pièce aussi sombre que la forêt de son rêve. La salle sentait le moisi et le renfermé. Les fenêtres, sur le mur opposé, laissaient apercevoir un ciel nocturne sans étoiles. Dans l'air chaud et humide, Par était assis sur un lit miteux, et ses vêtements étaient maculés de boue séchée.

À cet instant, il se souvint.

Les plaines, l'orage, la lutte contre Coll, la magie de l'Épée de Shannara, l'arrivée des Ombreurs, l'apparition du roi de la rivière Argentée, la lumière, puis l'obscurité...

Les images défilaient à toute allure dans son esprit.

Où était-il ?

Une lumière s'alluma soudain de l'autre côté de la pièce – une boule posée au bout des doigts d'une main couverte d'un très long gant. Puis cette sphère se posa sur une lampe qui s'alluma instantanément.

— Maintenant que vous êtes réveillé, nous pouvons peut-être parler...

Une silhouette vêtue de noir entra dans le cercle de lumière. Grande, maigre et encapuchonnée, elle se déplaçait avec grâce et dans un parfait silence. Sur sa poitrine brillait une tête de loup.

Rimmer Dall !

Par aurait voulu fuir. Mais où aller ? Il était prisonnier dans la sentinelle du Sud, séparé de Coll et de l'Épée de Shannara.

— Vous semblez ne pas avoir très bien dormi...

Rimmer Dall abaissa son capuchon et dévoila son visage émacié mangé par une barbe broussailleuse. S'il avait conscience de la détresse de Par, il ne le montra pas. Il prit une chaise et s'assit.

— Vous voulez manger quelque chose ?

Par secoua la tête. Incapable de parler, il avait la gorge sèche et les muscles noués.

Ne panique pas, se dit-il. *Reste calme*.

Il se força à respirer lentement, posa ses jambes sur le sol mais n'essaya pas de se lever. Impassible, Rimmer Dall le regardait de ses yeux insondables.

— Où est Coll ? demanda Par.

— Le roi de la rivière Argentée l'a emmené. Il a aussi pris l'Épée de Shannara.

— Mais vous avez réussi à l'empêcher de m'emmener...

— Vous l'avez fait vous-même ! Je n'ai pas eu à intervenir. Vous avez utilisé l'Enchantement, et la magie a travaillé contre vous. Elle a repoussé le roi de la rivière Argentée... Le pouvoir devient de plus en plus imprévisible, dirait-on. Vous souvenez-vous de mes avertissements ?

— Je m'en souviens... Mais peu importe, parce que je ne vous croirais pas, même si vous me disiez que le soleil se lève à l'est. Vous m'avez menti depuis le début. J'ignore pourquoi, mais vous l'avez fait. Et j'en ai assez de vous écouter ! Alors tuez-moi, qu'on en finisse !

— Au sujet de quoi vous ai-je menti ?

Par voulut répondre, mais il se ravisa, soudain conscient qu'il ne se souvenait pas d'un mensonge spécifique. Les mensonges étaient là, aussi visibles que la tête de loup argentée sur les robes noires, mais il ne parvenait pas à les nommer.

— Je vous ai dit que j'étais un Ombreur. Puis je vous ai donné l'Épée de Shannara, et je vous ai laissé la tester contre moi pour que vous découvriez si je mentais. Ensuite, je vous ai averti que votre magie était un danger pour vous, parce qu'elle vous modifiait, et que vous ne seriez pas capable de la contrôler sans aide. Où étaient les mensonges ?

— Vous avez capturé mon frère après m'avoir fait croire que je l'avais tué ! hurla Par en se levant. Vous m'avez laissé penser qu'il était mort ! Puis vous l'avez poussé à fuir avec le voile-miroir pour qu'il devienne un Ombreur et que je puisse le tuer de nouveau ! Vous nous avez dressés l'un contre l'autre !

— Vraiment ? Pourquoi aurais-je fait ça ? Qu'en aurais-je retiré ? Dites-moi à quoi ça m'aurait servi ? (Dall attendit, mais Par ne répondit pas.) Vous ne pouvez pas ? Alors écoutez-moi. Je ne vous ai pas fait croire que vous aviez tué Coll. C'est votre magie qui vous a trompé, en altérant ce que vous voyiez. Souvenez-vous, vous pensiez avoir perdu son contrôle...

Par retint son souffle. Oui, ça c'était passé comme ça. Il avait eu le sentiment d'être enlevé à lui-même, déplacé...

— Mes Questeurs ont trouvé Coll après votre fuite et ils me l'ont amené. C'est vrai, ils ont été brutaux avec lui, mais ils ignoraient qui il était. Je l'ai détenu à la sentinelle du Sud pour le persuader de m'aider à vous trouver. Je pensais que c'était ma dernière chance. Quand il s'est échappé, il a emporté le voile-miroir – mais je ne l'ai pas aidé à le voler. Il l'a pris de son propre gré ! Le voile-miroir l'a transformé, c'est exact, car sa magie est trop puissante pour un homme normal. Mais vous auriez pu le porter sans être affecté. Enfin, je ne vous ai pas dressés l'un contre l'autre, parce que vous vous en êtes chargés tout seuls. Chaque fois que je suis venu à vous, c'était pour vous aider, mais vous vous êtes enfui. C'est le moment d'arrêter de fuir...

— Je suis sûr que ça vous ferait plaisir ! Ça rendrait les choses tellement plus faciles...

— Réfléchissez avant de parler, Par. Vous manquez de logique.

— Je manque de logique ? Partout où je vais, des Ombreurs tentent de me tuer et s'en prennent à mes amis. Qu'en est-il de Damson Rhee et de Padishar Creel, à Tyrsis ? Je suppose que c'était une erreur ?

— Une erreur, mais pas la mienne, répondit Rimmer Dall. La Fédération vous a poursuivi, elle a capturé la jeune femme, et ensuite le chef des hommes libres. Les Questeurs que vous avez détruits dans la tour de garde, quand vous avez libéré Damson, étaient là sur ordre de la Fédération. Ils ignoraient qui vous étiez et ils l'ont payé de leur vie. Que répondez-vous à ça ?

— Je ne vous crois pas !

— Vous m'avez répété ça chaque fois que nous avons parlé. Mais vous manquez de conviction... Quand vous ai-je menacé ? Quand ai-je été déloyal avec vous ? Je vous ai raconté l'histoire des Ombreurs. Vous savez désormais que la magie est notre héritage, un don qui peut aider et sauver. Je vous ai révélé que la Fédération est notre ennemi, qu'elle nous frappe chaque fois qu'elle peut parce qu'elle nous craint et déteste ce qu'elle ne peut pas ou ne veut pas comprendre. Vous et moi, des adversaires, Par ? Non ! Nous sommes des alliés. Des êtres identiques...

Par revit les images de son rêve. Et s'il se fuyait lui-même, s'il fuyait son héritage, la magie, son destin ? C'était possible, n'est-ce pas ?

— Si vous n'êtes pas mon ennemi, laissez-moi partir !

— Non, pas cette fois... Je l'ai fait naguère, et vous avez failli vous détruire. Je ne serai plus si bête. Désormais, nous ferons les choses à ma manière. Nous parlerons, nous explorerons et nous apprendrons. Après, vous pourrez partir.

— Je n'ai pas envie de parler avec vous ! Il n'y a rien à dire. Si vous essayez de me retenir, je me servirai de l'Enchantement de Shannara.

— Allez-y ! Mais souvenez-vous de ce que la magie vous fait...

Elle me transforme, pensa Par. *Chaque fois que je m'en sers, elle m'altère un peu plus. J'ignore quelles seront les conséquences finales, mais elles n'auront rien d'agréable, je le pressens.*

— Je ne suis pas un Ombreur, dit-il, obstinément.

— C'est seulement un mot...

— Peu importe. Je n'en suis pas un !

Le Premier Questeur se leva, approcha de la fenêtre et sonda l'obscurité.

— Autrefois, j'étais troublé par ce que j'étais et par le nom qu'on me donnait, dit-il. Je me considérais comme un monstre. Une aberration de la nature ! Mais j'ai appris que c'était faux. Ce que les autres pensaient de moi n'importait pas. Seul comptait ce que je pensais de moi-même. Si je me laissais influencer par l'avis des autres, eh bien, je deviendrais ce qu'ils voulaient que je devienne...

» Les Ombreurs sont injustement massacrés. Et on nous accuse à tort de tous les maux. Nous contrôlons une magie qui peut aider les gens, et on ne nous permet pas de l'utiliser. Posez-vous la question : en quoi cela diffère-t-il de votre cas ?

Par se sentit soudain épuisé et désorienté. Rimmer Dall était inébranlable, et ses arguments faisaient mouche. Le Valombrien n'arrivait plus à savoir quand le Premier Questeur lui avait menti. Il ne se rappelait pas à quel moment il avait essayé de lui faire du mal. Il avait toujours cru qu'il était l'ennemi – Allanon et Cogline l'avaient dit aussi –, mais où en était la preuve ? Et, au fait, où étaient le druide et le vieil homme ?

Le souvenir de son rêve le hantait toujours. Quelle part de vérité contenait-il ?

Par se rassit sur son lit. Rien n'était allé comme il fallait depuis qu'il avait accepté de récupérer l'Épée de Shannara. L'arme elle-même s'était révélée inutile. Il était seul, abandonné et sans défense. Il ne savait plus que faire.

— Pourquoi ne pas dormir encore un peu ? suggéra Rimmer Dall.

Il se dirigea vers la sortie.

— Je vous ferai porter à boire et à manger dans un petit moment, et nous parlerons de nouveau plus tard.

Le Valombrien essaya de se lever, mais il se rassit aussitôt, repris par le vertige. Oui, il devrait peut-être dormir encore un peu. Il raisonnerait mieux après.

« Ombreur... Ombreur... »

Était-il possible qu'il en soit un ?

Il se roula en boule et s'endormit.

Par rêva de nouveau, et ce deuxième songe fut une variante du premier. Il s'éveilla en sueur, les nerfs à vif, et constata que la lumière du soleil illuminait le ciel derrière ses fenêtres.

Un Ombreur vêtu de noir lui apporta de quoi se restaurer. Un instant, il envisagea de détruire la créature avec sa magie, puis de s'enfuir. Mais il hésita, pas certaine que ce soit une décision judicieuse, et son geôlier sortit avant qu'il ait pu se décider.

Il mangea et but, mais ne se sentit pas mieux. Assis dans la pénombre de sa prison, il écouta le silence. De temps en temps, il entendait les cris des hérons et des grues, à l'extérieur, et le sifflement du vent contre la façade de la tour.

Il se campa devant la fenêtre et regarda dehors. Il faisait face à l'est. Au pied de la tour, la Mermidon coulait en direction du lac Arc-en-ciel.

Les fenêtres renfoncées ne lui laissaient pas voir grand-chose d'autre, mais il sentait l'odeur des arbres et des herbes et entendait la rivière couler.

Il se rassit sur son lit, tenta de réfléchir et s'aperçut soudain qu'un bourdonnement profond montait du cœur de la forteresse. Une étrange vibration qui courait dans la pierre et le fer, basse et insistante, et dont le rythme changeait de temps en temps. Il l'écouta un long moment sans pouvoir déterminer de quoi il s'agissait.

Vers midi, Rimmer Dall revint. Il demanda à Par comment il se sentait, s'il avait bien dormi et si son repas l'avait rassasié. Agréable et patient, le Premier Questeur gardait une certaine distance, comme s'il craignait de rouvrir des blessures en tentant d'être trop amical.

Il reparla des Ombreurs et de la Fédération, qu'il ne fallait surtout pas confondre. Puis il évoqua les druides et la façon dont ils manipulaient les gens. Enfin, il rappela à Par l'histoire de sa famille, depuis toujours victime des machinations d'Allanon...

— Vous ne souffririez pas à cause de l'Enchantement de Shannara sans ce qui a été infligé à Wil Ohmsford, il y a des siècles. Et vous le savez aussi bien que moi ! Tout ce que vous avez subi ces dernières semaines vous a été infligé par les druides et leur magie. Qui faut-il blâmer pour ça ?

Dall mentionna aussi la maladie qui envahissait les Quatre Terres et révéla les mesures à prendre pour l'enrayer. Selon lui, ce n'étaient pas les Ombreurs qui provoquaient le mal, mais la négligence des races, autrefois si attentives à protéger et à préserver. Où étaient les elfes quand on avait eu besoin d'eux ? Partis, parce que la Fédération les avait chassés, effrayée par leur magie. Où étaient les nains, les meilleurs agents de la protection des terres ? En esclavage, soumis par la Fédération pour ne pas menacer le gouvernement des Terres du Sud.

Quand Dall fut parti, Par resta assis où il était, plus troublé que jamais. Au crépuscule, l'Ombreur lui apporta son dîner et, cette fois, il ne songea même pas à la possibilité de s'échapper. Après s'être restauré, il regarda fixement le mur de sa prison et réfléchit.

Rimmer Dall revint peu après.

— Que ne vous ai-je pas dit que j'aurais dû mentionner ? demanda le Premier Questeur. Quelles réponses puis-je vous donner ?

En matière d'informations et de réponses, le Valombrien se serait plutôt plaint d'une surabondance qui le plongeait dans une terrible confusion. Jugeant inutile de dévoiler ses faiblesses à Dall, il lui demanda ce qu'était le bourdonnement qui résonnait dans les murs et donnait l'impression qu'ils bougeaient.

Le Premier Questeur sourit. L'explication était simple. Par entendait la Mermidon, qui passait dans un canal souterrain et dont les eaux se jetaient contre les parois d'antiques cavernes, sous la forteresse. Parfois, on entendait les vibrations à des lieues à la ronde et on les sentait jusque dans ses os.

— Cela perturbe-t-il votre sommeil ?

Par secoua la tête. À côté des cauchemars, cette nuisance sonore n'était rien.

— Si je décidais de vous croire, dit-il, que feriez-vous pour m'aider à contrôler la magie de l'Enchantement de Shannara ?

— Je vous apprendrais à la gérer et à être à l'aise avec elle. Vous pourriez apprendre à l'utiliser sans danger...

— Vous pensez pouvoir faire ça ?

— J'ai été obligé d'apprivoiser mon propre pouvoir, et la leçon n'a pas été perdue. La magie est une arme puissante, Par, et elle peut se retourner contre vous. Pour l'utiliser à bon escient, il faut de la discipline et de la compréhension. Je peux vous apporter ça...

L'esprit de Par était embrumé, et son corps lui semblait peser une tonne. Sa fatigue formait comme un nuage noir qui refusait de le laisser réfléchir.

— Nous pourrions en parler, je suppose, dit-il.

— En parler, oui. Mais faire des expériences, aussi. Le contrôle de la magie naît de la pratique. C'est une capacité acquise. La magie est un don, mais elle a besoin d'entraînement...

— D'entraînement ?

— Je pourrais vous laisser voir dans mon esprit comment la magie fonctionne. Vous donner accès aux façons dont je la bloque et la canalise. Puis vous feriez la même chose pour moi.

— Comment ?

— En me laissant sonder votre esprit et mettre en place les protections dont vous avez besoin. Nous devrions travailler ensemble...

Dall continua à parler, mais Par avait cessé d'écouter, concentré sur un signal d'alarme intérieur. La partie obstinée de son esprit qui refusait de croire un mot de ce que le Premier Questeur disait avait repris le contrôle.

Il fit mine d'écouter et débita des réponses qui ne l'engageaient à rien.

Qu'y avait-il ? Quel était le problème ?

Rimmer Dall estima soudain que la conversation avait assez duré.

— Réfléchissez à ce que je vous ai dit, déclara-t-il avant de sortir.

Par se coucha, épuisé sans savoir pourquoi, mais il lutta pour ne pas fermer les yeux, car il refusait que les cauchemars reviennent. Pensant à son frère et à l'Épée de Shannara, il se demanda ce que le roi de la rivière Argentée avait fait d'eux.

Il évoqua Damson, Padishar, Walker, Wren et tous ceux qui étaient impliqués dans cette bataille. Puis il se demanda à quoi elle avait servi.

Quand il ne put plus lutter, il s'endormit, et le cauchemar revint aussitôt. Pour la troisième fois, Par se rencontra lui-même sous la forme d'un Ombreur. Comme d'habitude, il s'éveilla en sursaut, trempé de sueur.

Il comprit alors que quelque chose allait terriblement de travers. Il ne pouvait pas dormir sans faire de cauchemar – toujours le même. Il mangeait, mais ses forces déclinaient. Et bien qu'il passât son temps dans cette pièce à ne rien faire, il était fatigué en permanence. Incapable de réfléchir et de se concentrer, son énergie le quittait lentement.

Ce n'était pas un hasard. Quelque chose provoquait tous ces symptômes.

Il s'assit sur le lit, posa les pieds sur le sol et sonda les ombres de la pièce.

Réfléchis !

Par lutta contre son épuisement et parvint enfin à formuler quelques pensées cohérentes. Il y avait deux possibilités. *Primo*, la magie de l'Enchantement l'infectait d'une nouvelle manière, et il devait d'urgence faire ce que Rimmer Dall lui suggérait. *Secundo*, la magie qui l'agressait était d'origine ombreuse. Dans ce cas, Rimmer Dall travaillait à briser ses défenses, et tous ses discours sur l'aide qu'il lui apporterait étaient une ruse.

Pour obtenir quoi ?

Par aurait voulu ramper sous les couvertures et s'y blottir, mais il résista. Il avait envie de hurler. Rimmer Dall mentait-il ou disait-il la vérité ? Quelles étaient ses intentions réelles ?

Si Dall disait la vérité sur l'Enchantement, il avait besoin de son aide. S'il mentait, c'était une tromperie si complexe qu'il ne pouvait pas imaginer son but, parce qu'elle était en cours depuis le moment où le Premier Questeur s'était lancé à ses trousses, des semaines plus tôt, à l'auberge de la *Moustache Bleue.*

Par l'enfer, Il faut que je sache !

Par se leva, gagna la fenêtre et inspira à pleins poumons. Il était paralysé par l'indécision. Comment apprendre la vérité ? Y avait-il un moyen de savoir si Dall mentait ? L'Épée de Shannara ne lui avait rien montré, se souvint-il. Rien ! Qu'essayer d'autre ?

Il lui faudrait gagner du temps... Écouter et parler, mais ne rien lâcher jusqu'à ce qu'il ait retrouvé ses esprits.

Un très bon plan. Mais comment le mettre en application, dans l'état de faiblesse où il était ?

Chapitre 26

Sous une chaleur accablante, Wren Elessedil, allongée au sommet d'une butte, regardait l'armée de la Fédération avancer dans la plaine comme un insecte qui aurait eu des milliers de pattes.

Une bête sans cervelle, mais insistante, pensa-t-elle tristement.

Elle ne regarda pas ses compagnons – Triss, Erring Rift et Desidio – trop sûre de ce qu'elle lirait sur leurs visages.

Ils espionnaient leurs ennemis depuis plus d'une heure, pas dans l'espoir d'apprendre quelque chose, mais pour tromper leur angoisse.

Les elfes avaient un gros problème. L'avancée de l'armée adverse vers le nord avait repris deux jours plus tôt. Barsimmon Oridio avait enfin terminé ses préparatifs et il arriverait sur le champ de bataille deux jours avant l'ennemi. Mais les elfes combattraient à un contre dix et ils n'auraient pas une chance. Pis encore, les Grimpeurs continuaient de progresser et rattrapaient rapidement la colonne. Dans quatre ou cinq jours, ils seraient l'avant-garde de la horde ennemie. Alors, le glas sonnerait pour les elfes...

Que puis-je faire pour sauver mon peuple ?

Wren se concentra de nouveau sur l'armée et essaya de réfléchir. Un autre raid de nuit était hors de question. La Fédération savait qu'ils étaient là, et elle ne tomberait pas deux fois dans le même panneau. Des patrouilles de cavalerie entouraient l'armée nuit et jour, sondant le terrain pour détecter toute intrusion. Une ou deux fois, ces patrouilles s'étaient même aventurées dans la forêt. Wren les avait laissées passer, car elle ne voulait pas trahir la présence des elfes dans ces bois.

Le plus urgent était d'arrêter les Grimpeurs. Encore à bonne distance, ils restaient quand même la menace la plus directe et la plus dangereuse. S'ils atteignaient la vallée de Rhenn, ou les forêts des Terres de l'Ouest, immédiatement au sud, plus rien ne les empêcherait de se frayer un chemin vers Arborlon.

Les Grimpeurs détruiraient alors les elfes, comme ils avaient écrasé les nains cinquante ans plus tôt. Wren connaissait les récits. Elle savait à quels ennemis ils avaient affaire.

Le visage ruisselant de sueur, elle fit signe aux autres et commença à descendre de la butte. Quand ils furent revenus à l'abri des arbres, les elfes se relevèrent et marchèrent jusqu'à l'endroit où ils avaient laissé leurs chevaux.

Personne ne parla, car il n'y avait rien à dire. Wren ouvrit la marche, essayant d'avoir l'air déterminé malgré ses doutes. Elle s'inquiétait de perdre la confiance qu'elle avait gagnée en conduisant l'attaque, trois nuits auparavant. Pour contrôler les événements, après l'arrivée de Barsimmon Oridio, elle aurait besoin que tout le monde se fie à elle.

Elle était la reine des elfes, certes, mais même une souveraine pouvait échouer.

Une fois de retour au camp, Wren repensa à tous les événements, depuis l'apparition de Cogline. Elle se demanda ce qui était arrivé au vieillard et aux hommes qu'il avait réunis au lac Hadeshorn pour parler avec l'ombre d'Allanon.

Elle aurait dû les rechercher et leur apprendre la vérité sur l'origine des Ombreurs. Il était important qu'ils la connaissent, parce que la faiblesse des monstres résidait justement là. Allanon le savait sans doute depuis le début. Mais dans ce cas, pourquoi ne le leur avait-il pas dit ? Non, c'était plus compliqué que ça. Mais tout ne l'était-il pas, dans ce combat ?

Wren alla prendre de la nourriture sur une table. Même si elle n'avait pas faim, elle devait manger pour reconstituer ses forces.

Elle s'assit sur un banc et regarda les arbres. Les réponses étaient là, quelque part, et très certainement liées au passé.

Les leçons de Morrowindl lui revinrent à l'esprit. Faire quitter ce piège mortel aux elfes leur avait tant coûté ! Il devait bien y avoir une raison...

Wren aurait aimé que Garth soit auprès d'elle. Sa présence rassurante lui manquait. Même quand les choses allaient très mal, il ne baissait jamais les bras...

Elle sentit des larmes lui monter aux yeux et les essuya. Elle ne pleurerait plus pour lui. Elle se l'était promis.

Elle se leva et partit à la recherche d'Erring Rift.

L'heure était venue de repartir avec lui vers le sud pour voir où en étaient les Grimpeurs. Il devait exister un moyen de les arrêter ou de les ralentir. Elle aurait aimé que Ty le Tigre soit là, car il la rassurait presque autant que Garth. Mais le Cavalier du Ciel n'était pas encore revenu, et personne ne savait s'il avait fini par trouver les hommes libres...

Wren aperçut Rift et siffla pour attirer son attention.

— Nous allons jeter un autre coup d'œil aux Grimpeurs, dit-elle. Ne discutez pas. Je dois le faire.

— Je n'oserais pas discuter, ma dame...

La reine prit le bras de l'elfe et l'entraîna à travers le camp.

— Nous resterons le temps de voir où ils en sont. D'accord ?

— Fichtrement trop près, voilà où ils sont ! Nous le savons déjà. Il faut les arrêter. Vous n'auriez pas un plan pour ça, ma dame ?

— Quand j'en aurai un, vous serez le premier informé...

La reine et son compagnon avançaient vers la clairière où attendaient les Rocs quand Tib Arne surgit en courant, essoufflé et rouge comme une pivoine.

— Ma dame ! Vous allez voler sur un des grands oiseaux ? Emmenez-moi, je vous en prie ! Vous l'avez promis. S'il vous plaît ? J'en ai assez d'être assis à ne rien faire.

— Tib...

— Je vous en prie ! Je ne vous dérangerai pas du tout !

Wren regarda Rift, qui lui jeta un regard noir. Mais elle se sentait étrangement déconnectée de tout, et elle avait besoin de retrouver ses esprits. Emmener Tib l'y aiderait peut-être. Et il pouvait faire une suggestion utile...

— D'accord...

Tib sourit, aussi ravi que Rift était mécontent.

Ils volèrent vers le sud en restant le plus près possible de la terre. Une fois qu'ils eurent dépassé l'armée de la Fédération, ils continuèrent en direction de la Mermidon.

Assise derrière Erring Rift, Wren sentait l'émerveillement de Tib, placé dans son dos.

Pour la deuxième fois, et malgré ses supplications, la reine n'avait pas emmené Faun avec elle. Avait-elle peur que la couineuse tombe du dos du Roc ? Ou était-ce autre chose ? Elle n'était pas sûre...

Après des heures de vol, ils atteignirent le Pykon et suivirent la Mermidon vers le sud.

Toujours aucun signe des Grimpeurs...

Wren redouta que les monstres se soient enfoncés dans les arbres, où il serait impossible de les repérer. Mais quelques secondes plus tard, une lueur métallique attira l'attention d'Erring Rift, qui fit pivoter Grayl pour approcher des montagnes de l'Ouest.

Les Grimpeurs étaient regroupés à l'est de la rivière, et ils avançaient derrière l'armée de la Fédération. Wren regarda les ignobles monstres puis repensa aux créatures qu'elle avait laissées derrière elle sur Morrowindl. En réalité, s'avisa-t-elle, elle ne les y avait pas *vraiment* laissées. Les créatures obscures de la magie elfique existaient ici sous une autre forme. L'histoire se répétait...

Wren demanda à Erring Rift de se poser sur un promontoire au pied de l'éperon Rocheux. De là, ils pouvaient regarder avancer les Grimpeurs.

Quand ce fut fait, la reine s'assit sur un rocher, Tib Arne à côté d'elle, et elle observa les monstres.

Comment les arrêter ? se demanda-t-elle.

Derrière elle, Erring Rift vérifiait les harnais de Grayl.

Wren pensa au ouisteron, un lointain cousin des Grimpeurs qui s'était finalement noyé dans le bourbier proche de l'endroit où il avait établi sa tanière.

Rift tapota l'épaule de la reine et lui tendit une outre d'eau. Elle but puis proposa l'outre à Tib, qui refusa.

Wren se leva et marcha avec Rift jusqu'au bord de la butte. Qu'est-ce qui pouvait nuire à de telles créatures ? Avaient-elles besoin de manger, de dormir ? Respiraient-elles seulement ?

— Nous devrions repartir, souffla Rift.

Wren hocha la tête, mais elle ne bougea pas.

Le ouisteron s'est enfoncé dans la boue, pensa-t-elle. *Oui, je tiens peut-être une piste...*

Entendant un sifflement bas et familier, elle se retourna. Tib Arne apparut à côté d'elle, et désigna quelque chose avec un sourire.

— Regardez !

Wren sonda la plaine et ne vit rien. À côté d'elle, Erring Rift grogna et bascula en avant. Dans son dos, la reine entendit un grand bruit, comme si un arbre était tombé, et un hurlement lui glaça le sang.

Elle voulut se retourner, mais quelque chose s'abattit sur sa tête, et elle sombra dans l'inconscience.

Très loin à l'est, l'ombre des dents du Dragon s'allongeait à l'approche de la nuit. Ty le Tigre chevauchait Esprit sur un vent régulier qui les portait vers le nord, en direction des plaines brûlées de soleil. Les recherches du Cavalier du Ciel avaient été infructueuses, comme chaque jour depuis qu'il tentait de trouver les hommes libres. De l'aube au couchant, il sondait la terre et ne voyait rien. À part des patrouilles de la Fédération, certaines importantes, comme celle qui bloquait le col, à l'extrémité sud des montagnes. Ty s'était posé le temps de s'entretenir avec des voyageurs. Il avait appris que Padishar Creel avait été libéré par ses hommes quelques minutes avant son exécution. C'était un sacré exploit, et tout le monde en parlait. Mais personne ne savait où il était – ni aucun des hommes libres, d'ailleurs.

Ty le Tigre ne connaissant presque rien des Quatre Terres, il était obligé de chercher à l'aveuglette. Il avait réussi à découvrir que les hors-la-loi s'étaient probablement cachés dans les montagnes qu'il survolait. Cela dit, il ne pouvait pas passer une éternité à aller et venir sans résultat.

Il commençait à désespérer. Mais il avait promis à Wren de trouver les hommes libres, et il était déterminé à tenir parole.

En bas, rien ne bougeait. Ty fit tourner Esprit vers la gauche. C'était la deuxième fois qu'ils longeaient la ligne des montagnes. S'il y avait une armée d'hommes libres par là, pourquoi était-elle si difficile à trouver ?

Le Cavalier pensa à Wren et aux elfes terrestres, puis il se demanda si l'armée de la Fédération s'était suffisamment remise de l'attaque pour reprendre son chemin. Il sourit, se rappelant l'assaut nocturne. Cette fille avait du cran, c'était sûr ! À peine adulte, et déjà un chef... Les elfes terrestres iraient aussi loin qu'ils la laisseraient les conduire. Et s'ils ne l'écoutaient pas, ils seraient vraiment idiots...

Une lueur, dans les rochers, interrompit ses réflexions. Il regarda de nouveau. La lumière revint brièvement. Un signal... Mais de qui ? Ty abandonna un peu d'altitude pour mieux voir. La lueur apparut une troisième et une quatrième fois, puis il n'y eut plus rien, comme si celui qui l'émettait était certain d'avoir été vu. Le signal venait d'un promontoire, dans les pics centraux du Nord, et quand il approcha, Ty vit quatre hommes debout à découvert.

Ils n'essaient pas de se cacher. Un bon signe...

Très méfiant, Ty fit atterrir Esprit sur le promontoire. Le Roc géant s'immobilisa au bord du gouffre, assez loin des quatre hommes.

Ty resta un instant où il était, étudiant le terrain. Les quatre hommes attendaient patiemment. Puis l'elfe descendit de sa monture et avança sur une étendue d'herbe sèche et de rocaille. Deux hommes vinrent à sa rencontre.

Le plus grand des deux boitait bas...

À six pas des inconnus, Ty le Tigre s'arrêta.

— C'était votre signal ? demanda-t-il.

Le grand type hocha la tête.

— Ça fait deux jours que vous volez au-dessus de nous... Nous avons décidé de découvrir pourquoi. Selon la légende, seuls les Cavaliers du Ciel montent des Rocs géants. Venez-vous de la part des elfes ?

— Tout dépend de qui pose la question... Ces temps-ci, il y a des tas de gens à qui on ne peut pas faire confiance. Êtes-vous du lot ?

Le plus petit des deux hommes rougit de colère sous sa barbe noire et avança d'un pas. Mais son compagnon l'arrêta d'un regard.

— Non, dit-il. Et vous ?

Ty sourit.

— Ce petit jeu pourrait continuer un moment... Êtes-vous des hommes libres ?

— Maintenant et à tout jamais, répondit le boiteux.

— Alors, c'est vous que je cherche. Je m'appelle Ty le Tigre, et je viens de la part de Wren Elessedil, la reine des elfes terrestres.

— Alors, ils sont vraiment revenus ?

— Oui.

L'homme sourit de satisfaction.

— Je suis Padishar Creel, le chef des hommes libres. Mon ami s'appelle Chandos. Bienvenue dans les Quatre Terres, Ty le Tigre. Nous avons besoin de vous.

— Et nous avons encore plus besoin de vous ! Où est votre armée ?

Padishar Creel ne cacha pas sa surprise.

— Mon armée ?

— Celle qui doit venir nous aider ! Nous sommes attaqués par des forces de la Fédération dix fois plus nombreuses que nous. Cavalerie, archers, infanterie, équipement de siège, armes – bref, de quoi nous liquider ! Le gamin a dit que vous étiez en chemin avec cinq mille hommes. Ce n'est pas assez, mais toute aide est bonne à prendre.

Chandos fronça les sourcils.

— De quel gamin parlez-vous ?

— Celui qui se baladait avec une pie-grièche. Tib Arne. Blond, les yeux bleus, petit... Vous l'avez envoyé, n'est-ce pas ?

Les deux hors-la-loi se regardèrent.

— Nous avons envoyé un homme de quarante ans, Sennepon Kipp, dit Chandos. J'en suis sûr, parce que je l'ai choisi moi-même.

— Et le gamin ? Vous ne le connaissez pas du tout ?

— Nous ne le connaissions pas *avant*... Maintenant, je serais prêt à parier que nous savons qui il est...

La lumière brûlant les yeux de Wren quand elle reprit conscience, elle détourna la tête. Une main la saisit par les cheveux et la força à se lever.

La voix qui murmura à son oreille était pleine de haine et de mépris.

— Réveillez-vous, reine des elfes !

La main la lâcha, et Wren tomba à genoux, la tête encore douloureuse à cause du coup qui l'avait assommée. Un bâillon était noué autour de sa bouche, si serré qu'elle devait respirer par le nez. Et bien entendu, elle avait les mains attachées dans le dos.

— Ah ! ma dame, la plus belle des belles, le chef des elfes des Terres de l'Ouest ! Vous êtes une telle idiote... Asseyez-vous et regardez-moi !

Un coup renvoya Wren au sol. La main se referma de nouveau sur ses cheveux pour la redresser.

— Regardez-moi !

Wren leva la tête et croisa le regard de Tib Arne. Il n'y avait plus de lueur malicieuse dans ses yeux bleus, et il ne restait rien en lui du jeune garçon qu'il avait semblé être.

— Le chat a mangé votre langue ? ricana-t-il. (Wren constata qu'il avait du sang sur les mains.) Mais que vais-je faire de vous ? Quel devoir ai-je envers la reine des elfes ?

Wren regarda autour d'elle. Erring Rift gisait sur le sol, à côté d'elle, la lame qui l'avait tué toujours enfoncée dans son dos. Grayl était allongé un peu plus loin, à demi décapité. Au-dessus de lui, Gloon se restaurait. Devenu aussi grand que le Roc, il déchiquetait avidement le cadavre. Quand il s'interrompit pour regarder Wren, elle lut dans ses yeux une faim inextinguible.

— Il est plus grand que dans vos souvenirs, n'est-ce pas ? lança Tib Arne. Ce fut votre première erreur : penser que nous étions ce que nous semblions être. Vous avez été très stupide !

» Ça a été vraiment facile ! J'aurais pu entrer dans le camp n'importe quand, mais j'ai su attendre le bon moment. Bien entendu, j'avais intercepté le messager des hommes libres, qui m'a tout dit avant de mourir... Puis j'ai pris sa place et j'ai attendu d'être seul avec vous...

Il frappa Wren, la retenant d'une main pour qu'elle ne s'écroule pas.

— Mais vous ne vouliez pas me donner cette chance !

Il cessa de la frapper et regarda sa victime, les yeux étincelants. Désormais, le visage du jeune garçon ne cachait plus le monstre qui se dissimulait derrière.

— Vous avez essayé de me renvoyer, et pendant que j'étais parti, vous avez lancé cette attaque de nuit contre la Fédération. Stupide fille ! Les soldats ne sont rien ! Vous nous avez simplement obligés à faire venir les Grimpeurs un peu plus tôt...

La tenant toujours par le cou, Tib se laissa tomber à genoux devant Wren.

Un Ombreur, pensa la reine des elfes.

— Mais j'ai tué ces hommes – ou plutôt, Gloon les a tués pour moi. Je les ai écoutés crier, et je n'ai rien fait pour adoucir leur fin. Mais c'est à cause de vous qu'ils sont morts. J'ai envoyé Gloon se cacher et je suis revenu, trop tard pour arrêter votre absurde raid, mais assez tôt pour m'assurer que vous ne recommenceriez pas. Puis j'ai attendu, sachant que j'arriverais à vous coincer...

Tib reprit son regard de jeune garçon suppliant et dit d'une voix moqueuse :

— Oh ! ma dame, je vous en prie, emmenez-moi avec vous ! Vous me l'aviez promis ! Je vous en prie !

Wren lutta pour ne pas s'écrouler.

— Oh ! je suis désolé... Vous êtes mal à l'aise ? (Tib la gifla sur une joue, puis sur l'autre.) Voilà ! Ça va mieux ? Où en étais-je ? Ah oui ! J'ai attendu... Et dès que vous avez tourné le dos, j'ai sifflé Gloon pour qu'il s'occupe du Roc. Ensuite, j'ai poignardé le Cavalier du Ciel, puis je vous ai assommée. Ça a été si facile !

Il la lâcha, mais Wren parvint à ne pas lui donner la satisfaction de s'effondrer. La colère lui faisant oublier la fatigue et la douleur, elle gardait la force de se concentrer sur le jeune garçon.

L'Ombreur !

Tib Arne ricana.

— Il n'y a plus d'espoir pour vous, maintenant, reine des elfes ! Vos amis vous chercheront, mais ils ne vous trouveront pas. Ni vous, ni le Cavalier du Ciel, ni son Roc. Vous aurez tous disparu. Vous voulez savoir où ? Pour les deux autres, peu importe, mais pour vous...

Il plaqua les mains sur ses hanches et inclina la tête, les yeux durs.

— Vous finirez à la sentinelle du Sud, entre les mains de Rimmer Dall. Avec ceci...

Tib sortit de sa poche la bourse en cuir qui contenait les Pierres elfiques. Wren en frissonna de terreur. Les Pierres elfiques, sa seule arme contre les Ombreurs...

— Nous savons que vous les avez depuis que vous avez tué notre frère au Nid d'Aigles. Un tel pouvoir... Mais il appartient maintenant au Premier Questeur. Et vous aussi, ma dame. Jusqu'à ce qu'il en ait fini avec vous. Après, je lui demanderai de vous confier à moi...

Tib remit la bourse dans sa poche.

— Vous auriez mieux fait de laisser les choses telles qu'elles étaient, reine des elfes... Ç'aurait été préférable pour vous. Vous auriez dû vous souvenir que nous avons tous la même origine – des elfes, venus de l'ancien monde, où nous étions des rois. Si vous aviez demandé à devenir l'une d'entre nous, votre magie vous l'aurait permis. Les Ombreurs sont ce que les elfes étaient destinés à devenir. Certains d'entre nous le savent, car ils ont écouté les murmures de la terre !

De quoi parle-t-il ? se demanda Wren.

Mais son esprit était confus et lent.

Tib se détourna, regarda Gloon manger, puis siffla pour l'appeler. L'oiseau approcha à contrecœur, des lambeaux de chair pendant encore de son bec crochu. Tib Arne calma son compagnon en lui parlant doucement. Gloon écouta attentivement, les yeux rivés sur le jeune garçon.

Wren resta où elle était, se demandant si elle pouvait faire quelque chose pour se tirer de ce mauvais pas.

Tib revint vers elle, la ramassa sans difficulté, la jeta sur le dos de Gloon comme un sac de grain et l'y attacha. Puis il retourna balancer le cadavre d'Erring Rift dans les fourrés, au-dessous du promontoire. Ensuite, il ordonna à

Gloon de tirer Grayl vers le bord du gouffre et de lui faire rejoindre son maître.

Wren ferma les yeux. Tib Arne avait raison : elle avait été incroyablement stupide.

Le jeune garçon revint et monta sur Gloon.

— La magie nous permet beaucoup de choses, dit-il en s'installant. Gloon peut devenir aussi petit ou aussi grand qu'il veut, toujours dissimulé par les plumes de la pie-grièche – la forme d'Ombreur qu'il a prise quand il s'est métamorphosé. Moi, je peux être le fils que vous n'aurez jamais. Ai-je été un bon fils, ma mère ? (Il éclata de rire.) Vous ne vous êtes doutée de rien, n'est-ce pas ? Rimmer Dall l'avait prévu. Il savait que vous auriez envie de m'apprécier et de me faire confiance, après avoir perdu votre ami le géant sur Morrowindl.

Wren se sentit humiliée comme jamais. Tib Arne la regarda un moment et éclata de nouveau de rire.

Puis Gloon déploya ses ailes, et ils s'éloignèrent des forêts des Terres de l'Ouest, des Grimpeurs, de l'armée de la Fédération et des elfes.

Wren regarda le paysage disparaître dans les ombres du crépuscule. Ils volèrent dans l'obscurité, suivant la Mermidon en Callahorn, au-delà de Kern et de Tyrsis, en direction des prairies du Sud.

Vers minuit, ils se posèrent dans une plaine obscure où attendaient un chariot et des cavaliers vêtus de noir qui arboraient la tête de loup des Questeurs.

Tib remit les Pierres elfiques à un des hommes. Deux autres descendirent la prisonnière du dos de Gloon et la portèrent dans le chariot bâché.

Allongée dans l'obscurité, Wren entendit le bruit des ailes de Gloon quand il reprit l'air. Puis le chariot s'ébranla. Les roues craquèrent, et les sabots des chevaux martelèrent le sol.

La reine des elfes était en route pour la sentinelle du Sud où l'attendait Rimmer Dall.

Et il lui semblait qu'un grand trou s'était ouvert dans la terre pour l'engloutir...

Chapitre 27

L'aube approchait quand Morgan Leah vit le chariot et les cavaliers sortir des plaines de l'Ouest et ralentir avant d'attaquer la montée qui conduisait à la sentinelle du Sud. Les étoiles et la lune commençaient à pâlir dans le ciel sans nuages, mais un calme mortel continuait de régner sur les collines couvertes de brume.

Morgan suivit du regard les nouveaux venus, encore assez loin de la forteresse. Les premiers signes de vie qu'il voyait depuis qu'il avait commencé sa surveillance...

En trois jours, personne n'était entré ou sorti de la sentinelle du Sud. Morgan avait vu des esquifs sur la Mermidon et le lac Arc-en-ciel, mais tous étaient passés au sud, très loin de la citadelle des Ombreurs. Fractionnant son sommeil pour ne rien rater, le montagnard avait cherché des signes de vie à l'intérieur de la tour. Là non plus, il n'avait rien vu.

Maintenant, un chariot et des cavaliers se dirigeaient vers la sentinelle du Sud.

Morgan les regarda mieux et constata qu'il s'agissait de Questeurs. Six cavaliers, plus deux cochers dans le chariot... Un petit groupe furtif apparemment pressé d'atteindre sa destination.

Le montagnard inspira à fond. C'étaient eux qu'il attendait... Il ignorait pourquoi, mais il l'aurait juré. Par Ohmsford était peut-être dans le chariot... et peut-être pas. Peu importait ! Quelque chose en lui murmurait qu'il ne devait pas les laisser passer. Une voix intérieure si claire et si sûre d'elle qu'il ne pouvait pas l'ignorer...

C'est ce que tu attendais. Fais quelque chose !

Il y avait trois jours que Damson Rhee et Matty Roh étaient parties à la recherche de Par. L'orage ayant effacé toutes les traces, le Skree était la seule piste dont elles disposaient.

Morgan avait loyalement accompli sa mission de surveillance, même s'il doutait de son utilité. Sans entrer dans la citadelle, comment déterminer si Par y était ou non ?

Désormais, la donne avait changé. Mais il devait imaginer un plan et agir sans tarder.

Il suivit la progression du chariot qui serpentait à travers les collines embrumées. Il pouvait l'intercepter. Oui, il pouvait l'atteindre avant qu'il arrive à la sentinelle du Sud. Il était assez près pour agir...

S'il décidait de le faire.

Un homme contre huit Questeurs – probablement des Ombreurs. Le montagnard eut un sourire crispé. Il avait intérêt à être sûr de son coup !

À l'est, l'horizon s'éclaircissait de plus en plus.

Immobile sur le promontoire, Morgan se replongea dans le passé. Il se revit à Leah, au cœur des montagnes où sa famille vivait depuis des siècles. À l'époque, il passait son temps à harceler les officiers de la Fédération qui occupaient son ancienne demeure familiale. Depuis qu'il était allé au lac Hadeshorn, tout ça paraissait de l'enfantillage. Il avait radicalement changé, mais il n'aurait pas voulu revenir en arrière. Car ses dernières expériences l'avaient rendu plus fort qu'il ne l'aurait jamais cru possible.

Revenant au présent, le montagnard se concentra sur ce qui importait : le chariot et les cavaliers toujours occupés à gravir la pente sinueuse.

Sa décision prise, il se défit de tout ce qui risquait de le ralentir – à part l'Épée de Leah – et slaloma à travers les arbres, le long de la pente du promontoire. Quand il eut atteint les collines, il les traversa en direction du nord, à l'endroit où le chariot et les cavaliers devraient franchir la Mermidon à gué pour atteindre la sentinelle du Sud.

Émergeant d'un vallon, il entra dans un bosquet de noyers noirs et s'immobilisa un instant. Tout allait bien, car il avait largement assez d'avance sur ses proies...

Morgan avait passé sa jeunesse à chasser dans les montagnes. Debout avant l'aube, il s'était aventuré seul dans un monde hostile et avait appris à ne faire qu'un avec les animaux qu'il traquait. Parfois, il les tuait pour leur viande. La plupart du temps, il se contentait de les pister, n'ayant pas besoin de la mise à mort pour découvrir leurs secrets.

Mais les Ombreurs aussi étaient des chasseurs. Il devrait être prudent, parce que s'ils le découvraient les premiers...

Quel était son plan, au juste ? Les arrêter, les tuer et regarder dans le chariot ? Et s'il n'y avait rien ?

Mais il savait que ce ne serait pas le cas. Pourquoi des Questeurs auraient-ils escorté un chariot vide jusqu'à la sentinelle du Sud ?

C'est ça que tu attendais...

Morgan se demanda un instant si Force Vitale lui parlait depuis la terre où elle était retournée, le conduisant vers ce qu'elle seule voyait. Mais cette idée lui sembla fantaisiste et dangereuse. La voix mentale était la sienne. La décision et ses conséquences n'appartenaient qu'à lui.

Il atteignit la ravine où les cavaliers et le chariot devraient obligatoirement passer et s'immobilisa pour étudier le terrain.

L'endroit idéal pour une embuscade. N'était un détail : s'il n'éliminait pas tous ses adversaires, il serait perdu, parce que battre en retraite, sur ce terrain, serait impossible.

C'est ce que tu attendais, se répéta-t-il.

Morgan recula vers les arbres, dégaina l'Épée de Leah et s'accroupit.

Je vous en prie, faites que j'aie raison, et que Par soit dans ce chariot ! Faites que je n'agisse pas pour rien...

Mais comment être sûr que le jeu en valait la chandelle ? C'était sa dernière chance de changer d'avis. Et si la voix mentale l'induisait en erreur, ce serait l'ultime bévue qu'il commettrait...

Fais quelque chose ! Fais quelque chose ! insista la voix.

Morgan serra à deux mains le pommeau de son épée, ce talisman auquel il devrait se fier une fois encore. Mais que ferait la magie de l'Épée ? Le sauverait-elle ou risquait-elle de le consumer ?

Le montagnard se souvint de la manière dont l'arme était devenue magique. Son ancêtre, Rone Leah, avait demandé à Allanon un peu de pouvoir pour protéger Brin

Ohmsford. Le druide avait accédé à sa requête en trempant la lame dans le lac Hadeshorn. Tant de choses avaient été changées par cet acte...

Devant Morgan, les cavaliers vêtus de noir apparurent, bien plus grands, vus de près, qu'il ne s'y était attendu. Huit Questeurs, à condition qu'il n'y en ait pas d'autres dans le véhicule. Quatre cavaliers devant, deux cochers et un duo de guerriers pour fermer la marche...

Morgan se demanda s'il avait une chance. Mais n'avait-il pas combattu les Questeurs et les Ombreurs d'un bout de Callahorn à l'autre ? Bon sang, il n'était pas un gamin inexpérimenté !

Les cavaliers et le chariot s'engagèrent dans la ravine. Morgan se leva, l'Épée de Leah brandie.

Sois rapide et sûr ! N'hésite pas !

Il se glissa derrière les cavaliers qui fermaient la marche. Frappant de toutes ses forces, il les coupa littéralement en deux et reçut sur les bras et le torse une giclée de leur sang vert.

Morgan courut vers le chariot, entailla la bâche et sauta à l'intérieur. Dépassant la silhouette étendue sur le sol, les mains et les pieds liés, il fendit de nouveau la bâche et embrocha les cochers avant qu'ils aient pu dégainer leurs armes.

Alors que l'Épée de Leah commençait à briller, le montagnard sauta sur le siège des cochers, en fit tomber les cadavres des Questeurs, saisit les rênes et stimula les chevaux de la voix.

L'attelage chargea les cavaliers de tête, déjà en train de se retourner pour voir ce qui se passait.

Le chariot renversa deux Questeurs. Les os de l'un d'eux craquèrent sinistrement quand les roues lui passèrent dessus.

Alors que le véhicule sortait de la ravine, les deux cavaliers survivants se lancèrent à sa poursuite, suivis de loin par leur compagnon tombé de cheval mais indemne.

Morgan se laissa dépasser par le premier Questeur, frappa sur le côté et le foudroya sur sa selle.

L'autre cavalier sauta sur le siège du chariot et abattit son épée sur l'épaule du montagnard. Par bonheur, les cahots du chemin déséquilibrèrent le Questeur, retirant de la précision à son coup.

Sa chair entaillée, Morgan hurla de douleur et lâcha les rênes. Passant dans un gros nid-de-poule, le chariot s'inclina sur le côté, hésita un instant, puis se renversa et laissa son attelage filer tout seul dans la plaine.

Morgan fut éjecté. Après un roulé-boulé, il se releva, à demi sonné, et constata que le Questeur qui l'avait blessé était déjà prêt au combat. Et celui qui était à pied ne tarderait pas à arriver...

Tous les deux se transformèrent en Ombreurs, une lueur rouge brillant dans leurs yeux. Ayant vu le feu danser sur la lame de Morgan, ils savaient qu'il contrôlait la magie, et ils abandonnaient leur déguisement pour faire appel à la leur.

Du feu écarlate jaillit de leurs armes et vola vers Morgan. Après l'avoir dévié, il passa à l'attaque sans réfléchir, renversa le premier Ombreur et lui ouvrit le ventre avec sa lame magique.

Le dernier monstre comprit qu'il était perdu. Le jet de flammes qu'il tenta de lancer fut dissipé par l'Épée de Leah juste avant qu'elle s'enfonce dans son ventre et le carbonise de l'intérieur.

Morgan regarda autour de lui et vit que plus rien ne bougeait. Tous les Ombreurs étaient morts. Sa magie s'effaçant, la lame de l'épée magique redevint noire.

À l'est, le soleil dépassait déjà les cimes des montagnes.

Les Ombreurs de la sentinelle du Sud doivent avoir entendu. Ils arriveront bientôt. Ne reste pas là !

Morgan rengaina son arme et retourna près du chariot renversé, certain d'y découvrir Par.

Quand le prisonnier, lui aussi éjecté du véhicule, tourna la tête vers lui, il faillit ne pas en croire ses yeux.

Au lieu du Valombrien, c'était Wren qu'il venait de libérer !

Chapitre 28

Wren aussi fut stupéfaite. Morgan étai exactement comme dans son souvenir : grand, mince, l'œil vif... En même temps, il semblait différent. Oui, plus âgé et plus fatigué...

Mais que faisait-il ici ?

La reine des elfes essaya de se relever. Ses forces la trahissant, elle serait retombée si le montagnard ne l'avait pas retenue. Puis il s'agenouilla à côté d'elle, sortit un couteau de chasse de sa ceinture et coupa ses liens et son bâillon.

— Morgan, je suis heureuse de vous voir..., soupira Wren en serrant le jeune homme dans ses bras.

— Vous êtes dans un sale état, dit Morgan avec un pâle sourire. Que s'est-il passé ?

— Les conséquences d'une grave erreur de jugement... Mais ne vous en faites pas, ça ira...

Morgan prit la jeune femme dans ses bras pour l'extraire des débris du chariot, puis il la remit délicatement sur pieds.

Wren se massa les poignets et les chevilles pour réactiver la circulation sanguine, s'agenouilla, se mouilla les mains dans la rosée des herbes et tapota son visage blessé.

— J'étais persuadée d'être fichue. Comment m'avez-vous trouvée ?

— Un pur hasard... Je pensais que les Ombreurs transportaient Par dans ce chariot.

Wren avait lu de la déception dans le regard du montagnard quand il l'avait reconnue. Elle comprenait maintenant pourquoi...

— Je suis désolée de ne pas être Par. Mais merci quand même.

Morgan haussa les épaules... et grimaça. La reine vit le mélange de sang vert et rouge, sur ses vêtements.

— Que faites-vous ici, Wren ?

— C'est une longue histoire. Combien de temps avons-nous ?

— Pas beaucoup. La sentinelle du Sud n'est pas très loin. Les Ombreurs ont dû entendre les échos du combat. Il faut partir le plus vite possible.

— Alors, je vous raconterai la version courte... Les elfes sont revenus dans les Quatre Terres. Je les ai trouvés sur une île où ils vivaient depuis cent ans, et je les ai ramenés. Leur reine, Ellenroh Elessedil, était ma grand-mère. Elle est morte en chemin, et maintenant, je la remplace... Non, ne posez pas de questions, nous n'en avons pas le temps ! Les elfes sont assiégés par une armée de la Fédération dix fois plus puissante que la leur. Ils essaient de la retarder, au sud de la vallée de Rhenn. Je dois y retourner le plus vite possible. Voulez-vous m'accompagner ?

— Vous êtes Wren *Elessedil* ? murmura le montagnard, stupéfait. (Il se ressaisit très vite.) Non, je ne peux pas venir avec vous... Je dois trouver Par, qui est peut-être prisonnier dans la sentinelle du Sud. D'autres membres de mon groupe le cherchent, et j'ai promis de les attendre. Mais si vous avez vraiment besoin de moi...

— Non, je me débrouillerai... Mais je dois vous dire quelque chose et vous faire promettre de le répéter aux autres dès que vous les reverrez. Où sont-ils, au fait ? Et que leur est-il arrivé ? Ont-ils mené à bien les missions confiées par Allanon ?

Wren vit Morgan tituber et s'avisa que ce n'était pas le moment de le bombarder de questions.

— Asseyez-vous, et laissez-moi jeter un coup d'œil à votre blessure.

Elle prit le montagnard par le bras, le guida jusqu'à une souche couverte de mousse et le fit s'asseoir. Puis elle lui retira sa chemise, la déchira en morceaux, nettoya la blessure et la pansa de son mieux.

— Par et Coll ont trouvé l'Épée de Shannara, puis ils ont disparu, dit Morgan pendant qu'elle le soignait. Moi, je cherche Par, qui est peut-être lui-même à la recherche de Coll. J'ignore lequel des deux détient le talisman. Quant à Walker, j'étais avec lui lorsqu'il est allé dans le Nord pour s'approprier une magie qui restaurerait Paranor et ramènerait les druides dans les Quatre Terres. Il a réussi, et nous sommes revenus ensemble, mais je ne l'ai plus vu depuis. Paranor est de retour, et l'Épée a été retrouvée. Les missions sont toutes remplies. Cela dit, je ne vois pas quelle différence ça fait.

— Moi non plus, admit Wren. Mais ça doit en faire une... À nous de découvrir laquelle ! Maintenant, voici ce que vous devrez dire aux autres. Les Ombreurs sont des elfes qui ont redécouvert l'ancienne magie et l'ont utilisée sans discernement. Ils sont restés en arrière quand la nation elfique a fui les Quatre Terres et la Fédération. La magie les a corrompus, faisant d'eux des Ombreurs. L'équivalent des porteurs du Crâne de jadis : des spectres pour qui la magie est irrésistible. J'ignore comment on peut les détruire, mais il le *faut*. Allanon avait raison. Ils sont maléfiques et nous menacent tous. Les réponses dont nous avons besoin sont liées aux missions qu'on nous a confiées. L'un de nous découvrira la vérité. Répétez mes propos aux autres, Morgan, je vous en conjure !

Le montagnard se leva.

— Je le ferai, c'est promis...

Sans crier gare, Wren boitilla jusqu'aux Ombreurs morts et fouilla leurs vêtements. L'un d'eux détenait les Pierres elfiques volées par l'ignoble Tib Arne, et elle devait les récupérer.

Quand elle les eut trouvées dans la poche d'un des cochers, la reine regarda autour d'elle et repéra le seul cheval qui ne s'était pas enfui après le combat. Sifflant doucement pour l'appeler, elle attendit qu'il se décide, lui flatta les naseaux, murmura quelques mots inaudibles et monta prudemment en selle. L'étalon se cabra une ou deux fois, puis accepta son nouveau cavalier.

— Avec lui, je voyagerai plus vite, dit simplement Wren. Vous connaissez la devise des vagabonds ? « Tout ce que nous trouvons est à nous. » Eh bien, je n'ai pas oublié ce qu'ils m'ont appris... Morgan, j'ignore quand nous nous rencontrerons de nouveau...

— Moi aussi, mais je sais que vous devriez vous dépêcher.

— J'ai une dette envers vous, montagnard, et je ne l'oublierai pas. Nous avons fait un long chemin, depuis le lac Hadeshorn...

— Bien plus long que je l'aurais cru, oui... Faites attention à vous, Wren.

— Vous aussi. Et bonne chance à nous deux !

Sur ces mots, la reine des elfes talonna sa monture et partit au galop.

Wren chevaucha ventre à terre vers l'ouest. Quand sa monture donna des signes de fatigue, elle s'arrêta pour la faire boire à une mare et la laisser souffler.

En lavant ses blessures, elle se jura de faire payer cher sa trahison à Tib Arne, quand elle le retrouverait. Elle n'avait rien mangé depuis près de douze heures, mais elle n'avait pas le temps de se soucier de pareils détails. Quand les Ombreurs s'apercevraient qu'elle s'était enfuie, ils se lanceraient à sa poursuite.

Ils traqueront aussi Morgan, mais je sais qu'il n'est pas homme à se laisser piéger...

Wren remonta en selle et s'engagea bientôt dans les plaines, au sud de Tyrsis, qui conduisaient au Tirfing. Le ciel étant dégagé, le soleil devint vite accablant pour l'étalon et sa cavalière.

À midi, Wren traversa la Mermidon au premier gué qu'elle trouva. Épuisée et morte de chaud, elle résista à l'envie de s'arrêter, consciente du chambardement que sa disparition avait dû provoquer.

Les elfes étaient sans doute en train de la chercher partout. À moins qu'ils aient trouvé Erring Rift et Grayl et qu'ils la croient morte aussi. Dans ce cas, ils avaient sans doute abandonné les recherches pour se concentrer sur l'armée de la Fédération et les Grimpeurs. Et certains d'entre eux trouvaient sûrement que sa disparition était une bonne chose...

Peu importait ! Elle devait revenir au camp. Barsimmon Oridio approchait de la vallée de Rhenn avec le gros de l'armée elfique. Et Ty le Tigre, si tout s'était bien passé, devait être revenu de sa mission. Si elle arrivait avant que les combats commencent...

Wren sursauta sur sa selle.

Qui suis-je pour changer quelque chose à l'issue du conflit ?

Cette question n'était pas pertinente. Il suffirait qu'elle soit là. Informés du retour de leur reine, les elfes reprendraient courage, et ils donneraient du fil à retordre à la Fédération.

De plus en plus épuisée, Wren sentit que son cheval était à bout de force. Tôt ou tard, elle devrait s'arrêter et attendre qu'il fasse moins chaud.

Non, elle n'avait pas le temps ! Il fallait continuer !

Contrainte et forcée, elle se reposa quand même dans un bosquet de frênes, près de la rivière, où il faisait relativement frais. Une fois sa monture dessellée, elle l'attacha à un arbre, mangea quelques baies amères cueillies sur un buisson, puis s'allongea avec l'intention de repartir très vite.

Wren se réveilla en fin d'après-midi, tirée du sommeil par un hennis-sement de son cheval. Se levant d'un bond, elle vit que l'animal regardait vers le sud et aperçut dans le lointain des cavaliers vêtus de noir qu'elle n'eut aucun mal à identifier.

Wren sella sa monture et repartit. Après avoir remonté la Mermidon un long moment, elle jeta un coup d'œil derrière elle et constata que ses poursuivants lui collaient toujours aux basques.

Au crépuscule, elle s'écarta de la rivière et bifurqua vers l'ouest. Dans les plaines, elle aurait une meilleure chance de semer ses poursuivants. Après tout, elle était une vagabonde ! Une fois la nuit tombée, personne ne serait capable de suivre ses traces. Elle avait simplement besoin d'un peu de temps et de chance.

Le destin ne lui accorda rien de tout cela. Quand son cheval donna des signes d'épuisement, elle essaya de l'encourager de la voix, mais il était fourbu. Derrière elle, ses poursuivants s'étaient déployés en éventail, encore à bonne distance, mais toujours sur ses traces. Comble de malchance, avec la pleine lune, il y aurait assez de lumière pour qu'un chasseur puisse repérer sa proie.

Lorsque sa monture s'écroula, Wren parvint de justesse à ne pas être coincée sous son flanc. Quand elle eut aidé l'étalon à se relever, elle lui enleva sa selle et le libéra. Puis elle continua à pied en boitant, parce que ses blessures étaient toujours douloureuses.

Elle marcha sans regarder en arrière jusqu'à ce que la nuit soit totalement tombée. Ses poursuivants, elle le savait, n'étaient pas encore assez près pour qu'elle s'inquiète.

Quand elle se retourna finalement, elle ne vit personne.

Wren n'en crut pas ses yeux. Elle était seule dans la plaine ! Comment était-ce possible ?

Puis elle vit l'ombre noire qui planait lentement vers elle et ne la prit pas un instant pour un Cavalier du Ciel. C'était Gloon, avec son corps musclé, sa crête caractéristique et ses énormes ailes. Pas étonnant que les Questeurs soient restés en arrière ! Ils n'avaient plus besoin de se presser, si Gloon s'en mêlait. Et Tib Arne le chevauchait, bien entendu.

Wren ne songea pas à se cacher, puisqu'elle avait déjà été repérée. Courir ou se battre, voilà les seules options qui s'offraient à elle. Et elle en avait assez de courir...

Elle glissa la main sous sa tunique, en sortit les Pierres elfiques et les soupesa, comme si le poids de leur magie pouvait décider de l'issue de la bataille. Puis elle serra les dents, pensa à Garth et se demanda ce qu'il aurait fait à sa place.

Gloon essaierait sûrement de la saisir entre ses serres lors de son premier passage, avant qu'elle puisse utiliser les Pierres elfiques.

Wren se déplaça pour avoir une petite butte dans le dos. Ce serait mieux que rien, pensa-t-elle, les yeux rivés sur Gloon. Cette fois, il n'y aurait pas de Morgan Leah ! Elle devrait se battre seule, condamnée à vaincre ou à mourir.

Viens me voir, Gloon. Viens voir les jolis cadeaux que j'ai pour toi !

La pie-grièche décrivit de grands cercles dans le ciel nocturne. Puis elle se laissa tomber comme une pierre et disparut.

Wren sursauta. Que s'était-il passé ? Où était allé le monstre ?

Peu après, elle comprit tout. Gloon s'était laissé tomber au niveau du sol pour que son ombre ne soit plus visible, et il volait vers elle. À quelle vitesse ? Et quand serait-il sur elle ?

Wren ne le voyait plus ! Paniquée, elle tenta au moins d'entendre des bruissements d'ailes, mais ne capta rien.

Où est-il ? Où... ?

Son instinct seul la sauva. Se jetant soudain sur le sol, elle sentit la pie-grièche la frôler, ses serres déchirant l'air à quelques pouces de son flanc.

Wren se releva, invoqua la magie des Pierres elfiques et envoya une gerbe de feu bleu dans la nuit. Mais le pouvoir ne toucha aucune cible.

Par où arrivera-t-il la prochaine fois ? Par où ?

Frappant de nouveau à l'aveuglette, Wren entendit un cri, puis elle sentit un souffle d'air, sur sa gauche. Gloon devait être blessé, mais sûrement pas assez pour renoncer.

La jeune femme courut jusqu'à une ravine, à quelques dizaines de pas, et plongea dedans. Avec un sifflement désormais familier, une ombre passa au-dessus d'elle. Gloon venait de la rater de peu. Mais il ferait un deuxième passage, et cette fois...

Wren se leva et déchaîna de nouveau sa magie au hasard. Le pouvoir se déversant en elle comme un torrent, elle cria de satisfaction, puis repéra Gloon un instant avant qu'il l'atteigne. Par bonheur, le feu bleu des Pierres elfiques força la pie-grièche à changer de direction et lui fit rater sa proie.

Wren entendit le cri de rage et de frustration de Tib et elle hurla de défi.

De nouveau tapie dans la ravine, elle comprit qu'elle perdrait cette bataille, si elle ne trouvait pas une idée de génie.

Puis elle entendit un autre cri, assez loin à l'ouest.

Un deuxième oiseau. Non, un Roc. Esprit ! C'était Esprit !

Ty le Tigre venait à son secours !

Wren se releva, prête à appeler ses deux amis, puis se baissa aussitôt. Gloon attendait toujours l'occasion de la tuer. Mais d'où viendrait l'attaque ?

Jugeant que le Roc était une menace prioritaire, Tib fit reprendre de l'altitude à sa monture. Dès qu'elle s'en aperçut, Wren se leva et cria pour prévenir Ty le Tigre.

Le combat aérien s'engagea sous la vive lumière de la lune.

Plus gros qu'Esprit et entraîné à tuer, Gloon était un Ombreur soutenu par sa magie. Le Roc était courageux et rapide, mais quelle chance avait-il contre un tel monstre ?

Dans le ciel, les deux adversaires se tournaient autour, chacun tentant en même temps de gagner assez d'altitude pour pouvoir plonger sur l'autre.

Wren sortit de sa cachette et courut afin de rester sous les oiseaux géants. Comment aurait-elle pu laisser Ty le Tigre et Esprit lutter seuls ? Après tout, cette bataille était la sienne, et elle pouvait peut-être aider ses amis...

Renonçant à leur tactique attentiste, Gloon et Esprit engagèrent soudain le combat à coups de serres et de bec.

Pourvu que j'arrive à m'approcher assez ! pensa Wren en courant.

Alors que des plumes et du sang tombaient sur le sol, les deux oiseaux se séparèrent. Voyant que Gloon essayait de nouveau de le surplomber, Esprit tenta de le suivre, mais il retomba, son vol de plus en plus hésitant.

Puis il partit en vrille et disparut de la vue de Wren.

C'est fini, pensa la reine des elfes. *Tout est perdu...*

Mais le Roc reparut, miraculeusement « guéri ». C'était une feinte !

Directement sous Gloon, Esprit monta comme une flèche et le percuta en poussant un cri aigu.

Déséquilibré par l'impact, un des cavaliers bascula de sa monture, tomba en battant des bras et des jambes et s'écrasa sur le sol avec un abominable bruit mou.

Dans le ciel, la bataille continuait comme si la perte d'un cavalier ne faisait aucune différence pour les oiseaux.

Ignorant qui était tombé, Wren courut vers l'endroit où avait retenti l'atroce bruit. Très vite, elle aperçut une silhouette qui tentait de se relever malgré ses membres brisés et son thorax probablement défoncé.

C'était Tib Arne.

Quand il essaya de cracher sa haine au visage de Wren, les mots ne parvinrent pas à sortir de sa gorge fracassée. Le corps du jeune garçon agonisait, mais l'Ombreur s'en libéra, fine colonne de fumée noire encore animée par la rage de tuer.

Wren leva les Pierres elfiques, et leur feu bleu consuma instantanément la créature noire.

Quand elle le regarda de nouveau, les yeux bleus de Tib Arne étaient grands ouverts, mais ils ne voyaient plus rien.

Un cri l'incitant à lever les yeux, la reine des elfes vit que Gloon plongeait sur elle. Abandonnant la bataille aérienne, le monstre espérait la tuer en l'écrasant.

Wren leva les Pierres elfiques, mais il était déjà trop tard.

À la dernière seconde, Esprit percuta Gloon, le déséquilibra et l'écarta de Wren, qui libéra aussitôt la magie des Pierre elfiques. Enveloppée de feu bleu, la pie-grièche tenta de reprendre de l'altitude, comme s'il lui restait une chance de salut. Mais ce qui la tuait s'était insinué en elle. Brûlant de l'intérieur, l'ignoble créature cessa de battre des ailes, tomba vers le sol, s'écrasa en hurlant et fut réduite en cendres en quelques secondes.

Dès qu'Esprit se fut posé, Ty le Tigre sauta à terre, avança vers Wren et referma ses doigts sur les mains qu'elle tendait désespérément vers lui.

— Ça va, petite ? demanda-t-il.

La reine des elfes réussit à sourire.

— Grâce à vous, oui... C'est la deuxième fois, aujourd'hui, que je suis sauvée par un ami que j'avais cru perdu...

Wren raconta au Cavalier du Ciel l'histoire de Morgan Leah et des Ombreurs.

— Hier matin, j'ai trouvé les hommes libres dans les dents du Dragon, dit Ty quand elle eut terminé. Leur chef n'a jamais envoyé ce maudit gamin. Dès qu'il me l'a révélé, j'ai compris ce qui se passait, et je suis revenu aussi vite que possible. Mais vous aviez déjà disparu. Lors de nos patrouilles, nous avons trouvé les cadavres de Rift et de Grayl, mais aucun signe de vous. Je savais que le gamin vous avait capturée. Et que vous vous échapperiez à la première occasion. Les autres ont décidé d'attendre le matin pour continuer les recherches. Moi, je suis reparti seul avec Esprit. On dirait que c'était une bonne idée !

— Très bonne, oui...

— Bon sang ! ne vous avais-je pas dit de ne jamais partir avec quelqu'un d'autre que moi ?

Wren se pencha vers son ami, la gorge serrée par l'émotion.

— Ne me forcez pas à m'excuser, murmura-t-elle.

Ty soutint un moment le regard de sa reine. Puis il lui lâcha les mains et recula d'un pas.

— Ce sera inutile, si vous ne recommencez jamais plus... Après tout le mal que je me suis donné pour vous, ce serait la moindre des choses... À présent, laissez-moi le temps d'examiner Esprit...

Ty passa un long moment à s'assurer de l'état de santé du Roc, qui se laissa faire à contrecœur, mais n'osa pas désobéir à son maître.

Satisfait du résultat de cet examen, Ty le Tigre fit signe à Wren de le rejoindre.

— Il aurait gagné, vous savez, dit-il d'un ton bourru.

— À mon avis, il a gagné !

Ty aida Wren à monter sur le dos du Roc et le harnacha.

Tandis que le Cavalier parlait tendrement à sa monture, la jeune femme regarda le paysage nocturne paisible, sauf à l'endroit où les restes de Gloon fumaient encore.

Épuisée, blessée et vidée par l'utilisation de la magie, elle soupira de soulagement. Une fois de plus, elle avait survécu ! Même si sa chance ne durerait pas éternellement, c'était toujours ça de pris.

— Ils ne gagneront pas, dit-elle soudain. Je ne les laisserai pas faire !

Ty ne lui demanda pas de quoi elle parlait, se contentant d'un imperceptible signe de tête.

Puis il sauta sur le dos d'Esprit, qui décolla aussitôt, plus fringant que jamais.

Chapitre 29

Morgan Leah regarda Wren s'éloigner. Déçu de ne pas avoir trouvé Par, il était cependant satisfait que ses efforts n'aient pas été vains. Avoir rencontré Wren ici était incroyable ! Tout bien pesé, le monde était plus petit qu'il le paraissait. Au fond, les descendants de Shannara et leurs alliés avaient peut-être une chance contre les Ombreurs...

Morgan se tourna vers l'est, où l'aube pointait. La nuit lui retirait sa protection, et sa situation était plus périlleuse que prévu...

Il regarda le chariot renversé et les Ombreurs morts.

Je l'ai fait. Je les ai tous vaincus ! pensa-t-il triomphalement.

Mais où aller, maintenant ? Les Ombreurs de la sentinelle du Sud ne tarderaient pas à arriver. Ils n'auraient pas de mal à trouver ses traces, et le pourchasseraient pour lui faire payer ce qu'il avait fait. Retourner sur le promontoire était exclu, puisque ce serait probablement le premier endroit qu'ils fouilleraient.

Le montagnard n'était pas assez stupide pour revenir simplement à son point de départ, mais le faire croire à ses adversaires lui parut une excellente idée.

Il retraversa la ravine et retourna sur ses pas à travers les arbres et les collines. Sans essayer de cacher ses traces, il les brouilla de son mieux pour laisser penser qu'il n'était pas seul. Puis il revint en arrière – plus prudemment, car les Ombreurs avaient pu arriver entre-temps.

Par bonheur, ils n'étaient pas encore là.

Morgan remonta la piste qui avait conduit le chariot jusqu'au lieu de l'embuscade. Marchant dans les ornières pour dissimuler ses empreintes de bottes, il avança une ou deux heures avant de tourner vers le nord, en direction d'une étendue rocheuse. Avec un peu de chance, ses poursuivants ne verraient pas où il avait quitté la piste, et ils seraient obligés de chercher à l'aveuglette. Cela lui donnerait peut-être le temps d'arriver là où il avait décidé d'aller.

Bien entendu, si les Ombreurs pouvaient le traquer à l'odeur, toutes ces précautions se révéleraient inutiles. Sauf s'il se roulait dans la boue et se couvrait d'herbe-putois, mais il n'était pas prêt à faire ça !

Quels étaient les pouvoirs des elfes métamorphosés ? Morgan aurait aimé interroger Wren à ce sujet, mais c'était trop tard.

En marchant, il songea qu'il était chanceux d'avoir la magie de l'Épée de Leah pour le protéger. Ce pouvoir luttait à ses côtés, il en avait maintenant la certitude. Cela ne voulait pas dire que les choses tourneraient toujours comme la dernière fois. Morgan avait survécu pour le moment, et quand on affrontait les Ombreurs, c'était déjà un sacré coup de chance.

Dans les collines boisées, le montagnard prit garde à marcher sur des bandes de terrain rocheux. Dans le même ordre d'idées, il s'efforça de ne briser que très peu de brindilles et de déplacer le moins de pierres possible.

Son raisonnement était simple... Le promontoire où il avait monté la garde se trouvait au sud. Si les Ombreurs le pourchassaient, ils commenceraient donc par là. L'ouest étant la direction prise par Wren, ils y enverraient sûrement aussi des pisteurs. Au nord se dressaient les cités de Callahorn – Tyrsis, Kern et Varfleet : le choix logique suivant... Le territoire qui entourait la sentinelle du Sud devenait le plus sûr, parce que l'ennemi ne penserait pas à le chercher dans sa propre tanière.

Entre deux murailles rocheuses, Morgan repéra une rivière qu'il suivit jusqu'à des rapides où l'eau était propre et donc potable.

Sans vivres ni eau, le montagnard savait qu'il ne tiendrait pas longtemps. Pensant à Damson et à Matty, il espéra qu'elles ne choisiraient pas ce jour pour revenir. Elles s'attendraient à le trouver sur le promontoire et tomberaient sur des Ombreurs. Il devait les prévenir, bien entendu, mais pour ça, il lui fallait d'abord rester en vie.

À l'abri d'un bosquet de pins, Morgan sonda le sud et ne vit rien d'inquiétant. Il repartit, retournant vers la sentinelle du Sud en décrivant un grand cercle destiné à leurrer ses ennemis.

Vers midi, n'ayant toujours repéré aucun Ombreur, Morgan estima que ses chances de s'en tirer augmentaient de minute en minute. Comble de bonheur, il trouva des fruits, des légumes sauvages et de l'eau potable.

Quand il atteignit les monts de Runne, il tourna de nouveau vers le sud. L'Épée de Leah appuyant désagréablement sur sa blessure, il la déplaça un peu dans son dos.

L'histoire de cette arme était extraordinaire... Une relique d'un autre temps dont la magie était restée en sommeil jusqu'au combat contre l'Ombreur, sur la route de Culhaven. Un incroyable hasard... Et maintenant, que ça lui plaise ou non, Morgan était lié à la magie. Car cette force *existait*, tout simplement, et ce qu'on en pensait ou pas ne changeait rien. Force Vitale en avait conscience, et c'était pour ça qu'elle avait rendu la totalité de sa puissance à l'arme. Parce que Morgan, quelles que soient ses réticences de l'époque, en aurait un jour besoin, et qu'elle le savait...

Quand le soleil tapa trop dur, le montagnard s'assit à l'ombre d'un vieil érable. Se demandant d'abord si Wren était en sécurité, il pensa ensuite à tous ses autres compagnons d'aventure, morts comme vivants...

En fin d'après-midi, la température redevint supportable, et il reprit sa route. Bientôt, il aperçut la sentinelle du Sud, silhouette sombre qui dominait les eaux calmes de la Mermidon. Plus loin, celles du lac Argenté brillaient paisiblement.

Morgan s'arrêta pour admirer le paysage... et cela lui sauva probable-ment la vie.

Captant un mouvement dans les arbres, devant lui, le montagnard recula et se tapit dans les broussailles. Quelques minutes plus tard, une patrouille de six Ombreurs sortit du couvert des arbres.

S'ils le pistaient à l'odeur, Morgan était perdu, car ils passeraient nécessairement très près de sa cachette.

Fuir étant impossible, le montagnard se résigna à attendre. Vêtus de noir et encapuchonnés, les monstres ne portaient pas l'emblème des Questeurs. À l'évidence, ils se sentaient chez eux dans ce secteur, et ça n'avait rien de rassurant...

Morgan les regarda se glisser entre les arbres puis s'éloigner comme s'ils n'avaient rien remarqué.

Il se remit aussitôt en route. Ces Ombreurs cherchaient ceux qui avaient massacré leurs compagnons. S'il restait là, ils finiraient par le trouver.

En marchant, le montagnard révisa son plan. Il ne pouvait pas s'attarder de ce côté de la Mermidon. Donc, il la traverserait et attendrait sur la rive opposée, d'où il pourrait guetter le retour de Damson et Matty. De là, il lui serait impossible de surveiller également la sentinelle du Sud, mais tant pis ! De toute façon, si Par y était, il ne pouvait rien faire pour lui...

En approchant de la citadelle, Morgan constata qu'il ne pourrait pas atteindre la Mermidon sans sortir du couvert des arbres. Il devrait donc attendre la nuit, qui ne tomberait pas avant des heures.

Un trop long délai pour que le montagnard reste tapi dans une seule cachette. Mais les arbres se raréfiaient en sortant des monts de Runne, vers le sud, et il n'y avait aucun abri dans les plaines, à l'est de la rivière. S'aventurer par là était trop risqué ! Il devait retourner dans les montagnes, puis trouver un col qui menait à l'est. À moins de refaire en sens inverse le chemin qu'il avait parcouru...

Deux solutions aussi dangereuses l'une que l'autre...

Morgan vit de nouvelles ombres dans les arbres. Priant pour qu'il se soit agi d'un jeu de lumière, il dut vite abandonner tout espoir, car c'était bien un Ombreur qu'il avait aperçu.

Le montagnard comprit qu'il n'avait plus le choix. Il devait filer vers les montagnes et chercher un col. S'il n'en trouvait pas, il pourrait revenir sur ses pas une fois la nuit tombée. L'idée d'errer dans une obscurité où grouillaient des Ombreurs ne lui disait rien, mais il faudrait bien faire avec...

Aujourd'hui, contre toute attente, il avait survécu à un combat contre huit Ombreurs. Mais il devait y en avoir une centaine à sa poursuite, et l'Épée de Leah elle-même ne suffirait pas pour les vaincre...

Morgan traversait une crête quand il vit une ombre passer entre les arbres, de l'autre côté d'un ravin comblé par les broussailles. Un chasseur solitaire, sans doute...

Les muscles de son dos tellement noués qu'ils lui faisaient mal, Morgan était couvert de sueur, et sa blessure le torturait. Le chemin vers le haut étant bloqué par une paroi abrupte, il s'en détourna, de plus en plus convaincu qu'on le poussait dans une direction précise, comme un cerf harcelé par une meute de chiens.

Il s'arrêta au bord d'un ravin et sonda les arbres. Rien ne bougeait. Pourtant, Morgan aurait juré qu'un Ombreur se faufilait entre les troncs. Devait-il attendre cet adversaire et le combattre ? Pour attirer vers lui tous les autres Ombreurs ? Non, mieux valait continuer. L'heure de ferrailler sonnerait bien assez tôt... Mais il était aussi haut qu'il le pouvait sans sortir du couvert des arbres, et il n'y avait toujours pas l'ombre d'un col en vue.

Il crut entendre le bruit de la rivière, quelque part derrière le mur de roche, mais ça pouvait être un tour de son imagination. En revanche, il captait des mouvements tout autour de lui, la preuve que les Ombreurs l'avaient repéré et continuaient leur lente manœuvre d'encerclement. Certains d'être plus à l'aise que leur proie dans l'obscurité, ils n'avaient aucune raison de se presser...

Pour la première fois, Morgan pensa qu'il ne s'en sortirait pas.

Il dégaina l'Épée de Leah, dont la lame noire brilla faiblement dans la pénombre. La magie attendait, prête à jaillir quand il aurait besoin d'elle...

Les choses en étaient donc là ? Il allait devoir livrer un autre combat pour rester en vie ? Bon sang ! il commençait à en avoir assez ! Fatigué et démoralisé, il...

Arrête ça, Morgan !

Le montagnard se redressa et se faufila entre les arbres, en direction de la plaine qui menait à la sentinelle du Sud. En bougeant, il se sentait mieux, comme s'il parvenait à affirmer plus aisément sa propre existence et son droit à survivre.

Dans la forêt, des ombres frémissaient autour de lui, le faisant sursauter à chaque fois.

Quelque part, une chouette ulula.

Morgan regarda derrière lui, à la recherche du chasseur solitaire, mais il ne vit rien. Les autres Ombreurs, devant lui, étaient tout aussi invisibles, mais ils devaient être moins bien renseignés sur sa position. Sauf si ces monstres pouvaient communiquer par la pensée. Et c'était possible, car il semblait n'y avoir aucune limite à leur pouvoir.

Non, tu te trompes ! Il y a toujours des limites... L'astuce, pour survivre, c'est de les déterminer...

S'accroupissant dans un bosquet de cèdres adossé à une paroi, Morgan tendit l'oreille. Il n'entendit rien, mais les Ombreurs étaient toujours là, il l'aurait juré.

Soudain, il en vit deux traverser les arbres à moins de cent pas de lui. S'il bougeait maintenant, ils le repéreraient. Et s'il restait où il était, ils le trouveraient tôt ou tard. Deux possibilités aussi déprimantes l'une que l'autre...

Morgan allait devoir se battre, et il savait comment ça risquait de finir...

Il repensa à la Saillie, à Tyrsis, à Eldwist, à Culhaven et à tous les endroits où il avait été pris au piège ces derniers temps.

Pour une fois, ç'aurait pu tourner autrement...

Une main d'acier se plaqua soudain sur sa bouche et le tira en arrière.

Chapitre 30

Au sud du lac Argenté, le crépuscule tombait lentement sur les fermes éparpillées à l'ombre imposante de Tertre-Bataille. Dans les champs, les animaux immobiles pointaient le museau pour humer la brise. Sur les chemins, les bergers et les ouvriers agricoles revenaient de leur travail, les narines délicieusement taquinées par les odeurs de nourriture qui planaient dans l'air. Après une longue journée de labeur, un repos bien mérité attendait ces hommes si durs à la peine...

Sur une petite butte boisée, au nord de TertreBataille, de la fumée sortait de la cheminée d'une vieille cabane de chasseurs mal entretenue. Un chariot était rangé sur un flanc de la bâtisse, son attelage de mules attaché non loin de là à des piquets. À part l'homme qui montait la garde devant le porche, les propriétaires du chariot étaient dans la cabane, sans doute attablés autour d'un bon repas.

Cinq gaillards en tout, barbus, mal vêtus et au regard dur. Armés d'épées et de couteaux, ils arboraient les cicatrices de nombreuses batailles et ne semblaient pas appartenir au genre d'individus ouverts à la négociation.

À l'abri derrière un rocher, Damson et Matty espionnaient depuis un moment les cinq sinistres voyageurs.

— Vous êtes sûre ? demanda Matty.

Damson hocha la tête.

— Il est là, à l'intérieur...

Elles pistaient le chariot depuis qu'elles avaient repéré les marques de roues, alors qu'elles avançaient vers le sud en se fiant aux indications du Skree.

Les deux femmes avaient traversé le lac trois jours plus tôt, un peu avant le début de l'orage. Malmené par le vent, leur esquif s'était renversé, et elles avaient dû nager pour rejoindre la rive. Par bonheur, elles avaient réussi à sauver la plupart de leurs vivres. Après avoir dormi dans un bosquet de frênes, elles étaient reparties vers le sud, suivant les indications du Skree.

— Je n'aime pas ça, dit Matty Roh.

Damson Rhee sortit sa moitié de Skree, la tendit vers la cabane et constata de nouveau qu'elle brillait intensément.

— Il est là !

Son visage de jeune garçon tanné par le soleil et couvert de sueur, Matty fronça les sourcils en regardant le morceau de métal étincelant.

— Nous verrons ça de plus près quand il fera nuit...

Damson hocha la tête. Ses vêtements déchirés, comme ceux de Matty, elle était épuisée et elle rêvait d'un bon bain. Mais elle devrait s'en passer pour le moment.

Les deux femmes revinrent à l'endroit où elles avaient laissé leurs affaires, s'assirent et mangèrent en silence.

À l'approche de la nuit, l'air se rafraîchit et devint presque agréable.

Les deux jeunes femmes ne se ressemblaient en rien. Damson était vive, enjouée et sûre d'elle. Solitaire et renfermée, Matty pensait que rien ne devait être pris pour argent comptant. Mais une détermination de fer les liait, après les années consacrées au service des hommes libres, souvent en devant se battre pour survivre.

Les trois jours qu'elles venaient de passer seules, sur la piste de Par Ohmsford, leur avaient appris à se respecter. Se connaissant mal avant de partir, elles ne savaient toujours pas grand-chose l'une de l'autre. Mais ce qu'elles avaient vécu suffisait à les convaincre qu'elles sauraient s'épauler, le moment venu.

— Damson, dit soudain Matty Roh, vous est-il arrivé d'être au milieu d'événements dramatiques et de vous demander comment vous en êtes arrivée là ? C'est comme ça que je me sens, en ce moment... Je suis là, mais j'ignore pourquoi.

— Vous préféreriez être ailleurs ?

— Je... Eh bien, non, je ne crois pas. Je sais pourquoi je suis venue, mais je me demande ce qui m'a décidé à le faire.

— La raison n'est pas importante. L'essentiel, c'est que vous soyez là...

— Ce n'est pas si simple...

— Cela dit, ce n'est peut-être pas si difficile à découvrir... Moi, je suis là à cause de Par. Parce que je lui ai promis que je viendrai.

— Et parce que vous êtes amoureuse de lui.

— Oui.

— Moi, je ne le connais pas.

— Mais vous connaissez Morgan.

— Mieux qu'il se connaît lui-même... Mais je ne suis pas amoureuse de lui. Enfin, je ne crois pas... Je suis venue parce que j'en avais assez de ne rien faire. C'est ce que j'ai dit au montagnard... Mais je suis aussi ici pour autre chose. Et j'ignore ce que c'est.

— Pour Morgan Leah, peut-être ?

— Non...

— Je crois que vous avez besoin de lui.

— Moi ? C'est plutôt l'inverse ! Il a besoin de moi !

— En réalité, vous avez besoin l'un de l'autre. Je vous ai observée, Matty. J'ai vu comment vous le regardez quand il ne s'en aperçoit pas. Et je l'ai vu vous regarder. Il y a davantage entre vous que vous ne le pensez.

— Non.

— Vous avez des sentiments pour lui, n'est-ce pas ?

— Ce n'est pas la même chose. C'est... différent.

Damson regarda sa compagne en silence. Les yeux dans le vide, Matty fixait quelque chose qu'elle était la seule à voir.

— Il est toujours amoureux de Force Vitale, soupira-t-elle enfin.

— C'est vrai...

— Et il le sera toujours...

— Peut-être, mais elle est morte.

— Cela ne change rien ! L'avez-vous entendu parler d'elle ? Elle était belle, magique, et elle l'aimait aussi. Se battre contre une telle rivale est trop difficile...

— Vous n'avez pas besoin de vous battre ! Ce n'est pas nécessaire. Avec le temps, Morgan l'oubliera. Il ne pourra pas s'en empêcher.

— Non, parce qu'il ne s'autorisera pas à l'oublier.

Damson soupira et détourna le regard.

— Il a besoin de vous, répéta-t-elle. Force Vitale n'est plus, et Morgan Leah a besoin de vous.

Les deux femmes se regardèrent un long moment. Puis Matty se leva et tourna la tête vers la cabane.

— Nous devrions aller jeter un coup d'œil...

Damson se leva à son tour.

— J'irai. Attendez-moi là.

— Pourquoi ?

— Parce que je reconnaîtrai Par, et vous non...

— Alors, allons-y ensemble.

— Pour nous mettre en danger toutes les deux ? Voyons, vous êtes plus raisonnable que ça !

— Vous avez raison. J'attendrai... Mais soyez prudente.

Damson sourit, se détourna, s'enfonça dans la nuit et approcha de la cabane par le nord. De la lumière filtrait des fenêtres sans volets et de la porte ouverte. Des voix d'hommes montaient de l'intérieur du petit bâtiment, mais le rougeoiement d'une pipe et l'odeur du tabac avertirent Damson que la sentinelle était toujours dehors. Puis elle entendit un bruit de verre brisé. Dans la cabane, les hommes buvaient et se disputaient.

Ces types étaient impitoyables, ça ne faisait pas de doute...

Pliée en deux, Damson approcha d'une fenêtre puis se redressa juste assez pour jeter un coup d'œil dans la cabane.

Coll Ohmsford écoutait les hommes se disputer en jouant aux dés. Enveloppé dans une couverture, il était toujours entravé, et plaqué à la cloison par une chaîne passée autour de sa taille et accrochée à un piton.

Ses ravisseurs l'avaient nourri puis laissé seul dans son coin. Jouer et boire les rendant encore plus brutaux que d'habitude, Coll ne s'en plaignait pas. Depuis sa capture, on l'avait rossé deux fois. La première pour avoir tenté de fuir, et la seconde parce qu'un des types avait besoin de passer ses nerfs sur quelqu'un. Endolori et couvert d'égratignures, le Valombrien avait seulement envie de dormir.

Mais le sommeil, dans ces conditions, refusait bien entendu de venir. Du coup, Coll écoutait ses geôliers et se demandait ce qu'il pourrait faire pour s'échapper. Avec le chariot et les mules, ils voyageaient lentement, mais ils n'étaient plus qu'à trois ou quatre jours de Dechtera, et s'ils y arrivaient, il serait fichu. Il avait entendu de sales histoires sur les mines où travaillaient surtout des esclaves nains. Morgan les lui avait décrites après en avoir entendu parler par Steff. Elles servaient de mouroir pour les nains qui contrariaient l'occupant ou participaient à la Résistance. Les nains envoyés dans les mines ne revenaient jamais. En fait, personne n'en revenait. Morgan avait entendu parler d'habitants des Terres du Sud forcés à y trimer, mais jusque-là, Coll n'avait jamais cru que c'était possible. Il était destiné, semblait-il, à apprendre pas mal de vérités à la dure...

Il n'avait plus beaucoup de temps devant lui, et sa chance paraissait avoir disparu depuis longtemps. Cela dit, il n'était pas en si mauvais état, grâce à son entraînement avec Ulfkingroh, à la sentinelle du Sud. Mais ça ne lui servait pas à grand-chose, pour le moment. Sans la clé, il ne pourrait pas se libérer de ses chaînes. Il avait bien essayé de forcer la serrure, mais elle était trop solide. Et quand il avait tenté de persuader les hommes de le détacher pour qu'il puisse marcher un peu, ils avaient éclaté de rire. Son plan pour sauver Par de Rimmer Dall et des Ombreurs n'étant plus qu'un vague souvenir, Coll se sentait loin de tout, et peut-être même très près du point de non-retour.

L'Épée de Shannara était posée sur la table. Les bandits jouaient pour se l'approprier. Coll se tourna de nouveau vers le mur et ferma les yeux. Ces hommes n'avaient aucune idée de la valeur réelle de l'arme qu'il était le seul à pouvoir utiliser pleinement. Ils la vendraient pour quelques pièces, ruinant la dernière chance de salut des races.

Que vais-je faire ? se demanda Coll, accablé.

— C'est lui ? demanda Matty Roh.

Damson accepta la gourde que son amie lui tendit et regarda derrière elle, craignant d'avoir été suivie. Mais la nuit était parfaitement paisible.

— Alors ? insista Matty.

— C'est forcément lui... Il était couché au fond de la pièce, sous une couverture, et je n'ai pas vu son visage, mais ça n'a aucune importance. L'Épée de Shannara était posée sur la table ! C'est Par, et il est enchaîné. Ce sont des esclavagistes, Matty ! J'ai regardé dans le chariot en revenant, et il était rempli de menottes et de chaînes. J'ignore comment il les a rencontrés, mais ça n'aurait pas dû arriver. La magie de l'Enchantement de Shannara aurait dû suffire contre des hommes comme ça. Quelque chose ne tourne pas rond...

Matty ne dit rien, attendant la suite.

Damson lui rendit la gourde et soupira.

— J'aurais aimé voir son visage. À un moment, il a levé la tête, mais il faisait trop sombre pour que je le reconnaisse. Des esclavagistes... Nous ne pourrons pas raisonner avec eux.

— Exact. Ces hommes-là ne comprennent rien. Nous sommes des femmes. S'ils en ont l'occasion, ils nous captureront, se serviront de nous, puis nous couperont la gorge ou nous vendront en même temps que le Valombrien. Combien y en a-t-il ?

— Cinq. Quatre dedans et un qui monte la garde. Ils boivent, jouent aux dés et se disputent. Quand ils dormiront, nous pourrons peut-être nous glisser à l'intérieur et libérer Par.

— Ce serait risqué... En cas de combat, dans le noir, nous ne saurions plus qui est qui. Et si le Valombrien est enchaîné au mur, il faudrait trop de temps pour le libérer. De plus, ils veilleront peut-être toute la nuit...

— Nous devrions attendre un jour ou deux. Une occasion se présentera peut-être...

Matty secoua la tête.

— Non, le temps presse trop ! Demain, ces types rejoindront peut-être des amis à eux... Nous devons agir cette nuit.

— Cette nuit ? Mais comment ?

— Il n'y a qu'une solution... S'ils ont pu capturer le Valombrien malgré sa magie, ces hommes sont vraiment dangereux. Si nous sommes assez rapides, ils seront morts avant de savoir ce qui leur arrive. Vous vous sentez à la hauteur ?

— Et vous ?

— Suivez-moi dans la cabane et surveillez mes arrières. Si je succombe, filez ! Vous êtes prête ?

— Maintenant ?

— Plus vite nous irons, plus tôt ce sera fini.

Dépassée par les événements, Damson acquiesça.

— J'ai seulement un couteau de chasse...

— Servez-vous-en bien, et ça suffira !

Matty enleva son manteau et attacha son épée dans son dos, à la manière de Morgan Leah. Passant deux couteaux à lancer à sa ceinture, elle glissa un couteau de chasse dans sa botte.

Damson la regarda en silence. Deux femmes contre cinq combattants aguerris qui les tueraient sans une hésitation...

Elles avancèrent dans la plaine comme des fantômes.

Devant la porte, Damson ne vit plus la lueur de la pipe, mais ça ne signifiait pas que la sentinelle était partie.

Les deux femmes se plaquèrent contre le flanc nord de la cabane. Matty en tête, elles se glissèrent jusqu'à une fenêtre et regardèrent à l'intérieur de la bâtisse. Le prisonnier était toujours enveloppé dans ses couvertures, et les quatre hommes continuaient à jouer.

Damson et Matty avancèrent jusqu'au porche et constatèrent que la sentinelle n'était pas là.

Matty avança vers la porte ouverte. Damson la suivit, de plus en plus inquiète. Où était la sentinelle ?

Les deux femmes avaient presque atteint l'entrée de la cabane quand l'homme reparut en marmonnant dans sa barbe.

Dès qu'il vit les deux intruses, il essaya de sortir ses armes, mais Matty fut plus rapide. Passant son épée dans sa main gauche, elle sortit un couteau de sa ceinture et le lança. La poitrine transpercée, l'homme s'écroula.

Matty et Damson se ruèrent dans la cabane.

Les hommes se levèrent d'un bond et sortirent leurs armes.

Matty tua le plus proche et fonça sur le suivant.

Un bandit se dirigea vers le prisonnier, mais Matty était trop près de lui, et il se retourna pour l'affronter. La gorge tranchée, il s'écroula à son tour.

Les deux survivants se jetèrent sur Matty et la poussèrent contre une cloison. Damson recula, cherchant une ouverture. Mais quelqu'un la saisit par-derrière. Le cinquième homme, la poitrine poisseuse de sang, s'accrochait à elle. La jeune femme le repoussa et le fit tomber du porche.

Alors que Matty se battait en appelant Damson, une lampe se brisa, et de l'huile enflammée se répandit partout.

Damson se jeta sur un des types et essaya de lui arracher les yeux. Hurlant de douleur, il lâcha ses armes et tenta de combattre à main nue. La jeune femme s'écarta et sortit son couteau. Tentant de revenir vers elle, son adversaire trébucha, tomba dans les flammes, s'embrasa, se releva et sortit de la cabane en hurlant comme un possédé.

Le dernier homme résista encore un moment, puis il fonça aussi vers la porte. Partout, les flammes dévoraient le bois sec. Damson et Matty coururent vers le fond de la cabane, où le prisonnier tirait sur l'anneau qui le retenait au mur.

Matty tira le grand couteau de sa botte et frappa le bois de la cloison jusqu'à ce qu'il cède.

Puis tous sortirent de la cabane en flammes. Mais le prisonnier se dégagea, retourna dans la fournaise et ne revint pas avant d'avoir trouvé l'Épée de Shannara.

Alors que les trois fugitifs s'éloignaient, Damson s'aperçut que Matty et elle n'avaient pas sauvé Par Ohmsford, mais son frère Coll.

À l'abri des arbres où elles avaient laissé leurs affaires, Damson et Matty débarrassèrent Coll de ses chaînes. Puis elles se restaurèrent en essayant de comprendre ce qui était arrivé.

Très vite, elles découvrirent que Coll détenait l'autre moitié du Skree. Cela expliquait pourquoi elles avaient cru être sur la piste de Par. Mais pas pour quelle raison le Skree s'était illuminé dans deux directions quand Damson l'avait utilisé près de la sentinelle du Sud. Après avoir entendu l'histoire de Coll, on pouvait supposer que la magie de Par avait affecté le disque...

L'Enchantement dépassait de plus en plus Par, ajouta Coll. S'ils ne le trouvaient pas rapidement pour l'aider à résoudre le problème, ils finiraient par le perdre pour de bon.

Le jeune homme n'aurait pas pu dire à Damson et à Matty pourquoi il pensait cela, mais il en était convaincu. Quand il avait activé la magie de l'Épée de Shannara, beaucoup de vérités lui avaient été révélées, et celle-ci faisait partie du lot.

Il n'y eut pas de question sur ce que les trois jeunes gens feraient ensuite. Après avoir emballé leurs affaires, ils repartirent vers le nord, en direction du lac Arc-en-ciel, prêts à aller affronter les Ombreurs et Rimmer Dall. Morgan Leah serait là. Ensemble, ils tenteraient un autre sauvetage. Quatre individus soutenus par leurs talismans, leur courage, leur détermination... et rien d'autre. Ce qu'ils faisaient était un peu fou, mais ils avaient renoncé à la raison depuis longtemps. Sinon, ils n'auraient pas été là !

L'attaque fut si rapide que Morgan se retrouva plaqué au sol avant d'avoir pu agir. Il avait perdu son épée, le seul objet qui aurait pu l'aider, et il ne lui restait plus qu'à attendre la mort.

Un museau de félin s'approcha de son visage et le renifla.

— Tout doux, montagnard, murmura une voix familière à son oreille. Vous êtes en sécurité. Ce n'est que moi.

La main ayant quitté sa bouche, Morgan inspira à fond.

— Doucement, dit la voix. Ils sont encore près...

Puis le museau quitta son champ de vision, révélant le visage de Walker Boh.

Chapitre 31

Stresa rejoignit Wren Elessedil peu avant l'aube.

La reine des elfes se leva quand il arriva, soulagée après l'avoir attendu toute la nuit.

— Stresa, appela-t-elle, par là !

Le mélanchat avança, les piquants couchés sur son corps musclé et ses yeux brillants comme des chandelles.

— Je vous vois, reine des elfes, dit-il. Et je vous entends, aussi.

Wren sourit au son de cette voix familière. Trois jours plus tôt, elle avait cru qu'elle ne l'entendrait plus jamais. Ses malheurs avec Tib Arne et Gloon lui permettaient de mieux apprécier des choses qu'elle avait un peu trop vite crues définitivement acquises.

— Qu'avez-vous découvert ? demanda-t-elle en s'accroupissant devant son ami.

— Un chemin pour les faire tomber dans la mouise, et un pour nous en sortir. Pffttt ! C'est faisable... (Il regarda autour de lui.) Où est la couineuse ?

— Elle surveille l'est, où attendent les autres. Je ne voulais pas que quelqu'un surprenne notre conversation. C'est curieux, mais Faun et moi communiquons de plus en plus facilement...

Les piquants du mélanchat se hérissèrent un instant.

— Ce n'est pas bien difficile, puisque les couineurs n'ont rien à dire. Hssttt ! Mais pas de bavardages inutiles, reine des elfes !

Wren eut du mal à dissimuler un petit sourire.

— Donc, nous pouvons le faire ?

— Ce n'est pas Morrowindl, et les fourrés Enchevêtrés ne sont pas l'In Ju. Bien entendu que nous le pouvons ! Spptttt ! J'aurais dû y penser moi-même !

Trois jours après avoir échappé aux Ombreurs, Wren était prête à les défier de nouveau.

Lors de son retour au camp avec Ty, elle avait été surprise par le soulagement des elfes de l'avant-garde, qui l'avaient crue perdue.

Depuis, la reine et ses guerriers étaient toujours postés à la lisière des bois de Drey, observant l'avance de la Fédération en attendant l'arrivée de Barsimmon Oridio.

Ravi de revoir Wren, Desidio avait affirmé que les elfes voulaient qu'elle soit à leur tête – bref, elle n'avait qu'à parler pour qu'ils obéissent.

Furieux contre sa reine, Triss lui avait rappelé qu'elle ne devait aller nulle part sans les gardes du palais, et mieux encore, sans qu'il soit présent en personne.

Même si elle savait qu'elle ne tiendrait pas parole, Wren avait juré tout ce qu'on voulait pour qu'on lui fiche la paix.

En son absence, l'avant-garde n'avait pas perdu son temps. Mettant de côté leurs différends sur la stratégie, Desidio et Triss avaient lancé un deuxième raid contre la Fédération, la ralentissant encore un peu.

Depuis la mort d'Erring Rift, Ty le Tigre commandait les Cavaliers du Ciel. Bourru, direct, mais parfaitement capable d'assumer ce poste, il avait envoyé les Cavaliers soutenir les troupes terrestres. Mieux préparée que la fois précédente, l'armée ennemie avait quand même perdu pas mal de matériel et de têtes de bétail. Douze elfes étaient tombés au champ d'honneur, mais leur sacrifice n'avait pas été inutile.

Barsimmon Oridio avait atteint la vallée de Rhenn et il la traversait pour aller à leur rencontre. Des messagers étaient venus annoncer que les renforts arriveraient bientôt. Desidio et Triss les avaient renvoyés avec les salutations de la reine, dont ils ne voulaient pas révéler la disparition avant d'en avoir la certitude.

Wren avait déjà décidé que l'avant-garde ne se contenterait pas d'attendre Bar et le gros de l'armée. Elle y avait réfléchi lors du vol de retour, après sa bataille contre Tib

Arne et Gloon. Elle savait ce qu'il fallait faire, quoi qu'il arrive par ailleurs. La priorité était d'arrêter les Grimpeurs.

La solution qu'elle avait trouvée impliquait l'utilisation des Pierres elfiques – donc, la reine serait directement exposée...

Ty le Tigre, Triss et Desidio avaient été horrifiés par ce plan. Si elle disparaissait, avaient-ils dit, que deviendraient les elfes ? Inflexible, Wren avait refusé de changer d'avis, se limitant à une petite concession : Ty et Triss l'accompagneraient aussi longtemps que ce serait possible.

Deux jours plus tôt, elle était partie vers le sud avec ses deux protecteurs, une demi-douzaine de Cavaliers du Ciel et les cinquante gardes du palais qu'ils transportaient dans des nacelles.

Wren avait voyagé avec Ty. Retardant le départ, elle avait envoyé Faun dans les bois de Drey avec mission de ramener Stresa. Dès l'arrivée du mélanchat, elle lui avait exposé son plan – auquel il avait souscrit – puis l'avait convaincu de voler sur le dos d'Esprit avec Faun et elle.

Desidio et ses guerriers étaient partis vers le nord pour rejoindre Barsimmon Oridio et attendre avec lui le retour de la souveraine.

— Stresa, avez-vous trouvé la... Chose ? demanda-t-elle, ignorant quel autre mot utiliser.

— *Les* Choses ! s'écria le mélanchat. Il y a eu des changements, en trois cents ans. Il en existe plus d'une, maintenant...

Wren refit mentalement le point. Devant elle, à l'est, les Cavaliers du Ciel et les gardes du palais attendaient sur le chemin que les Grimpeurs emprunteraient bientôt. Derrière elle, à l'ouest, s'étendaient les fourrés Enchevêtrés.

Plus d'une... C'est très intéressant.

— Attendez-moi, Stresa. La vallée donne sur une ravine qui les conduira jusqu'ici. Ça ne devrait pas être long.

Stresa se tourna et repartit dans les ombres.

— Je vais faire une sieste... Je suis fatigué. Et ça pue, dans les fourrés Enchevêtrés ! Pffttt... Faites attention à vous, reine des elfes.

Wren s'enfonça entre les arbres et trouva très vite Faun, qui sauta aussitôt sur son épaule.

Le plan marcherait. Pour s'en convaincre, elle se le repassa mentalement. Il était assez simple, mais tout dépendrait de son exécution. Et celle-ci dépendait presque entièrement d'elle.

Elle descendit dans la vallée, le long de la pente nord où les ombres étaient plus profondes. La veille, ils avaient exploré les environs avec soin. Les gardes du palais connaissaient désormais assez bien le terrain pour en tirer avantage, et les Cavaliers du Ciel avaient trouvé des endroits où se dissimuler à proximité des fourrés Enchevêtrés.

Wren repensa à Morrowindl, où elle avait joué au chat et à la souris avec des monstres, mettant ainsi en pratique toutes les connaissances que Garth lui avait transmises au fil des années.

Son père et sa mère avaient fait montre de beaucoup de bon sens en la confiant à Garth. Penser à tout ce qui avait été sacrifié pour elle restait déconcertant, mais ce n'était plus si difficile à accepter. La vie distribuait des fardeaux au hasard, et l'essentiel était de ne pas paniquer quand on comprenait qu'on avait été particulièrement bien servi.

Faun pépia doucement, et Wren lui caressa la tête.

Nous devons nous occuper les uns des autres, pensa-t-elle. *Il le faut pour que la vie ait un sens. Mais d'abord, nous devons trouver le moyen de survivre face à nos ennemis.*

Triss et ses gardes du palais étaient cachés à l'entrée de la vallée, dans un bosquet de pins et de broussailles.

— Ils ne sont pas à plus d'une lieue d'ici, annonça Triss, calme et résolu, comme Garth l'était autrefois. Les éclaireurs les surveillent pour que nous ne soyons pas surpris. Vous êtes prête, ma dame ?

Wren hocha la tête et glissa Faun dans le sac à dos qui lui servait à la transporter. Comme c'était prévisible, la couineuse aussi avait refusé de la quitter.

— Envoyez quelqu'un chercher Ty le Tigre, et allons-y !

Un messager partit aussitôt. Les gardes du palais armés d'arcs et chargés de carquois pleins de flèches se glissèrent hors de leur cachette et se faufilèrent entre les herbes épaisses et les broussailles. La terre étant humide de rosée, mais aussi dure que de la pierre sous cette fine pellicule, ils avancèrent lentement pour ne pas faire de bruit.

Les éclaireurs revinrent et annoncèrent que les Grimpeurs étaient devant eux, vers l'est, à cinq cents pas au plus. Ils étaient huit et avançaient deux par deux. Des Questeurs en robes noires les accompagnaient.

Wren en fut étonnée. Elle n'avait jamais vu de Questeurs, mais leur présence ne changeait rien, et elle ordonna à Triss de déployer ses guerriers.

Les secondes passèrent, affreusement lentes alors que le vacarme des Grimpeurs se faisait de plus en plus fort.

Triss marmonna quelque chose au sujet de la brume. Puis il regarda Wren, qui lui sourit. Aussitôt, le militaire se détourna. Après tout ce qu'ils avaient traversé ensemble, il gardait encore ses distances. Elle était la reine, toujours tenue de rester à part de ses sujets...

Le ciel continua à s'éclairer, et la brume se dissipa.

Les deux premiers Grimpeurs apparurent, escortés par une vingtaine de Questeurs qui semblaient minuscules à côté des monstres.

Wren sortit de sa tunique les Pierres elfiques, qui brillèrent dans sa paume comme des éclats de feu bleu.

Elles m'appartiennent. Moi seule peux les utiliser, pensa-t-elle.

Quand la deuxième paire de Grimpeurs arriva en vue, elle se leva, brandit les Pierres elfiques et invoqua leur pouvoir. Le feu bleu jaillit puis s'écrasa sur le monstre le plus proche, qui s'écroula aussitôt.

Les autres pivotèrent vers elle, mais les gardes du palais attaquèrent. Une pluie de flèches s'abattit sur les Grimpeurs et les Ombreurs, qui connurent quelques instants de confusion avant de lancer une contre-attaque.

Mais les gardes du palais battaient déjà en retraite vers la lisière de la forêt.

Malgré leur taille, les Grimpeurs étaient très rapides et ils risquaient d'approcher trop vite. Wren les ralentit avec un jet de flammes bleues, puis elle battit également en retraite, Triss à ses côtés.

Le premier Grimpeur s'était relevé, et les huit monstres avançaient vers les elfes. C'était le plan de Wren, mais ça n'en restait pas moins terrifiant. Croyant revoir le ouisteron de Morrowindl en huit exemplaires, il lui fallut combattre la terreur que ce souvenir engendrait.

Remettant les Pierres dans sa poche, elle fonça vers la position de repli. Au milieu de la vallée, elle s'arrêta, sortit de nouveau les Pierres elfiques et envoya un mur de feu bleu derrière elle. Peu après, les Grimpeurs émergèrent des flammes en hurlant de fureur. Wren les frappa de nouveau, tellement emportée par la magie qu'elle avait l'impression de flotter dans les airs. Grisée par le pouvoir, elle hurla un défi aux monstres.

— Ça suffit ! cria Triss en la tirant en arrière. Courez, maintenant !

Furieuse de cette interruption, la reine obéit quand même.

Elle courut, entra dans la ravine et s'enfonça entre les arbres. La magie courait dans son corps, exigeant d'être libérée.

Tant de pouvoir !

Wren ferma les poings et continua à courir.

Les Grimpeurs avançaient toujours, déchiquetant tout sur leur passage.

Ça marche, pensa Wren. *Les choses se déroulent comme prévu.*

Pas tout à fait, parce que les Grimpeurs étaient bien trop rapides !

Les Cavaliers du Ciel attendaient dans une clairière avec leurs nacelles. Tous les gardes du palais y grimpèrent – sauf Triss, qui avait insisté pour rester avec Wren. L'embarquement terminé, les Rocs décollèrent et filèrent à tire-d'aile vers l'ouest.

Wren ressortit les Pierres elfiques. Quand les Grimpeurs furent en vue, elle leur envoya un nouveau jet de feu pour les inciter à foncer sur elle.

Puis elle retourna sous le couvert des arbres et courut avec Triss vers l'obscurité qui les attendait un peu plus loin. Stresa apparut et prit la tête, les guidant vers les ténèbres qui marquaient le bord oriental du marais appelé les fourrés Enchevêtrés.

Wren jeta un coup d'œil en arrière pour être sûre que les Grimpeurs la coursaient toujours.

Suivez-moi, suivez-moi ! chantonna-t-elle mentalement.

Son plan était d'une grande simplicité. Attaquer les Grimpeurs dans la plaine – avec assez de guerriers pour qu'ils pensent avoir affaire à l'avant-garde de l'armée elfique – puis les attirer vers les arbres et les fourrés Enchevêtrés le long de la piste que Stresa avait choisie. Tout cela pour les entraîner dans un piège où leur force et leur ruse ne leur serviraient pas.

Comme souvent, les réponses aux questions du présent se trouvaient dans le passé. Dans ce cas précis, il s'agissait des chants de Par Ohmsford et des légendes de la lignée de Shannara.

Stresa en tête et Triss à côté d'elle, Wren conduisit les monstres dans le marais, sans qu'ils se doutent qu'ils ne poursuivaient plus une armée, mais une jeune reine, un guerrier et une créature venue d'un autre monde. Pour qu'ils n'aient pas l'idée de renoncer, elle les aiguillonnait avec son feu magique.

Autrefois, elle avait eu peur d'utiliser son pouvoir. Mais ce temps-là semblait si lointain ! Aussi distant que la vie qu'elle menait avant son voyage à Morrowindl et la découverte de son héritage... Libérée de ses peurs depuis qu'elle avait accepté la couronne de sa grand-mère et fait sortir son peuple de Morrowindl, elle considérait désormais le pouvoir comme une extension de sa chair et de son esprit.

Les fourrés Enchevêtrés devinrent plus denses, et de petites étendues de sables mouvants commencèrent à apparaître. Mais Stresa avait exploré le terrain, et il savait où passer sans courir de risques.

Par deux fois, les Grimpeurs gagnèrent beaucoup trop de terrain au goût des fugitifs. Le marais ne semblait pas les gêner, pour le moment...

Wren ne put pas voir si l'un d'eux s'était perdu ou avait rebroussé chemin. Elle espérait que non. Il aurait été dommage qu'un des invités rate sa petite fête...

Les deux elfes et le mélanchat atteignirent le lac quelques instants avant midi.

La rive la plus proche était à peine visible à travers le brouillard, et celle d'en face disparaissait totalement. Ici, tout était silencieux. Pas d'oiseaux, d'insectes, de poissons...

En ce lieu, on aurait juré que la vie était figée comme dans un rêve.

Les Grimpeurs arrivaient déjà, piétinant les arbres rabougris.

Stresa courut vers une étroite bande de terre qui se frayait un chemin vers le centre du vaste lac, comme un pont naturel. Wren et Triss le suivirent et foncèrent vers le mur de brume.

La reine regarda une fois le ciel, qui était vide. C'était encore trop tôt... Elle tenta de sonder l'autre rive du lac, à la recherche des Choses, mais rien ne bougeait.

Les Grimpeurs et les Questeurs s'arrêtèrent au bord de l'eau. Mais dès qu'ils virent Wren, ils se lancèrent à sa poursuite.

— Vers la gauche ! siffla Stresa.

Wren tourna la tête et vit la masse qui sortait de l'eau et qui semblait être un rocher jusqu'à ce qu'on aperçoive les deux jets de vapeur qui fusaient d'énormes naseaux.

Les créatures que Wren appelait « les Choses » étaient toujours là, comme au temps de Wil Ohmsford. Et aujourd'hui, il y en avait au moins trois dans le lac...

Ne fais rien pour les perturber, pensa la reine. *Laisse-les dormir encore un peu.*

Les Grimpeurs venaient de s'engager sur le « pont » naturel.

Mais deux d'entre eux seulement !

Wren s'arrêta net, Triss et Stresa l'imitant. Deux, ça n'était pas suffisant ! Il les leur fallait tous !

La reine pivota, sortit les Pierres elfiques et les brandit.

Stresa hurla un « non ! » retentissant, mais elle frappa quand même les Grimpeurs restés sur la rive.

Maintenant, quelque chose bougeait dans le lac.

Non, pas encore !

Les Grimpeurs restés sur la rive étaient fous de rage et s'en prenaient aux Questeurs qui tentaient de les calmer.

Les eaux vertes du lac se ridèrent.

Wren frappa de nouveau. Cette fois, tous les Grimpeurs se précipitèrent vers elle.

Les eaux du lac bouillonnaient un peu partout, désormais, et Wren comprit que ses compagnons et elle étaient en grand danger. Si les Choses attaquaient maintenant, aucun d'eux ne s'en sortirait...

Les monstres du marais, plus vieux que les créatures engendrées par les Ombreurs et aussi implacables que le temps... Voilà la surprise qu'elle réservait aux Grimpeurs !

Ces créatures étaient déjà là quand Wil Ohmsford et Amberle Elessedil avaient traversé les fourrés Enchevêtrés, plus de trois cents ans auparavant, alors qu'ils recherchaient le Feu de Sang. À l'époque, la Chose avait dévoré deux des chasseurs chargés de garder le Valombrien et l'Élue en sécurité. Aujourd'hui, le festin promettait d'être royal...

La reine et ses deux compagnons arrivèrent sur un îlot minuscule, au centre du lac.

— *Vite !* cria Stresa.

Wren s'arrêta, regarda en arrière et vit que les huit Grimpeurs la suivaient, les Questeurs sur les talons. La magie elfique les brûlait, mais elle ne pouvait pas les détruire. Le sachant, ils ne jugeaient pas utile de se protéger.

Un monstre trébucha, tomba dans l'eau, se releva et reprit sa charge.

Suis-moi ! lui lança mentalement Wren. *Viens voir ce que j'ai en réserve pour toi !*

Elle perdit de sa superbe en s'avisant qu'elle avait peut-être trop attendu : le Grimpeur le plus proche était à peine à cinquante pas.

Invoquant sa magie, Wren envoya le feu réveiller les Choses.

Les eaux du lac bouillonnèrent comme si elles allaient déborder d'un chaudron géant.

Sur le « pont », les Grimpeurs ralentirent, perturbés par le phénomène.

Les Choses aux multiples tentacules jaillirent des eaux stagnantes, s'emparèrent des Grimpeurs et les entraînèrent dans les profondeurs. Puis les Questeurs suivirent le même chemin.

Tout fut terminé en quelques secondes.

Sauf pour le Grimpeur qui était le plus proche de l'îlot.

Miraculeusement épargné, il continuait à charger.

Wren lui envoya un jet de feu qui ne le ralentit même pas. Surgissant sur l'îlot, le monstre voulut se jeter sur sa proie.

Triss vint se camper devant Wren, épée brandie. Stresa hurla de fureur, et Faun bondit hors de son sac à dos.

Une forme noire jaillit de la brume, et les serres d'Esprit s'enfoncèrent dans la tête et le dos du Grimpeur.

Le monstre se dégagea, mais le Roc revint à l'assaut.

Triss saisit Wren par la taille, la hissa sur son épaule et courut vers la deuxième moitié du pont.

Non ! voulut crier la reine. *Les Choses sont toujours dans le lac.*

Mais elle avait le souffle coupé et ne put rien dire.

Faun trottinait devant avec Stresa.

Les eaux du lac bouillonnèrent de nouveau...

Mais Ty le Tigre n'avait pas oublié la mission que Wren lui avait confiée. Ignorant le Grimpeur, Esprit vola vers la reine et ses compagnons.

Le Roc les suivait depuis qu'ils étaient entrés dans le marais, et il était prêt à les ramener en sécurité.

Il se posa sur l'étroite bande de terre le temps que Triss jette Wren à Ty comme un sac de grain puis saute en selle. Faun grimpa aussi, et les deux elfes hissèrent Stresa en selle et le harnachèrent.

Esprit s'envola, évitant de justesse des mâchoires monstrueuses qui se refermèrent sur le vide.

Wren se redressa, attacha son harnais et regarda en bas. Le dernier Grimpeur, réfugié sur l'île, était assailli de tous les côtés par les monstres du lac. Dans l'incapacité de fuir, il mourrait là, comme les autres...

Esprit sortit de la brume pour voler dans un ciel sans nuages. Sous son ventre, les fourrés Enchevêtrés devinrent de plus en plus petits.

Relégués dans le passé, comme Morrowindl...

Wren ne jeta pas un regard en arrière.

Chapitre 32

Au crépuscule, au-dessus de la sentinelle du Sud, le ciel se couvrit de nuages d'orage. Puis une petite brise venue des monts de Runne se leva. Partout, la brume s'accrochait à la terre en longs filaments qui serpentaient dans les ravins et autour des crêtes, transformant les terres empoisonnées en une grande mer blanche. Puis cette mer commença à bouillonner.

C'était l'heure des fantômes et des souvenirs. Le moment où les espoirs et les attentes de la journée prenaient forme, comme les peurs et les doutes, et cherchaient une voix afin de parler. L'instant où la raison cédait le pas à l'imagination.

Le temps des rêves...

Walker Boh appela un songe et le regarda arriver, tel un faucon descendant des cieux. Quand il fut là, l'Oncle Obscur bondit à sa rencontre, s'arracha de son corps comme s'il était aussi léger que l'air et vola dans la nuit. Sans voix et invisible, il sortit de la forêt et s'engagea sur les pentes des monts de Runne, habité par la certitude que la mort le suivait.

Laissant en arrière son enveloppe charnelle, il fila vers la tour noire des Ombreurs.

Des souvenirs le tourmentaient – ceux d'Allanon et ceux de l'homme qu'il avait été. Il se revit dans la peau du paria qui refusait de croire et luttait contre toute éventualité de changement. Puis sous la forme de l'ombre du druide qui avait été à l'origine de tout en confiant à Brin Ohmsford un héritage qui devait porter ses fruits des siècles plus tard.

Être plusieurs personnes à la fois se révélait étrange, mais pas désagréable du tout. Walker n'avait jamais été en paix avec lui-même, et sa frustration venait en grande partie du sentiment d'être incomplet. Maintenant, il était comblé : un homme composé de tellement d'autres ! Il lui restait beaucoup à apprendre, bien entendu, mais l'essentiel n'était-il pas de s'être engagé sur le bon chemin ?

La terre qu'il survolait était noire, stérile et dénuée de vie. C'était l'œuvre des Ombreurs, mais Walker ignorait encore quel poison ils avaient utilisé. Cette nuit, il le découvrirait peut-être...

La sentinelle du Sud se dressait à l'horizon, et il sentait de la vie en elle. Cette citadelle était vivante. Dans ses murs se nichait une magie qui l'avait créée et qui, depuis, la protégeait et la nourrissait. Mais aucune magie n'aimait être emprisonnée. Walker sentait celle-là lutter pour se libérer, comme un animal tapi au cœur de la pierre noire et avide de sortir.

Des Ombreurs montaient la garde à l'extérieur et à l'intérieur de la bâtisse.

Partie prenante de la brume et de la nuit, Walker atteignit les murs, et les monstres ne le repérèrent pas. Arrivé devant les portes de la citadelle, il se détourna, car elles étaient trop bien défendues pour qu'il les traverse, même sous sa forme immatérielle.

Il attendit qu'un des monstres entre par une fente de la pierre, le suivit et sentit la tour se refermer autour de lui comme un piège. Un mélange de colère, de haine et de désespoir flottait dans l'air. Surpris, Walker se demanda d'où venait tout cela.

Il hésita, puis remonta la piste de la magie jusqu'à sa source.

Seulement pour jeter un coup d'œil...

Le pouvoir venait des entrailles de la citadelle. Walker se glissa le long des couloirs, attentif à ne pas effleurer les murs, car même sous sa forme spirituelle, il pouvait être détecté. Et ici, les protections étaient puissantes – plus que celles d'Uhl Belk à Eldwist et celles des druides dans la salle des Rois. Une fantastique force qui pouvait détruire n'importe quoi...

N'importe quoi, corrigea Walker, sauf les liens qui la retenaient et la forçaient à servir les Ombreurs.

Il descendit un escalier et entendit pour la première fois les grondements et les sifflements d'une entité en plein travail. On eût dit qu'il s'agissait d'un dragon enchaîné. Mais bien entendu, ce n'était rien de si simple.

La magie naissait dans cette obscurité étouffante, comprit Walker. Rencontrant des sorts défensifs que même un esprit ne pouvait pas forcer sans être détecté, il dut se détourner. Plus près que jamais de ce qui était emprisonné dans les sous-sols de la sentinelle du Sud – le secret que les Ombreurs cachaient si soigneusement –, il ne pouvait pas s'en approcher davantage. La révélation ultime devrait attendre encore un peu.

Walker remonta l'escalier et rencontra sur son chemin d'autres Ombreurs qui ne le détectèrent pas.

Il se lança à la recherche de Par, pressé de découvrir s'il était toujours lui-même. Car il avait de bonnes raisons de redouter le contraire...

Quand il envisagea cette possibilité, Walker Boh sentit son cœur devenir aussi dur que de la pierre. Les signes étaient là. Tout avait commencé avec la transformation progressive de l'Enchantement de Shannara. Convaincu que sa magie lui échappait, Par avait perdu toute confiance en lui.

Si le Valombrien avait épousé la cause des Ombreurs, tout se terminerait ici et aujourd'hui.

Parce que ça voudra dire qu'il est l'un d'entre eux, pensa Boh, sinistre. *Tout en ne l'étant pas...*

Des jeux dans des jeux... Walker connaissait certaines règles, mais pas toutes.

Cherchant toujours le Valombrien, il explora les couloirs et les pièces obscures. En même temps, il se souvint de la façon dont Par l'avait convaincu de venir au lac Hadeshorn et de parler avec l'ombre d'Allanon.

Par avait toujours eu la foi.

« La magie est un don. Les rêves sont réels. »

Oui et non... Comme pour beaucoup de choses, la vérité était entre les deux.

De vieux souvenirs s'éveillant en lui, Walker se vit dans la peau d'Allanon, quand il guidait Cogline le long des couloirs de Paranor, à l'époque où la forteresse des druides était encore bannie dans les limbes par la magie. Boh sentit le mélange de peur et de détermination de Cogline, et retrouva dans ces émotions le conflit qu'il vivait. Le vieil homme savait ce que voulait dire le mot « conflit » ! Il avait essayé d'aider Walker à atteindre l'équilibre. Humain et druide – ses deux composantes lutteraient à tout jamais, il ne se faisait plus d'illusions à ce sujet. C'était le marché qu'il avait conclu avec lui-même en acceptant l'héritage des druides. Le dernier des anciens druides ou le premier des nouveaux ? Lequel était-il ? Les deux, vraisemblablement. Et ça avait peut-être été pareil pour Allanon, Bremen, Galaphile et tous les autres.

Soudain, Walker capta une présence familière. La sensation venait du bout du couloir qui commençait en haut de l'escalier. Il avança prudemment, car il y avait une deuxième présence, elle aussi familière. Rimmer Dall, qu'il percevait comme un grand marécage sans fond. La magie noire du chef des Ombreurs, écrasante, étouffait impitoyablement celle de Par...

Walker se plaqua contre le mur de la cellule et écouta.

— Tout serait plus facile, dit Rimmer Dall, si vous n'aviez pas tellement peur du mot...

Ombreur...

— Un être n'est pas modifié par le nom qu'on lui donne. Le vrai danger, c'est de refuser de voir ce que l'on est...

Ombreur...

Par Ohmsford entendait sans cesse ce mot dans son esprit, même lorsqu'il dormait. Et Rimmer Dall avait raison : il luttait de toutes ses forces contre l'idée qu'il était l'ennemi que les descendants de Shannara avaient été chargés de détruire.

Il se leva et vint se camper devant la fenêtre pour sonder l'obscurité. Il perdait la tête, c'était évident. Ses pensées étaient incohérentes, et son pouvoir de concentration baissait d'heure en heure. Chaque jour, l'obscurité qui l'entourait s'infiltrait en lui. Il ne semblait pas pouvoir y échapper. La nuit, il s'affrontait lui-même – sous la forme d'un Ombreur –, et le jour, il se désespérait. Bref, il glissait inexorablement vers la folie.

Rimmer Dall continuait à venir le voir, à lui parler et à lui offrir son aide. Il savait ce que le Valombrien éprouvait, assurait-il. Comprenant les exigences de la magie, il avait plusieurs fois averti Par qu'il devait regarder la vérité en face et prendre les mesures nécessaires pour se protéger. S'il ne le faisait pas *rapidement*, il serait perdu.

La silhouette vêtue de noir avança vers lui. Un instant, Par eut envie de chercher du réconfort auprès du Premier Questeur...

— Par, ces créatures, dans la Fosse, étaient autrefois comme vous. Elles contrôlaient la magie – pas comme vous, car leur pouvoir était inférieur, mais les situations sont comparables. Ces êtres ont refusé d'accepter ce qu'ils étaient. Nous leur avons proposé de l'aide, mais ils n'en ont pas voulu...

Dall posa une main sur l'épaule de Par, qui frémit à ce contact.

— La Fédération les a trouvés et les a emmenés à Tyrsis, où elle les a jetés dans la Fosse comme des animaux. Prisonniers dans les ténèbres, privés d'espoir et de raison, ils sont rapidement devenus fous. La magie les a consumés, faisant d'eux les monstres que vous avez rencontrés. Maintenant, ils sont condamnés. Les Ombreurs peuvent marcher parmi eux, car ils les comprennent. Mais ils ne seront plus jamais libres, et la Fédération les laissera croupir dans la Fosse jusqu'à leur mort.

Non, pensa Par. *Non, je ne vous crois pas. Pas un mot !*

Mais il n'en était pas si sûr, comme il n'était plus sûr de rien, en ce moment. Il était dévoré par la magie, ça ne faisait pas de doute, mais il ignorait laquelle le menaçait et il tentait de gagner du temps jusqu'à ce qu'il l'ait découvert. Hélas, il n'avait fait aucun progrès. Prisonnier comme les créatures de la Fosse, il n'arrivait pas à se convaincre que l'aide du Premier Questeur était ce qu'il lui fallait...

Des démons dansaient devant ses yeux – des monstres au regard mauvais qui se moquaient de lui. Ils le suivaient partout, tapis en lui comme des parasites. Et la magie leur donnait vie...

Dans les profondeurs de la sentinelle du Sud, le grondement continuait, inexorable.

Par se détourna de la fenêtre et s'éloigna de Rimmer Dall. Il aurait voulu pleurer et hurler. Mais il avait décidé de ne rien montrer et il tiendrait parole. Il lui était arrivé tant de choses qu'il n'aurait pas voulues... Et maintenant, il avait l'impression que tout en lui se formait et se reformait à chaque seconde.

— Autorisez-moi à vous aider, murmura Rimmer Dall. Donnez-vous une chance, je vous en prie ! Vous avez fait tout ce que vous pouviez. Mais la magie est un fardeau trop lourd. Vous ne pouvez pas continuer à le porter seul.

Dall posa les deux mains sur les épaules du Valombrien.

À cet instant, la résolution de Par céda comme une digue soumise à trop de pression. Il était fatigué et il voulait que quelqu'un l'aide. N'importe qui ! Il ne pouvait plus continuer comme ça...

— Laissez-moi vous aider, Par ! implora Rimmer Dall. Ça ne sera pas long. Vous vous souvenez ? Laissez-moi entrer dans votre esprit, le temps de voir où la magie vous menace. Laissez-moi vous aider à ériger les défenses dont vous avez besoin.

J'en ai assez d'Allanon ! Assez des druides et de leurs avertissements ! Oui, j'en ai assez de tout... Où sont ceux qui avaient promis de m'aider ? Tous partis, tous disparus... Même Coll. Je suis tellement fatigué !

— Si vous le souhaitez, vous pouvez entrer d'abord dans mon esprit, murmura Rimmer Dall. Ce n'est pas difficile. Sortir de vous-même sera un jeu d'enfant. Je peux vous montrer comment faire. Regardez-moi ! Retournez-vous et regardez-moi !

L'Épée de Shannara a été perdue. Wren, Walker et Morgan ont disparu. Où est Damson ? Pourquoi suis-je toujours seul ?

— Regardez-moi, Par !

Le Valombrien se tourna lentement et commença à lever les yeux.

À cet instant, une ombre passa entre eux, rapide comme la lumière.

Par Ohmsford repoussa violemment le Premier Questeur.

Non !

Du feu explosa entre eux, lançant des étincelles dans les ombres. Rimmer Dall pivota et se détourna, son visage osseux déformé par la fureur. Ses robes noires se gonflèrent, et sa main gantée se leva, lâchant un éclair meurtrier.

Ignorant ce qui venait d'arriver, Par invoqua ses propres protections et sentit le feu bleu de l'Enchantement de Shannara l'entourer. En un instant, il fut enveloppé de lumière, et Rimmer Dall recula à son tour.

Ils se dévisagèrent dans les ténèbres, les feux de leur pouvoir crépitant au bout de leurs doigts.

— Ne vous approchez pas de moi ! siffla Par.

Rimmer Dall resta un moment immobile. Puis il baissa sa main gantée et sortit de la pièce sans dire un mot.

Par Ohmsford laissa le feu de sa magie s'éteindre. Debout dans les ombres, il se demanda ce qu'il avait fait.

Autour de lui, ses démons dansaient de joie.

— Combien de temps restera-t-il comme ça ? demanda finalement Matty Roh.

Morgan Leah secoua la tête en signe d'impuissance. Walker Boh n'avait pas bougé depuis plus d'une heure. Avant d'entrer en transe, il leur avait dit de monter la garde et d'attendre son retour. Mais il n'avait pas précisé où il allait. En réalité, il ne semblait pas être parti, mais le montagnard s'attendait toujours à tout avec l'Oncle Obscur.

Ils étaient réfugiés dans un bosquet d'épicéas, au cœur de la forêt proche des monts de Runne. Morgan, Matty, Damson, Coll et Walker... Dans l'obscurité, au-delà de leur campement, les yeux de Rumeur scintillaient. Cinq jours étaient passés depuis que Walker avait trouvé Morgan et l'avait sauvé des Ombreurs. Projetant l'image du montagnard sur l'un des monstres, il avait laissé les autres la réduire en bouillie. Persuadés d'avoir tué l'intrus, les Ombreurs étaient repartis pour la sentinelle du Sud.

La veille, le Valombrien et les deux femmes qui l'avaient sauvé étaient revenus et avaient traversé le lac Arc-en-ciel dans un petit esquif. Walker et Morgan les avaient interceptés à l'embouchure de la Mermidon, puis ils les avaient amenés ici.

— Que fait-il, à votre avis ? demanda Matty.

— Je l'ignore, avoua Morgan.

Il se pencha sur Walker, mais recula quand il entendit Rumeur gronder. Puis il regarda Matty et haussa les épaules.

Les jeunes gens étaient mieux nourris et plus reposés qu'à l'accoutumée, mais ils restaient émotionnellement épuisés et physiquement usés par leur longue lutte pour rester en vie. Seule leur volonté de trouver Par Ohmsford leur permettait de continuer. Et peut-être aussi l'idée, suggérée par Walker, que le voyage commencé au lac Hadeshorn touchait à sa fin...

— Il cherche Par, dit soudain Damson.

Oui, c'était ça ! Boh suivait la piste secondaire du Skree jusqu'à la sentinelle du Sud pour voir si le Valombrien y était détenu. Coll affirmait depuis le début que son frère était entre les mains des Ombreurs, et ses compagnons en étaient maintenant persuadés. Mais Walker cherchait quelque chose de plus, Morgan le sentait. L'Oncle Obscur savait quelque chose qu'il ne leur avait pas dit. Mais c'était toujours comme ça avec les druides.

Un druide... Morgan inspira à fond et se détendit un peu. Comme c'était bizarre... Walker Boh était devenu ce qu'il abhorrait autrefois. Qui l'aurait cru ? Mais ils avaient tous beaucoup changé, alors...

Walker rouvrit les yeux et releva la tête...

— Il est vivant, murmura-t-il. Rimmer Dall et les Ombreurs le gardent prisonnier.

Il se leva et se massa les épaules comme s'il avait froid. Les autres le regardèrent, ne sachant que penser. Rumeur s'agita dans l'ombre.

— Vous avez eu une vision ? demanda Coll.

Walker caressa la grosse tête du félin, qui se blottit contre lui.

— Non, Coll. Je suis sorti de mon corps pour entrer dans la forteresse des Ombreurs. J'ai trouvé Par, enfermé dans la tour. Rimmer Dall était avec lui et il essayait de le persuader de lui laisser prendre le contrôle de l'Enchantement de Shannara. Il prétend que Par est un Ombreur, comme lui.

— Il le lui a déjà dit, ça, intervint Damson.

— C'est un mensonge ! affirma Coll.

— Peut-être pas, répondit Walker. Il y a une certaine vérité dans ses paroles. Mais Rimmer Dall ne dit pas tout. Par est perturbé, furieux et effrayé. Il est passé très près de laisser Dall entrer dans son esprit.

— Non..., murmura Damson, livide.

— Dall a raté son coup, pour cette fois. Hélas, Par n'a plus beaucoup de temps devant lui, car il faiblit de jour en jour. J'ai pris le risque d'une petite intrusion pour l'aider, mais le temps presse ! Le secret de la destruction des Ombreurs est en lui. Il l'a toujours été... Rimmer Dall concentre tous ses efforts sur Par. Il sait que je suis revenu, que Wren est de retour et que nous avons échappé aux autres Ombreurs. Il sait aussi que nous nous rapprochons régulièrement de lui. Les Ombreurs sont menacés, mais le Premier Questeur se consacre exclusivement à Par, parce qu'il est la clé. Si nous le libérons de son angoisse vis-à-vis de l'Enchantement de Shannara, nous obtiendrons peut-être toutes les pièces du puzzle. Allanon nous a envoyés à la recherche des talismans, et nous les avons trouvés. Il nous a chargés de ramener les elfes et Paranor, et ça aussi, nous l'avons fait. Nous avons tout ce qu'il faut pour vaincre les Ombreurs. Il reste à découvrir comment utiliser nos armes. Et la réponse nous attend dans la tour.

— L'Épée de Shannara libérera Par, dit Coll. Je le sais !

Walker sembla ne pas l'avoir entendu.

— Il y a autre chose... Les Ombreurs gardent enfermé dans les entrailles de la forteresse une créature vivante enchaînée par la magie. J'ignore ce que c'est, mais je sens qu'elle est puissante et que nous devons trouver un moyen de la libérer. Mais les protections qui l'entourent sont très dangereuses.

» Les Ombreurs sont d'origine elfique et ils utilisent l'antique magie de ce peuple. Leurs forces et leurs faiblesses viennent de là. Par est l'un d'eux, en un sens, parce qu'il a du sang elfique. Mais je crois que la question de ce qu'il deviendra n'a pas encore été réglée...

— Il ne se retournerait jamais contre nous, affirma Damson.

— Que devons-nous faire, Walker ? demanda Coll.

Il tenait l'Épée de Shannara à deux mains, et son visage était dur comme du granit.

— Nous allons le chercher, Valombrien, répondit Walker. Et nous partirons maintenant, avant qu'il soit trop tard.

— Pas tous ! dit Morgan en regardant les femmes.

— Elles sont décidées à nous accompagner, montagnard.

Morgan refusa de revenir sur sa position. Il ne voulait pas que Damson et Matty les suivent dans l'antre des Ombreurs. Les hommes de leur groupe bénéficiaient d'une magie protectrice, mais les femmes n'avaient rien.

— Je ne resterai pas en arrière, dit Damson.

Matty hocha la tête pour indiquer qu'elle partageait l'avis de son amie.

— C'est trop dangereux, insista Morgan. Nous ne pourrons pas vous protéger. Vous devez rester ici.

Walker leva la main et fit signe aux deux femmes d'approcher. Il était plus grand et plus large que dans le souvenir de Morgan. C'était impossible, bien entendu, mais il paraissait être plus imposant et plus puissant qu'un seul homme...

— Je ne peux pas vous donner une magie offensive, dit-il aux femmes, mais je suis capable de vous protéger. Surtout, ne bougez pas !

Sa main unique décrivit des arabesques dans l'air. Une vive lumière enveloppa Matty et Damson, puis s'infiltra en elles, faisant un moment briller leur peau.

— Si vous êtes déterminées à venir, ça vous aidera à vous protéger...

Walker réunit ses compagnons autour de lui comme un père désireux de parler à ses enfants.

— Nous ferons ce que nous devrons et ce que nous pourrons, dit-il. Tout ce que nous avons enduré, tous les chemins que nous avons suivis, toutes les vies perdues le long de la route nous destinaient à vivre cet instant. Allanon me l'a dit après que Cogline eut donné sa vie pour moi. Ce sera la fin des Ombreurs ou la nôtre. Personne n'est obligé de venir. Mais chacun de nous est nécessaire...

— Nous venons, dit Damson. Tous.

Morgan lui-même hocha la tête.

— Nous sommes donc cinq, dit Walker avec un petit sourire. Nous commencerons par libérer Par et lui rendre l'usage de sa magie. Si nous réussissons, nous descendrons dans les sous-sols. Nous allons partir immédiatement, pour entrer dans la sentinelle du Sud à l'aube. Faites attention à vous et restez tous près de moi.

Les cinq compagnons se regardèrent et acquiescèrent en silence. Même s'ils auraient souhaité qu'il en aille autrement, il ne restait plus qu'eux pour affronter les Ombreurs et sauver les Quatre Terres.

Les trois hommes, les deux femmes et le félin des landes sortirent du bosquet et se mirent en chemin.

Chapitre 33

Deux jours après la destruction des Grimpeurs dans les fourrés Enchevêtrés, les elfes attaquèrent l'armée de la Fédération dans la plaine, au-dessous de la vallée de Rhenn. Ils frappèrent juste avant l'aube, profitant de la brume pour approcher du camp adverse sans être vus.

Cet assaut était une pure improvisation. Le plan initial consistait à défendre chaque pouce de terrain jusqu'à la capitale, mais Barsimmon Oridio était arrivé la veille avec ses renforts, modifiant radicalement la donne. Lors d'un conseil de guerre entre la reine, le général, Ty le Tigre, Desidio et quelques officiers supérieurs, il fut établi qu'attendre l'assaut de la Fédération serait suicidaire. Car dans les cas désespérés, la meilleure défense était l'attaque.

Desidio avait proposé cette stratégie audacieuse. Wren s'en était étonnée et elle avait failli ne pas en croire ses oreilles quand Bar l'avait acceptée. Mais le vieux général, s'il était conservateur, n'avait quand même rien d'un idiot. Bien conçue, une attaque surprise pouvait réussir. Et pour s'assurer que les choses seraient bien faites, il supervisa tous les préparatifs et conduisit en personne les guerriers au combat.

Au milieu de la nuit, les elfes sortirent des bois et déployèrent la moitié de leurs archers le long des flancs de l'armée ennemie. Des fantassins armés de lances et d'épées courtes se postèrent juste derrière, prêts à charger dès que leurs camarades leur feraient signe. Les autres archers, le reste des fantassins et la cavalerie prirent place à l'est de la vallée, d'où ils lanceraient également un assaut afin d'ouvrir un second front.

Ces manœuvres furent effectuées dans un silence absolu. Après des années à se battre pour survivre, sur Morrowindl, les elfes n'avaient pas leurs pareils en matière d'efficacité et de discrétion...

Les archers du flanc ouest frappèrent les premiers. Pendant que les soldats de la Fédération se réveillaient en sursaut sous une pluie de flèches, les fantassins chargèrent. Au même moment, la seconde force entra en action, la cavalerie elfique jaillissant de la brume pour désorganiser encore un peu plus l'ennemi.

Les elfes semèrent la mort dans les rangs adverses puis battirent en retraite avant de risquer d'être pris en tenaille. Barsimmon Oridio commandait le flanc ouest, et Desidio le nord-est. Wren Elessedil, Triss et quelques gardes du palais observaient la bataille depuis un promontoire, à l'entrée de la vallée. Faun s'était perchée sur les épaules de Wren, les yeux écarquillés d'inquiétude. Stresa explorait la vallée, à l'ouest, et Ty le Tigre attendait avec les Cavaliers du Ciel, qu'on gardait pour l'instant en réserve.

Après l'assaut, les elfes profitèrent des ténèbres et de la confusion pour reformer leurs rangs. Installés dans la vallée depuis deux semaines, ils avaient eu le temps d'étudier le terrain, un avantage qui leur permit de se remettre très vite en formation.

Face au deuxième assaut, le centre de l'armée adverse tint bon, mais les flancs subirent de très lourdes pertes.

Sans les hasards de la guerre, les choses auraient pu en rester là, l'armée de la Fédération battant piteusement en retraite dans la plaine. Mais Desidio, qui ferraillait sur le flanc est, eut la malchance que son cheval soit foudroyé par une flèche. Une jambe et un bras cassés, il resta coincé sous sa monture.

Voyant qu'un officier supérieur était vulnérable, les soldats ennemis se ruèrent vers lui. Bien entendu, les elfes abandonnèrent leur plan initial pour se porter à son secours. Après avoir dégagé Desidio, ils le conduisirent en sécurité, mais tout leur front avant s'effondra.

Encouragée par ce succès, l'armée de la Fédération se regroupa et attaqua Barsimmon Oridio. Sans second front, le général fut obligé de se replier aussi, sous peine d'être encerclé. Toujours désorganisés, mais largement supérieurs en nombre, les soldats adverses regagnèrent le terrain qu'ils avaient perdu.

Quand il sembla que Bar n'arriverait pas à se mettre en sécurité, Wren lança dans la mêlée les Cavaliers du Ciel, qui ralentirent assez l'ennemi pour que l'armée d'Oridio puisse s'enfuir.

Les elfes se réfugièrent de nouveau le long des pentes de la Rhenn et attendirent l'inévitable contre-attaque de la Fédération.

Wren alla voir Desidio. Bien qu'il souffrît beaucoup, il était furieux d'avoir été blessé et exigea qu'on le ramène au milieu de ses soldats. La reine refusa. Soutenue par Barsimmon Oridio, elle renvoya le blessé à Arborlon. Pour lui, la campagne était terminée...

Bar informa Wren qu'un commandant nommé Ebben Cruenal prendrait la place de Desidio. La jeune femme hocha simplement la tête. Mais tous les deux savaient que personne ne remplacerait *vraiment* Desidio.

Aux environs de midi, les elfes envoyèrent des éclaireurs vers l'est et l'ouest pour voir si l'ennemi essayait de contourner leurs flancs. Ils ne trouvèrent rien. La Fédération semblait persuadée qu'une attaque massive suffirait.

Des archers et des cavaliers avançant sur ses flancs pour interdire les attaques surprises, l'armée ennemie se mit en branle quelques minutes après midi.

Les archers massacrèrent les premiers rangs. Enjambant les cadavres de leurs camarades, les soldats continuèrent à marcher comme des automates.

Postée sur le promontoire avec Bar et Triss, Wren fut terrorisée par ce spectacle. Très calmes, le général et le capitaine des gardes du palais évaluaient la situation, mettaient au point des tactiques et communiquaient leurs ordres aux messagers qui faisaient la navette entre les commandants et les combattants.

Wren eut la nausée devant tant d'absurdité meurtrière... La Fédération essayait de détruire les elfes parce qu'elle pensait que leur magie dévastait les Quatre Terres. Elle ne se trompait pas totalement, n'était que les elfes présents n'avaient rien à voir avec la sorcellerie en question. Pourtant, ils étaient indirectement responsables de la création des Ombreurs. Et la Fédération avait mis le feu aux poudres en accusant injustement les elfes des Terres de l'Ouest...

Des erreurs, des malentendus, des idées fausses et des croyances erronées... Et voilà où ça menait !

Un moment, les elfes tinrent bon, et l'attaque de la Fédération resta au point mort. Mais la loi du nombre finit par jouer, et les défenseurs furent repoussés dans la vallée. Conscient que la fin était proche, Bar envoya au combat ses dernières réserves et partit rejoindre ses guerriers. Triss chargea ses gardes du palais de défendre la position qu'il occupait avec Wren et de ne battre en retraite sous aucun prétexte.

Les Cavaliers du Ciel utilisaient leurs Rocs pour transporter des souches et des rochers puis les lâcher sur les rangs de la Fédération. Les dégâts étaient épouvantables, mais les archers ennemis avaient déjà blessé deux oiseaux géants...

Venant de l'est, des renforts auraient bientôt fait la jonction avec l'armée de la Fédération. Décidément, l'affaire paraissait entendue...

Wren avait accepté de rester à l'écart des combats afin d'utiliser les Pierres elfiques contre les Ombreurs s'ils se mêlaient à la bataille. Mais les monstres ne s'étaient pas montrés, sans doute parce qu'ils pensaient que l'armée régulière s'en tirerait très bien toute seule.

En fin d'après-midi, alors que les soldats en uniforme rouge et noir déferlaient comme une marée impossible à endiguer, Wren sortit les Pierres elfiques de sous sa tunique. Elle avait espéré ne pas devoir les utiliser. Aujourd'hui, ce ne seraient pas des Grimpeurs qu'elle tuerait, mais des hommes, et cela lui paraissait immoral. De plus, la magie la vidait de son énergie et la privait à chaque fois un peu plus de son humanité. Tuer la dévastait, et ce serait encore pis si elle devait abattre des êtres humains.

Triss avança vers sa reine.

— Rangez-les, ma dame, dit-il. Vous n'aurez pas besoin de les utiliser...

On eût dit qu'il avait lu dans son esprit, comme d'habitude, depuis Morrowindl...

— Je ne peux pas laisser les elfes se faire massacrer...

— Vous ne les aiderez pas à vaincre si vous vous perdez vous-même. Rangez-les ! Le crépuscule approche. Nous tiendrons peut-être jusque-là.

Triss ne parla pas de ce qui arriverait le lendemain, quand la Fédération reprendrait son attaque, mais il était inutile d'y songer pour le moment. Wren remit les Pierres elfiques dans sa tunique.

Par endroits, les soldats de la Fédération traversaient déjà les lignes de défense elfiques.

— Je dois envoyer des gardes du palais aider les nôtres, dit Triss. Attendez-moi ici.

Il demanda à quelques gardes de veiller sur la reine et descendit du promontoire.

Wren resta avec Faun et huit protecteurs, seule dans un îlot de calme perdu au milieu d'une tempête. Si elle survivait, se jura-t-elle, elle referait des elfes des guérisseurs et leur ordonnerait de prendre soin des autres races...

Faun s'agita soudain sur son épaule.

— Du calme, du calme, ma petite, murmura Wren. Tout va bien...

Mais les soldats ennemis étaient partout, et la nuit ne tomberait pas avant une ou deux heures. À l'évidence, les elfes ne tiendraient pas si longtemps...

— Dire que nous sommes venus jusqu'ici pour perdre, murmura Wren, si bas que seule Faun l'entendit. Ce n'est pas juste... Ce n'est pas...

La couineuse poussa un cri aigu. Se retournant, Wren vit des Questeurs vêtus de noir émerger des arbres où ils se tapissaient sans doute depuis un moment, guettant l'instant idéal pour attaquer.

Les gardes du palais s'interposèrent. Mais les Questeurs n'en firent qu'une bouchée.

Wren paniqua. Six elfes étaient déjà morts, et les deux derniers succomberaient bientôt. Elle était encerclée, et le piège se refermait rapidement. Quand ce serait fait... Il était facile de deviner la suite. Ses ennemis ne prendraient pas le risque qu'elle s'évade une deuxième fois.

Elle voulut fuir, trébucha et tomba. Les Questeurs avaient tué le dernier garde du palais et ils se ruaient vers elle. Terrorisée, Faun sauta de son épaule.

Wren glissa une main sous sa tunique et saisit la bourse qui contenait les Pierres elfiques.

Non, non !

Les Questeurs étaient déjà sur elle, et elle n'arrivait pas à bouger assez vite.

Comment ont-ils pu se glisser à travers nos lignes ?

Le cordon enfin dénoué, Wren plongea les doigts dans la bourse.

Le premier Questeur étant arrivé près d'elle, elle lui faucha les jambes d'un coup de pied, puis se releva, seule et sans arme face à ses bourreaux.

Abandonnant l'idée de sortir les Pierres, elle frappa le Questeur le plus proche et détourna la lame qui volait vers sa gorge. Mais l'épée glissa le long de son bras, déchira son manteau et lui entailla la peau.

Faun se jeta sur le Questeur. Les autres ralentirent, surpris par l'apparition de la couineuse. Wren en profita pour reculer un peu.

Le Questeur que Faun avait attaqué l'arracha de son visage et la jeta sur le sol.

— Non ! hurla Wren en levant le bras qui tenait la bourse.

Presque nonchalamment, le Questeur écrasa Faun sous sa botte.

À cet instant, tout se brisa en Wren Elessedil. La fureur, l'angoisse et le désespoir la submergèrent, et la magie des Pierres elfiques surgit de ce vortex. Désintégrant la bourse en cuir, le pouvoir coula des doigts de Wren et foudroya le meurtrier de Faun. Puis il renversa les autres Questeurs comme s'ils étaient des fétus de paille pris dans une tempête...

Emportée très loin de tout par la magie, Wren oublia jusqu'au combat qui se déroulait à ses pieds. Plus rien ne comptait, à part carboniser les silhouettes noires qui l'agressaient. Les regardant brûler comme s'il s'agissait de vulgaires feuilles d'automne, la reine des elfes continua à déchaîner sa magie.

Voyant les derniers Questeurs filer vers les arbres, leurs robes noires fumantes, elle propulsa sur eux un ultime jet de feu magique. Puis son bras retomba, le pouvoir mourut et elle s'affaissa sur les genoux. Autour d'elle, l'herbe était carbonisée, et il y avait de petits tas de cendres partout.

Elle entendit des cris monter des pentes où Triss et ses guerriers s'étaient postés pour affronter la Fédération.

Ne me touchez pas ! cria-t-elle. *N'approchez pas de moi !*

Mais elle n'était pas sûre d'avoir dit ces mots à haute voix.

Les cris devinrent plus forts, se répercutant dans toute la vallée de Rhenn. Quelque chose se passait. Un événement inattendu.

Wren se releva péniblement et regarda autour d'elle. Assez loin à l'est, à l'endroit où la vallée donnait sur la plaine, une armée venait d'apparaître. Et ces renforts ne volaient pas au secours de la Fédération ! Au contraire, ils l'attaquaient avec une rage comme elle n'en avait jamais vu.

— Hommes libres ! Hommes libres ! criaient des centaines de gorges.

Derrière les hors-la-loi, des trolls des Rochers armés de lances, de massues, de haches et de boucliers cerclés de fer fondaient aussi sur les soldats de la Fédération.

Toujours supérieurs en nombre, ceux-ci tinrent bon pendant quelques minutes. Mais l'assaut était trop violent pour des hommes qui ferraillaient depuis l'aube, et ils durent se résoudre à battre en retraite.

Les elfes survivants se joignirent aux hors-la-loi et aux trolls, parachevant la déroute adverse.

Wren entendit Triss l'appeler, mais elle ne répondit pas et glissa les Pierres elfiques dans la poche de sa tunique comme si elles lui brûlaient les paumes. Puis elle approcha du cadavre de Faun, s'agenouilla et le prit dans ses bras.

Elle serrait toujours la couineuse contre elle quand Triss et ses guerriers la rejoignirent.

Wren ne leva pas les yeux sur ses compagnons. Sans savoir pourquoi, elle avait le sentiment de tenir contre sa poitrine la dépouille de toute la nation elfique.

Chapitre 34

L'attaque de la sentinelle du Sud commença une heure avant l'aube. Sous le couvert des nuages qui occultaient la lumière de la lune et des étoiles, l'approche ne posa aucun problème, d'autant plus que les Ombreurs semblaient avoir jugé inutile de patrouiller à l'extérieur.

Walker Boh enveloppa le petit groupe dans un sort de silence druidique. En marchant, il réfléchit une dernière fois à son plan. Convaincu qu'ils n'auraient pas le temps de trouver Par et de le libérer avec l'Épée de Shannara avant de descendre dans les sous-sols, car les Ombreurs seraient alertés par l'activation de la magie, il avait décidé que le commando sortirait Par de sa cellule et gagnerait directement les entrailles de la citadelle. Ensuite, il serait toujours temps d'utiliser le talisman...

Coll réfléchissait aussi, se demandant si l'Épée aiderait vraiment son frère. La vérité qu'elle lui dévoilerait ne risquait-elle pas de le rendre fou ? Si Par était vraiment un Ombreur, en quoi le savoir pouvait-il le soulager ? Au fond, Allanon avait peut-être prévu pour le talisman un usage que Coll n'avait pas encore deviné. Et dans ce cas, l'arme ne pourrait rien pour Par...

Un pas derrière le Valombrien, Morgan Leah méditait aussi. Même avec les talismans qu'ils portaient, se disait-il, leurs chances de succès étaient minimes. Beaucoup plus qu'à Tyrsis, quand ils avaient libéré Padishar Creel... À coup sûr, ils ne s'en tireraient pas tous. Une idée qu'il détestait, mais dont il ne parvenait pas à se débarrasser. Avait-il survécu à tant d'épreuves – la Fosse, la Saillie, Eldwist – pour venir mourir ici ? Ça semblait ridicule...

Ils approchaient de la fin d'un voyage qui leur avait tout pris, à part la détermination de continuer. Qu'il se termine par leur mort serait injuste. Mais il savait que c'était possible.

Damson Rhee pensait à son père et à Par, se demandant si elle avait sacrifié l'un pour sauver l'autre quand elle avait laissé le Valombrien partir seul à la recherche de Coll. Ce choix finirait-il par leur coûter la vie à tous les deux ? Si c'était le cas, elle se jura de ne pas mourir avant d'avoir revu Par.

À côté de Damson, Matty Roh se demandait si la magie que le druide lui avait donnée suffirait pour affronter les Ombreurs et les tuer. C'était possible, car elle se sentait invincible, certaine d'être à l'endroit où son destin se réaliserait. Toute sa vie l'avait conduite jusqu'à ce moment précis, et elle avait hâte de voir ce qui se produirait.

Un peu à l'écart, une ombre noire avançait à pas feutrés dans les ténèbres. Rumeur ne pensait à rien. S'abandonnant à son instinct de chasseur, il était satisfait d'être sur la piste de sa proie.

Une fois arrivés en vue de la tour noire, les cinq compagnons accélérèrent encore le pas. La sentinelle du Sud se dressait devant eux tel le vestige bien réel d'un abominable cauchemar. Ils l'entendaient respirer comme un prédateur aux aguets. Elle était vivante, cela ne faisait pas de doute...

Quand ils furent devant l'édifice, Walker posa sa main unique contre la pierre, qui pulsa sous sa paume comme la chair d'une créature vivante. Comment était-ce possible ? L'Oncle Obscur réfléchit de nouveau à la nature de la tour, puis il marcha le long du mur, cherchant une manière d'entrer tout en envoyant un filament de magie localiser les occupants de la tour. Aucun n'avait conscience de sa présence, pour le moment...

S'immobilisant devant une grande porte en pierre, Walker l'étudia un long moment. Oui, ils pourraient passer par là. Mais ne risquaient-ils pas d'alarmer leurs adversaires ? Walker regarda ses compagnons – les deux femmes, le montagnard, le Valombrien et le félin des landes. Ils devaient atteindre Par sans être découverts. Au minimum, il leur fallait le temps de faire ça.

— Empêchez-moi de tomber, dit-il. Ne me lâchez pas, et surtout, restez ici !

Il ferma les yeux et quitta son corps pour entrer dans la forteresse sous sa forme spirituelle.

Dans sa cellule, Par Ohmsford, assis sur sa paillasse, essayait de ne pas lâcher prise. Il se désespérait, car son combat contre la folie, il le sentait, était sans espoir. La magie s'agitait sans cesse en lui, le mettant à la torture. Enragé, il haïssait Rimmer Dall, les Ombreurs, la sentinelle du Sud et le trou noir que semblait être devenue sa vie. L'espoir ne signifiait plus rien pour lui. Ne croyant plus que la magie était un don, ni que l'ombre d'Allanon l'avait chargé d'une mission vitale pour le monde, il se débattait dans un univers où il n'existait plus aucune frontière entre le bien et le mal.

Il ne sortirait jamais de ce trou à rats ! Il ne reverrait jamais Damson, Coll, ni aucun de ses autres compagnons – en supposant qu'ils soient encore en vie. Regardant à travers les barreaux de sa fenêtre, il pensa que le monde était peut-être déjà devenu le cauchemar qu'Allanon lui avait montré un jour. Mais il en avait peut-être toujours été ainsi, seul son aveuglement le laissant croire qu'il en allait autrement.

Il n'osait plus dormir du tout, parce qu'il ne supportait plus ses rêves. Ou plutôt, parce qu'il les tenait de plus en plus pour la réalité, et se persuadait qu'il était vraiment un Ombreur. Quand il se réveillait, plongé dans la confusion, il avait le sentiment de ne plus être lui-même. Rimmer Dall était maléfique, mais il lui proposait de l'aide, et le moment d'accepter était peut-être venu.

Non. Non. Jamais !

Devant la porte de la cellule, l'air ondula bizarrement, et Par crut apercevoir une ombre. Encore un de ses démons, sans doute, héraut de la folie qui finirait par le submerger.

— *Par, écoute-moi*, dit une voix sous son crâne.

Le Valombrien secoua la tête. Pourquoi écouterait-il ?

— *Par Ohmsford. Écoute-moi. Prononce mon nom.*

Par eut la certitude qu'il était devenu fou. La voix qu'il entendait était celle... de Walker Boh...

— *Prononce mon nom !*

— Walker...

Par se leva d'un bond et sonda les ténèbres. On eût dit que ses démons détalaient en hurlant de terreur.

— *Par, nous sommes venus te chercher. Pour te libérer et t'emmener loin d'ici. Coll est avec moi. Morgan aussi. Et Damson Rhee.*

— Non...

C'était impossible ! Il espérait de l'aide depuis si longtemps...

La présence invisible se rapprocha du Valombrien. Mais comment Walker était-il arrivé ici ? Comment pouvait-il être là sans y être... Était-il devenu... ?

— *Je suis un druide, oui... J'ai fait ce qu'Allanon m'a demandé. Paranor est de retour, et je suis devenu le premier des nouveaux druides.*

Par tendit la main vers la présence invisible.

— *Tu dois venir là où nous t'attendons. Ici, nous ne pouvons pas t'atteindre. Utilise l'Enchantement de Shannara pour traverser la porte qui t'emprisonne. Puis viens nous rejoindre...*

Par secoua la tête. Recourir à l'Enchantement après avoir consenti tous ces efforts pour ne pas s'en servir ? Non, c'était impossible. S'il le faisait, il serait perdu. La magie le consumerait et le transformerait en monstre.

— *Tu dois essayer, Par !*

— Non...

— *Nous ne pouvons pas venir à toi. Utilise la magie ! Pour te libérer de tes prisons – celle que tu t'es construite et celle où les Ombreurs t'ont enfermé –, il n'y a que la magie. Fais-le, Par !*

Convaincu que c'était encore une ruse de son pouvoir ou de celui des Ombreurs, Par crut entendre ses démons éclater de rire. Il se détourna et se plaqua les mains sur les oreilles. Walker Boh n'était pas là ! Personne n'était là ! Croire autre chose était un des symptômes de la folie qui grandissait en lui...

— Je ne le ferai pas. Je ne peux pas.

Il se détourna de la voix qui n'existait pas et se retira plus profondément dans les ténèbres.

La voix de Walker Boh retentit de nouveau, calme et persuasive.

— *Autrefois, tu m'as dit que la magie était un don, qu'elle t'avait été offerte pour une bonne raison, et qu'elle était faite pour être utilisée. Tu affirmais que je devais croire aux rêves qui nous avaient été envoyés. Aurais-tu oublié ?*

Oui, Par avait dit toutes ces choses quand il avait rencontré Walker à la Pierre d'Âtre, des semaines plus tôt. « *Tu dois y croire !* » avait-il lancé à l'Oncle Obscur.

— *Utilise ta magie, Par. Libère-toi !*

Par retrouva soudain le désir de croire. Pourquoi ne pas essayer ? Faire quelque chose – peu importait quoi –, mais surtout ne pas abandonner.

Il vit la porte se dresser devant lui, une barrière qu'il ne pouvait pas franchir. Sauf s'il utilisait sa magie. Pourquoi pas ? Que lui restait-il d'autre ?

Walker Boh s'approcha de lui, et il le sentit alors qu'il n'était pas réellement là. Walker était sorti de son désespoir et de son incrédulité pour accepter la mission confiée par Allanon. Oui, Paranor et les druides étaient de retour. Oui, Par avait trouvé l'Épée de Shannara. Et Wren avait ramené les elfes. Certainement...

— *Sers-toi de la magie, Par !*

Une digue céda soudain à l'intérieur du Valombrien, libérant le pouvoir qu'il étouffait depuis si longtemps.

Je refuse de mourir ici..., pensa-t-il. *Je refuse !*

La magie crépita au bout de ses doigts, et il la propulsa sur la porte, l'arrachant à ses gonds. Puis il franchit le seuil et courut vers l'escalier. Entendant de nouveau la voix de Walker Boh, il suivit docilement ses indications. Il ne sentait plus rien, à part le feu magique qui brûlait en lui, libre et décidé à le rester. Peu lui importait ! Il aimait sa magie et souhaitait qu'elle le consume, comme tout ce qui passerait à sa portée. Si c'était ça, la folie qu'on lui avait prédite, il avait hâte de l'accueillir !

Il descendit les marches en luttant pour contrôler le pouvoir qui s'accumulait en lui. Des silhouettes sombres bondirent sur lui, mais il les transforma en cendres. Des Ombreurs ? D'autres créatures ? Il l'ignorait. La tour s'était éveillée, et ses habitants réagissaient à la présence de sa magie. Conscients qu'ils avaient été envahis, ils cherchaient l'intrus. Du feu jaillissait dans sa direction, mais il le sentait avant d'être atteint et le détournait sans peine. En lui se formait un noyau obscur, dangereux mélange d'insouciance et de plaisir né de l'utilisation de la magie, qui repoussait les inquiétudes et la prudence. Il se débarrassait de son humanité. Et il pouvait le faire à son gré. La magie lui en donnait le droit.

Walker Boh lui cria quelque chose qu'il n'entendit pas. Il ne se souciait plus de rien, avançant régulièrement vers le bas de la tour en détruisant tout ce qui se dressait sur son chemin. Rien ne pouvait plus le vaincre ! Le feu de l'Enchantement de Shannara lui ouvrait la voie, et il le suivait en jubilant.

Walker Boh revint à lui brutalement, et ses compagnons le lâchèrent.

— Il arrive ! haleta-t-il. Mais il risque de se noyer dans la magie !

— Que voulez-vous dire ? cria Coll.

— Il a utilisé la magie, mais il en a perdu le contrôle. Il s'en sert contre tout ce qu'il voit...

Walker posa la main sur la porte de pierre et poussa. De la lumière jaillit de ses doigts, s'infiltrant dans les joints et les fentes du battant. Les verrous se brisèrent, et les barres de fer éclatèrent. L'heure de la prudence et de la discrétion était passée.

Ils s'enfoncèrent dans une obscurité plus profonde que la nuit, et un air vicié monta à leurs narines. Quand Walker envoya de la lumière dans tous les coins de la salle, ils virent que cette entrée conduisait à une série de pièces situées sous une passerelle, très haut au-dessus de leurs têtes. De l'autre côté, on apercevait une cour déserte.

Ils entendirent des cris et sentirent une odeur de brûlé. Puis ils virent le feu blanc de la magie de Par.

Rumeur avait déjà bondi dans la cour. Walker et ses compagnons le suivirent en regardant frénétiquement autour d'eux. Les Ombreurs n'étaient pas loin...

De l'autre côté de la cour, dans une grande salle, un escalier s'enfonçait dans une obscurité maintenant traversée par les éclairs blancs de la magie. Par descendait vers eux ! Les cinq compagnons restèrent pétrifiés, se demandant ce qu'ils devraient faire. Ils savaient qu'il leur faudrait atteindre le Valombrien et le ramener à lui, mais Matty elle-même – pour qui la magie était une énigme – devinait que ce ne serait pas facile, car ce qui arrivait à Par était terrifiant.

Sur un signe de Walker, ils s'écartèrent les uns des autres. Morgan sortit l'Épée de Leah et Coll celle de Shannara. Matty dégaina aussi sa lame quand elle les vit faire. Walker avança d'un pas. Puisque ce qui se passait était le résultat de ses injonctions, il lui revenait de trouver un moyen de pénétrer l'armure que l'Enchantement avait tissée autour de Par.

Le Valombrien arriva en vue, le pouvoir brut jaillissant du bout de ses doigts. Il avança sans ralentir, muet comme une tombe.

— Par Ohmsford ! cria Walker.

Le Valombrien ne réagit pas.

— Rappelle la magie !

Par sembla reconnaître son oncle et ralentit.

— Par, coupe la source de la magie ! Nous n'avons pas...

Par envoya sur Walker un ruban de feu qui essaya de l'étrangler. La magie du druide vint à son secours et réduisit le sortilège en cendres.

Par s'immobilisa, et les deux hommes s'affrontèrent du regard.

— Par, c'est moi ! appela Coll, derrière Walker.

Par ne parut pas le reconnaître. Morgan l'appela aussi, le suppliant de les écouter, mais il ne regarda pas le montagnard. Pris dans les rets de sa magie, il n'entendait pas les voix de ses amis.

Nous ne pourrons pas le ramener à nous, pensa Walker, désespéré. *Il ne réagit à rien...*

Et les Ombreurs approchaient. Quand Rimmer Dall les atteindrait...

Damson avança et dépassa Walker avant qu'il ait le temps de protester. Par se prépara à l'affronter, la magie frémissant au bout de ses doigts. Damson approcha, les mains écartées et la tête haute. Walker voulut la ceinturer et l'entraîner à l'abri, mais il était déjà trop tard.

— Par..., murmura-t-elle quand elle arriva près de lui.

Des larmes aux yeux, elle s'arrêta une marche au-dessous du jeune homme et leva la tête pour le regarder, ses cheveux roux flottant derrière elle.

— Je croyais que je ne te reverrais jamais.

Par Ohmsford la regarda fixement.

— J'ai peur de te perdre de nouveau, Par. À cause de la magie. Parce que tu as peur qu'elle te trahisse, comme quand tu as cru que Coll était mort. Ne me quitte pas !

» Viens près de moi, Par.

— Damson ?

— Oui, c'est moi ! Je t'aime, Par Ohmsford.

Un long moment, le Valombrien ne bougea pas, comme pétrifié pendant que la magie courait le long de ses doigts et sur son corps. Puis il ravala un sanglot, ferma les yeux pour se concentrer et frissonna. Autour de lui, la magie brilla une dernière fois et se dissipa.

— Damson, murmura-t-il en rouvrant les yeux.

Il serait tombé si Damson ne l'avait pas rattrapé. Walker et les autres s'approchèrent, étreignirent Par et l'entraînèrent vers le hall.

— Je ne peux pas respirer, murmura Par. Je ne peux pas !

Damson le serra contre elle, murmurant que tout allait bien, qu'il était à l'abri et qu'ils l'emmèneraient loin d'ici. Mais Walker lut la vérité dans les yeux de son neveu. Il livrait une terrible bataille contre la magie de l'Enchantement... et il perdait. Quoi qu'il arrive, il fallait qu'il affronte la vérité maintenant et se libère des peurs et des doutes qui le rongeaient depuis des semaines.

— Coll, dit doucement Walker, utilise l'Épée de Shannara. N'attends pas plus longtemps !

— Je ne suis pas sûr de ce qu'elle fera...

— Utilise-la, Coll, ou nous le perdrons !

Coll s'agenouilla à côté de Par et de Damson. Il lui revenait d'utiliser le talisman, mais les conséquences retomberaient sur sa tête.

— Morgan, surveillez l'escalier, ordonna Walker Boh. Matty Roh, les couloirs. (Il avança vers Par.) Damson, lâchez-le !

Indignée, Damson Rhee leva la tête. Mais une étrange compassion brillait dans les yeux de Walker, d'habitude si durs.

— Lâchez-le, Damson, répéta-t-il. Et éloignez-vous...

La jeune femme obéit. Par basculant en avant, Coll le retint et le serra un instant dans ses bras. Puis il lui prit les mains et les posa sur la garde de l'Épée, au-dessous des siennes.

— Walker..., gémit Coll.

— Allez !

— Je n'aime pas ça, Walker...

Mais il était trop tard pour revenir en arrière.

Coll invoqua la magie, et le talisman de Shannara s'illumina, déchirant l'obscurité qui régnait dans l'antre des Ombreurs.

Dans sa prison d'indécision et d'angoisse, Par Ohmsford sentit la magie de l'Épée pénétrer en lui comme du feu jailli des ténèbres. La magie de l'Enchantement se dressa pour la repousser, tel un mur blanc de silence buté. Des portes se fermèrent dans l'esprit de Par, et le frisson qui le traversa lui ébranla l'âme. Il avait conscience, très vaguement, que Coll avait invoqué la magie de l'arme – bref, qu'il avait le pouvoir de le faire alors que lui ne l'avait pas. Une révélation qui balayait ses derniers lambeaux de certitudes...

Il battit en retraite face à la magie, incapable de supporter la vérité qu'elle lui apportait.

Mais cette fois, le pouvoir de l'Épée de Shannara était épaulé par la voix de son frère.

— *Écoute, Par. Je t'en prie, écoute.*

Les mots se glissèrent entre les défenses érigées par l'Enchantement de Shannara. Au début, Par crut que seules les paroles de Coll avaient pénétré ses barrières. Mais il s'aperçut qu'il y avait autre chose. Le besoin de savoir une fois pour toutes, de connaître la vérité et d'être libéré des doutes et de la terreur. Il avait vécu avec ce fardeau trop longtemps. Sa magie le protégeait de bien des choses, mais le temps de la fuite en avant était révolu.

Il était dos au mur.

— *Dis-moi... Dis-moi tout !*

L'Enchantement de Shannara sifflait et crachait comme un félin acculé, mais il restait quand même sous son contrôle. C'était son héritage. Il avait plié devant lui quand sa peur et ses doutes le minaient, mais sans jamais céder complètement. Maintenant, il voulait être libéré de ses incertitudes.

— *Coll,* supplia-t-il mentalement. *Coll...*

Son frère le soutint. Se raccrochant l'un à l'autre, ils joignirent leurs mains et plongèrent dans la lumière de la magie.

Coll rassura Par, lui affirmant que le pouvoir le guérirait et ne lui ferait aucun mal. Quoi qu'il arrive, il n'abandonnerait pas son frère. Les dernières défenses de Par cédèrent, les portes s'ouvrirent et l'obscurité se dissipa. Abandonnant les derniers vestiges du contrôle exercé par l'Enchantement de Shannara, Par se laissa aller avec un soupir.

La vérité arriva sous la forme de souvenirs qui devinrent rapidement un flot d'images. Tout ce qui avait eu lieu dans la vie de Par, les secrets qu'il s'était cachés à lui-même, la honte et l'embarras, les échecs qu'il avait repoussés hors de sa conscience, tout cela défila en pleine lumière. Au début, il voulut s'en détourner, car c'étaient des souvenirs douloureux, mais sa force grandit avec chaque nouveau fragment, et l'épreuve devint supportable.

Il se revit partir à la recherche de l'Épée de Shannara, impatient de découvrir la vérité sur lui-même. Mais était-il si impatient que ça ? Car il était peut-être une des créatures qu'il combattait. Un simple mot, avait assuré Rimmer Dall. Un Ombreur, avec à sa disposition un pouvoir qui ne différait en rien de celui des spectres aux yeux rouges.

À la lumière blanche du talisman, il vit que tout cela était vrai.

L'un d'eux.

Il était l'un d'eux !

Par crut qu'il avait crié d'horreur, mais comment en être sûr, dans cette folie ? Un Ombreur ! Il était un Ombreur ! Il sentit Coll reculer un peu, mais sans lui retirer son soutien.

— *Peu importe ce que tu es. Tu es mon frère !*

Ces mots empêchèrent Par de sombrer dans la folie à cause de son effrayante découverte.

Et ils lui permirent de voir le reste de la vérité.

Son sang elfique le liait aux Ombreurs, qui étaient également d'origine elfique. Mais il gardait la possibilité de devenir autre chose qu'un monstre. Car il descendait autant de Shannara que des Ombreurs. Quand il était allé pour la dernière fois dans la Fosse avec Damson et Coll, Rimmer Dall lui avait permis d'essayer l'Épée parce qu'il savait que l'Enchantement ne le laisserait pas faire. Puis le Premier Questeur avait suggéré qu'il était un Ombreur, semant l'incertitude en lui pour empêcher les magies concurrentes de l'Épée et de l'Enchantement de trouver un terrain d'entente. Le début d'une stratégie subtile qui visait à l'entraîner dans un piège mortel...

Par comprit comment il avait été coincé. Souvent, il suffisait de redouter un événement pour qu'il semble inévitable. Voire même qu'il finisse par se produire. Voilà le mal qu'il s'était fait à lui-même, enveloppé dans une magie trop forte pour que quiconque puisse l'atteindre. Rimmer Dall le savait. Il avait compris que Par devrait lutter seul contre le poison qu'il instillait dans son âme. Laissons-le penser qu'il a tué son frère avec sa magie ! Laissons-le croire que le pouvoir de l'Épée de Shannara ne pourra jamais lui appartenir ! Laissons-le conclure qu'il échouera à cause de ce qu'il risque de devenir.

Tant qu'il utilisait l'Enchantement pour tenir à distance la magie de l'Épée, quelles chances avait-il de résoudre ses conflits internes ? Par pouvait être le sauveur des druides ou le pion des Ombreurs, et mélanger les deux précipiterait sa fin.

— Mais je ne suis pas obligé de devenir un monstre, s'entendit-il dire. Je n'y suis pas obligé !

Le sourire de Coll lui réchauffa le cœur. Comme pour son frère, quand la magie de l'Épée lui avait dévoilé les mensonges du voile-miroir, se reconnaître lui-même ramena Par vers la santé mentale. Allanon savait-il depuis toujours qu'il en irait ainsi ? Le druide avait-il deviné que l'Épée de Shannara serait nécessaire pour le libérer ?

Quand la magie se dissipa, Par ouvrit les yeux et fut étonné de découvrir qu'il pleurait.

Chapitre 35

Les ombres et la brume couraient le long de la vallée de Rhenn telle une mer désireuse d'emporter les cadavres en appelant les vivants à les rejoindre. Debout à l'entrée de la vallée avec les chefs de son armée et ceux de ses nouveaux alliés, Wren eut le sentiment de contempler une image terrifiante de l'avenir qui la guettait.

Elle se tenait un peu à l'écart des autres – Triss, Barsimmon Oridio, Padishar Creel, Chandos et Axhind, l'énigmatique chef des trolls. Ils étaient là depuis qu'on connaissait la nouvelle : la Fédération repartait à l'assaut ! L'aube ne s'étant pas encore levée, le monde restait plongé dans une pénombre qui annonçait une journée sinistre.

Wren pensait avoir versé ses dernières larmes au moment de la mort de Garth. Mais la perte de Faun ravivait son chagrin, lui donnant le sentiment qu'elle ne s'en débarrasserait plus jamais. Comme si sa vie était devenue une longue série d'épreuves, elle se sentait malade de dégoût et vidée.

— Ce n'était qu'une couineuse, avait dit Stresa d'une voix peu convaincante, quand il était revenu vers minuit.

Wren lui avait raconté la fin de Faun. Mais la mort n'était jamais une nouvelle bien extraordinaire pour le mélanchat.

— Les couineurs grandissent pour mourir, Wren-elfe. Ne vous rendez pas malheureuse à cause de ça...

Il ne parlait pas pour blesser son amie, mais elle ne put s'empêcher de réagir.

— Vous ne seriez pas si rapide à me conseiller ça si j'avais du chagrin à cause de *votre* mort !

— Pffttt ! Un jour, ce sera mon tour. Ainsi vont les choses... La couineuse est morte en vous sauvant la vie. C'est ce qu'elle aurait voulu.

— Personne ne désire mourir. Pas même une couineuse arboricole.

— Elle a fait son choix, non ?

Sur ces mots, Stresa était reparti dans la forêt, vers l'ouest, pour guetter l'approche d'un ennemi et prévenir les elfes si nécessaire. Ils s'éloignaient l'un de l'autre, Wren le sentait. Le mélanchat était une créature sauvage. Un jour, il partirait pour toujours, et le dernier lien de la reine avec Morrowindl serait coupé. Ce que Wren avait été et ce qu'elle était devenue ne serait plus qu'un souvenir.

Elle se demanda comment sa vie avait pu changer à ce point, alors qu'elle se sentait toujours la même. Mais peut-être se mentait-elle, pensant à tort ne pas avoir évolué.

Elle regarda le champ de bataille en se demandant quelle partie d'elle-même avait survécu à Morrowindl, et laquelle était perdue à jamais. Elle aurait aimé avoir quelqu'un à qui poser cette question. Mais la plupart de ceux qui auraient pu répondre étaient morts, et les survivants n'auraient aucune envie d'aborder ce sujet. Il lui faudrait trouver des réponses seule, en espérant qu'elle ne se trompait pas...

Padishar Creel regarda dans sa direction, mais elle fit mine de ne pas s'en être aperçue. Elle n'avait parlé à personne depuis qu'elle s'était levée, obstinément murée dans sa solitude. Les hommes libres étaient enfin arrivés, amenant avec eux Axhind et ses trolls des Rochers, les renforts qu'elle avait tant espérés. Pourtant, il lui était difficile de s'en réjouir vraiment. Elle ne voulait pas que les elfes périssent, bien entendu, mais la tuerie la rendait malade. La bataille de la veille s'était achevée sur une égalité, et la nouvelle journée ne promettait pas d'apporter un résultat définitif. La Fédération avait cessé de fuir, ses rangs s'étaient reformés et elle revenait à l'attaque. L'arrivée des hommes libres et des trolls augmentait les chances de survie des elfes, mais sans leur donner pour autant des raisons d'espérer vaincre. Des renforts arriveraient bientôt des villes du Sud et de Tyrsis. Un flot continu, si nécessaire. L'invasion se poursuivrait, inexorable, et le massacre reprendrait...

Wren ravala son chagrin et sa peur, furieuse de se montrer si faible. La reine des elfes ne pouvait pas se permettre d'abandonner. Elle devait toujours *croire.*

Mais que restait-il à croire ?

Que Par et Coll Ohmsford étaient vivants et avaient trouvé l'Épée de Shannara. Que Walker Boh avait ramené Paranor et les druides. Que les missions confiées par Allanon avaient été remplies, que le secret des Ombreurs était maintenant connu, et qu'il y avait de l'espoir pour eux tous. Wren devait tirer sa force de tout cela.

Elle se demanda si son oncle, ses cousins et Morgan Leah puisaient de l'énergie dans leurs croyances. Puis elle pensa aux pertes qu'elle avait subies. Les autres avaient-ils connu la même chose ? Auraient-ils accepté les missions d'Allanon s'ils avaient su quel prix ils auraient à payer ? Elle ne le pensait pas...

Apparaissant enfin à l'est, la lumière envahit la vallée et rendit au paysage sa réalité. Le son des tambours et de milliers de pieds frappant le sol en cadence montait dans le lointain, encore étouffé, mais terriblement reconnaissable.

Padishar Creel conversait avec Barsimmon Oridio. Ils n'étaient pas d'accord sur la stratégie à adopter quand l'attaque commencerait. Ces deux guerriers au caractère affirmé ne se faisaient pas confiance. Axhind écoutait en silence, et Triss s'était éloigné.

Le chef des hommes libres s'agaçait de l'insistance du général, qui revendiquait le commandement de leurs forces regroupées. Wren avait déjà dû les séparer une fois. Il lui faudrait peut-être recommencer, et ça l'exaspérait. Elle ne voulait plus se mêler de ce qui allait se passer. Elle les regarda et ne bougea pas quand la dispute monta de plusieurs crans. Triss la regarda, attendant qu'elle intervienne. Le roulement des tambours devint plus fort.

Stresa sortit des broussailles, ses piquants hérissés pour se débarrasser des feuilles et de la poussière. Il fonça vers Wren, qui se retourna, tout le reste oublié. Le mélanchat semblait avoir une raison urgente d'être là...

— Reine des elfes, siffla-t-il d'une voix rauque, ils ont amené des Grimpeurs !

Wren crut que son cœur allait s'arrêter.

— Nous les avons tous laissés dans le marécage, dit-elle.

— Ils en ont trouvé d'autres. Sssstt ! Ils viennent de Tyrsis, on dirait. Il y a des soldats aussi, mais ce qui compte, ce sont les Grimpeurs ! Cinq au moins. Je suis venu dès que je les ai vus.

Wren se tourna vers ses compagnons. Padishar Creel et Bar avaient cessé de se disputer. Axhind et Chandos la regardaient, immobiles comme des statues. Triss était revenu à côté d'elle.

Des Grimpeurs.

L'armée de la Fédération marchait déjà vers la vallée de Rhenn. La cavalerie patrouillait sur les flancs de l'immense armée équipée de barricades roulantes derrière lesquelles les archers pouvaient s'abriter, de catapultes et d'autres machines de guerre.

Des Questeurs en robes noires se tenaient à tous les endroits stra-tégiques.

Les Grimpeurs avançaient au milieu de la colonne. Wren Elessedil les regarda et n'éprouva rien. L'arrivée des monstres signait la fin des elfes, elle le savait. La fin de tout !

Glissant une main dans sa poche, elle prit les Pierres elfiques puis avança pour livrer sa dernière bataille.

— Lève-toi ! cria Coll en tirant son frère par le bras.

Par obéit, encore sous le choc des révélations de l'Épée.

Les amis qui étaient venus le chercher – Walker, Damson, Coll, Morgan et une jeune femme mince dont il ne reconnaissait pas le visage – entourèrent le Valombrien. Très anxieux, Rumeur arpentait la salle.

Il y eut comme un murmure. Quelqu'un descendait l'escalier plongé dans les ténèbres. Les portes de la salle étaient toutes fermées, à l'exception de celle qui menait de l'autre côté de la tour. Cette voie-là était dégagée, et on voyait au loin la lumière du soleil levant au-dessus de l'horizon.

Walker regardait aussi par là. Entièrement vêtu de noir, le visage très pâle, il avait l'air plus fort que jamais. Un feu intérieur brûlait en lui comme en Allanon, pensa Par.

— Par où ? demanda simplement la jeune femme aux cheveux noirs.

Walker rejoignit le reste du groupe.

— Nous sommes venus chercher Par et libérer la créature que les Ombreurs gardent prisonnière dans les profondeurs de la citadelle. Nous n'en avons pas encore fini...

Damson enlaça Par et le serra comme si elle ne voulait plus le lâcher. Le jeune homme lui rendit un instant son étreinte et l'assura qu'il allait bien – un mensonge charitable, car il ne savait plus où il en était. La magie de l'Enchantement lui appartenait de nouveau, mais il n'était toujours pas sûr de ce qu'elle pouvait faire.

Mais au moins, je ne suis pas un Ombreur ! De ça, j'en suis certain !

Coll s'approcha de Walker.

— La porte avec les barres de fer – celle-là ! – mène aux sous-sols. Nous y allons ?

— On fonce ! lança Walker. Restez groupés !

Alors qu'ils traversaient la salle au pas de course, une créature sombre jaillit de l'escalier et se jeta sur la jeune femme aux cheveux noirs. Elle s'écarta à temps, et Rumeur déchiqueta l'Ombreur avant qu'il ait le temps de repasser à l'attaque.

Walker ouvrit la porte, et tous s'engagèrent dans un couloir obscur. Rumeur reprit la tête, car il y voyait parfaitement dans le noir. Quelque part au-dessous d'eux monta un grognement étrange. En réponse, le fief des Ombreurs frémit comme la peau d'une créature vivante. Qu'y avait-il là-dessous ? se demanda Par. Pas un bruit de courant se brisant sur le rocher, comme Rimmer Dall le lui avait dit. Encore un mensonge ! C'était quelque chose de si important que Walker risquait le tout pour le tout pour l'atteindre. Savait-il de quoi il s'agissait ? Allanon lui avait-il donné les réponses qu'ils cherchaient tous ?

Par n'avait plus le temps de le découvrir. Des ombres les suivaient. Morgan se retourna et les frappa avec le feu de l'Épée de Leah. Les créatures se dispersèrent et disparurent, mais elles revinrent rapidement.

Coll murmurait des indications à Walker, sans doute pour lui indiquer le chemin, mais le druide semblait savoir où il allait. Les autres suivaient, rasant les murs. Des ombres dansèrent dans les ténèbres, devant eux, mais elles étaient seulement le reflet de celles qui les suivaient.

Par continua à courir, Damson à côté de lui.

Ils s'engagèrent dans un escalier qui descendait vers les profondeurs de la forteresse. Le son devenait de plus en plus fort. C'était la respiration d'un animal géant, sifflante comme s'il avait la gorge sèche et irritée. Le grondement retentissait chaque fois que ce monstre devait bouger...

Des Ombreurs apparurent au pied de l'escalier et les bombardèrent de feu aux reflets rouges. Walker invoqua un bouclier qui repoussa l'attaque. Mais il y avait des Ombreurs devant et derrière eux, et la citadelle frémissait comme si elle savait ce qui se passait.

Des flammes crépitaient partout. Coll se jeta sur le côté pour éviter un jet de feu mortel, trébucha et laissa tomber l'Épée de Shannara. D'instinct, Par se pencha et la ramassa. L'arme ne le brûla pas comme dans la Fosse. Cela était-il arrivé uniquement à cause de ses peurs ? Il regarda le talisman, intrigué, puis se tourna pour aider Damson à remettre Coll debout. Quand ce fut fait, Par glissa de nouveau l'arme dans la main de son frère.

Rumeur était descendu plus bas qu'eux et avait déjà sauté sur leur assaillant le plus proche. Son pelage roussi était couvert de sang, mais il déchiqueta l'Ombreur comme si ses blessures ne comptaient pas. Walker abrita tout le monde sous un dôme de lumière druidique blanche et repoussa les Ombreurs.

Par aperçut Rimmer Dall, debout sur une passerelle qui prenait naissance au pied des marches. Le Premier Questeur était fou de rage, et sa main gantée fumait. Il regarda Par, et une sorte de compréhension passa entre eux...

L'instant d'après, Dall disparut, et Par recommença à lutter pour avancer malgré les assauts des Ombreurs. Sa magie s'éveillait en lui, et il allait s'en servir, maintenant qu'il savait que cela ne ferait pas de lui un monstre.

Derrière eux, les Ombreurs se rapprochaient. Morgan s'était retourné pour les affronter. La jeune femme brune se tenait à côté de lui, appuyée contre son épaule comme pour le protéger.

Walker atteignit le palier et regarda en bas. Par le rejoignit, puis recula abruptement. Dans le gouffre, une énorme créature auréolée de lumière luttait contre des liens invisibles.

Une silhouette noire se jeta sur Rumeur, qui bascula par-dessus la rambarde.

La magie de Par revint à la vie, et il se souvint à peine de l'angoisse qu'elle lui inspirait naguère. La déchaînant, il essaya d'empêcher le feu des Ombreurs d'atteindre Coll et Damson. Coll fut pourtant blessé, mais il tint bon, l'Épée toujours brandie.

Rumeur cria de peur et de douleur. Puis ils le virent sauter devant eux, une créature noire accrochée à son dos. Walker foudroya le monstre. Le félin se retourna en plein bond, retomba sur son assaillant et disparut de nouveau de leur vue.

De la fumée montait des murs et du sol, et des cendres flottaient dans l'air. Dans les ténèbres qui entouraient les intrus, les Ombreurs rôdaient en quête d'une brèche dans leurs défenses. Damson fut touchée, brûlée et renversée si vite que Par ne put rien faire. La jeune femme se leva mais retomba aussitôt. Coll tendit la main vers elle sans ralentir, la jeta sur son épaule et continua à avancer.

Puis une partie de l'escalier s'effondra, entraînant Walker Boh dans une avalanche de poussière et de cendres. Un instant, Par, Coll et Damson, encore sonnée, restèrent seuls dans l'escalier. Puis ils entendirent Walker hurler de rage quand il lança son feu magique.

— Que faites-vous ? cria une voix. Avancez !

C'était Morgan Leah, derrière eux. Le montagnard boitait bas, et son bras gauche pendait le long de son flanc. Matty était là aussi, le visage maculé de sang.

Par glissa sur les marches brisées, mais il atterrit sur ses pieds. Aussitôt, les créatures noires l'attaquèrent. Docile, la magie de l'Enchantement de Shannara les repoussa.

Rumeur était toujours devant, déchiquetant des monstres. Par entendit les autres le suivre, et ils le rejoignirent quelques secondes plus tard.

Devant eux, la lumière pulsait, et la respiration était devenue un terrible gémissement de douleur et de frustration.

Ils avancèrent, cherchant Walker et le félin des landes dans les ténèbres. Les Ombreurs les attaquaient sans répit, Morgan et Par les forçant à battre en retraite.

Damson avait repris connaissance, mais Coll la portait toujours. Matty avançait les dents serrées et le regard brillant de détermination.

Ils traversèrent un étroit couloir et débouchèrent dans la salle d'où venait la lumière.

La grotte était immense, et des tunnels en partaient dans toutes les directions. Au centre, une masse brillante était gardée prisonnière par des cordes de feu écarlate. La créature tirait sur ses liens, mais elle ne pouvait se libérer. Semblant se fondre dans le sol de la caverne, elle n'avait aucune forme identifiable, mais sa façon de bouger évoquait un animal pris au piège. Dès qu'elle frissonnait, les murs de la citadelle frémissaient en réponse. Quand elle soupirait, la caverne et la bâtisse gémissaient avec elle.

— Qu'est-ce que c'est ? murmura Coll, tout près de Par.

À l'autre bout de la caverne, Walker se battait contre Rimmer Dall. Du feu écarlate crépitait autour de la main gantée du Premier Questeur, et celle de Walker était auréolée de feu blanc.

Sur la gauche, Rumeur, cerné par des Ombreurs, luttait désespérément pour rejoindre Walker.

Morgan attaqua d'instinct, et Matty le suivit.

Coll se dirigea vers la lumière enchaînée, pensant frapper avec l'Épée de Shannara, mais il dut s'arrêter pour affronter des Ombreurs. Il lâcha Damson, mais Par, qui le suivait de près, la rattrapa au vol.

Les Ombreurs se rapprochèrent de Coll et le forcèrent à reculer. Pour eux, le talisman de Shannara n'était pas une menace, et Coll ne disposait d'aucune autre magie. Par lui cria de s'écarter de son chemin, mais il se jeta sur les Ombreurs les plus proches.

Par déposa Damson sur le sol et courut vers son frère, qui tituba, tomba, se releva un instant puis retomba pour de bon. Quand les Ombreurs se jetèrent sur lui, Par hurla de fureur et invoqua l'Enchantement de Shannara. Du feu fusa vers lui, mais il ne s'en soucia pas, abrité par l'armure de sa magie.

Coll était à quatre pattes quand Par arriva près de lui.

Levant la tête vers son frère, Coll poussa l'Épée de Shannara vers lui.

— Vas-y ! cria-t-il.

Puis il s'écroula.

Par ramassa l'arme.

Vas-y, et fais quoi ? se demanda-t-il.

Morgan était seul, désormais, car sa compagne était tombée aussi. Par ne voyait plus Walker Boh ni Rimmer Dall. Et la magie commençait à le vider de ses forces. Quoi qu'il fasse, il devrait agir vite. Il tituba vers la lumière. Était-il censé la libérer ? N'était-ce pas ce qu'avait dit Walker ? Si elle était prisonnière des Ombreurs, il fallait la sauver. Mais qu'était-elle donc ?

Par s'avisa soudain qu'il tenait l'Épée de Shannara. Pourquoi l'avait-il ramassée ? L'arme ne lui était pas destinée. Il n'était pas capable de l'utiliser...

Soudain, Rimmer Dall se dressa devant lui, le visage couvert de sang.

— Vous êtes venu voir ce que nous gardons caché ici ? demanda-t-il avec un affreux rictus.

— Écartez-vous de mon chemin ! ordonna Par.

— Non, pas cette fois...

Par s'aperçut que la main gauche du Premier Questeur n'était plus gantée. En guise de bras, il arborait une langue de flammes rouges que l'accessoire vestimentaire lui avait permis de dissimuler jusque-là.

— Je vous ai donné toutes les chances que vous aurez jamais, gamin !

Dall n'essayait plus d'avoir l'air amical. La haine et le mépris brillaient dans ses yeux, et il tremblait de rage.

— Vous m'appartenez ! Vous m'avez toujours appartenu ! Vous auriez dû vous donner à moi quand c'était si simple ! Tout aurait été plus facile ainsi.

Par en resta bouche bée.

— Vous êtes à moi ! cria Rimmer Dall. Vous ne comprenez toujours pas, n'est-ce pas ? Vous êtes à moi, Par Ohmsford. Votre magie m'appartient !

Dall se jeta sur Par, qui eut tout juste le temps de se protéger avec l'Enchantement de Shannara. Mais le Premier Questeur traversa le bouclier comme s'il était en papier, et ses mains se refermèrent sur les épaules du Valombrien.

Par comprit que c'était ça qu'il voulait depuis le début : sa magie... et son corps pour la contrôler. Quand il avait prétendu vouloir l'aider, c'était pour cacher ses sinistres intentions. Comme tous les Ombreurs, Rimmer Dall était avide de la magie des autres, et peu de gens en possédaient autant que Par.

Le Valombrien fut projeté en arrière par le poids de Dall et il tomba à genoux. Ayant lâché l'Épée de Shannara, il essaya de se servir de l'Enchantement pour se défendre, mais on eût dit que sa magie lui avait été retirée. Il pouvait à peine respirer.

Rimmer Dall sortit de son corps et commença à entrer dans celui du Valombrien.

Pas ça ! Que quelqu'un l'empêche !

Par frappa du pied et du poing, mais l'essence d'Ombreur de Rimmer Dall entrait inexorablement en lui. Une sensation froide et gluante qui le remplissait d'horreur...

À un moment, sentit-il, il aurait pu se défendre. Quand sa magie était hors de son contrôle, à cause de la peur et des doutes, il aurait été assez fort pour tenir son agresseur à distance. Et Rimmer Dall le savait.

Les pensées du Premier Questeur s'infiltrèrent dans son esprit, et il en frémit d'horreur.

Que quelqu'un m'aide !

Morgan Leah fonça sur Rimmer Dall en hurlant. Le Premier Questeur frappa de la main gauche, et le montagnard disparut dans une gerbe de feu rouge.

Le Valombrien avait profité de la diversion pour se retirer au plus profond de lui-même, là où sa magie était la plus forte. Mais Rimmer Dall continua à pousser, et Par sentit que cette partie de lui commençait également à céder...

Quelqu'un tira le Premier Questeur en arrière. Aussitôt, son essence d'Ombreur quitta le corps de Par.

Walker Boh referma sa main unique sur la gorge de Rimmer Dall. Tous les poils roussis, couvert de sang et épuisé, l'Oncle Obscur parvint quand même à déchaîner sa magie contre le Premier Questeur. Rimmer Dall résista, mais Walker gardait son essence d'Ombreur séparée de son corps physique, les empêchant de se réunir.

Par recula en titubant. Sous ses yeux, les doigts de Walker formèrent un poing puis écrasèrent quelque chose à l'intérieur de l'Ombreur, qui hurla de rage et de douleur.

D'autres monstres voulurent voler à son secours, mais Rumeur les intercepta.

— Sers-toi de l'Épée ! cria Walker Boh à Par. Libère la créature !

Par ramassa la lame et courut vers la lumière emprisonnée par des chaînes écarlates. Tenant l'Épée de Shannara à deux mains, il la leva au-dessus de sa tête. Puis il invoqua la magie. Elle répondit aussitôt, maintenant que l'Enchantement ne la tenait plus à distance. Une lance de lumière blanche vola vers la lumière emprisonnée et revint vers Par. Il revit les vérités au sujet de sa vie, de sa magie, de son héritage – à la fois descendant de Shannara et Ombreur – et de son ascendance elfique. Les respirant comme l'air qui lui donnait la vie, il ne s'en détourna pas.

Puis il comprit finalement ce qu'était la lumière enchaînée. Il vit ce que les Ombreurs avaient fait, comment ils avaient utilisé leur magie pour dévaster les Quatre Terres. Il comprit le sens caché des rêves envoyés par Allanon, et réalisa enfin pourquoi il avait convoqué les descendants de Shannara au lac Hadeshorn. Alors, il sut que faire.

Dissipant la magie de l'Épée, il laissa tomber la lame sur le sol de la caverne. Derrière lui, Rimmer Dall et Walker Boh luttaient toujours. Le Premier Questeur hurlait – pas de douleur à cause de ce que lui infligeait Walker, mais de rage à l'idée de ce que Par allait faire. Des Ombreurs arrivaient de partout, mais ils étaient pour le moment arrêtés par Morgan Leah, de nouveau debout, et par Rumeur, qui semblait indestructible. De toute façon, il était trop tard pour eux. Cet instant appartenait à Par, à ses amis et à tous ceux, morts ou vivants, qui avaient combattu pour que ce moment arrive.

Par invoqua une dernière fois la magie de l'Enchantement de Shannara, ce pouvoir qui s'était développé à partir de son héritage pour devenir le monstre qui avait failli l'engloutir. Il l'appela et lui donna pour la dernière fois la forme d'une lance de lumière bleue, comme lorsqu'il avait combattu pour échapper à la Fosse. Brandissant cette arme sans substance, il l'abattit sur les cordes de magie qui emprisonnaient la lumière, les brisant à jamais.

Cet effort coûta tant au Valombrien qu'il en trembla de tous ses membres.

La lumière explosa, emplit la caverne et s'éleva dans la sentinelle du Sud. Chassant les ombres et les ténèbres, elle transmua en blanc tout ce qui était noir. Après avoir hurlé de joie parce qu'elle retrouvait sa liberté, elle s'appliqua à se venger de ses geôliers.

Elle prit d'abord Rimmer Dall, aspirant sa vie comme si elle inhalait de la fumée. Le Premier Questeur frissonna, s'effondra et cessa instantanément d'exister. La lumière pourchassa les autres Ombreurs et les avala l'un après l'autre. Enfin, elle s'éleva pour consumer la sentinelle du Sud tout entière.

Walker aida Par à se relever et récupéra l'Épée de Shannara. Ensuite, il appela Morgan. En quelques secondes, ils eurent réuni les autres, les entraînant avec eux et portant ceux qui ne pouvaient pas marcher. Rumeur ouvrit la voie quand ils s'engagèrent dans un tunnel, à l'autre bout de la salle, et coururent pour échapper au cataclysme.

Au-dessus d'eux, la sentinelle du Sud explosa en un geyser de feu et de cendres.

Stresa fut le premier à capter les secousses.

— Reine des elfes ! Le sentez-vous ? Hsstttt ! La terre tremble !

Wren était debout non loin de Triss, les Pierres elfiques serrées dans sa main tandis qu'elle regardait l'armée ennemie approcher. Les Grimpeurs étaient déjà à l'entrée de la vallée de Rhenn, à moins de trois cents pas des lignes avancées des elfes. La bataille que Wren redoutait tant était sur le point de commencer. Barsimmon, Padishar Creel, Chandos et Axhind avaient rejoint leurs postes de commandement. Ty le Tigre était parti avec les Cavaliers du Ciel. Les gardes du palais entouraient la reine, mais elle se sentait incroyablement seule.

Elle se tourna vers le mélanchat, puis capta également les secousses.

— Triss..., murmura-t-elle.

La terre tremblait de plus en plus, comme si une énorme bête avait été réveillée par le lever du soleil. Le grondement couvrit le roulement des tambours de la Fédération et le bruit des bottes de ses soldats.

Wren retint son souffle.

Que se passe-t-il ?

Du feu et de la fumée jaillirent, très loin au sud-est, et les secousses devinrent de plus en plus violentes. Les soldats des deux armées tournèrent la tête pour regarder. Le feu et la fumée se transformèrent en un tourbillon de cendres noires, puis une lumière blanche aveuglante emplit le ciel.

Quand elle replongea vers la terre, les secousses recommencèrent.

La lumière arriva dans la vallée et se répandit entre les hommes terrorisés. Le souffle coupé, Wren sentit les Pierres s'incruster dans sa paume quand elle les serra violemment.

La lumière envahissait le terrain. Pas au hasard, comme Wren l'avait d'abord cru, mais avec une intention précise et mortelle. Elle déchiqueta d'abord les Grimpeurs, puis fonça dans les rangs de la Fédération et abattit tous les Ombreurs.

Soudain privés de leur courage, les soldats humains tournèrent les talons et s'enfuirent, abandonnant leurs armes et leurs machines de guerre. Tout fut terminé en quelques secondes – si vite, en vérité, que les elfes, les hommes libres et les trolls des Rochers n'eurent pas le temps de réagir et moins encore de s'inquiéter.

Sur son promontoire, Wren Elessedil soupira de soulagement. À côté d'elle, Triss était pétrifié, et elle entendait Stresa haleter de surprise à ses pieds.

Dans la plaine, un ultime miracle se produisit. À perte de vue, des fleurs des champs s'épanouissaient sous le soleil...

Chapitre 36

— Qu'y avait-il dans la lumière, Walker ? demanda Coll.

Au milieu de la matinée, tous les compagnons étaient réunis sur une colline, au nord des ruines de la sentinelle du Sud. À leurs pieds, la forteresse des Ombreurs finissait de se consumer.

Walker était assis sur un rocher, Par et Coll installés en face de lui. Appuyé au tronc d'un gros érable, Morgan mâchouillait un brin d'herbe. Matty Roh se tenait près de lui, épaule contre épaule. Damson dormait à quelques pas de là. Les six amis étaient couverts de sang et de poussière. Coll avait un bras et une côte cassés. Mais toute méfiance s'était effacée de leurs yeux. Car ils n'avaient plus besoin de fuir ni d'avoir peur.

— De la magie, répondit simplement Par.

Ils avaient fui la citadelle des Ombreurs par le tunnel que Walker avait choisi. Ce passage les avait conduits jusqu'à un entrelacs de broussailles, sur une colline qui dominait la forteresse. Depuis, ils la regardaient périr dans un nuage de feu et de cendres.

Damson ayant de nouveau perdu connaissance, Walker l'avait guérie avec sa magie druidique, comme il avait soigné Par, des semaines plus tôt, quand il avait été empoisonné par les animaux-garous. La jeune femme avait une forte fièvre, mais le druide l'avait fait baisser pour qu'elle puisse s'endormir. Pendant qu'il travaillait, les autres s'étaient lavés et pansés de leur mieux.

Dans la plaine où la sentinelle du Sud fumait encore, des fleurs des champs avaient miraculeusement jailli. Comme pour célébrer la renaissance de la terre, la brise charriait joyeusement leur parfum.

— De la magie volée, corrigea Walker.

Avec son instinct de druide, il avait deviné ce que l'Épée de Shannara avait montré à Par.

— Cette lumière était la magie que les Ombreurs ont volée à la terre, continua Walker. C'est ainsi qu'ils ont obtenu leur pouvoir. La magie elfique a toujours été empruntée aux éléments, surtout à la terre, qui en est la plus grande source. Quand les elfes l'ont récupérée, après la mort d'Allanon, les Ombreurs, des renégats, cherchèrent à utiliser cette magie à des fins maléfiques. Comme les porteurs du Crâne et les spectres Mords avant eux, les Ombreurs se sont laissés corrompre par le pouvoir qu'ils croyaient contrôler. Ils commencèrent par dépendre de lui, puis il devint leur seule raison de vivre. Au début, ils volèrent de petites quantités, mais ce fut très vite insuffisant. Cherchant à contrôler les races et les Quatre Terres, ils construisirent la sentinelle du Sud pour aspirer presque toute la magie et l'enchaîner sous la forteresse. Ils s'en servirent pour créer les Grimpeurs, par exemple, et cela affaiblit la terre, qui tomba gravement malade...

— Les rêves d'Allanon, dit Par.

— Ils se seraient réalisés tôt ou tard... Rien n'aurait pu les en empêcher, sauf la libération de la magie.

— Et une fois libre, elle a détruit ses geôliers.

Walker secoua la tête.

— Non. Pas de la façon que tu l'entends. Ce qui est arrivé est plus simple que ça. Une fois libre, la magie a réabsorbé tout ce qu'on lui avait pris. Elle a récupéré le pouvoir qu'on lui avait volé ! Lorsque c'est arrivé, les Ombreurs et leurs monstres ont été privés de la force qui les gardait en vie. La magie les nourrissait. Quand elle leur a été reprise, ils sont morts, aussi vides que des coquillages sur une plage.

— La sentinelle du Sud était-elle vivante ? demanda Coll.

— Vivante, oui, mais pas comme nous. C'était une création des Ombreurs qui servait à les protéger et à les alimenter. Leur mère nourricière, si on veut...

— Je ne comprends pas pourquoi il existait tant de sortes d'Ombreur, dit Morgan Leah. Ceux de la sentinelle du Sud, comme Rimmer Dall et ses acolytes, semblaient aptes à vivre. Mais qu'en est-il des pauvres créatures de la Fosse ? Ou de la femme des bois et du géant que nous avons rencontrés sur le chemin de Culhaven ?

— La magie les affectait différemment, répondit Par. Certains s'en tiraient mieux que d'autres...

— Oui, quelques-uns s'étaient adaptés, confirma Walker. Mais beaucoup n'y étaient pas arrivés. Et certaines créatures de la Fosse étaient des humains dont les Ombreurs avaient aspiré le peu de magie. Souviens-toi de la façon dont les monstres essayaient d'entrer en toi, Par. Comme la femme des bois et l'enfant de la crête de Toffer.

Et comme Rimmer Dall, pensa Par.

Mais il ne le dit pas.

— Pour survivre, ils devaient se nourrir et utilisaient les humains aussi bien que la terre. Plus la magie était forte, plus leur envie de se l'approprier grandissait. Quand les Ombreurs aspiraient la magie d'un être, cela le rendait fou. Parfois, ils devenaient fous eux-mêmes en se nourrissant de certaines personnes. Les Ombreurs n'ont jamais compris que le pouvoir qu'ils cherchaient leur était interdit. La force qui donne la vie à la terre et à ses créatures est trop dangereuse pour qu'on s'amuse avec elle.

Rumeur sortit des ombres, le pelage roussi et poisseux de sang. Mais il ne semblait pas s'en soucier. Le museau encore humide après avoir bu à une source, au milieu des arbres, il rejoignit Walker, s'assit à côté de lui et entreprit de se lécher.

Par s'amusa à taquiner une fleur qui poussait près de son pied.

— Rimmer Dall voulait aspirer la magie de l'Enchantement, n'est-ce pas ?

— Il désirait plus que ça, Par ! Il projetait de... devenir toi. C'est difficile à comprendre, mais les Ombreurs avaient découvert comment sortir de leur corps et vivre sous forme d'ectoplasmes. L'ancienne magie le leur permettait, mais ils aspiraient à être plus que de la fumée. Ils se servaient donc des corps des humains, les rejetant quand ils se sentaient prêts à devenir quelqu'un d'autre.

» Rimmer Dall était le Premier Questeur, le maître des Ombreurs, et il avait décidé de devenir toi, parce que ça lui aurait apporté la jeunesse et un pouvoir sans limite.

L'Enchantement de Shannara évoluait, et il devinait dans quel sens allait cette évolution. Ton sang elfique ramenait ta magie à ce qu'elle était du temps de Brin Ohmsford, celle qu'elle avait héritée de son père à cause des Pierres elfiques. Rappelle-toi combien elle a dû lutter pour ne pas se laisser détruire par son propre pouvoir. Rimmer Dall comprenait la nature de cette magie. Elle était elfique, mais elle avait aussi des aspects « ombreurs ». S'il l'avait contrôlée, il aurait pu la forcer à satisfaire tous ses besoins. Mais c'était au-delà de ses possibilités, sauf si tu l'y aidais. La magie était trop puissante et protectrice pour être dominée par la force. Il devait te convaincre de collaborer – par la ruse, bien entendu. C'est ce qui l'a détruit, à la fin. Il se préoccupait tellement de toi qu'il ne s'est plus soucié des menaces qui pesaient sur lui...

» Quand il a découvert qu'Allanon t'avait envoyé à la recherche de l'Épée de Shannara, il a imaginé un moyen de te piéger. Mais il devait rester près de toi pour s'assurer que tu ne découvrirais pas la vérité, et ta magie l'a involontairement aidé. Chaque fois que tu l'utilisais, elle lui indiquait où tu étais. Ce n'était pas suffisant pour qu'il te capture, mais ça lui a permis de ne pas te perdre de vue.

— Mais il se trompait, au sujet de l'Épée de Shannara, dit Par. Il pensait que j'étais celui qui la manierait, alors qu'elle était destinée à Coll.

Walker secoua la tête.

— Là non plus, ce n'est pas si simple... Selon moi, elle vous était destinée à tous les deux. Mais il fallait que Coll l'utilise d'abord, pour pouvoir t'arracher aux griffes de Rimmer Dall. Tu devais finir par accepter que tes craintes au sujet de la magie, même si elles étaient fondées, ne déterminaient pas ton destin. Allanon a pris soin de ne rien révéler du rôle de Coll. Pour que ça marche, il fallait que ça reste secret...

— Il savait sans doute que les Ombreurs découvriraient les missions qu'il nous avait confiées. Par prudence, il en a gardé une secrète...

— Et ces missions, demanda Par, qu'étaient-elles censées accomplir ? Nous savions qu'il était important de récupérer l'Épée de Shannara, mais qu'en est-il des autres quêtes ?

Walker inspira à fond. Ses connaissances et son expérience lui permet-taient de découvrir plus vite que ses compagnons les vérités cachées derrière tout ce qui était arrivé. Logiquement, ils se fiaient à lui pour obtenir des réponses. Du coup, il commençait à comprendre quel fardeau Allanon avait porté durant des siècles.

— Les missions visaient beaucoup plus que la simple destruction des Ombreurs, dit-il en choisissant soigneusement ses mots. Pour que les Quatre Terres survivent, il était d'abord nécessaire de comprendre qui étaient les Ombreurs et ce qu'ils voulaient. Les missions d'Allanon nous ont permis de le savoir. Car ce sont les talismans qui nous ont révélé la vérité : l'Épée de Shannara, les Pierres elfiques, l'Enchantement et la lame de Morgan... Sans parler de la magie qui nous a permis de les récupérer !

» Mais ces missions avaient aussi pour objectif de restaurer les Quatre Terres une fois que les Ombreurs auraient été éliminés, et d'empêcher que des créatures similaires réapparaissent un jour. Les elfes sont revenus pour fournir l'équilibre indispensable à cette renaissance. Ils sont les guérisseurs de la terre et les seuls êtres qui peuvent garder sa magie en sécurité. Après leur départ, plus personne n'était en mesure de combattre les Ombreurs ou même de comprendre ce qu'ils faisaient. Désormais, ils interdiront qu'une telle situation se reproduise.

» Les druides contribueront aussi à cet équilibre. C'est un point que je ne comprenais pas avant, mais tout est clair depuis que je suis devenu l'un d'entre eux. Les druides sont la conscience de la terre. Ils ne se contentent pas de manipuler ou de contrôler. Ils cherchent ce qui trouble la terre et ses habitants, et ils aident à remettre les choses en ordre. Parfois, on croit qu'ils servent uniquement leurs propres intérêts, mais c'est parce que leur pouvoir nous terrorise. En réalité, ils existent pour servir. S'il n'en était pas ainsi, je ne pourrais pas être un des leurs...

— Autrefois, ça t'aurait été totalement impossible, souligna Par.

Walker hocha la tête, le regard un peu plus doux.

— Autrefois, Par... Pour nous tous, c'était il y a bien longtemps...

Cogline aurait été d'accord avec ça, pensa le Valombrien.

Le vieil homme avait vu passer tellement de temps ! Il avait été témoin de la disparition des druides et de leur retour, de la transition entre l'ancien monde et le nouveau. Étant le dernier de son espèce, il avait compris que le changement était la seule constante de la vie.

— Les créatures noires ont donc réellement disparu, dit soudain Matty Roh, comme si elle avait besoin d'une confirmation.

— Les Ombreurs n'existent plus, assura Walker Boh. Mais la magie qui les gardait en vie est toujours présente, ne l'oubliez pas.

Damson gémit, et ils se tournèrent vers elle pour voir si elle allait bien.

Dans la plaine, les vestiges de la sentinelle du Sud fumaient encore. Peu à peu, ils prenaient l'apparence d'un mirage.

Vers midi, Damson se réveilla, but et mangea, puis se rendormit. Elle guérirait vite, affirma Walker Boh.

Par, Coll, Morgan et Matty s'endormirent, bercés par l'odeur des fleurs et rassurés par le silence de la forêt. La fatigue les avait peut-être rattrapés, mais Par, après coup, pensa qu'il y avait peut-être eu autre chose. Il rêva que Walker Boh leur parlait à tour de rôle pendant leur sommeil, les implorant de se souvenir de ce qu'il avait mentionné au sujet de la magie et de son importance pour la terre. Quelle que soit la partie de leur magie qu'ils conserveraient – il parlait à Par, à ce moment-là – elle devait être soigneusement surveillée, préservée de toute mauvaise utilisation et gardée en sécurité pour le moment où elle serait nécessaire.

Walker toucha tous ses compagnons d'une façon très particulière, puis il les laissa se reposer. En passant parmi eux, il ressemblait parfois à Walker Boh et d'autres fois à Allanon.

Il prit l'Épée de Shannara à Coll. Pour qu'elle ne soit pas perdue de nouveau, expliqua-t-il. Les deux Valombriens et leurs amis n'élevèrent aucune objection. L'arme ne leur appartenait pas vraiment, car elle était la propriété des Quatre Terres.

Puis Walker commença à s'effacer lentement.

Je dois vous quitter, dit-il, *car ma guérison exige le sommeil des druides.*

Quand ils se réveillèrent, en fin d'après-midi, Walker Boh était parti, et les cinq amis comprirent qu'il ne reviendrait pas.

Peu après, des Cavaliers du Ciel arrivèrent de l'ouest, transportant Wren, Padishar et les autres héros qui s'étaient battus pied à pied dans la vallée de Rhenn...

Chapitre 37

Quand l'été céda la place à l'automne, les journées raccourcirent comme à regret. Les fleurs sauvages se fanèrent et les feuilles changèrent de couleur. Les oiseaux partirent vers le sud, les vents venus de la montagne se firent moins chauds et la lumière devint plus pâle et plus brumeuse.

Coll Ohmsford retourna à Valombre pour s'assurer que Jaralan et Miriana étaient en sécurité. Il fut surpris de découvrir que la Fédération, ayant perdu tout intérêt pour le village des semaines plus tôt, était partie s'occuper de choses plus urgentes. Les retrouvailles furent joyeuses, et Coll promit qu'il ne voyagerait plus de sitôt.

Par Ohmsford et Damson Rhee gagnèrent Tyrsis, où ils restèrent le temps de s'assurer que la Taupe avait survécu. Puis ils passèrent à Valombre pour y récupérer Coll. Par et la jeune femme avaient décidé d'ouvrir dans une des cités frontalières de Callahorn une auberge où ils serviraient de la succulente nourriture, offriraient de bons lits et, de temps en temps, raconteraient une belle histoire aux voyageurs.

Quelque chose était arrivé à l'Enchantement de Shannara quand Par avait libéré la magie de la terre. Désormais, il pouvait seulement créer des images – comme autrefois. C'était bien suffisant pour les deux frères, qui pourraient reprendre leurs activités de conteurs comme au bon vieux temps.

Coll n'aurait guère envie de quitter Valombre, c'était couru. Mais Par était certain qu'il arriverait à le persuader.

Les Ombreurs avaient disparu des cités de Callahorn, et la population semblait de plus en plus décidée à expulser les envahisseurs de la Fédération.

Fidèle à sa légende, Padishar Creel imagina un plan pour les forcer à quitter Callahorn à tout jamais. Histoire de les stimuler, il raconta à ses hommes que ses parents avaient autrefois possédé des terres en Callahorn. Quand la Fédération les avait emprisonnés et exilés, on l'avait confié à une vieille tante. S'il n'avait jamais vu ses parents, il avait entendu dire que son père était souvent appelé le baron Creel...

Comme il l'avait promis à Steff, Morgan Leah retourna dans les Terres de l'Est et aida les nains à lutter contre la Fédération. Matty Roh partit avec lui sans avoir besoin de se demander si elle faisait le bon choix. Le spectre de Force Vitale ne la hantait plus, car Morgan lui avait demandé de l'accompagner.

Ensemble, ils retrouveraient grand-mère Élise et tante Jilt et resteraient avec elles jusqu'à ce que les nains soient de nouveau libres. Puis ils retourneraient dans les montagnes, où il lui montrerait sa jolie cabane. Le montagnard n'en avait pas dit plus long, mais Matty devina qu'il y avait un sens caché derrière ces paroles banales...

Wren Elessedil retourna dans les Terres de l'Ouest et fit tout pour tenir son serment : sous son règne, les elfes guérisseurs feraient de nouveau le tour des Quatre Terres. Avec Triss et Ty le Tigre pour l'épauler – sans compter Barsimmon Oridio –, elle doutait que le Grand Conseil ose la contrarier. Sélectionnés parmi les Élus, les guérisseurs seraient les gardiens des jardins de la Vie, de l'Ellcrys et de toutes les terres où vivaient les races. Au début, ils ne seraient pas bien accueillis, mais ils persévéreraient, car il n'était pas dans la nature des elfes d'abandonner...

La guerre contre la Fédération dura encore un moment, puis cessa quand les armées du Sud commencèrent à battre en retraite vers leurs terres natales. Sans les Ombreurs pour les influencer, et depuis leur défaite à la vallée de Rhenn, les officiers et les soldats avaient perdu une bonne partie de leur combativité.

Les soulèvements en Callahorn et dans les Terres de l'Est provoquèrent partout une vive insatisfaction contre le programme d'expansion de la Fédération. Finalement, elle abandonna les terres frontalières et renonça à ses projets de conquête.

Paranor traversa l'automne et l'hiver en paix dans la belle forêt qui s'étendait au pied des dents du Dragon. De temps en temps, des voyageurs passaient à côté de la forteresse, mais aucun n'osait y entrer, car on la disait hantée par les âmes des druides morts et défendue par un félin des landes aussi grand qu'un cheval et qui parlait le langage des hommes.

Dans la forteresse, Walker Boh dormait paisiblement du sommeil des druides. Bien que son corps se reposât, son esprit parcourait souvent la terre.

Dans son sommeil, il rêva du passé et du futur – de ce qui avait été comme de ce qui serait. Il vit naître un nouveau Conseil des druides, vit s'unir les hommes et les femmes les plus sages des races, et assista à la naissance du mouvement qui conduirait les Quatre Terres à la prospérité. Bref, il rêva de paix, et ses songes l'amenèrent bien plus loin que les voyages qu'il s'autorisait sous sa forme spirituelle, car il n'y avait pas de limites à ce qu'il pouvait imaginer.

Devenu un fantôme dont les contours s'effaçaient, Allanon vint le voir de temps en temps. Il parla avec Walker, mais lui communiqua plutôt des sentiments que des pensées. S'éloignant de plus en plus du monde de la lumière et de la substance pour explorer l'infini de l'au-delà, le druide mythique semblait très content de s'en aller. Car lui aussi était en paix.

Parfois, quand le cœur de Walker était calme et son esprit au repos, Cogline venait également lui rendre une petite visite. Toujours aussi squelettique, ses cheveux blancs plus vaporeux que jamais, il se penchait sur le druide endormi en souriant.

Oui, Walker, disait-il. *Tu as fait du bon travail.*